ullstein

Das Buch

Hunderte Leser haben ihre skurrilsten und lustigsten Erlebnisse und Anekdoten an SPIEGEL ONLINE geschickt. Die besten sind in diesem Doppelband versammelt.

Sorry, wir haben die Landebahn verfehlt

Vergessene Triebwerke, Piloten ohne Orientierung, Kühe auf der Landebahn: So manche Durchsage an Bord eines Flugzeugs treibt selbst erfahrenen Passagieren die Schweißperlen auf die Stirn. Also schnallen Sie sich an, klappen Sie die Tische hoch, und stellen Sie die Sitzlehnen aufrecht!

Sorry, wir haben uns verfahren

Wirre Durchsagen, verfehlte Bahnhöfe, nervige Mitreisende: Wer viel mit der Bahn unterwegs ist, erlebt überall auf der Welt jede Menge Schikanen auf Schienen, aber manchmal auch erfrischend schlagfertiges Personal. Hier ist die perfekte Lektüre für lange und kurze Zugfahrten!

Die Autoren

Stephan Orth, Jahrgang 1979 studierte Anglistik, Wirtschaftswissenschaften, Psychologie und Journalismus. Er hat von 2008 bis 2015 bei SPIEGEL ONLINE gearbeitet und ist inzwischen als freier Autor und Journalist tätig.

Antje Blinda, Jahrgang 1967, ist seit 1998 bei SPIEGEL ONLINE tätig, wo sie das Ressort »Reise« leitet.

Von Stephan Orth und Antje Blinda sind in unserem Hause bereits erschienen:

Sorry, wir haben die Landebahn verfehlt. Kurioses aus dem Cockpit
Sorry, wir haben uns verfahren. Kurioses aus der Bahn
Sorry, Ihr Hotel ist abgebrannt. Kurioses aus dem Urlaub

Stephan Orth / Antje Blinda

Sorry, wir haben die Landebahn verfehlt

Kurioses aus dem Cockpit

Sorry, wir haben uns verfahren

Kurioses aus der Bahn

Mit Cartoons von Hauck & Bauer

Ullstein

Besuchen Sie uns im Internet:
www.ullstein-taschenbuch.de

MIX
Papier aus verantwortungsvollen Quellen
FSC® C083411

Neuausgabe im Ullstein Taschenbuch
1. Auflage März 2017

Umschlaggestaltung: zero-media.net, München
Titelabbildung: © FinePic®, München
Cartoons und Abbildungen im Innenteil:
Hauck & Bauer, www.hauckundbauer.de
Satz: KompetenzCenter, Mönchengladbach
Druck und Bindearbeiten: CPI books GmbH, Leck
Printed in Germany
ISBN 978-3-548-37674-5

Sorry, wir haben die Landebahn verfehlt

Kurioses aus dem Cockpit

Inhalt

Einleitung

Ein kleiner Flughafen in China in den achtziger Jahren: Das Flugzeug startet die Motoren, um vom Gate zur Startbahn zu rollen. Doch plötzlich schaltet der Kapitän die Triebwerke der Douglas DC-3 ab und macht die folgende Durchsage: »This plane ill! We take other plane!« (»Dieses Flugzeug krank! Wir nehmen anderes Flugzeug!«) Sämtliche Passagiere müssen in eine andere DC-3 umsteigen. Wieder starten die Triebwerke, werden aber kurz darauf abgeschaltet, und der Kapitän meldet sich erneut: »This plane even more ill! We take first plane!« (»Dieses Flugzeug noch kränker! Wir nehmen erstes Flugzeug!«)

Diese Luftfahrtlegende kursiert im Internet. Und wer sie liest, der wird amüsiert sein und zugleich froh, nicht an Bord dieser Maschine gewesen zu sein. Zu gut kann man sich vorstellen, was die Passagiere gefühlt haben müssen. Denn die lapidaren Feststellungen lösen Todesängste aus. Und sosehr das Fliegen heute auch zum Alltag gehört, so bleibt die Reise durch die Luft doch für viele unheimlich und faszinierend zugleich. Aufgrund der dramatischen Bilder in den Medien verankern sich die wenigen Flugzeugkatastrophen tief im Gedächtnis – wie im Januar 2009 das »Wunder vom Hudson River«, die glimpflich ausgegangene Notwasserung vor Manhattan, oder das Rätsel des wenige Monate später in den Atlantik abgestürzten Airbus A330 der Air France.

Außerdem ist es für Laien schwer zu begreifen, wie die tonnenschweren Maschinen der Schwerkraft trotzen können. Im Großraumflugzeug Airbus A380 etwa können über 500 Menschen mit einer Geschwindigkeit von über 600 km/h in mehr als zehn Kilometer Höhe um den Globus rasen. Vor nur wenigen Jahrzehnten war das noch kaum vorstellbar, genauso wie die Zahl der Passagiere, die Tag für Tag weltweit einen Linienflug nutzt: sechs Millionen.

Geht dann bei Durchsagen etwas schief, weckt das selbst Vielflieger aus ihrer Lethargie. Etwa wenn nach einer abgebrochenen Landung aus dem Cockpit zu hören ist: »Sorry, wir haben die Landebahn verfehlt«, erstarren die Fluggäste vor Schreck. Dabei müssten Piloten eigentlich Meister der Kommunikation sein – und erheblich redegewandter, als ein in der Branche kursierendes Bonmot erahnen lässt: »Worüber unterhalten sich Piloten im Flugzeug?« – »Über Frauen.« – »Und worüber sprechen Piloten, wenn sie mit Frauen zusammen sind?« – »Natürlich übers Fliegen.«

Wer im Cockpit sitzt, muss technisch wie sprachlich versiert sein. Piloten müssen ein Sprechfunkzeugnis besitzen, Morsealphabet und Radarfachtermini beherrschen. Sie wissen, was SSR, VMC, IFR und UTC bedeutet. Sie können die Start-up-Clearance (Erlaubnis zum Starten der Triebwerke) von der Take-off-Clearance (Erlaubnis zum Flugzeugstart) unterscheiden. Sie kennen Hunderte Flughafen-Codes auswendig. Und sie wissen, dass in einer Notsituation sprachliche Missverständnisse mit dem Tower oder dem Co-Piloten fatal sein können.

Die hohe Kunst bei der Kommunikation mit den Laien in der Kabine besteht hingegen darin, komplexe Zusammenhänge in eine Sprache zu übersetzen, die nicht zu technisch sein darf (»Meine Damen und Herren, wir mussten den VOR Approach intercepten, weil laut den ATC NOTAMs der Glide Slope inop ist.«), aber auch nicht zu stark vereinfachen sollte (»Sie müssen sich das vorstellen wie bei einem Windows-Computer.«).

»Die Wahrheit ist, dass Piloten und Mikrofone nicht immer eine gute Kombination sind«, schreibt Flugkapitän Patrick Smith in seiner Kolumne »Ask the Pilot« auf der Website www.salon.com. »Wenn wir technischen Jargon vermeiden wollen und versuchen, komplizierte Situationen in für jedermann verständlichen Sätzen zu erklären, haben wir die Tendenz, zu stark zu vereinfachen. Und eine Neigung zu angsteinflößender unfreiwilliger Komik.«

Unfreiwillige Komik hat jedoch schon manches Flugerlebnis zur einmaligen Anekdote gemacht, die – wenn wieder mal alles gutgegangen ist – ein Leben lang erzählt wird. Die Reiseredaktion von SPIEGEL ONLINE hat Leser aufgerufen, über ihre schlimmsten und amüsantesten Erlebnisse an Bord eines Flugzeugs zu berichten. Die Resonanz war eine Flut von Einsendungen, wie es sie in der Geschichte des Nachrichtenportals nur selten gegeben hat: Hunderte Zitate von Crew-Mitgliedern und Passagieren, die haarsträubend und lustig zugleich sind.

Die Erlebnisberichte zeigen auch, wie Piloten alltägliche und weniger alltägliche Situationen ihres Arbeitslebens mit Humor und Chuzpe meistern und wie Flugbegleiter mit Turbulenzen aller Art umgehen. So soll diese Sammlung kein Angriff auf den Berufsstand der Flugprofis sein, die täglich Millionen Menschen sicher von A nach B bringen. Trotz skurriler Situationskomik, trotz zahlreicher verbaler Ausrutscher – die folgenden Seiten sind auch eine Liebeserklärung an die wunderbare Welt der Fliegerei, der »ein bisschen mehr Humor« nicht schaden könnte, wie Flugexperte Reiner Kemmler sagt.

Wir wollen Ihnen die Lesererlebnisse nicht vorenthalten und nehmen Sie in diesem Buch mit auf eine Flugreise, bei der schon vor dem Start (Kapitel 1) die ersten Irritationen auftreten. Etwa wenn verkündet wird, dass unbeaufsichtigte Kinder entfernt und möglicherweise zerstört werden. Kurioser wird es noch, wenn bei der Sicherheitsvorführung (Kapitel 2) ein Utensil zum Anlocken von Haien vorgeführt wird und sich der Kapitän bei Turbulenzen (Kapitel 3) auf »Rock 'n' Roll« freut. Zur Beruhigung beim Auftreten technischer Probleme (Kapitel 4) trägt nicht bei, wenn die Stewardess Folgendes empfiehlt: »Beten!«

Wer sich in fernen Ländern ins Flugzeug setzt (Kapitel 5), muss sich schon mal auf Kühe, Kängurus und Krokodile auf der Landebahn gefasst machen. Auf Reiseflughöhe (Kapitel 6) angelangt, ist das Schlimmste bereits geschafft – wenn nicht plötzlich eine Stewardess schreiend durch die Kabine rennt. Oder Gewitter und Nebel (Kapitel 7) das Flugvergnügen trüben, während die Cockpit-Crew beginnt, die Nieten der Tragflächen zu zählen. Auch die Passagiere sorgen manchmal für

Aufregung (Kapitel 8), wenn sie etwa in einem völlig intakten Flugzeug voller Überzeugung verkünden, dass das Fahrwerk brennt.

Kommentiert schließlich die Stewardess eine harte Landung (Kapitel 9) bei Regen mit einem »Soeben haben wir Paris getroffen – und versenkt«, ist das Ziel erreicht. Aber erst sobald Kapitän und Tower sich über das Gate geeinigt haben und der Fluggast sein Gepäck auf dem Band entdeckt (Kapitel 10), dann hat auch diese amüsante Reise ein Ende gefunden.

Wir danken allen Einsendern der Zitate und Erlebnisse, ohne die diese Reise nicht möglich gewesen wäre.

Stephan Orth und Antje Blinda

Was haben Sie auf Flugreisen erlebt? Bei welchen Ansagen aus dem Cockpit verschlug es Ihnen den Atem, wann mussten Sie schmunzeln?
Schildern Sie uns Ihre Erfahrungen – und mailen Sie sie an pilotensprueche@spiegel.de. Die besten Einsendungen werden auf SPIEGEL ONLINE veröffentlicht. Mit der Einsendung erklärt der Absender, dass er die Rechte an dem Material besitzt und mit der Veröffentlichung einverstanden ist.

Das ist übrigens mein erster flug!
H&B

Kapitel 1

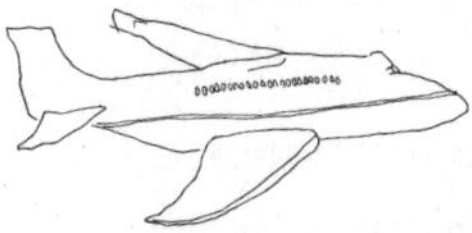

Vor dem Start: »Den Rest der Strecke fliegen wir«

Blinkende Anzeigetafeln, piepsende Metalldetektoren, stechender Kerosingeruch: Für die meisten Passagiere machen die vielfältigen Sinneseindrücke den Aufenthalt am Flughafen immer noch zur Ausnahmesituation.

Die damit einhergehende Angespanntheit zeigt sich immer wieder am seltsamen Verhalten erwachsener Menschen in den Terminals. Da stellen sich Passagiere trotz Platzreservierung schon 30 Minuten vor dem Boarding an den Schalter, statt noch in Ruhe im Sitzen ein Buch zu lesen. Oder sie beschweren ihr Reisegepäck mit Chivas Regal und Chanel No. 5 aus dem Duty-free-Shop, obwohl beides manchmal keinen Cent billiger ist als zu Hause.

Es geht aber noch schlimmer: Zwei deutsche Senioren hielten es im Februar 2009 am brasilianischen Flughafen von Salvador für eine gute Idee, vor dem Einchecken noch kurz ihre Kleidung zu wechseln. Nachdem sie mitten in der Wartehalle ihre Hosen ausgezogen hatten, nahm die Polizei sie wegen Erregung öffentlichen Ärgernisses fest, zwei Stunden lang wurden die Männer verhört – und verpassten deshalb ihren Heimflug.

Am Amsterdamer Flughafen Schiphol versuchte im Juli 2009 ein Deutscher, mit einer geladenen Pistole im Handgepäck an Bord zu gelangen. Nachdem die Sicherheitskräfte zu dem Schluss gekommen waren, dass er keinen terroristischen Anschlag im Sinn hatte, bezeichneten sie seinen Versuch als »sehr dämlich«.

Ein Ehrenplatz in der Liste der Flughafen-Verwirrten gebührt dem ukrainischen Innenminister Juri Luzenko. Zusammen mit seinem 19-jährigen Sohn pöbelte er im Mai 2009 beim Zwischenstopp in Frankfurt offensichtlich sturzbetrunken gegen Lufthansa-Mitarbeiter und schmiss sein Handy umher, als die Polizisten eintrafen.

Wenn schon der Aufenthalt im Flughafen Männer und Frauen an den Rand des Nervenzusammenbruchs bringt, wie muss dann erst die Enge einer Flugzeugkabine ihr Gemüt belasten? Sind sich Piloten und Flugbegleiter bewusst, wie wichtig psychologische Feinfühligkeit bei ihren ersten Worten an die Fluggäste ist? Wohl nicht immer, wie dieses Kapitel zeigt – denn manchmal kann schon eine unpassende Filmmusik aus den Lautsprechern Angstzustände auslösen.

In diesem Kapitel:

Startbahnsucher, Ausparkaussetzer und verstörende Verzögerungen

Auf einem Flug von Bremen nach Frankfurt rollte das Flugzeug beim Start die ersten zweihundert Meter in Schlangenlinien und stoppte. Dann bog es wieder auf den Rollweg und fuhr erneut zur Startposition. Durchsage des Piloten: »Verehrte Fluggäste – mein Stuhl war nicht richtig fest und ist beim Beschleunigen nach hinten gerutscht. Ich habe den Stuhl nun richtig eingestellt, und wir können starten.«

Jörg Hertel, Bremen

Wir waren alle sehr überrascht, im startbereiten Air-France-Flugzeug auf dem Weg von Straßburg nach Paris die Melodie von »Spiel mir das Lied vom Tod« zu hören.

Achim Geiler, St. Louis, USA

Vor dem Start unserer American-Airlines-Maschine von Dallas nach Wichita Falls machte der Steward diese Durchsage: »Willkommen auf dem 25-minütigen Flug. Wir starten in wenigen Minuten, werden kurz danach unsere Reisehöhe erreichen und wenige Minuten später nach einem 45-Grad-Sturzflug auf dem Flughafen in Wichita Falls landen.« Dann fügte er noch hinzu: »Sie brauchen nicht nervös zu sein, der Kapitän ist es auch nicht – und der macht den Anflug zum ersten Mal!«

Michael Renemann, Spelle

Vor zehn Jahren wollte ich von Dallas nach Memphis fliegen, um dort meinen Anschlussflug nach Europa zu nehmen. Die Anzeigetafel in Dallas zeigte aber, dass mein Flug gestrichen sei. Leicht ungehalten fragte ich das Bodenpersonal, woran das denn bitte schön liege. Ob das Flugzeug nicht da sei? Die Antwort war niederschmetternd: »Nein. Der vorgesehene Pilot ist mit seiner Privatmaschine abgestürzt.«

Carolin Reese, Berlin

Vor dem Start unserer Air-Berlin-Maschine in Nürnberg machte der Pilot die folgende Durchsage: »Meine Damen und Herren, leider ist unser linkes Triebwerk ausgefallen, der Abflug verspätet sich daher, bis der Techniker den Fehler behoben hat.« Zu seinem Co-Piloten sagte er dann, bei versehentlich eingeschaltetem Mikrofon: »Mist, schon das dritte Mal diese Woche!«

Bastian Königsmann, Erlangen

Auf einem Flug von München nach Hamburg fiel die ursprünglich bereitgestellte Maschine aufgrund technischer Probleme aus. Mit Bussen wurden wir vom Terminal zu einem Hangar der Fluglinie gebracht. Hier stiegen wir dann in einen davor abgestellten Airbus A320 ein. Der Kapitän sagte: »Bei diesem Airbus ist eigentlich der C-Check fällig, aber bis Hamburg schafft er es auch noch.« Zum Glück arbeite ich bei Airbus und habe volles Vertrauen in unsere Produkte.

Malte Schön, Hamburg

Vor einem Flug von Chicago nach Las Vegas wurde wegen eines technischen Problems eine Verspätung angekündigt. Vom Warteraum aus konnte man sehen, wie irgendetwas im Triebwerk der Boeing 737 repariert wurde. Ein Mechaniker nahm dabei eine Coladose in die Hand, schnitt mit einer Blechschere ein Stück heraus und verbaute dieses im Triebwerk. Wir sind dann mit diesem Flugzeug geflogen. Das Triebwerk hat gehalten.

Dirk Fleckenstein, Frankfurt

Vor dem Start einer Maschine von Düsseldorf nach Berlin hieß uns die Stewardess willkommen: »Meine Damen und Herren, wir begrüßen Sie auf unserem Flug nach München.« Als sich schon Panik ausbreitete, meldete sich der Pilot: »Auch aus dem Cockpit einen guten Morgen. Pilot, Co-Pilot und Autopilot wollen lieber nach Berlin statt nach München. Wer will mit? Tja, wir sind ja schon zu dritt, dazu die Passagiere – ich denke, die nette Stewardess ist überstimmt. Also auf nach Berlin!« Die Stewardess hat sich dann bei allen Passagieren entschuldigt.

Hans Giesers, Bocholt

Nach langem Warten auf dem Flughafen der Insel Kos wurden wir mit dem Bus zu unserer TUIfly-Maschine gefahren. Als das Flugzeug bereits zur Startbahn unterwegs war, teilte uns der Flugbegleiter leicht verunsichert mit: »Meine Damen und Herren, ich glaube, hier liegt ein Missverständnis vor. Dieses Flugzeug fliegt nicht nach Stuttgart!« Man hatte die Passagiere der Flüge nach Stuttgart und Bremen zum jeweils anderen Flieger gebracht. Hätte nicht ein Passagier nach dem Wetter in Stuttgart gefragt, wäre das vermutlich nicht mehr rechtzeitig aufgefallen. Der Flugbegleiter sagte dann beim Aussteigen: »Nun, wir sind nicht die Bahn. Da steht außen wenigstens dran, wohin es geht.«

Carsten Petsch, Pforzheim

Vor einem Flug von Berlin nach Sofia standen wir 15 Minuten auf der Startbahn und rollten dann wieder zurück ans Gate. Aus dem Cockpit ertönte die Durchsage: »Leider gibt es technische Probleme. Wir wissen noch nicht genau, was es ist.« Ein paar Techniker, die an der Maschine arbeiteten, waren zu sehen. Danach rollten wir wieder in Richtung Startbahn, und es kam die Durchsage: »Das technische Problem scheint gelöst zu sein. Wir versuchen zu starten.« Nach dem lauten Raunen in der Passagierkabine korrigierte sich der Pilot nach einem Räuspern: »Entschuldigung: Das technische Problem ist gelöst. Wir starten.«

Matthias Kalbe, München

Vor dem Start unseres kurzen Inlandfluges mit einem kleinen Turboprop-Flieger der Finnair von Helsinki nach Turku erklärte der Pilot ganz trocken: »Ladies and gentlemen, we have a balance problem. Would two passengers please be so kind to sit in the back?« (»Meine Damen und Herren, wir haben ein Gleichgewichtsproblem. Würden sich bitte zwei Passagiere weiter nach hinten setzen?«) Der Abflug erfolgte erst, nachdem zwei Herren aus den vorderen Reihen in der letzten Reihe Platz genommen hatten.

Alex Hofmann, Stockholm, Schweden

Als wir eine ganze Weile in Berlin-Tempelhof auf unseren Abflug warten mussten, erklärte eine Stewardess: »Bitte entschuldigen Sie die Verspätung, aber der Pilot musste sich erst noch mit dem Flugzeugtyp vertraut machen.«

Norbert Busche, Bad Tölz

Vor dem Start einer United-Airlines-Maschine von Amsterdam nach Chicago begründete der Pilot die Verzögerung mit den Worten: »Coming in to Amsterdam we lost a door and we still need to fix that.« (»Auf dem Flug nach Amsterdam haben wir eine Tür verloren. Das müssen wir noch reparieren.«) Der Flug – mit Tür – verlief dann reibungslos.

Jutta Voigt, Frankfurt

Nachdem wir am Frankfurter Flughafen über eine Stunde im Flugzeug auf den Start gewartet hatten und endlich losgerollt waren, machte ein Steward diese Durchsage: »Es gibt eine gute und eine schlechte Nachricht. Die schlechte ist: Punta Cana ist 7000 Kilometer entfernt. Und die gute ist: Wir haben die ersten 300 Meter hinter uns!«

Udo Meyer, Santo Domingo, Dominikanische Republik

Mich hat folgende Durchsage auf einem deutschen Inlandsflug recht nervös gemacht: »Guten Morgen, meine Damen und Herren! Willkommen an Bord! Sie haben das Vergnügen, mit Kapitän Schulze (Pseudonym) zu reisen, der heute – im Rahmen seiner Ausbildung – erstmals ein Flugzeug ›live‹ fliegen wird.« Der Flug war problemlos, dennoch war ich bis zur Ankunft am Gate nicht sonderlich entspannt. Mir wäre es lieber gewesen, ich hätte diese Information erst nach der erfolgten Landung erhalten.

Regina Weigand, Leonberg

Nach dem Einsteigen in die Maschine der Delta Air Lines, mit der ich von Zürich nach Atlanta fliegen wollte, kam folgende

Durchsage des Piloten: »In unserer Avionik sind drei von fünf Lüftern ausgefallen. Damit dürfen wir nicht starten. Das Ersatzteil wird aus Paris eingeflogen.« Nach zweieinhalb Stunden Warten im Flugzeug folgte die nächste Durchsage des Piloten: »Nachdem nun die Lüfter eingebaut sind, haben wir festgestellt, dass sich die Landeklappen nicht ausfahren lassen. Wir bitten Sie noch um etwas Geduld, bis das Problem behoben ist.« Mein Sitznachbar, ein Pilot der damals noch existenten Crossair auf dem Weg in die Ferien, hatte diese Geduld nicht. Er rief lauthals: »Scheiß auf die Landeklappen! Die brauchst du nicht zum Starten!« Nach zwei weiteren Stunden ging es endlich los, der Flug verlief völlig ereignislos.

Thomas Tröscher, Freiburg

Vor einem Flug mit Austrian Airlines von Brüssel nach Wien stand die Maschine eine ganze Weile auf der Startbahn, ohne dass etwas passierte. Dann wandte sich der Pilot an die Passagiere: »Meine Damen und Herren, der Flughafensicherheitsdienst hier in Brüssel hat Gegenstände auf der Startbahn gemeldet. Der Take-off verzögert sich daher um ein paar Minuten, bis die Gegenstände weggeschafft worden sind. Sollte Ihnen das zu lange dauern, können Sie gerne aussteigen und mit anpacken.« Nach etwa zehn Minuten (und ohne Hilfe seitens der Passagiere) war die Startbahn frei, und der Rest des Fluges verlief normal.

Tobias Ertmann, Antwerpen, Belgien

Nachdem unsere Maschine der Delta Air Lines vor dem Flug von Philadelphia nach Frankfurt über eine halbe Stunde das

Gate nicht verlassen hatte, meldete sich der Kapitän kurz zu Wort: »I have good news and bad news: We have only minor technical problems but they will cause a major delay.« (»Ich habe gute und schlechte Neuigkeiten: Wir haben nur ein kleines technisches Problem. Aber es wird eine große Verspätung verursachen«)

Matthias Müller, München

Nachdem fast 25 Minuten vergangen waren, bis unser Airbus der Lufthansa endlich die zugewiesene Startposition am Frankfurter Flughafen erreicht hatte, sagte der Kapitän: »Meine Damen und Herren, das Schlimmste auf unserem heutigen Flug nach Barcelona ist überstanden: Wir haben die Startbahn gefunden.«

Jürgen P. Dreyer, Phuket, Thailand

Als wir schon über eine halbe Stunde in unserer Maschine auf dem Flughafen in Marseille auf den Start warteten, meldete sich der Pilot: »Meine Damen und Herren, die Verzögerung kam aufgrund technischer Probleme zustande. Zwei Techniker waren hier. Jetzt sind sie wieder weg.« Nach einer kurzen Pause fügte er hinzu: »Das heißt nicht, dass die Probleme behoben sind. Aber wir starten jetzt.« Selten habe ich so viele Menschen (mich eingeschlossen) gleichzeitig nervös lachen hören. Dann wurde es aber wieder ruhig, wir starteten und hatten einen problemlosen Flug.

Peter Schottes, Honigsee

Anfang Juni in Lissabon, ein nasskalter, trüber Tag. Unsere Lufthansa-Maschine nach Frankfurt konnte erst mit Verspätung die Parkposition verlassen. Bevor die Maschine endlich zur Startbahn rollte, sagte der Pilot: »Sehr verehrte Damen und Herren, unser Abflug verzögert sich leider um wenige Minuten. Wir haben noch ein paar portugiesische Flugzeugmechaniker am Fahrwerk hängen – und die möchten wir lieber hier lassen. Wir können ihnen ja nicht das schlechte Wetter in Frankfurt zumuten: 25 Grad und Sonnenschein.«

Katrin Faludi, Bad Vilbel

Morgens um 5 Uhr am Flughafen Köln/Bonn, kurz vor dem Start nach Korfu. Das Licht ging aus, das Licht ging an, das Licht ging wieder aus. Die kleinen Bildschirme, die über jeder zweiten Sitzreihe angebracht sind, klappten ein, klappten aus, klappten wieder ein. Und dann, als habe jemand den Stecker gezogen, soffen die Triebwerke ab. Dunkelheit, Stille im Flugzeug. Dann die Durchsage des Kapitäns: »Wie Sie sehen, haben wir Probleme mit der Technik. Nichts Tragisches. Sie müssen sich vorstellen, Ihre Autobatterie hat den Geist aufgegeben. Gleich kommt ein Fahrzeug, das dockt an, lädt uns sozusagen wieder auf. Dann starten wir. Und bis Korfu ist dann voraussichtlich alles wieder in Ordnung.«

Rüdiger Dittrich, Gießen

Als ich mit meiner Familie in einem vollbesetzten Flugzeug auf dem Flughafen von Salt Lake City auf den Start wartete, kam eine Durchsage der Stewardess: »Meine sehr geehrten Damen und Herren, der Pilot möchte nicht starten, weil die Maschine überladen ist.« Die Nachricht war an sich schon etwas ungewöhnlich, aber viel schlimmer war dann die »Entwarnung« eine halbe Stunde später: »Wir können jetzt starten, wir haben einen neuen Piloten!«

Hendrik Dahlhaus, Neckargemünd

Flug von Chicago nach München: 20 Minuten nach Verlassen des Gates rollte die Maschine immer noch Richtung Startbahn. Dann die Durchsage des Flugkapitäns, leicht genervt: »Meine Damen und Herren, Sie meinen sicher, wir rollen heute nach München, ich kann Ihnen aber versichern, dass wir heute noch abheben werden.«

Clifford Waybill, San Diego, USA

Bevor ich in London-Gatwick in ein kleineres Flugzeug nach Hannover stieg, kam noch im Gate die Durchsage: »Meine Damen und Herren, das Flugzeug, das Sie gleich betreten werden, verhält sich vorzüglich in der Luft, hat aber leider am Boden die Angewohnheit, nach hinten überzukippen, wenn man das Heck zuerst belädt. Daher würden wir gerne Passagiere in den Reihen eins bis zehn zuerst einsteigen lassen. Vielen Dank für Ihr Verständnis!«

Mirko Kamann, Keymer, Großbritannien

Vor dem Start eines Linienfluges der Debonair von München nach Mönchengladbach im Jahr 1998 saßen meine Frau und ich zusammen mit nur einem weiteren Fluggast an Bord einer BAe 146, die 80 bis 100 Plätze hat. Die Besatzung schaute immer wieder nach, ob noch ein Shuttle-Bus mit weiteren Passagieren käme, aber vergeblich. Schließlich startete die Maschine mit drei Passagieren. Der Kapitän meldete sich: »Wir begrüßen Sie auf unserem Flug nach Mönchengladbach. Als besonderen Service bieten wir heute jedem Gast seinen persönlichen Flugbegleiter.« Ein Jahr später war die Airline pleite. Kein Wunder bei dem exklusiven Service.

Stefan Mayer, Utting

Als ich von Broome nach Darwin fliegen wollte und alle Passagiere bereits im Flugzeug saßen, kam die Durchsage: »Meine Damen und Herren, leider müssen Sie die Maschine wieder verlassen, da Sie im falschen Flugzeug sitzen. Ich weiß leider nicht, wo Ihr Flugzeug ist, aber mit mir dürfen Sie heute leider nicht fliegen.«

Julia Dietlinger, Penzberg

Auf dem Weg zur Startbahn für einen Flug von Berlin nach Stuttgart krachte es schon nach wenigen Metern, und das Flugzeug kam abrupt zum Stehen. Kurz darauf teilte der Pilot mit: »Tja, meine Damen und Herren, Sie kennen das ja von zu Hause: Das Ein- und Ausparken mit dem Auto ist nicht immer einfach. Mit so einem Airbus ist das leider noch ein bisschen schwieriger. Ich habe dummerweise beim Ausparken einen der Landescheinwerfer beschädigt. Wir werden den Scheinwerfer austauschen, dann geht es weiter.« Nach einer halben Stunde meldete sich der Pilot erneut: »Leider hatte die Technik keinen Ersatzscheinwerfer auf Lager, aber die Kollegen haben den Schaden mit Klebeband fachmännisch versorgt. Ich habe mir das angesehen, das ist in Ordnung. Lassen Sie uns einfach losfliegen, dann kommen wir noch im Hellen nach Stuttgart und brauchen den ohnehin nicht.«

Alexander Becker, Pfinztal

Nachdem sich der Start auf Samos schon einige Zeit verzögert hatte, ließ der Pilot die Passagiere wissen: »Liebe Fluggäste, das linke Triebwerk lässt sich nicht starten. Wir könnten auch mit nur einem Triebwerk fliegen, trotzdem warten wir auf ein Ersatzteil, denn die Besatzung möchte auch heil zurück.«

Joachim Meyer, Bremen

Unmittelbar nach den Anschlägen am 11. September wurden im portugiesischen Faro sämtliche Flüge eingestellt. Als wir am nächsten Morgen eine der ersten Maschinen bestiegen, die überhaupt wieder startete, begrüßte uns der Kapitän mit den üblichen Angaben über voraussichtliche Reisedauer und Temperatur am Ankunftsort und fügte hinzu: »Wenn alles gut läuft, werden wir Berlin lebend erreichen.« Richtig lustig fand ich das damals nicht.

Melanie Rau, Berlin

Vor einigen Jahren flog ich vom Flughafen Paderborn/Lippstadt abends zurück nach München. Ich war etwas spät dran, und alle anderen Passagiere warteten schon am Gate, so war ich der Einzige an der Security-Kontrolle. Die zwei netten Beamten, eine junge Frau und ein junger Mann, fragten mich wie üblich, ob ich noch Kleingeld oder Schlüssel in den Hosentaschen hätte, wenn ja, sollte ich alles aufs Band legen. Ich wollte einen kleinen Scherz machen und sagte, ich habe nur Großgeld dabei. Ich ging also durch den Metalldetektor und wartete auf der anderen Seite auf mein Handgepäck und die Kiste mit dem Sakko, die durch den Röntgenapparat gefahren wurden. Plötzlich sagte der Beamte zu seiner Kollegin, sie solle sich das mal ansehen. Beide starrten mit ernstem Blick auf den Monitor. Ich wurde nervös, war mir allerdings keiner Schuld bewusst.

Nachdem die beiden die Situation einige Sekunden ausgekostet hatten, kam meine Kiste aus dem Röntgengerät heraus, doch »hoppala« – oben auf dem Sakko lag plötzlich eine Pistole. Die junge Frau schaute mich ernst an und fragte streng, ob das meine wäre. Ich wurde wahrscheinlich etwas blass um die Nase. Aber noch bevor ich antworten konnte, fingen die beiden schallend an zu lachen. Da hatten die Spaßvögel doch heimlich eine Spielzeugpistole auf mein Sakko gelegt! Das nennt man dann wohl Revanche!

Marc Hillebrecht, Gleichen

In einer Air-Berlin-Maschine vor einem Flug von Palma de Mallorca nach Hamburg: Unser Flugzeug rollte langsam zur Startbahn, drehte dann aber um und rollte wieder zurück Richtung Terminal. »Meine Damen und Herren, es tut mir leid, wir haben ein kleines technisches Problem. Eine Warnlampe unserer Scheibenwischer will einfach nicht ausgehen.« Noch bevor wir das Terminal-Gebäude erreichten, drehte der Pilot erneut um und rollte wieder zur Startbahn. »Wie Sie gemerkt haben, hat sich das Problem erledigt. Wir haben einfach unsere Computer neu gestartet. Sie kennen das ja: Control-Alt-Delete – bei uns funktioniert das ähnlich wie bei

Windows.« Bei den Passagieren löste diese Anmerkung besorgtes Gemurmel aus.

Jan Marks, Palma de Mallorca, Spanien

Unser Flug von Riga nach Tallinn hatte große Verspätung. Das Flugzeug war noch nicht einmal in Riga eingetroffen. Das Bodenpersonal erklärte uns, dass die Maschine leider heute Morgen in St. Petersburg von der Landebahn abgekommen sei. »Aber wenn sie wieder frei ist, wird der Pilot sofort nach Riga kommen, um Sie zu fliegen!« Wir haben dann einen Mietwagen vorgezogen und sind die Strecke gefahren.

Olaf Stüwe, Neuenstein

Während wir mit unserer Maschine in Dalaman auf dem Weg nach Köln/Bonn zur Startbahn rollten, konnten wir rechts ein Flugzeug im Landeanflug sehen. Trotzdem begann unser Pilot mit dem Start und beschleunigte. Ein paar Sekunden später brach er den Startvorgang ab, wir wichen nach links in Richtung Gras aus und bekamen dank der Außenkamera noch mit, wie dicht das landende Flugzeug über uns hinwegflog. Der Kommentar des Piloten dazu war: »Da gab es wohl ein kleines Missverständnis zwischen dem Tower und uns. So etwas kommt schon mal vor!«

Philipp Blum, Aachen

Auf dem Weg zur Startbahn bei einem Olympic-Airlines-Flug von Athen nach Singapur kam diese beunruhigende Durchsage: »Sehr geehrte Passagiere, wir begrüßen Sie an Bord. Unsere 747 ist bis auf den letzten Platz besetzt. Die Zuladung der

Maschine ist vollkommen ausgereizt. Alle Tanks sind randvoll. Wir haben das maximale Startgewicht, das für dieses Flugzeug zulässig ist. Wir werden bis zum hintersten Ende der Runway fahren, weil die Startbahn leider sehr kurz ist.« In diesem Stil sprach der Kapitän bis zum Start weiter, während die Passagiere unruhiger wurden. Die Maschine ist dann auch sehr spät und langsam hochgekommen.

Martin A. Wielebinski, Halle

Im Jahr 2007 flog ich vom Flughafen Schiphol in Amsterdam nach München. Der Flughafen dort hat fünf Startbahnen, unserer Maschine wurde die zugewiesen, die am weitesten vom Terminal entfernt war. Es dauerte rund 20 Minuten, bis wir in Startposition waren. Der Pilot sagte trocken: »Den Rest der Strecke fliegen wir jetzt.«

Gerhard Greif, Freising

Durchsage auf dem Flughafen London-Stansted: »Please do not leave any children unattended. Unattended children will be removed and may be destroyed.« (»Bitte lassen Sie Ihre Kinder nicht unbeaufsichtigt. Unbeaufsichtigte Kinder werden entfernt und möglicherweise zerstört.«)

A. Kleinke, Leipzig

Ansage des Kapitäns, kurz nachdem Northwest Airlines Insolvenz angemeldet hatte: »Ladies and gentlemen, Sie haben die Wahl, mit welcher bankrotten Airline Sie fliegen wollen. Vielen Dank, dass Sie sich für unsere entschieden haben.«

Sören Papsdorf, Washington, USA

Flug von Denver nach Jackson Hole in den USA, eine kleine Maschine mit circa 20 Plätzen. Alle Plätze waren belegt. Der Pilot hatte gerade seine Außenbesichtigung des Flugzeugs abgeschlossen, betrat die Maschine und fragte die einzige Stewardess: »Passengers or cargo today?« (»Haben wir heute Menschen oder Fracht?«)

Reinhard Edelmann, Berlin

INFOBOX: Was bedeuten die Geräusche beim Fliegen?

Neben dem gewöhnlichen Dröhnen während des Fluges rumst, klingelt, scheppert und summt es an Bord. Vielflieger sind mit sämtlichen Sounds vertraut, doch was sie bedeuten, wissen die wenigsten. Hier ein Überblick:

Vorm Abfliegen: Der bordeigene Stromgenerator summt, Fracht wird mit einem Rumpeln geladen, und die Frachttür schließt sich polternd, die Crew verstaut scheppernd und rumsend Essenscontainer in der Bordküche. Die Triebwerke starten mit einem Dröhnen. Auf dem Weg zur Startbahn rumpeln die Räder über Unebenheiten, quietscht und knarrt die Verkleidung des Flugzeugs.

Beim Start: Kurz vor dem Abheben fahren die Triebwerke auf Hochleistung. Dröhnend löst sich das Flugzeug vom Boden, mit einem dumpfen Schlag lösen sich die Räder vom Boden, mit einem Rumpeln fährt das Fahrwerk ein, und die Abdeckklappen des Fahrwerkschachts schließen sich, surrend fahren die Landeklappen per Hydraulikantrieb ein. Das Triebwerk wird leiser.

Beim Fliegen: Mit Klingeln und Gongs kommunizieren die Piloten mit der Crew (»Kaffee!«), die Passagiere mit den Flugbegleitern (»Decke!«), und das Cockpit mit den Passagieren (»Anschnallen!«). Die Triebwerke dröhnen, der Wind strömt pfeifend über die Außenhaut.

Beim Landeanflug: Die Triebwerke werden leiser, da der Pilot Schub wegnimmt. Die Landeklappen werden ausgefahren, das Fahrwerk rumpelt nach draußen. Kurz vor dem Aufsetzen heulen die Triebwerke auf, der Pilot nimmt so letzte Korrekturen vor.

Bei der Landung: Die Räder setzen auf, die Bremsklappen springen hoch, grollend startet die Schubumkehr, um das Flugzeug abzubremsen. Die Maschine rollt klappernd über die Markierungslampen auf der Rollbahn. Die Gangway wird mit einem Wumm angedockt. Angekommen!

NOTAUSGANG
Kenn ich auch schon.
H&B

Kapitel 2

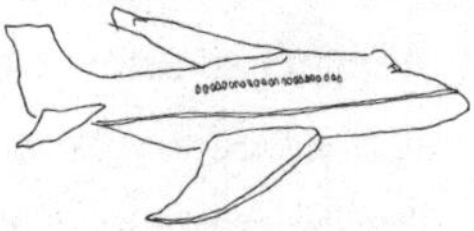

Sicherheitseinführung: »Drücken Sie die Stewardess fest auf Mund und Nase«

Sie schwenkt die Arme, lässt Gurtschnallen zuklicken, pustet andeutungsweise ins Röhrchen: Die Stewardess ist zum »Sicherheitsballett« angetreten, wie Vielflieger die Einweisung vor Flugbeginn bezeichnen. Mit ausgeklügelter Choreographie und leicht gequältem Lächeln ringt sie um die Aufmerksamkeit eines wenig dankbaren Publikums. Dieses vertreibt sich die Wartezeit bis zum Start hinter raschelnden Zeitungen, mit einem Schwatz unter Kollegen oder versucht, mit angstfeuchten Händen die Fassung zu bewahren. Eine Szene, die sich tagtäglich unzählige Male auf Flughäfen abspielt.

Der Crew auf einem Flug von Köln nach Manchester jedoch gelang es, ihre Fluggäste aus der Routine zu reißen. »Ihre Schwimmweste verfügt über eine neckische Leseleuchte, die beim Kontakt mit Wasser automatisch aufleuchtet«, blödelte eine der Flugbegleiterinnen, »sowie über eine Pfeife, um Haie anzulocken.« Sie zog sich den gelben Rettungskragen über und zupfte vor einer amüsierten Zuhörerschaft an den Strippen.

Die grellfarbene Weste ist oft der Höhepunkt dieser Ballettaufführung an Bord eines Flugzeugs – auch wenn von Meer, Fluss oder See weithin nichts zu sehen ist und etwa in Europa die wenigsten Flüge über größere Wasserflächen führen. Aber auch wenn es über den Ozean geht oder auf einer Piste am Meer gelandet wird, ist die Wahrscheinlichkeit, nach einem Absturz im Wasser zu treiben, im Jet-Zeitalter verschwindend gering. Und damit auch die Sicherheit, die eine Weste bieten kann.

Bei Flügen über Land sind europäische Fluggesellschaften nicht verpflichtet, Rettungswesten mitzuführen. Aber sie tun es, obwohl das Gewicht der Westen den Treibstoffverbrauch erhöht. Logistisch wäre das Aus- und Umpacken zu aufwendig, heißt es, doch noch ein Faktor könnte eine Rolle spielen: Der Kontrollgriff nach dem Paket unter dem Sitz wirkt beruhigend auf flugängstliche Passagiere. Die zwar nicht der Hochtechnologie des millionenteuren Flugzeugs vertrauen, aber ihre Hoffnungen in das dünnschichtige Nylon-Utensil setzen – samt Pfeifchen, Lämpchen und Aufblasautomatik.

Der Glaube an die Rettungsweste ist so groß, dass Air Canada Jazz im August 2008 einen Sturm der Entrüstung entfachte, als sie – mit den Gesetzen ihres Landes konform – beschloss, auf Rettungswesten zu verzichten, und Sitzkissen als Schwimmhilfen deklarierte: Die kanadische Regionalfluglinie wollte Kerosin und Kosten sparen. Dass sie damals praktisch ausschließlich über Festland flog, beruhigte wenig. »Wie sollen sich denn Arthritis-Patienten an ein Kissen krallen«, entsetzte sich eine Frau im Fernsehen und sah sich ihrer Sicherheit an Bord beraubt.

Da nehmen viele Fluglinien wie Lufthansa, Alitalia oder Singapore Airlines mehr Rücksicht auf die Gefühle ihrer Kunden: Sie verzichten sogar in ihren Flugzeugen auf die Sitzreihe 13 – damit Flugangst und Aberglaube sich nicht potenzieren.

In diesem Kapitel:

Schockierende Sicherheitstipps, sinnlose Schwimmwesten und singende Stewardessen

Auf einem Flug von Bangkok nach Malaysia war die Maschine der Malaysia Airlines personell nur sehr dünn besetzt. Da der Flug zudem kurz war, fragte die Stewardess, ob wir einverstanden wären, auf die Sicherheitshinweise zu verzichten. Alle waren es, bis auf eine ältere amerikanische Dame. Daraufhin ging die Stewardess zu ihr und sagte: »Listen Lady, it's very easy: we crash, you die!« (»Hören Sie zu, es ist ganz einfach: Wir stürzen ab, Sie sterben!«)

Michael Holtz, Würselen

Auf einem Lufthansa-Flug von Hamburg nach Frankfurt erklärte die Crew: »Bei einem Druckverlust ziehen Sie eine der Stewardessen ganz zu sich heran und drücken Sie sie fest auf Mund und Nase.« Da schauten sogar die vielen Geschäftsleute und Vielflieger morgens kurz nach 6 Uhr lächelnd hinter der Zeitung hervor.

Dirk Hüttemann, Berlin

Bei der Sicherheitseinweisung vor unserem Flug teilte die Stewardess mit: »Auch in den Toiletten fallen zwei Sauerstoffmasken herunter, was aber nicht bedeutet, dass Sie zu zweit auf Toilette gehen dürfen.«

Frank Ahland, Monheim

Auf einem Flug von Budapest nach Frankfurt sprach der Kapitän nur in Reimen. Nach dem Boarding sagte er: »Da nun alle sind an Bord, fliegen wir nach Frankfurt fort. Nun machet alle Luken dicht, vergesset mir die Treppe nicht.«

Heinz Rothermel, Beerfelden

Vor einem Flug während des Orkans »Kyrill« wurden wir nach dem Boarding mit der Ansage begrüßt: »Sehr geehrte Damen und Herren, wie Sie sehen, haben wir eine alte Maschine, aber das ist gut so, die ist nämlich stabiler als die neuen. Wir bringen Sie sicher nach Frankfurt. Außerdem können Sie froh sein, in einem Flugzeug zu sitzen. Momentan ist es in der Luft nämlich sicherer als auf dem Boden.«

Jörg Schmid, Frankfurt

Auf einem Hapag-Lloyd-Express-Flug von Köln nach Manchester gab es diese Sicherheitseinweisung: »Ihre Schwimmweste verfügt über eine neckische Leseleuchte, die beim Kontakt mit Wasser automatisch aufleuchtet, sowie eine Pfeife, um Haie anzulocken.«

Tobias A., Sinn

Während eines Ryanair-Fluges auf dem Weg von Cork nach London wurde folgende Bitte an die Passagiere über das Lautsprechersystem geäußert: »In case of an emergency – stop screaming.« (»Sollte es einen Notfall geben – hören Sie auf zu schreien«)

Andreas Kleinke, Leipzig

Auf einem Flug mit Air France von Paris nach Washington hat ein Steward die Sicherheitseinweisung pantomimisch vorgeführt. Um die Benutzung der Sauerstoffmasken zu erklären, ließ er sie andeutungsweise aus der Decke fallen, setzte sie sich auf den Kopf, schnitt eine Grimasse und wackelte mit dem Zeigefinger: So nicht! Dann hielt er die Maske an sein Ohr, tat, als ob er telefoniere, und wackelte wieder mit dem Finger: Nein, so auch nicht! Dann setzte er die Sauerstoffmaske auf den Mund, hielt den Daumen hoch und grinste breit: Ja, so ist's richtig!

Andrea Parkhouse, Hamburg

Ein 40-Minuten-Flug mit Southwest Airlines von Las Vegas nach San Diego: Bei der Sicherheitsansage erläuterte die Stewardess, was zu tun ist, wenn die Sauerstoffmasken aus der Klappe in der Decke fallen: »Ziehen Sie diese bitte über den Kopf und atmen Sie ganz normal. Wenn Sie mit einem Kind reisen, ziehen Sie bitte zuerst selbst die Maske auf und helfen Sie dann Ihrem Kind. Wenn Sie mit zwei Kindern reisen, dann ziehen Sie bitte zuerst selbst die Maske auf, entscheiden dann, welches Kind eine höhere Chance auf einen Universitätsabschluss hat, und ziehen Sie diesem die Maske als Nächstes auf.«

Beim Anrollen auf der Startbahn schnappte sie sich das Mikrofon und erklärte, dass sie während des kurzen Fluges keine Zeit habe, alle mit Erdnüssen zu versorgen, weil das Flugzeug voll sei. Deshalb solle sich jeder etwas vom Boden nehmen. Ihre Ansage sorgte für leichte Verwunderung. In dem Moment hob die Maschine ab und begann den Steigflug. Die Stewardess ließ von ihrem Sitz ganz vorn Erdnusspäckchen auf den Boden fallen, die langsam den Gang entlang nach hinten glitten. Unter lautem Gelächter bedienten sich die Passagiere, die am Gang saßen und gaben die Päckchen weiter.

Kurz vor der Landung sang sie noch unter lautem Beifall die Southwest-Hymne übers Bordmikrofon. Ein unvergesslicher Flug, im sehr positiven Sinn.

Clifford Sykes, San Diego, USA

Vor etwas mehr als zehn Jahren habe ich bei einem Flug der Deutschen BA wirklich gute Ansagen gehört. Bei den Sicherheitshinweisen sagte die Stewardess, dass »elektrische Geräte wie Waschmaschinen und Haartrockner« ausgeschaltet werden und während des Fluges ausgeschaltet bleiben sollten. Es war das einzige Mal, dass ich bei der Sicherheitseinweisung richtig zugehört habe.

Carl Dammermann, Berlin

Zu Beginn eines kurzen Inlandfluges von Berlin nach Düsseldorf sagte die Flugbegleiterin während der Sicherheitsanweisungen mit einem Augenrollen: »Ich weiß, dass es eigentlich Blödsinn ist, Ihnen das auf diesem Flug zu erklären, aber trotzdem befinden sich unter Ihrem Sitz die Schwimmwesten, die Sie im Notfall folgendermaßen anlegen …«

Heidemarie Kück, Berlin

Bei einem Flug mit der Deutschen BA von Düsseldorf nach München demonstrierte das Kabinenpersonal die Sicherheitsausrüstung. Die Stewardess kündigte die Prozedur in bestem Kölner Dialekt an: »Wir machen Ihnen jetz dat Sischerheitsballett.« Und etwas hochdeutscher fuhr sie fort: »Und wir würden Ihnen empfehlen, mal hinzuschauen, denn *wir* wissen, wie wir hier rauskommen!«

Ulrich Zillmann, Düsseldorf

Auf unserem Flug von Prag nach Frankfurt teilte der Pilot mit: »Meine Damen und Herren, soeben erreichte uns ein Anruf aus Prag, dass Teile eines Fahrwerks auf der Startbahn gefunden wurden. Das kann bei einer Lufthansa-Maschine aber gar nicht sein. Trotzdem müssen wir zwei- bis dreimal in Sichthöhe am Tower in Frankfurt vorbeifliegen.« Nach dem Vorbeiflug meldete der Kapitän dann: »Die Kollegen aus Prag scheinen recht zu haben. Das bedeutet, wir könnten bei der Landung die Landebahn verlassen. Unser Kabinenpersonal wird Sie nochmals mit den Sicherheitshinweisen vertraut machen.« Wohl selten hat das Schwimmwestenballett mehr Aufmerksamkeit bekommen.

Michael Steinau, Oppenheim

Auf einem Flug von Hamburg nach Mallorca sagte die Stewardess bei der Sicherheitseinweisung: »Da wir heute über Wasser fliegen, müsste ich Ihnen normalerweise noch Hinweise zur Wasserlandung geben. Laut Statistik beträgt die Chance, eine solche Landung zu überleben, weniger als ein Prozent. Daher spare ich mir heute die Gymnastik.«

Markus Schmidt, Schenefeld

Eine Stewardess auf einem Flug mit Alaska Airlines hat diese Durchsage zu den Sicherheitsvorrichtungen gemacht: »Folks, there are sixty ways to leave your lover, but only six ways to leave this aircraft.« (»Leute, es gibt 60 Wege Ihren Liebhaber loszuwerden – aber nur sechs Wege aus diesem Flugzeug«)

Steffen Albrecht, Ludwigsburg

Auf einem Air-Berlin-Flug von Alicante nach Berlin sagte ein Steward Folgendes durch: »Sehr geehrte Damen und Herren, das Flugzeug verfügt über drei Toiletten, zwei im hinteren und eine im vorderen Bereich. Alle drei Toiletten sind mit Kameras ausgestattet.« Als ein Raunen durch die Kabine ging, korrigierte er sich: »Verzeihung, ich meinte Rauchmelder.«

Udo Henn, Alicante, Spanien

Auf einem Flug mit British Airways von New York nach Paris meldete sich der Pilot mit den allgemeinen Fluginformationen. Zum Thema Rauchen erklärte er: »Außerdem möchte ich Sie darauf hinweisen, dass unsere Flüge Nichtraucherflüge sind. Gehen Sie deshalb zum Rauchen bitte vor die Tür.« Nach einer kleinen Pause fügte er hinzu: »Die Außentemperatur beträgt zurzeit minus 35 Grad Celsius.«

Julian Budke, Bergisch-Gladbach

Durchsage vor dem Abflug: »Im Fall eines plötzlichen Druckabfalls ziehen Sie die Sauerstoffmasken zu sich heran und seien Sie optimistisch!«

Dirk Jung, Berlin

Ansage eines Stewards bei Ryanair während der Sicherheitseinweisung: »Im Falle einer Evakuierung oder sollten Sie vor meinen Kolleginnen fliehen wollen, hat diese 737 mehrere Notausgänge.«

Christian Wolf, Hamburg

Auf einem Flug von Paris nach Hannover waren mein Kollege und ich die einzigen Passagiere in einem Flugzeug mit über hundert Sitzplätzen. Die Stewardess fragte uns: »Fliegen Sie diese Strecke öfter?« Wir bejahten. Daraufhin übersprang sie die Sicherheitshinweise mit den Worten »Dann kennen Sie das ja schon«, gab jedem eine Flasche Wasser als Verpflegung und legte sich in der letzten Sitzreihe bis zur Ankunft in Hannover schlafen.

Wolfgang Botsch, Pattensen

Während der Sicherheitseinführung auf einem Flug von Hamburg nach Nürnberg sagte der Steward: »Hier sehen Sie, wie man die Rettungsweste anlegt. Sollten wir allerdings auf diesem Flug ins Wasser stürzen, ist schon bei der Routenplanung etwas extrem schiefgelaufen!«

Daniel Michalczyk, Oslo, Norwegen

Vor einem Flug nach London wurde das Abdunkeln der Kabine angekündigt: »Und nun werden wir zum Start noch die Kabine gemütlich machen. Verheiratete Frauen und Männer behalten bitte ihre Hände bei sich!«

Dirk Beerbohm, Friedrichsdorf

Vor dem Rückflug von Kreta nach Deutschland mit einer Transall C-160 der Luftwaffe wies der Lademeister die Soldaten an, wie sie sich während des sechsstündigen Fluges zu verhalten hätten: »Und für die Nikotinsüchtigen – bitte zum Rauchen nicht vor die Tür gehen, bisher ist davon noch keiner zurückgekehrt!«

Florian Neumann, Schweinitz

Vor dem Flug mit einer kleinen, neunsitzigen Propellermaschine begrüßte uns der Pilot: »Guten Morgen, wir fliegen jetzt gleich los – sollte jemand ein Problem feststellen, melde er sich bitte jetzt!« Auf meinen Hinweis, dass am Seitenfenster neben mir Öl herunterlaufe, direkt im Rotationsbereich des Propellers, meinte er: »Halb so schlimm – die Maschine ölt seit zwanzig Jahren an dieser Stelle, und bisher ist noch nichts passiert.«

Günter Rauter, Ingolstadt

Vor dem Start eines Fluges von Oakland nach Frankfurt meldete der Pilot aus dem Cockpit: »Leider ist unser fünftes Triebwerk ausgefallen, wir werden aber trotzdem starten.« Eine Stewardess erklärte dann aber, dass nur die Klimaanlage ausgefallen sei, der Pilot mache gern Späße. Das Problem mit der Klimaanlage sei ganz einfach zu lösen – indem während des Fluges ein Schlauch herausgelassen werde.

Lukas Klumpp, Leinfelden-Echterdingen

In einem Jumbolino saßen wir ganz hinten, und die Stewardess bat uns, beim Landeanflug die Sonnenblende geöffnet zu lassen. Wir wollten wissen, warum, und die Antwort war: »Ich kann dann sehen, wenn ein Triebwerk brennt. Vom Cockpit aus geht das nicht.«

Dirk Schäfer, Bad Vilbel

Auf einem Flug von Dubai nach München wurde ein neuer A 340-600 eingesetzt, die Besatzung kam offenbar mit den Neuheiten noch nicht gut klar. Eine Stewardess versuchte mehrmals, eine Ansage zu machen. Sie dachte, es würde nicht funktionieren. Aber die Passagiere konnten alles hören: »Eins, zwei, Test, Test. Hallo? Scheißtechnik.« Als sie merkte, dass die Passagiere ihren Kommentar mitbekommen hatten, entschuldigte sie sich und meinte: »Hoffentlich kommen die Jungs vorne im Cockpit mit dem neuen Flieger besser klar als ich.«

Werner Portner, Berlin

Vor dem Start eines Fluges mit der Deutschen BA von Köln/Bonn nach Berlin-Tegel machte der Steward folgende Durchsage, während draußen die Sonne unterging: »Meine Damen und Herren, wie Sie gleich sehen werden, passen wir in wenigen Sekunden die Innen- der Außenbeleuchtung an. Erschrecken Sie nicht und entspannen Sie sich. Wer von Ihnen keinen Sitznachbarn zum Kuscheln hat – ein kurzes Drücken des Knopfes über Ihnen genügt, und unsere freundlichen und dienstbereiten Damen stellen sich gern zur Verfügung!« Weil viele Passagiere von dem Knopf Gebrauch machten, bat allerdings einige Zeit später eine Stewardess via Bordfunk darum, die vorherige Ansage als Scherz aufzufassen.

Carsten Seidel, Berlin

Auf einem Flug von Stuttgart nach Madrid hat der Kapitän uns mit folgenden Worten begrüßt: »Meine Kolleginnen werden Sie nun mit den Sicherheitshinweisen vertraut machen, denn: Alle Wege führen nach Rom, aber nur vier aus dem Flugzeug.«

Alexander Baur, Augsburg

INFOBOX: Was hilft gegen Flugangst?

Repräsentative Umfragen haben ergeben, dass sich ein Drittel bis die Hälfte der Flugpassagiere an Bord nicht wohl fühlen oder sogar unter Angstzuständen leiden. Ein paar einfache Tricks können helfen:

1. Vermeiden Sie Stress schon vor dem Abheben: Kommen Sie möglichst früh vor dem Abflug zum Flughafen.
2. Fragen Sie beim Check-in nach einem Gangplatz im vorderen Flugzeugteil. Hier fühlt man sich oft weniger beengt, und Sie können sich einfacher Bewegung verschaffen.
3. Vermeiden Sie Koffein (Tee, Kaffee, Cola), das den Blutdruck erhöht, und Alkohol, der in der Höhe stärker wirkt und Ihnen das Gefühl gibt, keine Kontrolle mehr zu haben. Nehmen Sie ablenkende Unterhaltung oder Dinge mit an Bord, die Sie entspannen: Sudoku, Bücher, Musik, beruhigende ätherische Öle – oder reden Sie mit Ihrem Sitznachbarn.
4. Machen Sie eine Entspannungsübung aus der Progressiven Muskelrelaxation: Drücken Sie Ihr Kinn gegen die Brust und die Fersen gegen den Boden, ballen Sie die Fäuste, spannen Sie die gesamte Muskulatur für einige Sekunden an, dann wieder entspannen.

Passend zu unseren Turbulenzen zeigen wir Ihnen jetzt die Komödie "Dick und Doof als Möbelpacker"!
H&B

Kapitel 3

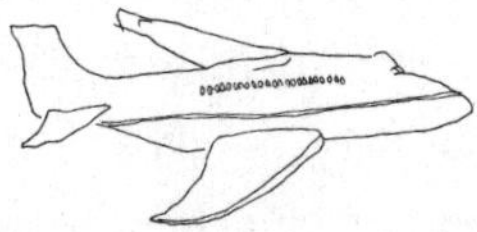

Turbulenzen: »Willkommen in der Achterbahn«

Wenn der Jumbojet sich in einen hoppelnden Gaul verwandelt, der Airbus A320 einem Achterbahnwagen gleicht und in der Cessna Fahrstuhlgefühl entsteht, dann ist das Flugzeug in Turbulenzen geraten. Solche Luftwirbel sind vorhersagbar, wenn sie in Schlechtwetterzonen liegen, und damit leicht zu umfliegen. Sie können aber auch aus und bei heiterem Himmel Piloten und Passagiere überraschen – und so unvermittelt auftreten, dass sogar Löcher in der Kabinenverkleidung entstehen.

So geschehen auf dem Flug einer Boeing 747 der Northwest Airlines im Februar 2009: Vor der Landung auf dem Tokioter Flughafen Narita kreiste der Riesenflieger in der Warteschleife über dem Meer, als er plötzlich absackte und sofort wieder hochgerissen wurde. Ein Passagier berichtet, wie die Insassen und Crew-Mitglieder in die Höhe geschleudert wurden: »Sie stießen zweimal hart gegen die Decke, in der Verkleidung blieben mindestens drei Löcher zurück.« Von den 422 Menschen an Bord wurden 43 verletzt. Trotz aufleuchtender Anschnallzeichen hatten sich viele Fluggäste nicht gesichert.

Meist aber verlaufen die Luftwirbel und die Ab- und Aufwinde für die Insassen an Bord glimpflicher. Mal macht sich ein Kaffeebecher selbständig oder die Sauerstoffmasken fallen ungewollt aus der Decke – den Passagieren aber hängt höchstens der Magen in der Kehle, so dass sie die Spucktüte aus der vollgepackten Sitztasche fummeln müssen. Für den fliegenden Koloss dagegen sind »Luftlöcher« eine leichte Übung. Mit Tragflächen, die bis zu zehn Meter ausschlagen können, windet sich ein modernes Flugzeug durch solche Widrigkeiten hindurch – so wie Schiffe mit Wellen fertig werden und Eisenbahnen Kurven ertragen. Im Übrigen: Noch nie ist in der Jet-Luftfahrtgeschichte ein Flügel abgebrochen.

Es soll sogar Kapitäne geben, denen solche Rodeoritte oft besonderen Spaß machen, wie die folgenden Zitate zeigen – wenn ihnen nicht gerade schlecht wird.

In diesem Kapitel:

Atemberaubende Absacker, haarsträubende Hopser, wütende Winde

Auf einem Flug von Lyon nach Köln hatte unsere kleine Propellermaschine mit einigen Turbulenzen zu kämpfen. Erst heftiges Geschaukel, dann plötzlich ein rasanter Höhenverlust. Schließlich kam eine Ansage aus dem Cockpit: »Bitte entschuldigen Sie die verspätete Durchsage. Hier spricht Ihr Co-Pilot. Dem Kapitän ist schlecht geworden, daher konnte er keine Durchsagen machen. Und ich war mit Fliegen beschäftigt.« Und er fügte hinzu: »Für die Statistiker unter Ihnen: Der Höhenverlust betrug gerade 250 Meter. Das war auch für mich eine Premiere. Weiterhin guten Flug. Ich segele dann mal weiter.«

Robert J. Bielesch, Köln

Flug von Miami nach Paris: Die Turbulenzen wurden immer heftiger. Das Flugzeug stieg und sank, Becher flogen durch die Gegend, die Passagiere schauten unruhig um sich. Ich wollte versuchen, mich mit Lesen abzulenken, nur leider ging meine Leselampe nicht mehr. Als ich das einer Stewardess mitteilte, meinte die nur lapidar: »Don't worry, you will see enough light in paradise!« (»Keine Sorge, im Paradies werden Sie genug Licht haben!«)

Susann Trinh Quang, Dresden

Während unsere winzige Propellermaschine auf die Starterlaubnis für den Flug von Denver, Colorado, nach Hays, Kansas, wartete, kam einer der beiden sehr jungen Piloten in die Kabine, um die Sicherheitseinweisung zu machen. Doch vorher erklärte er uns: »Meine Damen und Herren, wie Sie bemerkt haben, dürfen wir gerade eines der berühmten Gewitter des Mittleren Westens erleben. Es ist mit Turbulenzen zu rechnen, aber seit mein Kollege und ich unseren Pilotenschein haben, wollten wir so einen Wahnsinn schon immer mal ausprobieren! Am Ende werden wir auf jeden Fall runterkommen, auf die eine oder andere Art.«

Fritz Espenlaub, München

Vor ein paar Jahren bin ich von Hagfors nach Stockholm geflogen. Es herrschte Schneesturm, und die kleine Maschine mit circa 13 Plätzen musste enteist werden. Nachdem der Pilot den Vorgang beaufsichtigt hatte, betrat er das Flugzeug und grüßte die Passagiere lautstark mit einem freundlichen »Welcome to the rollercoaster!« (»Willkommen in der Achterbahn!«) Der Flug war dann auch so. Kurz vor der Landung stieß ich mir trotz Gurt noch den Kopf an der Kabinendecke über meinem Sitz.

Martin Wächtler, Konstanz

Bei einem Flug mit einer Propellermaschine von Chicago nach Indianapolis gerieten wir in starke Turbulenzen, und viele Passagiere bekamen Angst. Da schob der Pilot den Vorhang zurück und sagte: »Wenn einer von euch glaubt, dass er ruhiger fliegen kann als ich, kann er es gern ausprobieren.« Danach war Ruhe.

Heinz Rothermel, Beerfelden

Auf einem Flug mit Crossair von Berlin-Tempelhof nach Basel mit Weiterflug nach Bern sind wir den Ausläufern des Orkans »Lothar« sehr nahe gekommen. Beim Landeanflug teilte uns der Pilot mit, dass der Flughafen Basel gerade geschlossen wurde und wir deshalb gleich nach Bern weiterfliegen würden. Kurze Zeit später kam dann die Mitteilung aus dem Cockpit, dass auch Bern geschlossen worden sei und wir deshalb Genf anfliegen müssten. Doch einige Minuten später drehte die Maschine wieder in Richtung Norden, also in Richtung Basel – ohne Ansage des Piloten. Nach einem sehr stürmischen Anflug landeten wir in Basel. Der Kapitän meldete sich mit den Worten: »Willkommen jetzt doch in Basel. Einige Passagiere an Bord haben einen Weiterflug nach Bern gebucht. Wer von Ihnen diesen Flug noch fortsetzen möchte, soll bitte jetzt die Hand heben, solche fliegerischen Herausforderungen erlebe ich schließlich nicht alle Tage!« Alle haben dankend abgelehnt und sind mit dem Bus nach Bern gefahren.

Roger Bollinger, Berlin

Auf einem Flug von Palma de Mallorca nach Berlin kam die Durchsage: »Liebe Fluggäste, wir werden ein paar Turbulenzen erleben. Falls wir abstürzen sollten, machen Sie sich bitte keine Sorgen um Ihr Gepäck. Das wird natürlich gerecht unter der Crew aufgeteilt.«

Henrike Bohm, Oldenburg

Auf einem Flug von Malta nach Düsseldorf kamen wir über Italien in heftige Turbulenzen. Der Kommentar des Piloten dazu war: »Sehr geehrte Fluggäste, es besteht kein Grund zur Beunruhigung. Diese Gegend wurde damals von den Römern einfach schlecht gepflastert!«

Dirk Wilske, Bonn

Bis heute befremdend bleibt eine kurze, aber wenig ermunternde Durchsage eines Kapitäns auf einem Flug von Bangkok nach Frankfurt mit einer Boeing 747 der Lufthansa. Nachdem die Maschine über dem Golf von Bengalen in schwere Turbulenzen geriet, wurde das Bordpersonal angewiesen, den Service umgehend einzustellen und sich anzuschnallen. Der Pilot kündigte die Schlechtwetterfront wenige Minuten vorher in kurzen Worten an und schloss wie folgt: »Dear passengers, cabin crew … good luck!« (»Liebe Passagiere, Besatzung … viel Glück!«)

Jürgen P. Dreyer, Phuket, Thailand

Bei einem Flug von Indianapolis nach Des Moines war die Propellermaschine überbucht, aber keiner wollte zurücktreten. Da kam die Durchsage: »Auf der Flugstrecke gibt es starke Gewitter, so dass mit schweren Turbulenzen gerechnet werden muss; wenn Sie drei Stunden später fliegen, bleibt Ihnen das erspart.« Sofort bildete sich eine lange Schlange vor dem Schalter.

Heinz Rothermel, Beerfelden

Als der Orkan »Kyrill« gerade abzog, flog ich mit Hamburg International von Hamburg nach Zürich. Als wir die Reiseflughöhe erreicht hatten, meldete der Pilot: »Für Zürich sind starke Winde vorausgesagt, aber die vom Wetterdienst übertreiben ja eh immer!« Kurz bevor wir dann in den Landeanflug gingen, kam die nächste Durchsage, diesmal etwas zurückhaltender: »Ich habe mir jetzt noch mal die aktuellen Wetterdaten angesehen, und anscheinend haben die vom Wetterdienst doch nicht übertrieben. Aber egal, bisher hab ich jeden Flieger runter bekommen.« Von da an waren alle sehr ruhig, und es folgte ein stürmischer Landeanflug mit einer sehr harten, aber sicheren Landung.

Philipp Slomian, Kiel

Im Januar 1990, als über Europa der Orkan »Daria« tobte, flog ich von Rio de Janeiro nach London. Vor der Landung mussten wir einige Warteschleifen fliegen. Eine Stunde lang rappelte die Boeing 747 so sehr, dass Stewardessen grün im Gesicht wurden, Passagiere zu beten begannen und Spucktüten fast überall in Gebrauch waren. Wir fürchteten ernsthaft um unser Leben. Dann meldete sich der Pilot ganz ruhig aus dem Cockpit: »Entschuldigen Sie bitte, dass es heute wegen des ungewöhnlich starken Windes etwas holprig ist.« Sehr britisch.

Guido Niebuhr, Köln

Nach sehr heftigen Turbulenzen auf einem Flug von Frankfurt nach Venedig mit Alitalia kam die Durchsage: »Bitte prüfen Sie, ob die Schwimmweste unter Ihrem Sitz vorhanden ist.« Das war nicht sehr beruhigend.

Dagmar Stahlmann, Frankfurt

Eine Ansage des Piloten beim Anflug auf Hamburg bei schlechtem Wetter: »Meine Damen und Herren, die Landung kann etwas stürmisch werden. Aber seien Sie sicher, das Flugzeug ist stärker als die Nerven der Passagiere!« Die Fluggäste waren sichtlich beruhigt!

Markus Schneider, Hamburg

Vor etwa 25 Jahren flog ich mit der Lufthansa von Venedig nach Düsseldorf. Als wir etwa zehn Minuten in der Luft waren, gerieten wir in ein schweres Gewitter. Es waren die schlimmsten Turbulenzen, die ich in 30 Jahren als Vielflieger erlebt habe.

Nach der Landung hörte ich das Gespräch zweier Piloten, die Passagiere auf unserem Flug waren. Der eine sagte: »Mann, ich habe mir fast in die Hose gemacht!« Und der andere antwortete: »Ich hätte auch nicht gedacht, dass wir das überleben.«

Ed Damvelt, Howick, Neuseeland

Auf dem Flug von Chicago nach Frankfurt hat der Pilot der United-Airlines-Maschine uns Turbulenzen wie folgt angekündigt: »Ladies and gentlemen, there is an area of bad weather in front of us and we expect some heavy turbulences. I just ordered cabin crew to stop service. So please sit down, buckle up, 'cause it's gonna be a bumpy ride.« (»Meine Damen und Herren, vor uns liegt eine Schlechtwetterfront, und wir erwarten schwere Turbulenzen. Der Bordservice wurde eingestellt. Bitte setzen Sie sich auf Ihre Plätze und schnallen Sie sich an – es wird ein holpriger Ritt.«) Und nach einer dramatischen Pause fügte er hinzu: »Rock 'n' Roll!« So war es dann auch. Ich dachte, als Vielflieger würde ich das locker wegstecken. Aber auch ich musste, wie viele andere, von der Spucktüte Gebrauch machen. Erstaunlich, was ein Flugzeug so an Erschütterungen verkraftet.

Michael Peter Schmidt, Unterföhring

Auf einem zunächst ruhigen Flug von Mailand nach Berlin wurde die Maschine plötzlich heftig durchgeschüttelt. Ich schaute aus dem Fenster und konnte aus noch nie dagewesener Nähe die sich schnell entfernende Rückseite eines anderen Flugzeugs betrachten. Die lapidare Ansage des Piloten hinterher: »Tja, da hat die Flugsicherung wohl gepennt.«

Wiebke Hauschildt

Auf unserem Rückflug von Lanzarote nach München kam das Flugzeug auf Reiseflughöhe in sehr heftige Winde. In der Kabine war es beklemmend still. Deshalb sah sich der Co-Pilot dazu veranlasst, über Lautsprecher mitzuteilen: »Meine Damen und Herren, im Moment haben wir heftigen Rückenwind, deswegen ist der Flug etwas holprig. Aber Sie brauchen sich nicht so krampfhaft an den Sesseln festzuhalten, die fallen auch mit runter.«

Joseph Gückel, Bayern

Ich bin im August dieses Jahres mit BMI von Hannover nach London-Heathrow geflogen. Die Maschine war eine kleine Embraer, mein Fensterplatz war gleichzeitig Gangplatz. Der Luftraum über London war wie immer voll, so dass der Pilot einige Warteschleifen fliegen musste.

Die Maschine flog eine langgezogene Linksspirale, doch mit einem Mal kippte sie schlagartig auf etwa 60 Grad nach rechts, blieb mehrere Sekunden so und kippte danach genauso schlagartig wieder zurück. Etliche Gepäckfächer klappten auf, und die Stewardess in Sichtweite blieb wohl nur aufgrund ihrer langjährigen Erfahrung stehen.

Nach ein paar Minuten, in denen es auffallend still im Flugzeug war, meldete sich der Pilot: »Sorry for the turbulences; we've just hit the wake of the 747 two miles ahead of us.«

(»Entschuldigung für die Turbulenzen; wir haben die Wirbelschleppe der 747 vor uns durchflogen.«) Er versprach dann, eine etwas andere Bahn zu fliegen, und landete schließlich sanft in London.

Mit der Boeing 747 hatten wir sogar Glück, denn es hätte auch ein Airbus A380 sein können – so ein Riesenvogel startete gerade, als wir die Maschine auf dem Vorfeld verließen.

Florian Müssig, Hannover

Auf einem Flug von Los Angeles nach Las Vegas mit United Airlines kündigte der Pilot vor dem Start an, dass es schwere Turbulenzen geben würde: »Ladies and gentlemen, you paid for an airplane ride, and you will get an airplane ride.« (Das englische Wort »ride« bedeutet einerseits »Flug«, kann aber auch für »Ritt« oder ein Fahrgeschäft auf einer Kirmes stehen.) Deshalb müssten die Passagiere auf den Bordservice verzichten. Die Turbulenzen gab es dann nicht – trotzdem wurden keine Erdnüsse oder Getränke gebracht.

Johannes Zumpe, München

Vor dem Start unseres brasilianischen Inlandsfluges von São Paulo nach Porto Alegre mit einer damals neuen Boeing 767 konnte ich sehen, dass wir ohne einen Co-Piloten abhoben. Nach dem Mittagsimbiss kam der Pilot aus dem Cockpit, ging zur Toilette und anschließend zum Kaffeetrinken nach ganz hinten in die Bordküche. Plötzlich rollte das Flugzeug um fast 90 Grad um die Längsachse nach links, dann scharf zurück, über die Horizontale hinaus und pendelte sich wieder in die normale Position ein. Die Passagiere schrien, überall tropfte

Kaffee von den Wänden. Da joggte der Kapitän zurück ins Cockpit, auch er war mit Kaffee bespritzt. Einige Minuten später erklärte er: »Meine Damen und Herren, wir hatten ein kleines Problem mit dem Autopiloten, aber jetzt geht unser Flug ganz normal weiter.« Dieses Erlebnis hat mir viel zu denken gegeben. Hätte der Autopilot die Maschine nicht wieder in eine stabile Lage gebracht, dann hätte es der Pilot nicht zurück ins Cockpit geschafft und wir wären vermutlich abgestürzt – wegen einer Tasse Kaffee!

Prof. Dr. Johannes Beck, Bonn

In den frühen neunziger Jahren flog ich mit einer zweimotorigen Maschine von Rotterdam nach Hamburg. Ich saß in der ersten Reihe, der Getränkewagen wurde vor mir abgestellt. Als wir in Turbulenzen gerieten, setzte sich der Wagen in Bewegung, blieb an einer Teppichkante hängen und kippte um – eine Mischung aus Kaffee und Saft ergoss sich über mich, schön warm und klebrig. Der Kapitän wurde über das Vorkommnis informiert. Über Lautsprecher entschuldigte er sich: »Normalerweise servieren wir die Getränke anders!«

Reinhard Hass

Der Erste Offizier des Lufthansa-Fluges von Hamburg nach Frankfurt hatte schon mit der Ansage begonnen: »Meine Damen und Herren, wir befinden uns bereits im Anflug auf den Flughafen Frankfurt.« Da kam plötzlich ein Luftloch. Eine Sekunde später fuhr er fort: »Und eben haben wir eine Abkürzung genommen!«

Jelena Zunda, Frankfurt am Main

Während eines Fluges von Bremen nach Girona in Spanien: Wir befanden uns in Reiseflughöhe, das Wetter war ruhig, und es gab keinerlei Anzeichen von Turbulenzen. Plötzlich leuchteten die Anschnallzeichen auf, und es kam die Durchsage, dass wir uns anschnallen sollten und die Benutzung der Bordtoilette untersagt sei. Nachdem alle Passagiere auf ihren Plätzen waren, ging die Tür des Cockpits auf. Der Pilot kam heraus, unterhielt sich kurz mit den Stewardessen und ging zur Toilette. Kurz nachdem er fertig war, erloschen die Anschnallzeichen wieder. Die Turbulenzen, die es scheinbar nur im Cockpit gab, waren wohl nicht mehr erwähnenswert – wir waren erleichtert und der Pilot anscheinend auch.

Tristan Hoff und Thomas Schulze, Bremen

Auf einem US-Inlandsflug von Ashville nach Atlanta mit einer kleinen Propellermaschine mussten wir wegen Orkanausläufern zweimal die Richtung auf der Startbahn ändern. Beim dritten Mal meldete der Pilot: »Okay, folks, we try it now for a last time. It will be a bumpy ride however.« (»Okay, Leute, wir versuchen es noch ein letztes Mal. Wie auch immer – es wird ein holpriger Ritt.«) Dann hoben wir ab, und die Maschine wurde die nächsten zehn Minuten rauf und runter gewirbelt. Als wir endlich in ruhigeres Gebiet kamen, sagte der Pilot: »This was my worst take-off since Vietnam!« (»Das war mein schlimmster Start seit Vietnam!«)

Arne Baumgartl, Shrewsbury, Großbritannien

INFOBOX: Was passiert bei Druckabfall?

Während des Fluges wird in der Passagierkabine und im Cockpit ein Überdruck hergestellt, da die Außenluft in Reiseflughöhe nicht genügend Sauerstoff enthält: Sie ist zu »dünn«. Sinkt der Druck in der Kabine schlagartig, haben die Passagiere weniger als eine Minute, bevor sie bewusstlos werden. Kein Wunder, dass die Flugbegleiter empfehlen, zunächst die eigene Sauerstoffmaske überzustreifen, bevor Kindern oder anderen Personen geholfen wird.

An der Maske muss einmal stark gezogen werden, damit der Sauerstoff-Generator in der Kabinendecke aktiviert wird. Dort entsteht durch eine chemische Reaktion reiner Sauerstoff und strömt durch den Schlauch in die Maske. Erst beim Ausatmen bläst sich der Plastikbeutel an der Maske auf.

Der Pilot geht sofort in einen sehr steilen Sinkflug über, bis eine Höhe erreicht wird, in der Atmen ohne Sauerstoffmaske wieder möglich ist. Bei Druckverlust kondensiert die Flüssigkeit in der Kabine, die Passagiere sitzen im Nebel. Bei solch einem seltenen Ereignis wird immer sofort der nächste Flughafen angesteuert, zumal in einer niedrigeren Flughöhe der Treibstoffverbrauch höher ist.

falls noch irgendwas
sein sollte- einfach
anrufen!
H&B

Kapitel 4

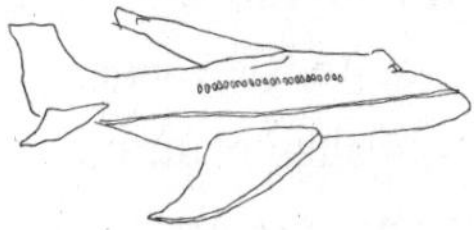

Technische Probleme: »Da ist ein Loch in der Tür!«

In der Passagierkabine verbreitete sich ein stechender Geruch, von ihren Plätzen aus konnten die 239 Fluggäste hören, dass die Triebwerkgeräusche verstummten: Im Juni 1982 geriet die »City of Edinburgh«, eine Boeing 747-200 der British Airways, auf dem Weg von London nach Auckland in eine Wolke aus Vulkanasche. Kurz zuvor war 150 Kilometer entfernt der Galunggung ausgebrochen. Die feinen Partikel, die der Vulkan auf Java in die Atmosphäre geschleudert hatte, sorgten für einen Totalschaden in rund 11 500 Meter Höhe. Die Frontscheibe des Cockpits färbte sich schwarz, und innerhalb kurzer Zeit fielen alle vier Triebwerke aus – ein GAU, wie er in der Geschichte der Luftfahrt äußerst selten vorkam.

Wegen starken Druckverlustes in der Kabine musste Pilot Eric Moody in den Sturzflug übergehen und ließ die Maschine auf eine Höhe absacken, in der die Fluggäste ohne Sauerstoffmaske atmen konnten. Die Erschütterungen dieses Manövers hinderten einige Passagiere nicht daran, Abschiedsbriefe an ihre Angehörigen zu Hause zu kritzeln.

Während sich die Cockpit-Besatzung auf eine Notwasserung im Indischen Ozean vorbereitete, gelang Moody eine legendäre

Durchsage. »Meine Damen und Herren, wir haben ein kleines Problem. Alle vier Triebwerke sind ausgegangen. Wir geben unser verdammt Bestes, um sie wieder anzukriegen. Ich hoffe, Sie sind deswegen nicht allzu beunruhigt.«

Innerhalb von 13 Minuten verlor die »City of Edinburgh« mehr als 7000 Meter an Höhe, was ihr später einen Eintrag ins Guinness-Buch der Rekorde bescherte: für den längsten Gleitflug mit einer großen Passagiermaschine.

Schließlich gelang es Moody, die Triebwerke wieder zu starten und in den Steigflug überzugehen. Nun konnte er den Flughafen von Jakarta ansteuern. Seine Notlandung dort war eine fliegerische Meisterleistung: Der Pilot konnte die Lichter der Landebahn kaum erkennen, das Instrumentenlandesystem und die Landescheinwerfer funktionierten nicht. Doch irgendwie brachte Moody die Maschine sicher zu Boden, wo Rettungskräfte bereits auf das Flugzeug warteten.

Die Reparaturmannschaft, die Triebwerke und Frontscheibe austauschen musste, nannte die »City of Edinburgh« den »fliegenden Aschenbecher«. Eine Passagierin schrieb später ein Buch über den Zwischenfall und heiratete einen Mann, der in der Reihe vor ihr gesessen hatte. Auch die anderen Beteiligten hatten nach der unglaublichen Beinahe-Katastrophe das Bedürfnis, in Kontakt zu bleiben – gemeinsam gründeten die Passagiere und die 15 Besatzungsmitglieder den »Galunggung-Segelflugverein«.

In diesem Kapitel:

Trotzige Triebwerke, launische Lämpchen und crashende Computer

Kurz nach dem Start unserer Lufthansa-Maschine auf dem Weg von Bordeaux nach Frankfurt hörte das Flugzeug auf zu steigen. Da kam auch schon die Durchsage des Piloten: »Meine Damen und Herren, sicher haben Sie bemerkt, dass wir zurzeit nicht weiter an Höhe gewinnen. Der Grund dafür: Die Tür ist offen!« Nach einer Weile gespannter Nervosität unter den Passagieren folgte die Ergänzung: »Das war etwas unglücklich formuliert: Eine Lampe zeigt an, dass die Tür eventuell nicht richtig verschlossen ist. Wäre sie offen, hätten Sie das nach dem Öffnen Ihrer Sicherheitsgurte schon längst bemerkt!«

Matthias Borgert, Köln

Auf dem Flug von Las Vegas nach Los Angeles mit Pacific Southwest Airlines gab es Probleme mit dem Fahrwerk. Zweimal flogen wir über den Flughafen, damit die Mitarbeiter im Tower gucken konnten, ob unser Fahrwerk ausgefahren ist. Dann meldete der Pilot: »Ich habe gute Neuigkeiten. Wir können jetzt landen. Bitte ignorieren Sie die kleinen gelben Feuerwehrautos.«

Klaus D. Jaspert, Aichtal

Ein Flug über den Atlantik. Plötzlich krachte es im Flugzeug. Der Rumpf vibrierte, die Triebwerke stotterten. Die Maschine verlor an Höhe, die Passagiere zitterten. Nach einer Weile kam über die Bordlautsprecher die Ansage: »Meine sehr geehrten Damen und Herren, wenn Sie jetzt auf der rechten Seite aus dem Fenster schauen, sehen Sie mich, Ihren Kapitän, und meinen Co-Piloten in einem kleinen Rettungsboot. Wir wünschen Ihnen weiterhin einen angenehmen Flug!«

Heribert Morgott, Berlin

Auf dem Flug von Frankfurt am Main nach Detroit weckte uns auf etwa halber Strecke das Knacken der Lautsprecheranlage. Ein verschlafen klingender (nette Auslegung) beziehungsweise betrunken klingender (meine Auslegung) Steward informierte uns: »Meine, ähm, Damen und Herren – (Pause) – es ist schlimm.« (Längere Pause). Und dann: »Aber nicht *so* schlimm.« Wir schwankten zwischen Neugier und Anspannung. »Ein Triebwerk ist ausgefallen«, klärte er uns auf. Dann ein Knacken in der Leitung. Stille. »Aber wir haben insgesamt drei Triebwerke. Wenn noch eins ausfällt, können wir immer noch fliegen. Und wenn alle drei ausfallen, können wir immer noch landen!«

Sandra Voglreiter, Rostock

Nur fünf Minuten nach dem Start in Frankfurt machte unser Pilot diese Durchsage, die ich niemals vergessen werde: »Eine große Anzahl wichtiger Instrumente ist ausgefallen! Wir kehren nach Frankfurt zurück.« Nach einer äußerst holprigen Landung mussten wir drei Stunden warten, bis wir mit dem reparierten Flieger endlich nach Catania fliegen konnten.

Marc Schröder, Dortmund

Auf dem Flug von Köln/Bonn nach Gran Canaria meldete sich der Kapitän mit der Mitteilung: »Sehr geehrte Damen und Herren, bei uns im Cockpit leuchtet seit einiger Zeit ein rotes

Lämpchen auf. Leider wissen wir nicht, was das bedeutet, und wir können es auch nicht deaktivieren. Wir werden vorsichtshalber in München landen und das Problem begutachten.« Wir landeten in München, und nach zwei Stunden – in denen die Techniker kein Problem feststellen konnten – setzten wir den Flug nach Gran Canaria fort. Nicht wenige hatten ein ungutes Gefühl im Magen, doch alles verlief reibungslos.

Sergius Janik, Dortmund

Auf einem Flug mit Air Berlin von München nach Paderborn spürten wir, wie die Maschine kurz nach dem Start wieder in den Sinkflug überging. Kurz darauf meldete sich die Stewardess via Bordfunk: »Liebe Passagiere, wir haben leider schlechte Nachrichten für Sie aus dem Cockpit.« Darauf folgte eine kaum zu ertragende Pause. »Das Problem mit der Kontrollanzeige, das wir bereits beim ersten Startversuch hatten, ist erneut aufgetreten.« Denn schon zuvor hatte der Pilot direkt nach dem Start zum Flughafen zurückkehren müssen – meine Sitznachbarin faltete dabei die Hände zum Gebet und schickte eine Abschieds-SMS an ihren Freund. Nach der zweiten Landung in München bekamen wir dann eine neue Maschine.

Daniel Hofmann, Bielefeld

Auf dem Rückflug von Neuseeland nach Frankfurt mit der Fluglinie Garuda Indonesia mussten wir einen planmäßigen Zwischenstopp in Jakarta einlegen. Als das Flugzeug dann zum Weiterflug wieder auf die Startbahn rollte und beschleunigte, konnten wir immer schneller die Landschaft an uns vorbeiziehen sehen. Allerdings hob der Kapitän nicht ab, sondern vollführte mit allen ihm zur Verfügung stehenden Mitteln eine astreine Vollbremsung und rollte schließlich vom äußersten Ende der Startbahn zum Flughafengebäude zurück. Dann teilte der Pilot mit: »Ladies and gentlemen, I am sorry, we have a technical problem with the aircraft and I will consult other pilots of the airline about this issue. After that we will have a voting if this aircraft is fit to fly.« (»Meine Damen und Herren, es tut mir leid, wir haben ein technisches Problem mit dem Flugzeug, und ich werde mit ein paar Kollegen darüber beraten. Anschließend werden wir abstimmen, ob diese Maschine flugtauglich ist.«) Die Abstimmung ist offensichtlich negativ ausgefallen, da wir nach stundenlangem Warten mit einer Ersatzmaschine weitergeflogen und schließlich sicher in Frankfurt gelandet sind.

Jan Groener, Sindelfingen

Ein paar Sekunden nach dem Start unseres Fluges mit Qantas von Singapur nach Frankfurt erschütterte ein enormer Schlag das Flugzeug, dann war ein metallisches Kreischen zu hören. Die Boeing 747 vibrierte, und ohne Gurt hätten einige auf dem Gang gesessen. Kurz darauf kam eine Durchsage des Piloten: »Äh, wie einige von Ihnen vielleicht bemerkt haben, hatten wir ein Problem während des Take-off. Zurzeit untersuchen wir die Ursache. Alle Instrumente zeigen an, dass wir noch fliegen. Und dass wir noch in der Luft sind und ich mit Ihnen reden kann, bedeutet, dass dieses Problem nur vorübergehend war und wir unseren Flug fortsetzen können.« Ein paar Minuten später folgte die Ansage der Flugbegleiterin mit zittriger leiser

Stimme: »Da wir uns immer noch in der Luft befinden, besteht kein Grund zur Sorge.« Beruhigend war das nicht.

Carsten Steimel, Bielefeld

Auf einem Flug vom isländischen Akureyri nach Grönland im August wurde über dem Nordatlantik der linke Motor unseres Flugzeugs wegen einer Cockpit-Warnung sicherheitshalber abgeschaltet, und die Maschine kehrte um. Daraufhin knöpfte sich die Chef-Stewardess ihr Jackett zu, setzte ihr Käppi auf, trat vor die Passagiere und sagte: »Hi guys, there is absolutely nothing to worry about, but – I can only recommend: pray, pray, pray!!!« (»Hi Leute, es gibt absolut keinen Grund zur Sorge, aber ich kann nur eines empfehlen: beten, beten, beten!!!«) Anschließend verteilte sie sämtliche in der Bordbar vorhandenen Süßigkeiten und Getränke und fügte hinzu: »Wenn Sie sich plötzlich in einer Art Tunnel mit einem hellen Licht am Ende befinden – gehen Sie nicht in das helle Licht!«

Wir kamen wohlbehalten in Akureyri an. Es handelte sich nur um einen Elektronikfehler, nach dessen Behebung wir problemlos unsere Reise fortsetzen konnten. Allerdings staunten wir nicht schlecht, als wir auf der Rückreise wieder in Akureyri angekommen waren: Die Maschine, aus der wir gerade gestiegen waren, startete sofort wieder gen Grönland und setzte eine Viertelstunde später erneut in Akureyri auf – dieses Mal war der rechte Propeller abgeschaltet!

Nikolaus Tarouquella, Berlin

Nachdem wir schon eine ganze Weile am Gate gewartet hatten, ohne dass ein Flugzeug zu sehen war, meldete sich eine

Stimme per Lautsprecher: »Meine Damen und Herren, es tut mir leid, Ihnen mitteilen zu müssen, dass Ihr Flugzeug abgestürzt ist!« In der ganzen Halle herrschte Totenstille. Dann ging die Ansage weiter: »Wir starten es gerade neu, Sie können sich das wie bei Ihrem Computer zu Hause vorstellen.«

Matthias Heicke, Paderborn

Vor einigen Jahren bin ich mit einer deutschen Fluglinie von Buenos Aires nach Frankfurt geflogen. Schon das Einchecken wollte nicht so richtig vorangehen. Später, im Warteraum vor dem Boarding, wurden wir dann zweimal um jeweils eine Stunde wegen technischer Probleme am Flugzeug vertröstet. Nachdem auch die zweite Verspätung verstrichen war und wir inzwischen auch den obligatorischen Essensgutschein bekommen hatten (mmh … lecker), wurde uns ganz freundlich mitgeteilt, dass der Schaden nicht so schnell zu beheben sei und wir deshalb nach Buenos Aires ins Hotel gebracht würden. Musste also was Großes sein. Am nächsten Tag ging es dann mittags wieder zum Flughafen, wo das Einchecken diesmal richtig flott lief. Als wir dann auf dem Weg zur Startbahn waren, kam die Durchsage des Piloten, der trocken mitteilte, dass das technische Problem von gestern leider immer noch nicht behoben werden konnte: Die Sauerstoffmasken seien defekt. Das sei aber alles kein Problem, man würde einfach tiefer fliegen, so dass im Ernstfall schon genug Sauerstoff in der Kabine wäre. Schlauerweise hatte er das nur auf Deutsch gesagt, so dass es kaum Reaktionen darauf gab. Ich übersetzte es dann für ein paar Argentinier, die ich im Hotel kennengelernt hatte (wir hatten ja Zeit), worauf es dann doch noch etwas lauter wurde. Der Flug verlief trotzdem ohne Probleme. Fische konnten wir allerdings über dem Atlantik nicht ausmachen, so tief musste er dann wohl doch nicht fliegen.

Jan Francke, Madrid, Spanien

In einem Ferienflieger von Berlin nach Teneriffa machte der Kapitän nach einer ganzen Weile Flugzeit plötzlich diese Durchsage: »Ich habe eine gute und eine schlechte Nachricht. Die gute: Wir landen schon in einer Stunde. Die schlechte: Wir landen in Berlin.« Nach einer Pause erklärte er: »Wir haben ein Problem mit der Hydraulik und wollen nicht über offenes Wasser fliegen!« Alles ging zwar gut, aber die an der Landebahn bereitstehenden Rettungskräfte waren nicht besonders beruhigend.

Doreen Huschek, Schildow

Wir flogen mit Iberia von Zürich nach Barcelona. Unsere Plätze befanden sich direkt bei den Notausstiegstüren über den Tragflächen. Nach dem Starten der Turbinen empfand ich den Lärm der Motoren lauter als üblich und stellte fest, dass man an der Tür durch einen kleinen Spalt ins Freie blicken konnte. Ich traute meinen Augen nicht und rief den Kabinen-Service. Der Flugbegleiter bestätigte meine Beobachtung und versprach, sich darum zu kümmern. Nach ein paar Minuten kehrte er zurück und erklärte mir, dass dies nach Rücksprache mit den Technikern kein Problem sei, da der sich erhöhende Druck der Kabine die Tür in den Rahmen drücken und somit fest verschließen würde. Diese Erklärung beruhigte uns nicht wirklich, und so baten wir um einen anderen Platz, um nicht direkt an der Tür zu sitzen – nur so für den Fall. Er wies uns daraufhin neue Plätze zu, und es wurde normal gestartet. Der Flug verlief störungsfrei, so dass der Steward uns beim Landeanflug auf Zürich südländisch unbekümmert zuraunte: »Sehen Sie, wie es gehalten hat!«

Manfred Scheuerl, Hergatz

Nur Sekunden vor dem Aufsetzen, nachdem bereits die Begrüßung »Willkommen in Detroit!« über die Lautsprecher gekommen war, startete der Pilot die Maschine der US Airways durch und schwieg dann für circa fünf Minuten. Danach gab es dann diese Durchsage: »Meine Damen und Herren, wir haben hier ein rotes Licht im Cockpit, das uns signalisiert, dass irgendwas mit dem Fahrwerk nicht in Ordnung ist. Der Tower ist zwar der Meinung, dass das Fahrwerk draußen sei, aber wir schauen lieber mal im Handbuch des Flugzeugs nach.« Eine halbe Stunde und einige merkwürdige Geräusche später sind wir dann sicher gelandet.

Michael Pokern, Oberdorla

Vor einigen Jahren flog ich mit der mittlerweile pleitegegangenen Sabena nach Spanien. Wir betraten das Flugzeug und wollten auf unsere Plätze, als uns mitgeteilt wurde: Heute freie Platzwahl! Und zwar, wenn möglich, im hinteren Drittel des Flugzeugs. Wir wunderten uns zwar, nahmen aber Platz. Als das Flugzeug zum Start rollte, wurde uns die ungewöhnliche Anordnung von einem Steward erklärt: »Wie Sie bemerkt haben, ist das Flugzeug nicht vollbesetzt. Das liegt daran, dass eine der vorderen Türen defekt ist und wir aus diesem Grund nicht vollbeladen fliegen.« Nervlich waren wir am Ende. Aber es kam noch besser. Noch beim Start kam besagter Steward zurück und forderte uns auf: »Bitte schalten Sie Ihre Handys aus!« Alle schauten nach, kein Handy war an. Zwei Minuten später kam er wieder, mit der gleichen Bitte. Langsam wurden wir nervös. Der Start verlief dann aber ohne Probleme.

In der Luft setzte der Steward dann noch einen drauf: »Meine Damen und Herren, wir haben ein kleines Problem.« In diesem Moment war ich kurz davor durchzudrehen, von meiner Frau will ich gar nicht erst reden. Und er fügte hinzu: »Wir können Ihnen leider keinen Kaffee servieren!« Ich glaube heute noch, dass in diesem Moment mindestens 20 Personen den Steward gern gelyncht hätten.

Fernando Abad Manso, Löchgau

Vor dem Start unserer Boeing 777 von Chicago nach Frankfurt kam die Durchsage: »Meine Damen und Herren, unter unserem Flugzeug wurden diverse Schrauben gefunden. Der technische Dienst überprüft gerade, ob sie von unserem Flugzeug stammen.« Nach etwa einer Stunde kam wieder eine Durchsage: »Wir haben eine gute und eine schlechte Nachricht. Die gefundenen Schrauben sind nicht von unserem Flugzeug. Aber die Kontrolle hat ergeben, dass uns da Schrauben fehlen, wo eigentlich welche sein sollten.«

Nach einer weiteren Dreiviertelstunde folgte dann die letzte Durchsage: »Wie es scheint, haben wir wieder alle Schrauben an Bord und werden in Kürze starten.«

Robert Bielesch, Köln

Kurz vor dem Start einer Lufthansa-Maschine in München, es war der erste Flug des Tages nach Düsseldorf, um 6.40 Uhr: Die Maschine beschleunigte, aber es gab kaum Schub – ein schnelles Rollen, aber kein richtiges Beschleunigen. Irgendwas war faul. Nach halber Strecke bog der Pilot von der Startbahn ab. Dann teilte er über Lautsprecher mit: »Ja, wie Sie merken, liebe Gäste, das war KEIN Take-off, wir haben ein kleines Computerproblem. Sie kennen das aus dem Büro, wenn man früh morgens den Computer hochfährt. Manchmal will er nicht. Tja, und genauso kann es einem Bordcomputer hier bei uns auch gehen. Wir holen einen Techniker, der bringt das wieder in Ordnung.« Die saloppe Ansage trug nicht gerade zur Beruhigung bei – der Flug verlief danach jedoch problemlos.

Michael M. Winter, Mollet del Vallés, Spanien

Im Jahr 1981 habe ich in einer amerikanischen McDonnell Douglas DC-10 mit 330 deutschen Touristen an Bord beim Rückflug aus der Karibik einen Beinahe-Crash erlebt: Wir saßen schon alle in der Maschine auf dem Flughafen von San Juan in Puerto Rico, da kamen Techniker mit einer Leiter und untersuchten das linke Triebwerk. Ich saß so, dass ich alles genau beobachten konnte. Ein Feuerwehrfahrzeug mit einer Löschkanone auf dem Fahrerhausdach spritzte Wasser über das Triebwerk.

Ansage aus dem Cockpit: »Beim Tanken ist Benzin übergelaufen, und das wird nun abgespült.« Danach rollte die Maschine zur Startbahn, beschleunigte – und kurz vor dem »Point of no Return« explodierte dieses Triebwerk. Ich sah Flammen, dann weißen Nebel durch die automatische Feuerlöschanlage, das Feuer war sofort aus. Der Pilot legte eine Vollbremsung hin. Kaum zu glauben, wie schnell so eine schwere Maschine abbremsen kann. Wir rollten zur Abfertigung zurück und verließen dann das Flugzeug. Während wir alle warteten, wie es nun weitergeht, stand plötzlich der Kapitän bei uns. Ein älterer Herr, vermutlich um die sechzig, recht klein. Natürlich wurde er mit Fragen bestürmt. Er grinste breit und sagte: »Eine oder zwei Sekunden später – und wir hätten echt ein Problem gehabt.«

Walter Schwarzer, Erkrath

Auf einem Flug in einer amerikanischen Linienmaschine hatte ich einen Fensterplatz über der Tragfläche und bemerkte, dass sich bei jedem Wippen des Flugzeugs ein großer Spalt quer über die Tragfläche öffnete. Als ich die eine Stewardess diskret darauf hinwies, dass die Tragfläche sich von uns löst, und es ihr zeigte, wurde sie sehr blass. Sie bat mich, nichts zu sagen, und verschwand. In den folgenden Stunden fand ich meine innere Ruhe fürs Leben. Selbst beim Aussteigen wurde kein Wort darüber verloren.

Volker W. Stieber, Winston-Salem, USA

Kurz vor Silvester 1999/2000 reiste ich mit meinem Freund Frank nach Nepal. Es war sein erster Flug und sein erster Trip nach Asien. Ein denkwürdiger Augenblick. Wie Flugneulinge so sind, verunsicherten ihn die Geräusche, die in einem Flugzeug zu hören sind. Ich versuchte, ihm alles zu erklären: Wwwwwwwwwffffrt! Frank: »Was war das?« Ich: »Der Pilot hat gerade die Landeklappen gecheckt. Schau mal aus dem

Fenster!« Schrrrschrrschrr! BONG! Frank: »Und das?« Ich: »Die Beladung des Gepäcks!« ZZZZZZschrup! Frank: »Und das?« – »Hmm, die haben gerade die Ladeklappe geschlossen.« Frank lehnte sich zurück und schloss die Augen. »Na dann«. RATTER RATTER PENG! Das Flugzeug setzte sich rückwärts in Bewegung. Ich erklärte: »Jetzt haben sie das kleine Gefährt vorn angesetzt und rollen das Flugzeug rückwärts!« Frank: »Okay.«

Als wir auf der Startbahn standen, kam die Ansage des Kapitäns der Royal Nepali Airlines: »Meine Damen und Herren, wir bereiten uns auf den Start vor. Wir …« Urplötzlich war ein metallisches Geräusch zu hören, das sich vom Bug ausgehend Richtung Heck zu bewegen schien, vergleichbar dem Klang reißenden Papiers. Nur unendlich lauter. »Das klingt lustig! Das ist doch normal, oder?«, fragte Frank. Meine Antwort: »Ähm … also eigentlich …« Eine gewisse Unruhe hatte die Passagiere erfasst, und einige fragten sehr laut, was das wohl war.

Der Pilot meldete sich zu Wort: »Liebe Passagiere, ich muss Ihnen mitteilen, dass wir technische Prob…« In dem Moment machte es irgendwo laut BONG, und die Energie war weg. Kein Licht, die Triebwerke dröhnten nicht mehr und surrten langsam aus. Eine dralle nepalesische Stewardess versuchte, die Passagiere zu beruhigen. »Kein Problem, Sir, kein Problem … bitte seien Sie ruhig und haben Sie Geduld. Unser Kapitän ist ein sehr geschickter Mann.«

So saßen wir in absoluter Dunkelheit (es war 21 Uhr abends), und niemand sagte uns, was los war. Dafür hörten wir Geschrei aus dem Cockpit. Dann plötzlich rege Betriebsamkeit unter der

Maschine. Ein Anlasserfahrzeug fuhr heran und startete extern die Triebwerke neu. Das Licht ging wieder an, die Stewardessen lächelten professionell. Doch wirkliche Ruhe herrschte nicht unter den Passagieren. Ein paar wollten aussteigen, sagten dies aber nicht der Stewardess, sondern anderen Passagieren.

Dann wieder eine Durchsage: »Meine Damen und Herren, wir sind jetzt bereit zum Starten. Möge Gott mit uns sein.« Die Triebwerke dröhnten auf, und die Maschine raste die Startbahn entlang. Als wir langsam an Höhe gewannen, sagte Frank: »Na hoffentlich passiert uns das nicht noch mal in zehn Kilometer Höhe.« Seine Stimme war dabei sehr ruhig, sehr bestimmt – und so laut, dass auch die Passagiere um uns herum das hören konnten. Während des gesamten Fluges, bis zur Zwischenlandung in Dubai, war es fast totenstill in der Maschine.

Ulli Kunz, Berlin

Unser Flug von Mönchengladbach nach Luton startete mit zwei Stunden Verspätung, weil es an der Maschine technische Probleme gab. Als wir in der Luft waren, flogen wir quasi auf »Schleichfahrt« in zwei Kilometer Höhe nach Luton. Der Kapitän meldete sich aus dem Cockpit: »Wir begrüßen Sie auf dem Flug nach Luton. Wie bereits gemeldet, hatten wir technische Probleme – aber wir befinden uns ja jetzt auf dem Weg zu unserem Ersatzteillager in Luton.«

Gunther Bierbrauer, Siegen

Bei einem Flug von Dresden nach Hamburg mit Cirrus Airlines gab es rechts außerhalb des Flugzeugs einen lauten Knall, der Flieger wackelte kurz, und dann klapperte es ständig an der rechten Seite. Die Flugbegleiterin und schließlich auch der Pilot schauten ratlos aus dem Fenster hinter der Tragfläche, konnten aber nichts erkennen. Zurück im Cockpit machte der Kapitän folgende Durchsage: »Wir wissen nicht, was es war, aber wir fliegen noch. Wir gehen jetzt auf 4000 Meter runter und fliegen weiter nach Hamburg.« Die Passagiere der kleinen Maschine wurden vorsichtshalber auf die linke Seite gesetzt. Nach der Landung stellte sich heraus, dass sich an der rechten Seite eine Verkleidung geöffnet hatte, die Notrutsche herausgerissen worden war und ein Metallteil gegen die Außenhaut der Maschine geschlagen hatte.

Uwe Hofmann, Hamburg

Ich habe eine interessante Durchsage des Piloten kurz vor dem Start in Stuttgart erlebt. Nachdem sich der Abflug nach Berlin verzögert hatte, wurde den Passagieren mitgeteilt, dass es Probleme mit dem Bordcomputer gebe, der den Startvorgang steuert. »Ist halt so 'ne Windows-Macke«, erklärte der Pilot lapidar. »Den Fehler werden wir nun per Fernwartung aus Berlin beheben.« Na toll. War richtig beruhigend, das zu wissen. Einige Passagiere bestanden anschließend darauf, ein persönliches Gespräch mit dem Kapitän zu führen, um sich die »Macken« erläutern zu lassen. Das hat er dann auch gemacht. Der Flug verlief danach trotz Windows-Betriebssystem problemlos.

Ralph Jakisch, Berlin

Vor einem Lufthansa-Flug von Frankfurt nach Washington wurde im Warteraum Folgendes durchgesagt: »Meine Damen und Herren, wir haben einen Defekt an der Maschine, der derzeit behoben wird. Der Abflug verzögert sich daher.« Durch ein Fenster konnten die Passagiere sehen, wie die Piloten wild in dicken Büchern blätterten. Eine Stunde später: »Die Lufthansa hat sich entschlossen, die Maschine auszutauschen. Der Abflug verzögert sich weiter.« Eine weitere Stunde später, dieselbe Maschine stand noch am Gate, hieß es: »Meine Damen und Herren, Ihre Maschine ist nun zum Einsteigen bereit!« Immerhin hat der Pilot dann die Fluggäste beruhigt: »Es war ein Lämpchen für 80 Cent. Seien Sie versichert, dass diese Maschine hundertprozentig in Ordnung ist – sonst würde ich auch nicht mitfliegen.«

Dirk Mallwitz, Monheim

Ein Vielflieger erzählte mir folgende Geschichte. Sie stammt aus der Zeit, als üblicherweise im Cockpit noch drei Leute arbeiteten. Mein Bekannter hatte gerade auf seinem Sitz in der Reihe des Notausgangs Platz genommen, als der Sitznachbar ihn fragte: »Haben Sie auch Flugangst?« Er antwortete: »Eigentlich nicht, Flugzeuge sind heute so sicher, es kommt doch kaum noch zu Unglücken.« Der Nachbar stoppte das Gespräch, vermutlich hatte er auf einen »Flugangst-Kumpel« gehofft oder fühlte sich nicht ernst genommen.

Das Flugzeug startete, es gab Essen, und danach begaben sich die Leute zur Ruhe. Die Gespräche und andere Geräusche in der Kabine wurden merklich weniger. Plötzlich fragte der Sitznachbar aufgeregt: »Hören Sie auch dieses merkwürdige Pfeifen?« Der Angesprochene hörte zunächst nichts, drehte dann seinen Kopf ein bisschen nach rechts und links, und in der Tat: Von der Tür her hörte man ein recht hohes und durchaus lautes Pfeifen. Er schaute sich dann etwas genauer den Türrahmen an und sagte: »Da ist ja ein Loch!« Der Nachbar wurde kreidebleich. In der linken unteren Ecke des Türrahmens schimmerte aus einem winzigen Loch die Sonne von außen schwach durch, ein wenig Luft entwich aus der Kabine. Der Luftstrom verursachte das Pfeifen.

Der Mann mit Flugangst war völlig fertig und drückte sofort den Service-Knopf. »Da ist ein Loch in der Tür«, teilte er der Stewardess mit. Ihrem Gesicht war anzusehen, dass sie ihm kein Wort glaubte. Die Passagiere deuteten auf das winzige Loch und erwähnten auch das Pfeifen durch die entweichende Luft. Die Stewardess sagte: »Oh, da muss ich wohl den Purser holen.« Der Chef-Steward kam nach einigen Minuten und vergrößerte das Unbehagen. »Hm, das muss sich wohl unser Bordtechniker mal ansehen.« Der Mann mit Flugangst hatte jetzt große Schweißperlen auf der Stirn. »Ist so ein Loch im Rumpf nicht gefährlich?«, fragte er den Purser. »Das kommt darauf an, ob es größer wird oder nicht.«

Schließlich kam vom Cockpit der Techniker, sah sich die Tür an und sagte: »Kein Problem, das haben wir gleich.« Er verschwand kurz, kam mit einer Rolle Gaffa-Klebeband zurück und legte drei Lagen über das Loch in der Tür. Das Pfeifen verschwand, und die Sonne konnte man auch nicht mehr sehen. Der Sitznachbar meines Bekannten brauchte allerdings noch eine Zeitlang, bis er wirklich glauben konnte, dass damit das Problem zumindest für den Rest des Fluges behoben war.

Marcellus Buchheit, Shoreline, USA

INFOBOX: Wie weit kommt ein Flugzeug ohne Triebwerke?

Selbst wenn sämtliche Triebwerke ausfallen, können Verkehrsflugzeuge im Gleitflug noch erstaunliche Distanzen zurücklegen. Aus zehn Kilometern Höhe kann ein Airbus A320 beispielsweise noch etwa 150 Kilometer gleiten. Allerdings führen Kurven und Wendemanöver zu Höhenverlust, in der Praxis ist also die Reichweite bei der Ansteuerung eines Flughafens für eine Notlandung meist geringer. Auch das Gewicht des Flugzeugs beeinflusst die Reichweite.

Klingt jedenfalls seriös.
H&B

Kapitel 5

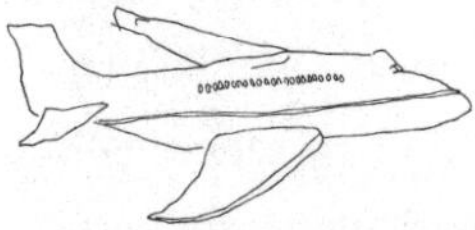

Flüge in fernen Ländern: »Im Cockpit können kaufen Wodka«

Reisen bildet, heißt es – und manchmal bringt einem schon der Flug eine andere Kultur nahe. Wer zum Beispiel mit der arabischen Fluglinie Qatar Airways fliegt, kann sich jederzeit die Richtung, in der Mekka liegt, auf dem Bildschirm anzeigen lassen. Wer in China abhebt, der wird sich schon mal über Fußabdrücke auf der Toilettenbrille wundern, Fluggäste in Alaska staunen über Schlittenhunde in der Kabine.

Und wer mit russischen Fluggesellschaften unterwegs ist, der kann mit einem Laster der Russen konfrontiert werden: dem Trinken. Meistens sind es Passagiere, die selbst am frühen Morgen zollfrei eingekauftem Whisky, Wodka oder Cognac zusprechen und dann schwer alkoholisiert ihre Mitreisenden nerven – bis sie von diesen sogar in die Toilette eingesperrt werden, wie im Januar 2008 auf einem Flug von Kaliningrad nach Moskau passiert. Überliefert ist aber auch ein Fall, in dem russische Passagiere revoltierten, weil sie einen betrunkenen Kapitän im Cockpit vermuteten.

Im Dezember 2008 begrüßte der Pilot Alexander C. in einer Boeing 767 auf dem Flughafen von Moskau seine Gäste so undeutlich, dass die Zuhörer noch nicht einmal die Sprache identifizieren konnten. Besorgt protestierten sie bei der Bord-Crew. Doch die forderte die Passagiere auf, das Flugzeug zu verlassen, wenn sie nicht mitfliegen wollten. Die erregten Fluggäste verlangten den Kapitän zu sehen. Sein Gesicht war krebsrot, seine Augen blutunterlaufen, schilderte ein Augenzeuge. »Sehe ich für Sie betrunken aus?«, fragte C. »Ja!«, entgegneten einige der Passagiere.

Erst nach heftigen Protesten und stundenlangem Warten tauschte die Fluglinie den Piloten aus. Ein Angestellter versicherte einem mitreisenden Reporter zufolge, dass ein betrunkener Kapitän eigentlich keine große Sache wäre. »Er muss doch nur einen Knopf drücken, und das Flugzeug fliegt von selber«, sagte er. »Das Schlimmste, was passieren kann, ist, dass er im Cockpit über etwas stolpert.« Später entschuldigte sich die Fluglinie und gab zu, dass C. am Abend vorher seinen Geburtstag gefeiert habe. Sie bestritt allerdings, dass der Pilot noch betrunken gewesen war.

In fernen Ländern herrschen fremde Sitten – und manchmal ein anderes Verständnis für Sicherheit. In die Neugier auf Exotik kann sich in manchen Ecken des Globus ein Prickeln der Furcht mischen. Speziell dann, wenn die Reise mit einheimischen Fluglinien fortgesetzt werden soll, die die in Europa geltenden Sicherheitsanforderungen nicht erfüllen.

Was Kunden der Yemenia Airlines erlebten, wurde nach dem tödlichen Absturz vor den Komoren im Juni 2009 bekannt: Eine Bürgerinitiative komorischstämmiger Franzosen hatte sich schon seit längerem über »fliegende Särge« beklagt, die im jemenitischen Sanaa starteten. Oft sollen Gurte an Bord gefehlt haben, die Toiletten verstopft gewesen sein, und in überbuchten Fliegern hätten die Passagiere auf den Gängen neben ungesichertem Gepäck hocken müssen.

Doch nicht nur die Crew und die Technik können dem entspannten Flugvergnügen einen Strich durch die Rechnung machen: Auf den Landebahnen der Ferne kreuchen und fleuchen öfter einheimische Lebewesen mit wenig Verständnis für das Risiko, in das sie sich begeben. Gazellen und Gnus trotten über Afrikas Pisten, heilige Kühe rupfen in Indien im Fluglärm stoisch Gras, Kängurus hüpfen in Australien über die weiten Flächen der Landebahnen. Auf kleineren Flughäfen in afrikanischen Ländern ist eine Extrarunde vor der Landung ratsam, um im Tiefflug das Terrain zu sichten – was auch flugerfahrenen Passagieren ein gewisses Prickeln beschert …

In diesem Kapitel:

Kreuzende Krokodile, üble Übersetzungsfehler und heilige Hindernisse

Bei einem Flug von Erfurt nach Agadir versuchte die Crew der Royal-Air-Maroc-Maschine die Ansagen auf Deutsch zu machen: »Im Notfall werden Sie von den kleinen Lampen zu den Notausgängen gefeuert.«

Philipp Hoffmann, Hannover

Flüge mit russischen Airlines sind schon ohne besondere Vorkommnisse selten lustig. Die Maschine, mit der wir eigentlich fliegen sollten, war leider vor zwei Tagen von besonders patriotischen Tschetschenen abgeschossen worden. In der Ersatzmaschine herrschte nun gedrückte Stimmung. Das Flugzeug schien nur durch Kilometer von Klebeband zusammengehalten zu werden. Eine Durchsage vom Kapitän hellte schließlich die Stimmung deutlich auf. Zweisprachig verkündete er: »Im Cockpit Sie können kaufen für kleines Geld Wodka und Bier!« Ich ärgerte mich, dass mein vorher eingenommenes Beruhigungsmittel Alkohol verbat.

Yannick Philipp Schwarz, Kassel

Im Anflug auf Mumbai in Indien vor ein paar Jahren: Die Crew machte ihre Standardansage: »In wenigen Minuten landen wir in Mumbai. Bitte kehren Sie zu Ihren Sitzen zurück, legen Sie den Sicherheitsgurt an und stellen Sie die Rückenlehnen aufrecht.« Das Flugzeug begann mit dem Sinkflug. Doch etwa zehn Minuten später flogen wir eine scharfe Rechtskurve und stiegen wieder.

Dann meldete sich der australische Co-Pilot aus dem Cockpit: »Ladies and gentlemen, unsere Landung wird sich bedauerlicherweise ein wenig verzögern. Es befinden sich anscheinend gleich mehrere Kühe auf der uns zugewiesenen Landebahn. Der Tower informiert uns, dass man leider keine Gewalt anwenden könne, aber alles versucht werde, die heiligen Geschöpfe dort wegzulocken und in Sicherheit zu bringen.« Kurze Pause, dann kam der trockene Nachsatz: »Lassen Sie uns hoffen, dass es gelingt, bevor uns der Sprit ausgeht. Bis dahin genießen Sie die Extrarunden. Und willkommen in Indien!« Glücklicherweise waren uns die Götter wohlgesinnt – nach etwa einer Dreiviertelstunde Kreisen konnten wir sicher landen.

Silke Preussker, Hongkong

Während des Anfluges auf Bangkok mit Thai Airways gab der Pilot die üblichen Informationen zur Zeitverschiebung, den Temperaturen und so weiter. Dann fügte er deutlich grimmiger hinzu: »Übrigens sind 99,99 Prozent der thailändischen Frauen keine Prostituierten.«

Lutz Neumann, Berlin

Bei einer Landung mitten in der chinesischen Provinz waren die ausländischen Passagiere sehr überrascht, dass offensichtlich der ganze Ort mit Autos und Fahrrädern gekommen war, um die Landung zu beobachten. Doch als das Flugzeug wieder abgehoben hatte, strömten all diese Menschen vom Seitenstreifen auf die Rollbahn und benutzten sie wie zuvor wieder als Straße.

Eberhard Spohd, Berlin

Im Jahr 2000 auf einem Emirates-Flug von Dubai nach Riad sagte die Stewardess nach der Landung: »Herzlich willkommen in Riad. Bitte stellen Sie Ihre Uhren um eine Stunde und einhundert Jahre zurück, die Außentemperatur beträgt …«

Knut Splett-Henning, Rensow

Auf einer Flugreise, bei der wir circa 200 Kilometer von Nowosibirsk aus mit einem extrem kleinen, alten Flugzeug fliegen mussten, wurde das Gepäck zwischen den Passagieren verstaut, unter anderem auch eine Ziege. Der Kapitän ließ die Tür zum Cockpit offen, so dass man einen herrlichen Blick nach vorn hatte, aber doch das Gefühl bekam, man befände sich in einem fliegenden Traktor. Ich habe von Anfang an innerlich gebetet, dass dieser Alptraum schnell zu Ende geht. Zur Entspannung bin ich dann in die Kabine des Kapitäns gegangen und habe ein paar Worte mit ihm gewechselt. Plötzlich stand er auf und sagte mir, ich solle mich auf den Pilotenstuhl setzen. Er zeigte mir kurz, wie ich das Steuer halten sollte und verschwand dann auf der Toilette. Ich habe mich noch nie so schwach gefühlt wie in diesem Moment! Zum Glück kam er schnell wieder und grinste mich an. Mein Puls war auf 180!

Mathias Bergmann, München

Auf dem Flug von Düsseldorf nach Dalaman in der Türkei musste unser Pilot die Landung unmittelbar vor dem Aufsetzen abbrechen und durchstarten. Auch den zweiten Versuch brach er ab und kreiste dann rund zehn Minuten über dem Meer. Erst nach dem dritten Anlauf landeten wir. Vom hörbar schlechtgelaunten Piloten kam die Durchsage: »Beim ersten Mal gab es Kühe auf der Landebahn. Das Englisch der türkischen Fluglotsen trägt auch nicht gerade zur Sicherheit bei, gelinde gesagt. Und dann hat genau beim zweiten Anflug der Wind gedreht, und wir kamen in eine Warteschleife. Man könnte fast meinen, man sei hier in Dalaman.«

Christian Bendel, Düsseldorf

Auf einem Flug von Dubai nach Düsseldorf mit Emirates, sagte der Steward kurz vor der Landung in leicht gebrochenem Deutsch: »Meine Damen und Herren, bitte halten Sie die Dicken bereit.« Gemeint waren die Decken, die eingesammelt werden sollten. Nach der Landung informierte er uns dann: »Die Ohrzeit beträgt 19.20 Uhr, und die Temperaturen liegen bei 80 Grad.« Die Passagiere staunten nicht schlecht.

Syril Gregory, Köln

Ich war auf dem Weg von Neuseeland nach München und musste in Bangkok umsteigen. Dort angekommen, begleitete uns eine Thai-Airways-Angestellte durch den Flughafen zu unserem Anschlussflug. Plötzlich blieb sie stehen, ein weiterer Mitarbeiter der Airline kam hinzu und erklärte uns: »We are very sorry, but you can't fly to Munich tonight. We lost the plane – but it was here this afternoon!« (»Es tut uns sehr leid, aber Sie können heute Abend nicht nach München fliegen. Wir haben das Flugzeug verloren – aber heute Nachmittag war es noch hier!«)

Jonas Hahn, Ulm

Als wir im Landeanflug über Amsterdam schwebten, sahen wir, dass ziemlich dicht beim Flughafen ein Großbrand wütete. Kurze Zeit später kam die trockene Durchsage des Piloten:

»Für alle, die zum ersten Mal nach Amsterdam fliegen: Auf der linken Seite sehen Sie einen der berühmten Coffee Shops.«

Johannes Schiff, Tübingen

Bei einem Flug von Singapur nach Lombok in Indonesien mit Silk Air hatten wir eine ruppige Landung. Nachdem der Kapitän die Maschine einmal hart aufgesetzt hatte, sprang sie wieder etwas hoch und setzte ein zweites Mal auf, bevor der Pilot durchstartete. Wir flogen eine Schleife und landeten nach dem zweiten Versuch. Danach sagte der Co-Pilot über den Lautsprecher: »Sehr geehrte Damen und Herren, liebe Tierfreunde. Beim ersten Versuch hat der Kapitän Krokodile auf der Landebahn gesehen, weshalb wir etwas später aufsetzten. Plötzlich waren da noch mal Krokodile, weshalb wir nochmals kurz in die Luft gingen. Dahinter war zu wenig Landebahn, um zum Stehen zu kommen. Bei unserer zweiten Landung waren alle Krokodile weg. Kein Tier ist zu Schaden gekommen. Wir würden uns sehr freuen, wenn Sie bald wieder mit der tierfreundlichsten Airline der Welt fliegen würden.«

Michael Hierl, Berlin

Auf einem Flug mit der Swissair von Dubai nach Zürich kam diese Durchsage: »Wir haben soeben den griechischen Luftraum verlassen, worüber wir auch ganz froh sind, weil das Englisch der Fluglotsen wenig ausgeprägt ist.«

Michael Müller

Ich war selber Pilot und habe in Kanada mit einer zweimotorigen Piper Navajo Geschäftsleute von Ort zu Ort geflogen.

Diese Maschinen haben kein geschlossenes Cockpit, so dass die Passagiere alles mitbekommen, was sich vorn abspielt. Während des ersten Golfkrieges waren wir kurz vor der Landung auf dem Saint-Hubert Airport, auf einem Flugplatz bei Montreal, der auch vom Militär genutzt wurde. Wir flogen über ein Wohngebiet der Militärangehörigen. Einige Kinder hatten wohl eine Leuchtrakete des Militärs gefunden, die sie nun im Dunkeln abschossen. Sie verfehlte uns nur um wenige Meter. Während die Passagiere vor Panik schrien, funkte mein Co-Pilot ganz ruhig an den Tower: »You 're sure, sir, this is Saint-Hubert and not Bagdad?« (»Sind Sie sicher, dass wir in Saint-Hubert sind und nicht in Bagdad?«)

Raimund Wild, Montreal, Kanada

Auf einem Flug mit der El Al von Frankfurt nach Tel Aviv machte der Pilot folgende Durchsage: »Wenn nichts dazwischenkommt und wir nicht abgeschossen werden, sind wir in gut drei Stunden in Tel Aviv. Dort ist das Wetter dann genauso schlecht wie hier.«

Christian Wolf, Hamburg

Vor dem Abflug vom australischen Flughafen Proserpine in Queensland gab der Pilot durch: »Meine Damen und Herren, hier spricht Ihr Kapitän. Ich entschuldige mich für die Verspätung, aber es sieht von hier so aus, als müsse die Boden-Crew noch ein paar Kängurus von der Startbahn verscheuchen.« Einige Zeit später meldete er: »Hier spricht nochmals Ihr Kapitän. Wie es aussieht, wird das noch eine Weile dauern.« Aus dem Fenster konnten wir die Jagd des Personals mit kleinen

Gepäckschleppern auf die eleganten und vor allem schnellen Kängurus beobachten.

Frank Jaeger, München

Die erschreckendste Durchsage erlebte ich bei einem American-Airlines-Flug von Boston nach Frankfurt. Nach bereits zwei Stunden über dem Atlantik drehte die Maschine plötzlich um. Der Steward, dessen Deutsch ein bisschen eingerostet war, machte die folgende Durchsage: »Meine Damen und Herren, wir haben gewendet, da eines der Triebwerke brennt. Nun müssen wir in neu gefundenem Land runter.« Unter den Passagieren machte sich mittelschwere Panik breit: Maschine brennt? Land finden? Erst die englischsprachige Durchsage des Piloten beruhigte wieder etwas: Eines der Triebwerke verbrenne zu viel Öl, deshalb würden wir in Neufundland landen.

Raphael Gnirck, Bad Homburg

Nachdem wir wegen angeblich »schlechten Flugwetters« schon lange auf unseren Flug von Moskau nach Ulan-Ude in Sibirien gewartet hatten, wurden wir endlich von einem Bus in die hinterste Ecke des Domodedowo-Flughafens gebracht. Dort stand eine alte Tu-134, an deren Heck noch geschraubt wurde. Aus dem Flugzeug stürzten uns die Flugbegleiterinnen entgegen und riefen: »Gehen Sie weg von hier!«, und der gestresst wirkende Pilot fragte: »Wer hat euch hierhergebracht?! Ich brauche noch mindestens zwei Stunden, um 600 Schrauben anzuziehen! Ich bin schon seit fünf Uhr hier!«

Nach erfolglosen Versuchen, die Flugtickets zurückzugeben, eine Ersatzmaschine zu bekommen oder an einen Ansprechpartner der Fluggesellschaft Enkor heranzukommen, wurden wir zwei Stunden später wieder zum Flugzeug gebracht. Auf dem Weg zur Landebahn wurde das Flugzeug angehalten. Der Pilot rannte hinaus und stritt mit einigen Enkor-Mitarbeitern. Dann kam er zurück und sagte: »Was erzählen die mir?! Die Maschine funktioniert! Wir fliegen!« Und wir sind geflogen. Nach der weichen Landung wurden Bonbons verteilt.

Elena Jouravel, Berlin

Während eines Fluges von Christchurch in Neuseeland ins australische Brisbane hat der Kapitän uns erklärt, dass der Flughafen in Brisbane derzeit zu »busy« sei und wir nicht landen könnten. Er fügte hinzu: »But we are lucky, they gave us the loop over the Barrier Reef. Now I can show you how beautiful our country is.« (»Aber wir haben Glück und dürfen die Schleife über das Great-Barrier-Riff fliegen. Jetzt kann ich Ihnen zeigen, wie wunderschön unser Land ist.«) Alle Passagiere waren traurig, als der wunderbare Sightseeing-Flug beendet war.

Cornelia Willert, Moerfelden-Walldorf

Nach der Landung in Johannesburg kam folgende Durchsage: »Danke für Ihren Flug mit Kulula und willkommen in Johannesburg. Sollten Sie Ihr Auto nicht mehr in der Parkgarage vorfinden, wenden Sie sich an Kulula und wir besorgen Ihnen einen günstigen Mietwagen.«

Peter Zangerle, Umhlanga Rocks, Südafrika

Im Landeanflug einer australischen Qantas-Maschine auf Wellington in Neuseeland meldete der Kapitän, der sich gerne an den Sticheleien zwischen Australiern und Neuseeländern beteiligte: »Ladies and gentlemen. In wenigen Minuten landen wir in Wellington. Bitte vergessen Sie nicht, Ihre Uhren um 22 Stunden zurückzustellen.«

Martin A. Wielebinski, Halle

Auf dem Weg von San Francisco nach Seattle überflogen wir den Mount St. Helens, der vor ein paar Jahren ausgebrochen war. Der Pilot machte dann die Durchsage: »Wir drehen jetzt eine Runde, damit Sie mal in einen Vulkan schauen können.« Und als der Linkskreis vollzogen war, ergänzte er: »Und jetzt das Ganze noch mal anders herum, damit die Passagiere auf der rechten Seite auch was davon haben.« Man konnte direkt in den Krater des Vulkans hineinschauen, denn der Pilot flog wirklich zwei Steilkurven.

Gerald Könke, Eschach

Vor Jahren wagte ein Bekannter auf einer Indienrundreise einen Inlandsflug. Als nach drei Stunden Verspätung immer noch Warten angesagt war, ging er zur Maschine. Dort waren mehrere Arbeiter damit beschäftigt, die verklemmte Einstiegstür mit Brechstangen aufzuhebeln. Nachdem das geschafft war, konnten zwei Dutzend Passagiere nicht mit an Bord, da man die Plätze in Türnähe frei lassen wollte. Damit sie nicht rausreißen konnte, wurde die Tür innen mit Stricken festgebunden. Als weitere Sicherheitsmaßnahme wurde der Flug in Bodennähe absolviert. Das hieß beim Flug durch das Gebirge: Blick nach links – Felshänge, Blick nach rechts – Felshänge. Ab und zu ging es mal steil nach oben, dann war ein Berg im

Weg. Am Ziel angekommen, imitierte mein Bekannter den Papst und küsste die Rollbahn.

Heiko Lappat, Berlin

Ich flog von Hongkong nach Peking mit China Southern Airlines. Die Boeing sah schon von außen etwas heruntergekommen aus. Meine Beunruhigung wuchs, als ich feststellte, dass sich die Kabinenverkleidung oberhalb des Fensters in meiner Sitzreihe ein Stück zurückklappen ließ und den Blick auf den Zwischenraum freigab. Die Krönung war, dass die Verkleidung des Triebwerks, das wir von unserem Fenster aus sehen konnten, von Rissen durchzogen war. Teilweise waren die oberen Schichten abgeplatzt. Der chinesische Steward, den ich rief, erwies sich als sehr hilfreich. Er fixierte zunächst die Kabinenverkleidung mit Klebeband und erklärte mir dann in gebrochenem Englisch: »Keine Angst! Das Flugzeug ist sehr zuverlässig. Es fliegt schon seit zwanzig Jahren!«

Manuel Wittek, Karlsruhe

In den achtziger Jahren flog ich mit der rumänischen Fluglinie Tarom von Bukarest ans Schwarze Meer. Die Stewardess stellte fest, dass auch Deutsche an Bord waren. Voller Freude machte sie folgende Ansage auf Deutsch: »Meine Damen und Herren, willkommen an Bord der Tarom. Wir möchten Sie darauf hinweisen, dass sich in dieser Maschine keine Schwimmwesten befinden, da diese Airline zu den sichersten der Welt gehört.« Es handelte sich um eine ehemalige russische Propellermaschine, die vom Militär ausgemustert worden war.

Vera Conrad, München

Der Kapitän auf einem Ryanair-Flug von Frankfurt nach Göteborg begrüßte uns mit den Worten: »Liebe Fluggäste, ich begrüße Sie herzlich auf unserem Flug nach Edinburgh.« Darauf sagten mein Sitznachbar und ich zu dem Steward, der neben uns stand, dass wir eigentlich nach Göteborg fliegen wollten. Antwort des Stewards: »Ja, kein Problem. Wissen Sie, der Pilot ist Franzose.«

Karin Brünnemann, Bratislava

Auf einem Air-Berlin-Flug von Moskau nach Berlin sah der überwiegende Teil der russischen Passagiere recht robust aus. Die deutsche Ansage des Flugbegleiters lautete: »Meine Damen und Herren, zum Start werden wir nun das Kabinenlicht dimmen. Sollten Sie verständlicherweise Angst vor Ihrem Sitznachbarn bekommen: Über Ihnen befinden sich kleine Leseleuchten, die Sie gegebenenfalls anschalten können.« Die englische Ansage war dann sehr neutral formuliert.

Werner Portner, Berlin

Bei einem Flug mit einem Kleinflugzeug über das Orinoco-Delta zum Salto Angel in Venezuela machte der britische Pilot folgende Ansage: »Meine Damen und Herren, wie Sie sehen, hätten wir in dem dichten Dschungel dort unten große Schwierigkeiten, einen Platz für eine Notlandung zu finden. Das macht aber eigentlich nichts. Denn dort unten gibt es so gut wie nichts, das wir essen könnten, aber eine Menge Tiere, die uns verspeisen möchten.«

Felix Bodmann, Moisburg

Nach der Landung unserer United-Airlines-Maschine aus Las Vegas in San Francisco fügte die Stewardess zu ihrer üblichen Ansage Folgendes hinzu: »Welcome to San Francisco – and remember, what happens in Vegas stays in Vegas. Welcome back to reality!« (»Willkommen in San Francisco … und denken Sie daran, was in Vegas passiert, bleibt in Vegas. Willkommen zurück in der Realität!«)

Markus Grau, München

Anfang der neunziger Jahre flog ich mit einer kasachischen Fluglinie von Hannover nach Almaty. Die Tupolew Tu-154 sah nicht gerade vertrauenerweckend aus. Unsere Boarding-Pässe wurden von einem Mechaniker kontrolliert, der so düster dreinblickte, als habe er gerade vergeblich versucht, die Maschine wieder flugfähig zu machen. Auf die Frage, ob er überhaupt selber mitfliegen würde, antwortete er: »Ich bin nicht befugt, Ihnen darüber Auskunft zu geben.«

Andreas Pertsch, Langenhagen

INFOBOX: Wie sicher ist Fliegen?

Am gefährlichsten ist der Weg zum Flughafen, sagt die Luftfahrtbranche – und auch die Statistiker stimmen dem im Allgemeinen zu. Flugzeugabstürze sind selten und solche ohne Überlebende noch seltener. Auch die Zahlen des internationalen Fluggesellschaftsverbands IATA zeugen von einem sicheren Verkehrsmittel: Pro eine Million Starts kam es im Jahr 2008 zu weniger als einem schweren Unfall mit Totalverlust eines Linienjets. Von 2,3 Milliarden Passagieren weltweit kamen nach dieser Erhebung 502 ums Leben, das heißt, nur jeder viereinhalbmillionste Flugreisende verunglückte tödlich. Im Straßenverkehr dagegen starben allein in Deutschland im gleichen Jahr fast 4500 Menschen.

Dieser Vergleich ist jedoch trügerisch, denn geflogen wird im täglichen Leben ungleich weniger als Auto gefahren. Doch selbst das Statistische Bundesamt scheut sich, eine direkte Gegenüberstellung zwischen den unterschiedlichen Verkehrsmitteln Flugzeug, Auto und Bahn zu berechnen, zu unzureichend sei die Datenbasis. Grob lässt sich jedoch Folgendes feststellen: Bezieht man die Zahl der tödlich verunglückten Passagiere auf die zurückgelegten Kilometer, dann schlägt das Flugzeug Auto und Bahn in puncto Sicherheit bei weitem. Bezogen auf die »Passagierbewegungen«, das heißt auf die Anzahl der Flüge, Auto- oder Bahnfahrten, ist Fliegen gefährlicher als andere Verkehrsmittel.

Sehr geehrte Damen und Herren: Über Kassel wird auch heute wieder unser mobiler Brezelverkäufer zusteigen!
H&B

Kapitel 6

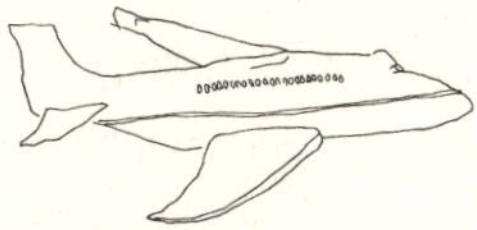

Auf Reiseflughöhe: »O mein Gott, die Tragfläche!«

Langeweile auf der Langstrecke: Um sich die Zeit zu vertreiben, spielen zwei Piloten im Cockpit eine Runde »Ich sehe was, was du nicht siehst«. Doch nachdem in Sekundenschnelle die Begriffe »Himmel« und »Wolken« erraten sind, fällt ihnen nichts mehr ein. Schon verdammt öde, so ein Routineflug. Um am Arbeitsplatz endlich mal wieder etwas zu lachen zu haben, beginnen die beiden, die Passagiere zu irritieren. Sie schalten das Mikro an und sagen Dinge wie »Meine Damen und Herren, hier spricht der Kapitän. Es gibt überhaupt keinen Grund zur Beunruhigung« oder »Die Tragflächen brennen *nicht*«.

So beginnt ein legendärer TV-Sketch des Briten John Cleese, der später mit der Komikertruppe Monty Python bekannt wurde. Cleese spielt darin einen Piloten, der zusammen mit seinem Co-Piloten (Graham Chapman) versucht, die routinierte Eintönigkeit eines Langstreckenfluges zu durchbrechen.

Mit absurden Sicherheitshinweisen scheuchen die beiden ihre Passagiere durch das gesamte Flugzeug und amüsieren sich königlich über das Chaos, das in der Kabine ausbricht. »Bitte entfernen Sie Ihr Gepäck aus den Fächern und platzieren Sie es in den Fächern auf der gegenüberliegenden Seite!«,

»Lösen Sie nicht Ihre Anschnallgurte!«, »Setzen Sie sich auf Ihr Handgepäck!«.

So übertrieben die Komik dieser Pilotensatire ist – manchmal sind tatsächliche Ansagen während eines Fluges kaum weniger irritierend. Da fordern Piloten die Passagiere zum Kehren auf oder erteilen Anweisungen zur Benutzung des Toilettenpapiers. Oder Crewmitglieder geben zu, dass ihnen bei Turbulenzen selbst immer ganz schlecht wird.

Schon mancher Fluggast wird bei solchen Sprüchen vermutet haben, dass gerade jemand mit versteckter Kamera filmt und alles nur ein Witz ist. Trotzdem: Glücklicherweise ist bislang noch kein Fall bekannt, in dem – wie am Ende des Sketches – die Passagiere wegen ein paar Durchsagen in Panik aus dem Flugzeug sprangen. Muss wohl daran liegen, dass Fenster und Notausgänge ziemlich robust gebaut sind.

In diesem Kapitel:

Kippende Kaffeekannen, pichelnde Piloten und flirtfreudige Flugbegleiterinnen

Nachdem wir auf einem Flug von Hamburg nach London gerade zehn Minuten in der Luft waren, stürzte eine Stewardess gut sichtbar für alle Passagiere an ein Fenster und brüllte: »O mein Gott, die Tragfläche!!« Viele Fluggäste schrien, und alle schauten entsetzt auf die völlig intakte Tragfläche, woraufhin die Stewardess in ihr Mikrofon sagte: »Ich wollte das immer schon mal machen. Entschuldigen Sie. Wir werden in Kürze mit dem Servieren der Bordgetränke beginnen.« Auffallend viele Passagiere bestellten alkoholhaltige Getränke.

Felix Schulz, Hamburg

Beim Anflug auf Paris teilte uns der Kapitän mit: »Sehr geehrte Damen und Herren, Sie werden gemerkt haben, dass die Sonne abwechselnd von rechts und von links in die Kabine scheint. Man kann das beim Fliegen auf zwei Arten erreichen: rollen oder kreisen. Heute haben wir uns entschlossen, Kreise zu fliegen.«

Martin Kallenbach, Klaukkala, Finnland

Auf einem Flug von Berlin nach Frankfurt fuhr der Pilot das Fahrwerk mehrmals aus und gleich wieder ein. Nach dem fünften oder sechsten Mal kam dann eine Durchsage aus dem Cockpit: »Meine Damen und Herren, wie Sie sicher bemerkt haben, wurde das Fahrwerk mehrmals aus- und wieder eingefahren. Wir haben drei Kontrollleuchten, von denen eine nicht ausgegangen ist. Jetzt ist sie aus.« Und nach einer Pause fügte er hinzu: »Oder die Lampe ist kaputt.«

Johann Nemetz, Hofheim am Taunus

Auf einem Flug von Köln nach Dresden mit Germanwings im Januar verkündete der Pilot gleich nach dem Start: »Wir haben einen turbulenten Flug vor uns und verzichten auf den Bordservice. Was nutzt Ihnen der Kaffee, wenn wir ihn über Ihre Hose kippen?«

Alexander Brandt, Königswinter

Ich bin vor einem Jahr mit Delta Air Lines nach Atlanta geflogen. Nach einer guten Stunde machte der Steward eine Durchsage, dass in Frankfurt vergessen wurde, Toilettenpapier aufzufüllen. Aus diesem Grunde solle man mit dem verbleibenden Papier sparsam umgehen oder eigene Taschentücher nutzen.

Henning Winter, Kelkheim

Auf einem Flug von Orlando nach Sacramento erklärte uns die Crew, was passieren würde, wenn wir Gepäckstücke vergessen würden: »Wenn Sie irgendetwas an Bord lassen, finden Sie es morgen auf eBay!«

Kay Gregersen

Auf einem Lufthansa-Flug von Berlin nach Zürich teilte uns der Pilot mit, dass die Chefstewardess seit fünf Jahren Single und der Meinung sei, dass alle Männer untreu sind. Dann forderte er: »Da die Maschine voll mit Geschäftsleuten ist, drückt bitte jeder Mann, der nicht dieser Meinung ist, den Serviceknopf über sich.« Das tat ein Großteil der Passagiere, und die Chefstewardess musste unter großem Applaus an jeden Platz gehen und das Licht wieder ausschalten.

Uwe Miroslau, Hamburg

Auf einem Flug von München nach Pisa mit Air Dolomiti war die eine Stewardess sehr freundlich, die andere schaute dagegen sehr missmutig drein. Es schien Zickenkrieg zu herrschen. Dann kam die Durchsage des Kapitäns: »Der Kapitän und die Hälfte der Crew wünschen Ihnen einen guten Flug!«

Klaus Lipinski, Düsseldorf

Vor einigen Jahren auf einem Flug von Budapest nach Berlin hatte eine easyJet-Stewardess sehr gute Laune. Beim Snackverkauf beugte sie sich besonders tief zu den Passagieren herunter und flüsterte: »Haben Sie irgendwelche Gelüste oder sonstige Begierden?«

István Koren, Berlin

Ich bin am Tag der Anschläge auf das World Trade Center von Marokko nach Deutschland geflogen. Weil wir genau zur Zeit der Angriffe im Transferbus saßen, haben wir nichts davon mitbekommen. Im Flugzeug sagte dann plötzlich der Pilot: »Falls wir keine Irren an Bord haben, sind wir in zwei Stunden in München.«

Markus Berger, Augsburg

In einer KLM-Maschine auf dem Flug von Amsterdam nach Bagdad ließen sich die Lehnen einiger Sitze nicht mehr aufrecht stellen. Die Stewardess erklärte dazu: »Ja, das Problem kennen wir. Aber da machen wir jetzt nichts mehr dran, heute ist sowieso der letzte Flug dieser Maschine. Es ist unsere letzte DC-8, und die wird morgen ausgemustert.«

Holger Schweizer, Ditzingen

Kurz nach dem Start einer Maschine der Continental Airlines in San Francisco informierte uns der Kapitän, dass sich über den Rocky Mountains ein ausgedehntes Schlechtwettergebiet befinde, das auf dem Weg nach Houston leider nicht umflogen werden könne: »Aus diesem Grund können wir Ihnen während des Fluges leider keinen Bordservice bieten. Wenn ich es mir allerdings so überlege: Für einen Whiskey oder Wodka pro Passagier haben wir noch Zeit – und Sie werden ihn nötig haben!« Der Flug wurde dann auch die schlimmste Achterbahnfahrt meines Lebens.

Joachim Richter, Düsseldorf

Flugangstgeplagt wie ich bin, ist mir Schlafen im Flieger fremd, und so nutze ich die Zeit – bei Tag und Nacht, Sonnenschein und Nebel –, aus dem Fenster zu schauen oder die Fluginformationen auf dem Bildschirm aufmerksam zu verfolgen. Ich frage mich dann Dinge wie »Sind wir hoch genug oder nicht?« und sehne den rettenden Ankunftsflughafen herbei. In einer sternenklaren Nacht auf einem Flug von Addis Abeba nach Frankfurt im Juni 2007 beobachtete ich mit großem Interesse eine riesige Stadt, die ich als ein Meer an Lichtern unter uns erkennen konnte und die sich kilometerweit entlang unserer Flugrichtung ausdehnte. Da in der alten Lufthansa-Maschine kein Bordunterhaltungssystem und somit keine Positionsanzeige eingebaut war, fragte ich also eine der Flugbegleiterinnen nach dem Namen dieser Stadt. Sie schaute aus dem Fenster, zuckte mit den Schultern und erklärte, sie müsse den Kapitän fragen. Nach einigen Minuten kam die nette Flugbegleiterin zurück und sagte zu mir, dass es ihr leidtue, aber der Kapitän wisse auch nicht, um welche Stadt es sich handelt, da er diese nicht auf der Karte gefunden habe. Darauf ich: »Ist nicht so schlimm, solange der Kapitän Frankfurt findet, ist das schon okay – ach ja, und bitte noch ein Bier!« Bei einem späteren Flug auf der gleichen Route fand ich heraus, dass es sich bei der Stadt um Kairo handelte.

Jürgen Stäudel, Wunsiedel

Auf unserem Lufthansa-Flug von Frankfurt nach Bangalore machte der Erste Offizier kurz nach dem Start folgende Durchsage: »Sehr geehrte Damen und Herren, wir sind mit einer halben Stunde Verspätung in Frankfurt gestartet. Deshalb geben wir jetzt mächtig Gas. Lehnen Sie sich zurück, entspannen Sie sich, denn so schnell werden Sie in einer 747 nie wieder fliegen!«

Jens Hoch, Berlin

Auf einem Flug mit der Airline Niki von Nürnberg nach Wien sprach der Kapitän in Reimen. Anstelle von »Cabin crew, prepare for take-off« sagte er: »Mädels, setzt euch hin, wir fliegen jetzt nach Wien.«

Bernd Lanwer, München

Lufthansa-Flug am 31. März 2006 von Moskau nach Hamburg. Durch eine Startverzögerung landete die Maschine mit Sondergenehmigung erst nach 24 Uhr, also am 1. April. Diesen Anlass nutzte eine Stewardess zu folgender Ansage: »Sehr geehrte Damen und Herren, herzlich willkommen in Hamburg-Fuhlsbüttel. Bevor unsere Maschine am Terminal angekommen ist und die Anschnallzeichen erloschen sind, möchten wir Sie kurz um Ihre Aufmerksamkeit bitten: Wie Sie sicherlich den Medien entnommen haben, bietet Lufthansa seit kurzem ein besonderes Programm für günstige Flüge innerhalb Europas an. Um Ihnen dieses Angebot unterbreiten zu können, ist die Lufthansa auf Ihre Mithilfe angewiesen. Wir bitten Sie daher, die gelesenen Zeitungen und Zeitschriften aufzuheben und in den Altpapierbehältern im Flughafengebäude zu entsorgen.

Darüber hinaus möchten wir alle Passagiere beim Verlassen des Flugzeugs bitten, ihre Sitzgurte ordentlich über Kreuz zu legen, so wie Sie diese beim Einsteigen vorgefunden haben. Die Passagiere der letzten Reihe bitten wir, mit den bereitgestellten Besen das Flugzeug von hinten nach vorne zügig durchzukehren. Den Passagier, der die Maschine als Letzter verlässt, bitten wir, den Zündschlüssel abzuziehen und diesen im Hamburger Stadtbüro von Lufthansa in den dafür vorgesehenen Briefkasten einzuwerfen. Ich wünsche Ihnen allen eine gute Nacht und einen schönen 1. April.« Zumindest bis zu den Besen hatten die meisten Gäste die Ansage ernst genommen. Die Dame hatte Sinn für Humor.

Andreas Nendza, Moskau, Russland

Vor etwa 20 Jahren, Flug von Frankfurt am Main nach Barcelona. Nach dem Start begann die Ausgabe von Getränken. Mein Kollege und ich saßen ganz vorn, direkt hinter der geöffneten Cockpittür. Anscheinend hatten Pilot und Co-Pilot einen Grund zum Feiern. Der Steward schenkte beiden einen (echten) Whiskey ein. Es wurde sich zugeprostet, auf ex getrunken und gelacht. Anschließend wurden dann die Passagiere bedient. Diesen »Spaß« habe ich bis heute nicht vergessen.

Mike Neun, Erlangen

Auf einem Flug mit einer kleinen OLT-Maschine (Ostfriesische Lufttransport GmbH) von Köln nach Bremen war ich der einzige Passagier. Nach etwa 30 Minuten in der Luft drehte sich der Pilot zu mir um und fragte: »Steigen Sie in Bremen oder Kopenhagen aus?«

Michael Schlösser, Köln

Auf einer Reise mit United Airlines von Seattle nach Portland: Es war ein stürmischer Dezembertag, und mir wurde etwas flau, als ich sah, dass wir in einer winzigen Propellermaschine fliegen sollten. Die Stewardess tat ihr Übriges, um unsere Nerven in Spannung zu versetzen. »Sehr geehrte Passagiere, dies wird ein recht unerfreulicher Flug. Auf dem Weg hierher mussten wir dreimal anfliegen, bis wir endlich landen konnten. Mir ist also schon ganz schlecht!« Der Flug war denn auch furchtbar holprig, und die Tatsache, dass besagte Stewardess sich in ein angeregtes Gespräch über harte Landungen, Beinahe-Katastrophen und den 11. September mit einem Passagier an unserer Seite vertiefte, trug nicht gerade dazu bei, dass ich den Flug genoss.

Sandra Hoffmann, Seattle, USA

Am 11. September 2001 konnten wir vor dem Start unseres Lufthansa-Fluges von Hamburg nach Düsseldorf am Gate die Bilder der einstürzenden Türme im Fernsehen verfolgen. Viele Passagiere hatten sich schon entschlossen, nicht mehr in die Maschine zu steigen. Als unser Flug dann losging, meldete sich der Pilot: »Hier spricht Ihr Kapitän. So wahr uns Gott beisteht, versuche ich, Sie jetzt nach Düsseldorf zu bringen.«

Torsten Appel, Hamburg

Ich kann mich noch sehr gut an meinen ersten Flug mit Pulkovo Aviation von Berlin nach St. Petersburg erinnern. Die Ansage einer Stewardess hat ihn mir unvergesslich gemacht. Mitten auf dem Flug ging ein Ruck durch die Maschine. Ich hätte mir wahrscheinlich nichts dabei gedacht. Dann aber kam die Durchsage: »Sehr geehrte Damen und Herren! Es gibt keinen Grund zur Beunruhigung, unsere Piloten sind so ausgebildet, dass sie die Maschine sogar im Flug reparieren können! Wir wünschen Ihnen weiterhin eine gute Reise!« Es ist nichts weiter passiert, und wir landeten wohlbehalten in St. Petersburg.

Anja Köhler, Potsdam

Auf einem Flug mit British Airways von Belfast nach London machte der Pilot diese Durchsage: »Meine Damen und Herren, dies ist mein erster Flug«, und erst nach einer längeren Pause beendete er den Satz mit »von Belfast heute«. Als die Leute in der Kabine aufgeatmet hatten, fügte er hinzu: »Die Passagiere auf der linken Seite können die Lichter einer großen Stadt unter uns sehen. Wir denken, das könnte Liverpool sein, aber wir müssen das noch auf unseren Karten überprüfen.« So ging es den ganzen Flug weiter – der lustigste Flug, den ich je erlebt habe!

Clive Nunn, Reading, Großbritannien

Nachdem wir auf einem Lufthansa-Flug von München nach Berlin die Reiseflughöhe erreicht hatten, meldete sich der Kapitän: »Sehr geehrte Damen und Herren, wie Sie sehen, ist unser Flug nach Berlin heute Abend nicht besonders voll. Sie haben daher die freie Sitzwahl. Wir bitten Sie, einen Fensterplatz einzunehmen, damit die Konkurrenz denkt, wir wären ausgebucht.«

Claus-Henning Cappell, Heidelberg

Auf einem Flug aus der Dominikanischen Republik nach Frankfurt meldete sich plötzlich der Kapitän: »Liebe Passagiere, in Kürze fliegen wir über das Bermuda-Dreieck, es könnte etwas unangenehm werden.« Nach einer kurzen Pause fügte er hinzu: »Wir möchten uns jetzt schon von Ihnen verabschieden und wünschen Ihnen noch eine schöne restliche Flugzeit!« Gemeint war zwar die Nachtpause, aber angenehm waren diese Worte nicht.

István Koren, Berlin

Bei einem Flug von Düsseldorf nach Monastir mit Tunisair fielen kurz nach dem Start des neuen Airbus die Klimaanlage und das Licht aus. Die Maschine wackelte heftig, und der Pilot vollführte ungewöhnliche Manöver. Plötzlich flog die Cockpittür auf, und eine Stewardess rannte nach hinten, während sie für alle sichtbar mit dem Daumen nach unten zeigte.

Dann meldete sich der Pilot über die Lautsprecher in gebrochenem Deutsch: »Damen und Herre – habe wir kleine technische Prrrobläm und werde in Düsseldorf notlande!« Nach dem Landeanflug ohne Touchdown startete der Pilot aber durch und sagte: »Habe wir kleine technische Prrrobläm behoben und werden in Monastir landen!«

Was passiert war, weiß ich bis heute nicht – es gab keine weiteren Durchsagen.

Elmar Brunsch, Gronau

Kurz nach dem Start unserer Air-Berlin-Maschine von Scharm el-Scheich nach Frankfurt kam über die Lautsprecheranlage die Frage, ob ein Arzt an Bord sei. Da hob weit über die Hälfte der Passagiere den Arm – sie alle waren Mediziner auf dem Rückflug von einem Ärztekongress in Ägypten. Der erkrankten Passagierin ging es dank der (Über-)Versorgung gleich viel besser.

Uwe Hofmann, Hamburg

Folgendes habe ich auf einem – zugegebenermaßen äußerst günstigen – Charterflug von Wien nach Alaska erlebt: Nach dem Steigflug fiel uns auf, dass auf der Toilette das Licht ausgefallen war. Nachdem ich das der etwas älteren Stewardess gemeldet hatte, war sofort ein kleiner, noch etwas älterer Mann im Blaumann unterwegs, um den Schaden zu beheben. Dann begann an einigen Stellen im Flugzeug Wasser von der Decke zu tropfen. Der Techniker war wieder zur Stelle, diesmal mit einer Leiter. Nur die Klimaanlage, keine Sorge! Schließlich fielen im gesamten Mittelgang Licht, Strom und die Bordunterhaltung aus. Langsam begannen wir uns Sorgen zu machen und meldeten auch dies der Stewardess. Die charmante Antwort war: »Why do you worry? The engines are still running!« (»Warum machen Sie sich Sorgen? Die Triebwerke laufen doch noch!«)

Patrick Auer, Wien, Österreich

INFOBOX: Was sind die häufigsten medizinischen Notfälle in Flugzeugen?

Eine Erhebung der Ruhr-Universität Bochum ergab, dass Ohnmachtsanfälle mit Abstand die häufigsten medizinischen Zwischenfälle an Bord sind. Allerdings konnten die Forscher nur zwei europäische Fluglinien für ihre Studie gewinnen. Sie werteten über 10000 medizinische Notfälle aus der Zeit von 2002 bis 2007 aus. 53 Prozent davon waren Ohnmachtsanfälle, dahinter folgten Magen-Darm-Beschwerden mit neun sowie Herzattacken mit fünf Prozent.

Überraschend selten sind dagegen Thrombosen: In der Studie machten sie weniger als 0,5 Prozent der Fälle an Bord aus. Wie das »Deutsche Ärzteblatt« berichtet, kommt es allein bei Lufthansa 50-mal im Jahr vor, dass sich ein Pilot wegen eines medizinischen Notfalls für eine Rückkehr oder einen Zwischenstopp entscheidet.

Die Flugbegleiter haben zwar Erste-Hilfe-Kenntnisse, meistens bekommen sie jedoch Unterstützung aus der Kabine: Nach Angaben der Lufthansa befand sich im Jahr 2008 bei 82 Prozent der Zwischenfälle ein Arzt unter den Passagieren.

VERDAMMTER NEBEL! ICH KANN DIE VERDAMMTE LANDEBAHN NICHT SEHEN!
H&B

Kapitel 7

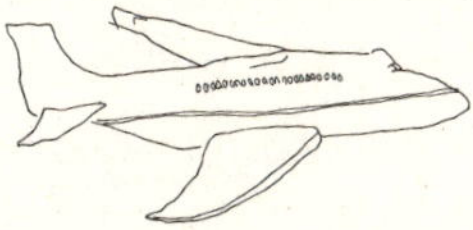

Schlechtes Wetter: »Wir sind soeben in Bremen gewassert«

»Sind Sie weit geflogen?«, fragte der Knecht im Frühjahr 1932 auf einer nordirischen Weide neugierig. »Von Amerika«, antwortete Amelia Earhart direkt nach ihrer Landung mit einer Lockheed Vega 5B bei Derry. Gerade hatte die mutige Frau als erste Pilotin der Welt den Atlantik überquert. Ihre Leistung wurde in keiner Weise dadurch geschmälert, dass sie ihr Ziel eigentlich um 900 Kilometer verfehlte: Geplant hatte die 34-Jährige eine Landung in Paris. Starker Wind und eisiges Wetter brachten die Amerikanerin an den Rand der irischen Insel.

Auch eine andere Rekordpilotin wurde durch die Unbill des Wetters immer wieder aufgehalten: Amy Johnson gelang 1930 zwar als erster Frau ein Soloflug von England nach Australien. Die Reise im offenen Cockpit geriet allerdings für die als »fliegende Sekretärin« bekannte Britin zum lebensgefährlichen Abenteuer und dauerte mit fast 20 Tagen länger als erhofft.

Im dichten Nebel musste sich die 26-jährige Johnson einen Weg an den Gipfeln des Taurusgebirges vorbei suchen – für einen Flug über das mehr als 4000 Meter hohe Massiv in der Türkei war ihre einmotorige de Havilland Gypsy Moth zu schwer beladen. Schon am nächsten Tag zwang sie ein Sandsturm zur Landung in der Wüste vor Bagdad. Im südostasiatischen Rangun machte ihre Propellermaschine einen Kopfstand auf einer regennassen Landebahn – und nach einer Notlandung auf Java musste sie den Stoff der Tragflächen, die durch einen Sturm beschädigt worden waren, mit Klebestreifen ausbessern.

Abenteuergeist, Wagemut und Improvisationstalent halfen den beiden Frauen auf ihren Rekordflügen – Eigenschaften, die bald 80 Jahre nach ihren Heldentaten in der Luftfahrt selten gefragt sind. Dank Autopilot, Wetterradar und der Unterstützung von Bodenstationen lassen sich heutige Piloten nicht mehr »verwehen« wie Earhart. Und sie finden ihren Weg mittels Funknavigation und sind nicht mehr wie Amy Johnson auf zusammengesuchte Landkarten angewiesen. »Ich musste nehmen, was ich kriegen konnte – manche waren gut, manche schlecht«, schrieb sie nach ihrem Rekordflug. Das Papier wurde in Streifen geschnitten und aufgerollt, »so dass ich sie nach und nach entrollen konnte«.

Dennoch: Trotz aller technischen Hilfen bringen extreme Wetterlagen auch heute noch ausgeklügelte Flugpläne durcheinander. Während Blitz und Donner vorwiegend im Hochsommer für Verspätungen sorgen, stürzen Schnee und Eis Flughäfen regelmäßig ins Chaos – auch im durchaus Kälte gewohnten Deutschland.

In diesem Kapitel:

Gewittergefahren, Nebelnöte und endlose Enteisungen

Unser Abendflug von Berlin nach München hatte sich wegen extrem starken Schneefalls erheblich verzögert. Als wir endlich in der Maschine saßen, mussten wir zur Enteisungsanlage rollen, vor der wir wiederum eine Weile warten mussten. Die Besatzung teilte uns mit, dass der Räumdienst alle Hände voll zu tun habe und dass es in München noch schlechter aussehe. Wir müssten hier zunächst auf ein Startfenster warten, was noch dauern könne.

Nach der Enteisung teilte uns der Pilot dann trocken mit, dass er zwar immer noch auf eine Freigabe warte, aber auch kein ausdrückliches Startverbot bekommen habe. »Wir mogeln uns jetzt einfach mal raus, und wenn wir erst mal in München sind, müssen sie uns auch runterlassen.« Gesagt – getan! Und wir landeten sicher im verschneiten München.

Siegfried Heiland, München

Während des Orkans »Kyrill« waren wir auf dem Weg von Berlin nach Düsseldorf, die Maschine war voll mit Vielfliegern. Kurz vor dem Landeanflug kam dann die Durchsage: »Wir müssen hier ein bisschen kreisen, Düsseldorf meldet extreme Windböen, momentan ist der Flughafen geschlossen. Wir haben noch Sprit für 15 Minuten.« Wie auf Kommando schaute jeder auf seine Uhr. Kurz vor Ablauf der 15 Minuten ist der Pilot halsbrecherisch, aber gekonnt gelandet. Für die fliegerische Leistung ein Kompliment, aus psychologischer Sicht wäre aber eine Nachschulung empfehlenswert.

Gerd Steinrücke, Düsseldorf

Im Landeanflug auf Mallorca flogen wir in dunkler Nacht und vollständigem Nebel, als die Maschine einen kurzen Ruck machte. Sofort fingen fast alle Passagiere an zu klatschen, weil sie dachten, wir seien gelandet. Dann kam aber die Durchsage des Kapitäns: »Vielen Dank für Ihren Beifall. Aber es ist relativ normal, dass wir vor der Landung das Fahrgestell ausfahren.«

Dirk Jung, Berlin

Am ersten Weihnachtstag 2006 wollte ich mit Air Canada von Boston nach Halifax fliegen. Alle anderen Flüge nach Halifax waren gestrichen worden – nur dieser nicht. Zunächst sah es wie Glück aus. Doch dann stellte sich heraus, dass der besonders wagemutige Pilot einfach nur zu Weihnachten zu Hause sein wollte. Direkt nach dem Start gab er bekannt, dass Halifax in dichtem Nebel liege, er jedoch zuversichtlich sei, dass sich der Nebel bis zu unserer Ankunft aufgelöst haben würde.

Nach zwei Stunden Flug meldete sich der Pilot wieder: »Wir sind nun über Halifax, und ich habe eine gute und eine schlechte Nachricht: Die schlechte ist, dass der Nebel sich noch nicht aufgelöst hat. Die gute ist, dass wir noch reichlich Sprit haben, um ein bisschen zu kreisen.« Nach einer Stunde meldete er sich erneut: »Diesmal habe ich zwei schlechte Nachrichten. Erstens: Der Nebel ist noch immer da. Zweitens: Wir haben nun auch keinen Sprit mehr und müssen sehen, wie wir runterkommen.« Zum Glück hat alles gut geklappt.

Holger Bauer, Hamburg

Mein Lieblingsspruch auf einem sehr turbulenten Flug um ein Gewitter herum war folgender: »Hier spricht der Kapitän. Ich wurde gerade gefragt, wie weit unsere Tragflächen ausschlagen. Im Moment sind es 2,50 Meter. Bei 2,70 Meter reißt die erste Niete. Und wir haben 10000 Nieten an Bord.«

Volker Rapp, Erkrath

Bevor wir unsere Maschine der Edelweiss Air am Flughafen von Cancún besteigen konnten, tobte ein starkes Gewitter. An den benachbarten Gates warteten auch die Passagiere von LTU und Condor auf ihre Flüge. Nach einer Weile kamen dann nacheinander die Durchsagen der jeweiligen Crews, dass der Start wegen des Unwetters auf unbestimmte Zeit verschoben werde. Fünf Minuten später meldete sich auch unser Pilot und sagte im Züricher Dialekt: »Meine Damen und Herren, Sie haben die Durchsagen meiner deutschen Kollegen gehört. Nach reiflichem Überlegen haben wir uns entschieden: Wir probieren's mal – so schlimm wird es schon nicht sein.« Das war es dann auch nicht.

Robin Egeter, Buchs, Schweiz

Bei einem Flug nach München konnten wir wegen eines schweren Gewitters nicht landen und mussten fast eine Stunde über der Stadt kreisen – was dank der starken Böen dem Gefühl einer Achterbahnfahrt sehr nahekam. Als wir schließlich unsanft gelandet waren, kam die Durchsage einer gutgelaunten Stewardess: »Ich habe eine gute Nachricht für alle Sparfüchse unter Ihnen: Sie sind heute zum normalen Flugpreis mehr als die doppelte Strecke geflogen!«

Dirk Thiesmann, München

Auf dem Rückflug von Antalya nach Innsbruck tobte kurz vor dem Ziel ein Gewitter. Es war schon recht dunkel, und durch die Fenster war außer den Blitzen nichts zu erkennen. Die Maschine drehte bereits zur Landung ein, und das Fahrwerk war schon ausgefahren. Der Pilot informierte uns, dass er wegen des Unwetters eine etwas harte Landung erwarte und sich dafür schon im Voraus entschuldigen wolle.

Ein paar Sekunden später hörten wir plötzlich vom Cockpit: »Sch…, was macht der Berg auf der Landebahn!« Die Maschine wurde mit brachialer Gewalt vom Piloten nach rechts gerissen. Unter den Passagieren brach regelrecht Panik aus, und alle möglichen Gegenstände flogen durch das Flugzeug. Beim zweiten Versuch setzte die Maschine sehr schräg auf der Landebahn auf und ruckte nochmals heftig hin und her. Der Pilot entschuldigte sich und begründete den Zwischenfall mit einem technischen Defekt im Flugzeug, durch den er auf Sicht landen musste – welche Sicht?

Achim Mantel, München

Anflug auf Düsseldorf im Nebel. Die Lufthansa-Maschine setzte zur Landung an. Draußen war nur dichter grauer Brei. Plötzlich heulten die Turbinen auf, die Maschine nahm die Nase nach oben und startete durch. Dann kam die Ansage aus dem Cockpit: »Meine Damen und Herren, Sie haben gesehen, was ich gesehen habe: Nichts. Deshalb bin ich durchgestartet. Danke.«

Lutz Beukert, Norderstedt

Vor einigen Jahren auf einem Winterflug ins wie üblich völlig vernebelte Cork in Irland hat der Pilot angesagt: »Well, folks, you know the procedure. I am now trying my very best to find the airport.« (»Tja, Leute, ihr kennt das. Ich werde jetzt mein Bestes geben, um den Flughafen zu finden.«) Das hat er dann auch getan. An Bord waren fast nur Iren, und die irische Fluglinie litt noch nicht unter Geldproblemen. Deswegen waren schon auf dem Flug viele kleine Fläschchen mit Schnaps ausgeteilt worden. Insofern hielt sich die Aufregung in Grenzen.

Dr. Michael Hassler, Frankfurt

Bei einem Flug durch Schneetreiben von München nach Hamburg hatten wir bereits in Hamburg aufgesetzt, als der Pilot plötzlich hart durchstartete. Lange herrschte Stille, erst nach einer Kurve über die Elbe erklärte ein Crew-Mitglied: »Der Fluglotse und der Kapitän waren sich nicht recht einig darüber, ob die Landebahn reichen würde. Der Kapitän hat beschlossen, es nicht zu testen.«

Christian Sue, Lübeck

Beim Landeanflug mit einer TAP-Maschine über Madeira, einem der gefährlichsten Flughäfen Europas, saß ein Steward neben mir. Wohl wegen des steilen Anfluges und da es stürmisch war, begann er ein Ave-Maria zu beten.

Eva Börgens, Bonn

Nach der Landung in Frankfurt im Winter bei Schnee und Eis mussten wir mit laufenden Triebwerken auf ein freies Gate warten und sogar zurück auf unsere alte Warteposition rollen, um einem anderen Flugzeug Platz zu machen. Der Pilot sagte daraufhin durch: »Meine Damen und Herren, Sie fragen sich wahrscheinlich gerade, was wir hier machen. Ich kann Sie beruhigen, wir fragen uns das hier auch gerade!«

Dirk Beerbohm, Friedrichsdorf

Flug von Hamburg nach Stuttgart bei Schnee und Eis in einem nagelneuen Flieger. Vor dem Start kam die erste Durchsage des Piloten: »Wie Sie bestimmt bemerkt haben, sitzen Sie in einer neuen Maschine – es wird ihr Jungfernflug sein. Aber keine Sorge, sie ist bereits von Hamburg-Finkenwerder nach Hamburg-Fuhlsbüttel geflogen worden und war damit wenigstens schon mal in der Luft.«

Der Start verzögerte sich aufgrund des Eisregens, und wir mussten auf die Enteisung warten. Nach gefühlten zwei Stunden ließ der Pilot endlich die Turbinen an. In dem Moment schoss ein stinkender Qualm durch die Lüftungsschlitze, und man konnte kaum noch etwas sehen. Nachdem ein panischer Steward ins Cockpit gestürmt war, kam die zweite Durchsage des Piloten: »Meine Damen und Herren, das, was Sie sehen und riechen, ist die Enteisungsflüssigkeit. Dass sie nicht so gut riecht, ist normal. Dass sie allerdings ins Innere des Flugzeugs gelangt, ist nicht normal. Ach, egal, wir starten jetzt einfach.«

Simone Diekmann, Hamburg

Nächtlicher Anflug auf Bilbao, etwa vor zehn Jahren: Das Wetter war sehr schlecht, mit Regen und dichtem Nebel. Wir sackten von einem Luftloch zum nächsten, dann startete das Flugzeug plötzlich durch und flog eine steile Linkskurve. Die beiden Flugbegleiterinnen mir gegenüber waren sichtlich geschockt. Der Flug wurde nach San Sebastian umgeleitet. Wir erfuhren, dass wir die Landebahn verpasst hatten und der Steilflug wegen der nahen Hügelkette erforderlich war. Immer noch kreidebleich, versicherte mir eine der Flugbegleiterinnen, dass sie sich jetzt nach einer anderen Fluglinie umsehen werde, denn das sei schon mal vorgekommen. Die nächsten zwei Jahre litt ich während jeden Fluges unter Panikattacken.

Margit Thiemann, Regensburg

Bei heftigem Regen nach einer Landung: »Wir sind soeben in Bremen gewassert.«

Frank Weisel, Eichenau

Bei einem Ryanair-Flug von Frankfurt-Hahn zum Flughafen Balaton am ungarischen Plattensee, der zu der Zeit noch nicht mit einem Instrumentenlandesystem ausgestattet war, gab es ausgerechnet über dem Flughafen dichten Nebel. Nachdem wir eine halbe Stunde Warteschleifen geflogen waren, machte der Pilot folgende Durchsage: »Meine Damen und Herren, versuchen Sie sich zu entspannen, während ich versuche zu landen.« Nach drei erfolglosen Versuchen, die Landebahn zu finden, sind wir dann mangels Treibstoff zum nächsten größeren Flughafen ausgewichen.

Ulrich Fink, Oberursel

Bei einem Flug von Vancouver nach Terrace im kanadischen British Columbia mit einer kleinen zweimotorigen Maschine meldete der Pilot kurz vor der Landung, dass er den Flugplatz wegen des schlechten Wetters nicht sehen könne, und fügte dann hinzu: »But I will try it!« Als wir im Sinkflug durch den Nebel stießen, waren plötzlich – und ziemlich nah – nur Bäume zu sehen, und der Pilot riss die Maschine hoch. Nach drei weiteren Versuchen erklärte er: »Sorry, I can't find the runway!« (»Entschuldigung, ich kann die Landebahn nicht finden!«), und wir wurden nach Prince Rupert umgeleitet. Während die Landeversuche für meine Mutter, die Flugangst hat, schrecklich waren, blieben alle anderen Passagiere sehr ruhig – sie waren diese Art der Fliegerei wohl schon gewöhnt.

Bernd Müller, Heilbronn

Auf einem Flug mit British Airways von Manchester nach London-Heathrow, das in Nebel gehüllt war, kam diese Durchsage des Piloten: »Visibility is 120 yards only. But don't worry, this aircraft is equipped to land at 100 yards. So we have 20 yards extra!« (»Die Sicht beträgt nur 109 Meter. Aber keine Sorge, dieses Flugzeug kann bei einer Sichtweite von 91 Metern landen. Wir haben also 18 Meter Spielraum!«)

Armin Vonach, Gaissau, Österreich

Als wir auf dem Moskauer Flughafen Scheremetjewo-2 gerade auf dem Weg zur Startbahn waren, wurden die Motoren plötzlich wieder abgestellt. In einer Durchsage wurde mitgeteilt, dass der Flughafen wegen eines Gewitters gesperrt sei und wir warten müssten. Als das Gewitter vorbei war, tat sich nichts. Bis der Kapitän sich meldete: »Wie Sie gemerkt haben, scheint die Sonne, und wir könnten jetzt starten, aber in der Bodenkontrolle wird zurzeit nur Russisch gesprochen.« Einige Zeit später meldete er dann: »Ich habe eine gute und eine schlechte Nachricht. Die gute: Die Bodenkontrolle spricht wieder Englisch. Die schlechte: Sie hat uns eben mitgeteilt, dass das Gewitter zurückkommt und der Flughafen nun wieder gesperrt ist.«

Martin Heilmann, Siegen

Flug nach München mit einer amerikanischen Airline: Wir setzten im extrem dichten Nebel zur Landung an, plötzlich startete die Maschine heulend wieder durch und schoss steil nach oben. Der Pilot erklärte ruhig: »Sorry, we missed the runway.« (»Sorry, wir haben die Landebahn verfehlt.«) Die Stewardess hat das allerdings so ins Deutsche übersetzt: »Wir haben keine Landeerlaubnis erhalten.«

Stefanie Hildebrandt, Neu-Isenburg

Mein persönliches Flug-Highlight fand beim Landeanflug mit einer Boeing 737 auf den Flughafen von Liverpool statt: Gewitter mit grässlichen Turbulenzen und ganz erheblichen Seitenwinden aus allen Richtungen zwangen den Piloten zu einem akrobatischen Flugmanöver. Die Landebahn war mal links und mal rechts aus den Fenstern zu sehen, ständig ging es auf und ab und hin und her. Am Ende folgte dann eine superharte Landung – als wären wir aus 20 Meter Höhe einfach nach unten geplumpst. Die Maschine kam so schräg daher, dass erst die rechte Seite aufsetzte und nach einem gewaltigen Satz das linke Fahrwerk.

Nicht nur ich, sondern auch die anderen Passagiere sahen

recht blass, aber offensichtlich erleichtert aus, als wir von der Landepiste in Richtung Gate rollten. Unser Kapitän, begeistert von seiner Aktion, verabschiedete sich mit den unvergesslichen Worten: »Bei schönem Wetter kann ja jeder landen!« Der Flughafen wurde danach vorläufig gesperrt, andere Flüge wurden umgeleitet.

Ludwig Mayer, Aitrach

Landung am Flughafen Dresden an einem windigen und regnerischen Tag: Beim Aufsetzen wurde der Turboprop-Flieger der Lufthansa von einer Windböe erfasst, so dass das Heck der Maschine seitlich stark ausschlug und die Passagiere aufschrien. Dann kam die Ansage aus dem Cockpit: »Liebe Fluggäste, willkommen auf dem Flughafen Dresden. Wir hoffen, Sie dort hinten empfanden die Landung genauso spannend und abwechslungsreich wie wir hier vorne im Cockpit.«

Christian Deußen, Düsseldorf

Nach einer sehr stürmischen Landung während des Orkans »Kyrill« in Hamburg – wir hatten drei Versuche gebraucht, um überhaupt zu landen – meldete sich der Pilot: »Meine Damen und Herren, das war jetzt mal was für richtige Männer!«

Thomas Dorn, Hamburg

Auf einem Flug mit einer Eurowings-Propellermaschine von Hamburg nach Nürnberg wurden wir zu einem Spielball der Elemente. Ich saß direkt hinter einer circa 75-jährigen Dame, die sich die gute Laune nicht von Wetter und Gewackel verderben ließ. Es regnete in Strömen, und ein heftiger Wind ließ uns teilweise mehr quer als geradeaus fliegen. Dennoch brachte uns der Pilot in Nürnberg irgendwie auf den Boden, wenn auch extrem unsanft. Beim Aussteigen verabschiedete sich der blasse Kapitän von jedem Passagier. Die Dame vor mir klopfte ihm auf die Schulter und meinte: »Junger Mann, sind wir abgeschossen worden oder landet man heutzutage so?« Dann lachte sie schallend und sagte dem verblüfften Piloten: »Hamse trotzdem gut gemacht!«

Ingo Horn, Köln

Beim Start des Fluges von Miami nach San José in Costa Rica meldete der Pilot: »Aufgrund von schlechtem Wetter in der Karibik kann der Flug etwas ruckelig werden. Meine Frau hat mir heute Morgen gesagt, ich solle lieber nicht losfliegen!« Wir sind zum Glück ohne Probleme angekommen.

Jörg Planitzer, Zwickau

Auf dem Münchner Flughafen standen noch drei Maschinen vor uns in der Warteschlange auf der Startbahn. Alle mussten eine Schlechtwetterfront abwarten. Als sich nach einer halben Stunde der Himmel wieder aufklarte, startete als Erste die Alitalia-Maschine. Nach ein paar Minuten meldete sich unser Pilot: »Eigentlich hätte jetzt der Kollege in der Lufthansa-Maschine ganz vorn als Erster starten dürfen. Aber wir haben der Alitalia-Maschine den Vortritt gelassen, um zu schauen, ob die das schaffen und das schlechte Wetter wirklich schon weg ist. Aber es scheint ja zu passen, die sind bereits zehn Minuten in der Luft.«

Gordon Alter, Erlangen

Rückflug von den Kanaren nach Düsseldorf mit Hapag-Lloyd-Express an einem stürmischen Februartag: Der Flieger ächzte und schaukelte im Landeanflug, die Piloten hatten wohl alle Hände voll zu tun. In der Kabine herrschte angstvolle Stille. Dann endlich der »Rums«, wir waren heil unten. Wie auf Charterflügen üblich, brandete Beifall auf, diesmal besonders laut. Dann kam die Durchsage aus dem Cockpit: »Vielen Dank für Ihren Applaus, den wir im Cockpit gerne gehört haben. Bitte haben Sie Verständnis dafür, dass wir Ihnen unter den heutigen Bedingungen keine Zugabe geben möchten.«

Peter Drabert, Emden

Auf einem Swissair-Flug von Zürich nach Boston flog der Pilot den Landeanflug offensichtlich manuell. Immer wieder gab er Schub, und wir näherten uns schlingernd der Landebahn. Draußen stürmte es. Die Maschine schaukelte hin und her und auf und ab – nicht gerade angenehm. Als wir in etwa zehn Meter Höhe über der Landebahn waren, drückte uns der Wind nach unten. Es klang, als würde das Fahrwerk gleich durch den Kabinenboden stoßen. Nach dem Ausrollen kam dann die Entschuldigung des Kapitäns: »Ladies and gentlemen, we apologize for the rather hard landing. It seems Logan Airport has decided to lift the runway by about ten meters since I last landed here.« (»Meine Damen und Herren, wir entschuldigen uns für die harte Landung. Es scheint, als habe der Logan-Flughafen entschieden, die Landebahn etwa zehn Meter höher zu legen, seit ich das letzte Mal hier gelandet bin.«)

Lars P. Reichelt, Herrliberg, Schweiz

Beim Anflug auf Chicagos Flughafen O'Hare herrschte schlechtes Wetter mit dicken Gewitterwolken. Kurz bevor das Flugzeug in die Wolken eintauchte, kam die Ansage aus dem Cockpit: »Cabin Crew, 15 seconds 'til impact!« (»Kabinenbesatzung, 15 Sekunden bis zum Einschlag!«)

Hans-Joachim Fabry, Berlin

Beim Landeanflug meines Fluges von Mexiko-Stadt nach Villahermosa im Bundesstaat Tabasco war es bereits dunkel, und es herrschte dichter Nebel. Als ich kurz vor dem erwarteten Aufsetzen aus dem Fenster schaute, sah ich einen Acker statt einer Landebahn. Das bemerkte anscheinend auch der Kapitän, denn er riss die Maschine blitzschnell hoch. Wieder in sicherer Höhe vermeldete er dann: »Entschuldigung, ich habe die Landebahn nicht gefunden. Ich versuch's noch mal.« Was folgte, war die längste Viertelstunde meines Lebens.

Andreas Morsch, Genf

Beim zweiten Landeversuch in Frankfurt bei Frost und Nebel sagte der Pilot: »Bitte denken Sie bei Ihrer Heimreise daran, wie unsicher Verkehrsmittel wie Auto, Bus und Bahn sind.«

Eckbert Dollhofer, Wiesbaden

INFOBOX: Wo ist der sicherste Platz im Flugzeug?

Entgegen aller Vorstellungen ist die Chance, ein lebensbedrohliches Flugzeugunglück zu überleben, recht hoch, immerhin über 70 Prozent. Ob man dabei allerdings vorn oder hinten im Flugzeug sitzt, spielt statistisch keine Rolle – es kommt immer auf die Art des Crashs an. Den einen sichersten Sitz gibt es nicht, da sind sich die Experten einig. Allerdings ergab eine Auswertung von tödlichen Flugzeugunfällen an der Londoner University of Greenwich, dass diejenigen, die nicht mehr als fünf Sitzreihen von einem im Notfall benutzbaren Ausgang entfernt saßen, eine etwas höhere Überlebenschance hatten. Auch wer am Gang statt am Fenster saß, hatte etwas bessere Aussichten – einfach weil der Weg zum Ausgang schneller zurückzulegen ist und etwa bei Feuer an Bord jede Sekunde zählt.

Kapitel 8

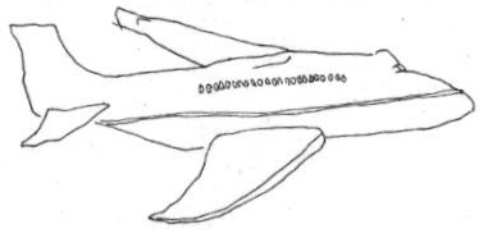

Blödeleien über den Wolken: »Tinky Winky und Laa-Laa bitte ins Cockpit«

In den Crews der meisten Fluggesellschaften gibt es eine Tradition, die den wenigsten Passagieren bekannt ist: dass neue Flugbegleiter und Flugbegleiterinnen auf ihrem Erstflug zum Opfer derber Späße werden.

Einer der Klassiker geht so: Der nervöse Neuling, eifrig darauf bedacht, bloß keinen Fehler zu machen, bekommt eine Warnweste und einen kleinen Feuerlöscher in die Hand. »Dann erteilt der Purser ihm den Auftrag, damit die Betankung der Maschine zu überwachen«, erzählt der Flugbegleiter einer großen deutschen Airline.

Für ebenfalls große Erheiterung beim Rest der Crew sorge die Ansage, dass leider nicht genug Plastikbecher mitgenommen wurden und deshalb nun gespült werden müsse. »Erst wenn der Neuzugang fast fertig ist, öffnet ein anderer eine Schublade und sagt: ›Ups, da sind sie ja!‹« Eine ähnlich sinnlose Beschäftigungstherapie ist die Bitte, doch kurz bei sämtlichen Tabletts zu überprüfen, ob das Besteck vorhanden ist – bei einer vollbesetzten Boeing 747 ein durchaus zeitraubender Vorgang.

Im Internetforum www.airlinecrew.net zählen Crew-Mitglieder weitere Varianten der Flugbegleiter-Feuertaufe auf. Hier ein paar Highlights:

Ein Pilot füllte eine Spucktüte mit warmer Gemüsesuppe und bat die neue Stewardess, sein Erbrochenes zu entsorgen. Als die zum Mülleimer eilte, fing sie ein Kollege ab, nahm ihr den warmen Papierbeutel ab und begann, den Inhalt zu essen. »Man wirft doch keine Mahlzeit weg«, sagte er laut Forumseintrag – die arme Frau habe daraufhin selbst eine Tüte gebraucht.

Erfreulicher schien die Premiere für eine neue Stewardess der inzwischen eingestellten US-Fluglinie Tower Air zu laufen: Vor einem Inlandsflug von New York nach San Francisco informierte sie ihr Vorgesetzter, dass es eine Änderung im Dienstplan gebe. Die ganze Crew müsse nach diesem Flug nach Hawaii weiterreisen, wo sie einen dreitägigen Aufenthalt hätten. Anschließend seien sie für einen Flug ins japanische Inselparadies Okinawa eingeteilt, wo sie mindestens fünf Tage Zeit bis zum nächsten Arbeitseinsatz hätten. Strahlend lief die Debütantin durchs Flugzeug und erzählte allen Kolleginnen von dem vermeintlichen Glücksfall. Entsprechend groß war dann die Enttäuschung, als sich das Ganze als Scherz herausstellte.

Ziemlich erfrischend verlief der erste Arbeitstag für eine Flugbegleiterin, die der Pilot mit ernster Miene bat, schnell ein paar Flaschen Wasser zu holen, um die Flugzeugnase zu kühlen. Diese sei nämlich »beim Wiedereintritt« stark erhitzt worden. Die pflichtbewusste Stewardess befolgte die Anweisung und wurde als Wasserwerferin ziemlich nass.

Und dann war da noch die Airline-Debütantin, die ihren Ohren nicht traute, als man sie bat, beim Ausfahren des Fahrwerks im Gang auf und ab zu hüpfen. Die Mechanik klemme nämlich ein wenig, deshalb müsse nachgeholfen werden. Zur großen Erheiterung der eingeweihten Passagiere gehorchte die Arme tatsächlich.

Doch nicht nur neue Stewardessen und Stewards entwickeln unter dem Stress eines langen Arbeitstages einen Hang zu geistigen Tiefflügen. Auch den Piloten und Passagieren scheint die »Höhenluft« manchmal so zuzusetzen, dass man an ihrer Zurechnungsfähigkeit zweifeln muss. Die folgenden Zitate machen deutlich: Witz und Wahnsinn liegen eng beieinander.

In diesem Kapitel:

Flachsende Flugkapitäne, verwirrte Versprecher und Freud'sche Fehlleistungen

Vor einigen Jahren auf einem Flug mit der LTU nach Mombasa gab es plötzlich einen heftigen Ruck in der Maschine. Die Durchsage aus dem Cockpit: »Meine Damen und Herren. Wie Sie bemerkt haben, haben wir gerade den Äquator überflogen.« Eine Passagierin, die gerade von der Toilette kam und sich heftig gestoßen hatte, fragte: »Ist das immer so?«

Herbert Mai, Dortmund

Auf dem Flug von Tanger nach Köln/Bonn war ich während des Starts felsenfest davon überzeugt, die Reifen würden unter mir brennen, und schrie das auch mehrfach durch die Passagierkabine. Als endlich die Stewardess kam, erklärte sie freundlich: »Unter Ihnen muss etwas anderes brennen. Die Reifen sind weiter hinten.«

Leo Yannick Wild, Berlin

Auf einer Reise mit einem Billigflieger von Berlin nach Frankfurt kam im Landeanflug die Durchsage: »Meine Damen und Herren, wir haben unsere Reisehöhe von 9000 Metern erreicht, Sie können die Gurte nun lösen. Wir wünschen Ihnen einen angenehmen Flug!« Da habe ich ernsthaft das Vertrauen in die Besatzung verloren.

Stefan Möhler, Offenbach am Main

Auf einem Flug mit der PanAm von Frankfurt nach Berlin machte eine junge Stewardess diese Ansage: »Meine Damen und Herren, wir werden in Kürze in Berlin landen. Bitte bringen Sie Ihre Sitze in eine aufrechte Position und halten Sie die

Klappe.« Als alle Passagiere laut lachten, korrigierte sie sich schnell: »… äh, und klappen Sie die Tische hoch.«

Evelyn Stewich, Berlin

Vor einigen Jahren auf einem British-Airways-Flug von Edinburgh nach London sagte ich zu meinem Kollegen: »Ist doch komisch, hier sind nur Stewards und keine Stewardessen im Flieger.« Kurz danach kam dann folgende Ansage aus dem Cockpit: »Herzlich willkommen … wünscht Ihnen Ihr Pilot George Michael!«

Jack Hide, Raadal, Norwegen

Zum Ende eines Fluges von Palma nach Hamburg meldete sich der erste Offizier wie folgt: »Meine Damen und Herren, wir beginnen jetzt unseren Landeanflug und haben soeben unsere Reiseflughöhe vergessen.« Nach dem Aufschrei einiger Passagiere korrigierte er sich amüsiert, aber umgehend: »Entschuldigung, ich meinte natürlich ›verlassen‹.«

Katrin Schuchard, Hamburg

Während eines Fluges zur griechischen Insel Kos meldete der Pilot: »Tinky Winky und Laa-Laa bitte ins Cockpit kommen!« Nach der Landung sagte er über die Lautsprecher: »Captain Future und sein Team wünschen Ihnen noch einen schönen Urlaub!«

Florian Stein, Stuttgart

Nach dem Start eines Flugzeugs hat sich ein Kollege von mir immer einen Spaß gemacht. Wenn der Pilot sich über die Lautsprecher vorstellte, rief er stets: »O nein, nicht der schon wieder!« Einige Passagiere reagierten darauf sehr geschockt.

Stephan Krings, Hannover

Eine Stewardess der Austrian Airlines fragte nach der Landung: »Möchten S' noch ein paar Speibeuterl für unterwegs mitnehmen?«

Eckbert Dollhofer, Wiesbaden

Auf einem Lufthansa-Flug von Paris nach Frankfurt bemängelte mein Hintermann bei der Stewardess, dass sein Tisch nicht funktioniere. Sie antwortete: »Entschuldigen Sie die Umstände, ich mache gleich eine Notiz für die Wartungs-Crew, dann wird das nach der Landung repariert.« Als wir nach einer recht harten Landung das Flugzeug verließen, sagte er der Stewardess: »Vergessen Sie das Tablett! Schreiben Sie bitte ›Fahrgestell‹ auf die Liste!«

Timo Culmann, Echzell

Nach einer extrem harten Landung in Frankfurt und der Bemerkung des Kapitäns, dass wir »Frankfurt auf den Punkt getroffen« haben, meinte ein hinter mir sitzender Passagier nur trocken: »Ach, war das die Landung? Ich dachte, wir sind abgeschossen worden.«

Mathias Thomaschek, Fürth

Nach einem Nachtflug von New York nach Frankfurt begrüßte uns der Pilot am Morgen: »Willkommen in London!« Im Flugzeug war ein Raunen zu hören, die Passagiere blickten ungläubig. Dann war ein Lachen aus dem Cockpit zu hören: Nein, nein, er sei nur »ein wenig spaßvögelig drauf«. Was haben wir gelacht.

Angela Ulonska, Berlin

Als wir bereit zum Einsteigen für unseren Flug von Stuttgart nach Berlin waren, kam der erste Bus zum Flugzeug mitsamt den Passagieren wieder zurück zum Terminal. Kurz darauf folgte eine Durchsage: »Der Pilot hat sich beim Einsteigen am Kopf verletzt und liegt in der Unfallstation. Wir müssen einen neuen Piloten finden, was eine Weile dauern kann.« Doch unter den Passagieren war zufällig ein Pilot derselben Fluglinie. Er zog seine Uniform an, und es ging direkt weiter.

Ernst Richter, Aspach

Flug von Düsseldorf nach Kopenhagen: Über der Landebahn ließ der Kapitän den Flieger regelrecht fallen – rums. Wir setzten hart auf, die Gepäckfächer sprangen teilweise auf, Jacken fielen heraus, mehrere der gelben Sauerstoffmasken kamen aus der Decke (ja, die Dinger aus den Sicherheitshinweisen gibt es wirklich!). Danach folgte die übliche Litanei der Stewardess: »Willkommen in Kopenhagen …« – ganz ruhig und vor allem ohne Entschuldigung. Ein Fluggast sagte dann laut: »Da sie sich nicht entschuldigt, scheint der Pilot immer so zu landen.« Diesmal hatte zur Abwechslung mal ein Fluggast die Lacher auf seiner Seite.

Wolfgang Werner, Sonsbeck

Durchsage in einer Maschine der Southwest Airlines nach der Landung in Los Angeles: »Herzlich willkommen in Los Angeles. Ganz herzlich möchten wir einer Person an Bord gratulieren, die heute stolze neunzig Jahre alt wird. Ich bitte um einen lieben Applaus ...« Nach einer kurzen Pause fügte der Sprecher hinzu: »Und vergessen Sie nicht, dem Kapitän auch noch mal persönlich zu gratulieren, wenn Sie das Flugzeug verlassen!«

Philipp Stracke, Nürnberg

Vor dem Start eines Fluges von Lissabon nach Frankfurt. Alle Passagiere waren bereit zum Abflug. Dann kam die Durchsage des Kapitäns: »Sehr geehrte Damen und Herren, wir begrüßen Sie auf dem Flug nach München ...« – man beachte den oben genannten Zielflughafen. Kurz darauf stürmte die Stewardess ins Cockpit, dann eine erneute Durchsage des Kapitäns: »Sehr geehrte Damen und Herren, wir begrüßen Sie auf dem Flug nach Frankfurt, bitte entschuldigen Sie meine Verwirrung. Sie sitzen im falschen Flugzeug, aber bitte bleiben Sie sitzen, wir laden schnell Ihr Gepäck um. Ich fliege dann schnell ein paar Abkürzungen, dann kommen Sie pünktlich in Frankfurt an.« Die Flugzeit war tatsächlich kürzer als üblich, nur mein Gepäck war nach der Ankunft nicht aufzufinden. Aber immerhin war ich in der richtigen Stadt.

Christine Bergmann, Hainburg

Vor dem Start einer Lufthansa-Maschine, die von Köln nach München fliegen sollte, fuhren wir eine ganze Weile hin und her, wendeten immer wieder und rollten durch die Gegend. Der Lautsprecher ging kurz an, aber wir hörten nur Kichern.

Irgendwann kam dann eine Durchsage des Kapitäns, der sein Lachen kaum unterdrücken konnte: »Meine Damen und Herren, wir haben uns v-e-r-f-a-h-r-e-n.« Er fügte noch hinzu, dass das in Köln/Bonn durchaus schwierig sei, da es nur eine Startbahn gäbe. Der Flug verlief dann aber problemlos.

Joachim Münstermann, Köln

Neu-Delhi, Ende Dezember 1999: Der Abflug aus der indischen Hauptstadt in Richtung Udaipur verzögerte sich wegen einer undurchdringlichen Mischung aus Nebel und Smog erheblich. Nach dem Boarding saßen wir mit rund 80 weiteren Passagieren im Flugzeug fest, nur gelegentlich unterhalten von den launigen Durchsagen des Piloten. Nach rund vier Stunden gab es folgendes »Update« aus dem Cockpit: »Meine Damen und Herren, hier ist mal wieder Ihr Kapitän. Wenn Sie jetzt rechts bitte aus dem Fenster schauen, können Sie dann das Flugzeug schräg vor uns sehen? Nein? Okay – wenn Sie es sehen können, ist die Sicht gut genug für eine Starterlaubnis. Bis dahin bitten der Tower und ich weiterhin um Ihre Geduld.«

Sabine Leopold, Berlin

Ein Flug mit Germanwings von Madrid nach Köln/Bonn: Nachdem das Flugzeug die Reiseflughöhe erreicht hatte, meldete sich der Captain mit der üblichen Durchsage und dem Zusatz: »Nach Köln werden wir heute geflogen von der Co-Pilotin, Frau Schmidt (Pseudonym)!« Daraufhin sagte ein Flugbegleiter, der im Gang neben unserer Sitzreihe stand, mit klarer Stimme: »Sie versucht es zumindest!«

Rüdiger Wolff, Brüggen

Auf einem Lufthansa-Flug nach Hamburg rollte unsere Maschine eine gefühlte Ewigkeit zur Startposition. Das Flugzeug war vollbesetzt mit müden und schweigenden Geschäftsleuten. Da machte ein Steward die Durchsage: »Nächster Halt Ohlsdorf, Übergang zur U- und S-Bahn.«

Joachim Colberg, Toulouse

Vor dem Start eines Fluges von Miami nach Birmingham im US-Staat Alabama kam diese Durchsage des Kapitäns: »Ladies and gentlemen, my name is Batman and next to me is sitting my co-pilot Robin, welcome on our flight to Gotham City.« (»Meine Damen und Herren, mein Name ist Batman, und neben mir sitzt mein Co-Pilot Robin. Willkommen auf dem Flug nach Gotham City.«) Im Hintergrund pfiff der Co-Pilot dazu die Melodie des »A-Teams«. Ich dachte in diesem Moment daran, auszusteigen.

Daniel Michalczyk, Oslo, Norwegen

Auf einem Lufthansa-Flug von Düsseldorf nach Hamburg, der ausschließlich von Geschäftsleuten und Vielfliegern genutzt wurde, begann der Pilot die Durchsage mit »Sehr geehrte Damen und Herren, liebe Kinder«. Schon da brach großes Gelächter im Flugzeug aus. Der Rest der Ansage war genauso kindgerecht und für einen Ferienflieger gedacht.

Matthias Sander, Hamburg

Mein lustigstes Flugerlebnis hatte ich auf dem Weg von Budapest nach Köln/Bonn. Während des Fluges machte der Pilot folgende Durchsage: »Meine Damen und Herren, wir befinden uns jetzt über Österreich, rechts unter uns können Sie gleich

Wien erkennen.« Einige Zeit später folgte dann diese Korrektur: »Meine Damen und Herren, ich muss mich leider korrigieren, die Stadt rechts unter uns ist Bratislava.« Auch wenn es sich nur um einen Unterschied von ungefähr 60 Kilometern gehandelt hat, war es doch kein gutes Gefühl, dass der Kapitän die genaue Position seines Flugzeugs nicht kannte.

Martin Wallenfang, Düsseldorf

Auf einem Flug von Frankfurt nach Gran Canaria stellte sich der Pilot vor: »Sehr geehrte Passagiere, Sie werden heute einen äußerst sicheren und entspannten Flug erleben. Mein Name ist Meister, und wie Sie sicherlich wissen, ist noch nie ein Meister vom Himmel gefallen.«

René Glaser, Frankfurt

Nach der Ankunft auf dem Flughafen in Ibiza machte der Pilot diese Durchsage: »So, ich habe fertig! Und hoffentlich fliegen Sie das nächste Mal auch wieder mit uns, denn hier werden Sie geholfen!«

Andreas Müller, Braunschweig

Landeanflug in Greenville im US-Staat South Carolina. Wenige Meter über dem Boden startet die Maschine durch. Dann die Ansage vom Kapitän: »Uups, da war ich wohl ein bisschen zu schnell zum Landen.«

Sören Papsdorf, Washington, USA

Nach der Landung in Berlin, die Lufthansa-Crew hatte an diesem Tag schon vier Flüge hinter sich, kam eine Durchsage des

Stewards: »Sehr geehrte Damen und Herren, willkommen in Frankfurt … äh … oder in Barcelona? Ach, Sie werden schon wissen, wohin Sie fliegen!«

Claus-Henning Cappell, Wiesloch

Vor einigen Jahren bin ich mit der Deutschen BA nach Stuttgart geflogen. Nach der Landung bedankte sich die Stewardess im Namen des Kapitäns und der Crew bei den Passagieren. Offensichtlich war ihr aber der Name des Piloten entfallen, sie stockte einen Moment und sagte dann: »… bedanken sich Captain Kirk und seine Crew, dass Sie mit der Deutschen BA geflogen sind.« Situation gerettet, die Gäste haben gelacht – ob das der Pilot genauso lustig fand?

Markus Rieksmeier, Hamburg

Vor vielen Jahren flog ich an einem Ostersonntag von München nach Hamburg. Der Kapitän hatte – im Gegensatz zu den meisten seiner sonoren Kollegen – eine Stimme wie Micky Maus. Und mit dieser Stimme begrüßte er uns so: »Herzlich willkommen … äh … meine Damen und … äh … Herren auf unserm Flug von … äh … Frankfurt nach … äh … München … äh … München nach Frankfurt … äh … ich meine Hamburg nach München … äh … umgekehrt!« Als die Passagiere schon alle lachten, fuhr der Pilot fort: »Ich wünsche Ihnen einen angenehmen Flug und … äh … noch schöne Weihnachten … äh … Ostern.« Mein Sitznachbar meinte daraufhin: »Jetzt fehlt nur noch, dass der Kerl Prost sagt!«

Norbert Lill, München

Ein Pilot der American Airlines formulierte die Aufforderung, alle elektronischen Geräte für den Start auszuschalten, wie folgt: »Folks, we're just about ready for taxi and take-off. I need you guys to turn off your Blackberrys, Strawberrys and Blueberrys.« (»So, Leute, wir sind bereit für den Start. Ich möchte Sie bitten, Ihre Blackberrys, Erdbeeren und Blaubeeren abzuschalten.«)

Jörg Wekenborg, Atlanta, USA

Nachdem wir am Hamburger Flughafen schon 30 Minuten in unserer Lufthansa-Maschine auf den Abflug gewartet hatten, machte der Kapitän die Durchsage: »Jürgen, bring den Zündschlüssel nach vorn, wir wollen endlich los!«

Peter Weissferdt, Kiel

Ein Flug von München nach Hamburg. Kurz vor dem Start begrüßte die Pilotin die Passagiere: »Meine Damen und Herren, ich möchte Sie herzlich willkommen heißen an Bord. Übrigens, ich bin blond und habe Probleme, mit dem Auto rückwärts einzuparken. Aber das Flugzeug ist einfacher zu bedienen, und wir werden schon irgendwie nach Hamburg kommen.« Diese Worte wirkten nicht auf alle Passagiere beruhigend.

Gerd Heinze, Osten

Als unsere Boeing 747 der Lufthansa in Washington, D.C., eigentlich schon startklar war, kam eine etwas holprige englische Durchsage des deutschen Kapitäns: »We apologize for the delay, but we have just soaked up a plane.« (»Entschuldigen Sie bitte die Verspätung, aber wir haben gerade eben ein Flugzeug aufgesogen.«) Gemeint war eine Plastikplane, die ins

Triebwerk geraten war. Die meist amerikanischen Passagiere befürchteten jedoch Schlimmes.

Simon Baier, Löhnberg

Auf einem Flug von München nach Dresden, der mit einer überaus harten Landung endete, kam aus dem Cockpit folgender Spruch: »Gemäß dem Motto ›Hat's beim Landen laut gekracht, hat's der Co-Pilot gemacht!‹, möchten wir uns hiermit bedanken, dass Sie mit Star Alliance geflogen sind und wünschen Ihnen noch einen schönen Aufenthalt in Dresden!«

Mike Wiede, Heidenau

Ein Flug von Phoenix nach Los Angeles im Jahr 2006 mit Southwest Airlines: Nach einer ziemlich harten Landung in Los Angeles kam zwar kein Kommentar vom Cockpit, stattdessen schnalzte der Kapitän ins Mikrofon und ahmte das Geräusch von Pferdehufen nach. Zum Abschluss folgte dann noch ein fröhliches Wiehern.

Steven Bruett, New York, USA

INFOBOX: Warum müssen Handy und Laptop ausgeschaltet werden?

Wer sich weigert, im Flugzeug sein Handy auszuschalten, muss bei manchen Fluglinien immer noch mit heftigen Strafen rechnen. Im Februar 2009 kostete seine Hartnäckigkeit einen französischen Fluggast 1500 Euro. Er hatte

trotz wiederholter Ermahnung weitertelefoniert und war sogar noch handgreiflich gegen die Crew geworden.
Aber warum ist die Handy-Nutzung eigentlich noch immer in den meisten Flugzeugen nicht erlaubt? In Deutschland verbietet ein Gesetz den Mobilfunk an Bord, wenn das Flugzeug nicht mit einer sogenannten Microzelle dafür ausgelegt ist. Doch laut Lufthansa-Sprecher Michael Lamberty haben sich frühere Bedenken, das Bordsystem könne gestört werden, seit etwa fünf Jahren als grundlos erwiesen. Bislang konnte nicht belegt werden, dass jemals ein Mobiltelefon für einen schweren Flugzwischenfall verantwortlich war. Immerhin: Einmal musste ein Regionalflugzeug notlanden, nachdem ein klingelndes Handy im Gepäckraum fälschlicherweise einen Feueralarm ausgelöst hatte.
Mancher Passagier hat sich schon gefragt, ob das Handy-Verbot lediglich aufrechterhalten wird, um die sündhaft teuren Satellitentelefone an den Sitzen zu subventionieren. Klar ist zumindest eines: Wenn die Signale von Mobiltelefonen eine ernsthafte Gefahr für die Bordelektronik wären, würden die Flugbegleiter sie vor dem Start einsammeln, anstatt sich blindlings auf das Mitmachen der Passagiere zu verlassen.
Die Tatsache, dass MP3-Player und Laptops bei Start und Landung nicht verwendet werden dürfen, hat übrigens nichts mit möglichen Störfrequenzen zu tun. Computer sind sperrig und könnten bei einer unsanften Landung durch die Kabine fliegen, wenn sie ausgepackt sind – und wer per Kopfhörer seinem iPod lauscht, überhört möglicherweise eine wichtige Sicherheitsansage.

Komisch. Wir sollten doch gerade gelandet sein.
H&B

Kapitel 9

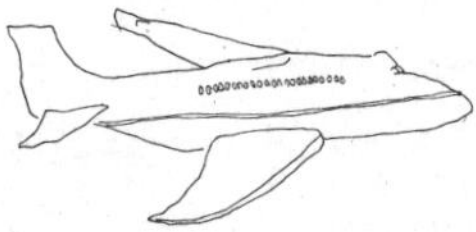

Landung: »Zwei zum Preis von einer!«

Der Airbus A320 mit 131 Passagieren an Bord schwankt im Landeanflug, dreht die Nase in den Seitenwind. Es ist der 1. März 2008, der Tag, an dem Orkan »Emma« über Deutschland fegt. Die Lufthansa-Maschine LH 044 aus München versucht, nach einem schrägen Anflug auf der Hamburger Landebahn 23 aufzusetzen. Doch dann erwischt sie eine 102 km/h schnelle Windböe von der Seite. Die rechte Tragfläche wird nach oben gedrückt, die linke Flügelspitze berührt den Boden. Kurz bevor die schlingernde Passagiermaschine komplett außer Kontrolle geraten kann, startet der Pilot durch.

Ein millionenfach angeklicktes Video im Internet sorgte dafür, dass weltweit tatsächliche und selbsternannte Flugexperten über die Hamburger Beinahekatastrophe diskutierten. Die Medien lobten zunächst die vermeintliche Heldentat des 39-jährigen Piloten. Doch dann kritisierten Pilotenkollegen, dass die Crew sich früher für einen Landeabbruch hätte entscheiden müssen. Zudem stellte sich heraus, dass die erst 24-jährige »schöne Co-Pilotin« (»Bild«) das Landemanöver gesteuert hatte und nicht der deutlich erfahrenere Kapitän. Der griff erst ein, als ein Durchstarten unausweichlich war, und landete den Airbus knapp 15 Minuten später sicher auf einer anderen Landebahn des Flughafens.

Ohne die weltweite Aufmerksamkeit im Internet wäre der Vorfall wohl zwei Tage später vergessen gewesen. Viele Passagiere sollen gar nicht mitbekommen haben, dass eine Tragfläche über den Boden schrammte. Panik brach nicht aus, stattdessen herrschte angespannte Stille in der Kabine. »Es war schrecklich, keiner sagte etwas«, erinnert sich der Sportreporter Hansi Küpper, der an Bord war. »Unbeschreiblich, was einem in so einem Moment alles durch den Kopf geht.«

Für die Piloten blieb der 1. März jedenfalls ohne Konsequenzen, ein Fehlverhalten konnte ihnen nicht nachgewiesen werden. Ein Jahr später kam der Verdacht auf, dass auch die automatische Computersteuerung zumindest mitverantwortlich für die Gefahrensituation gewesen sein könnte.

Für den Piloten war es »ein ganz normaler Anflug – bis zum Aufsetzen«, wie er später in einem Interview mit dem »Stern« sagte. Die Frage, was passiert wäre, wenn er auch nur eine Sekunde länger gezögert hätte, stelle er sich nicht. »Sie sagen ja auch nicht alle zehn Sekunden auf der Autobahn: Hätte ich nur eine Sekunde später gebremst, wäre ich meinem Vordermann draufgefahren.«

In diesem Kapitel:

Rauchende Reifen, Anfängeraufsetzer und gefährliche Geisterfahrer

Vor der Landung unserer Propellermaschine auf dem Flugplatz von Medellín in Kolumbien, der sehr schwer anzufliegen ist, machte der Pilot die Durchsage: »Now pray, only pray!« (»Beten Sie, einfach nur beten!«)

Elisabeth Wedemeyer, Tübingen

Während des Anfluges auf London-Heathrow mit einer Maschine der British Airways legte das Flugzeug plötzlich in der Luft eine Vollbremsung hin, indem Landeklappen, Vorflügel und Fahrgestell ausgefahren wurden. Während unsere Köpfe noch an der Lehne des Vordersitzes klebten, gab der Kapitän plötzlich wieder vollen Schub auf die Triebwerke, und wir wurden wieder nach hinten in die Sitze gedrückt. Als wir wieder in sicherer Höhe flogen, meldete sich der Pilot: »Wenn Sie jetzt aus dem Fenster schauen, werden Sie feststellen, dass wir noch nicht gelandet sind. Das liegt unter anderem daran, dass uns während des Landeanfluges auf unserem Kurs ein anderes Flugzeug entgegenkam, so dass ich es für besser hielt, den Landeanflug abzubrechen.«

Hans-Joachim Fabry, Berlin

Flug mit Lufthansa vor geraumer Zeit. Per Durchsage wurde einer der ersten weiblichen Lufthansa-Piloten vorgestellt. Die Landung erfolgte dann mit einem wirklich kräftigen Rums. Sekunden später meldete sich die Pilotin: »Meine Damen und Herren, ich darf Ihnen versichern: Das war noch längst nicht meine härteste Landung!«

Max Gschneidinger, Gräfelfing

Nach einer sehr harten Landung in Paris – es war etwas Gepäck durch die Maschine geflogen, und draußen regnete es kräftig – sagte der Flugbegleiter nur trocken: »Meine Damen und Herren, soeben haben wir Paris getroffen ...« – kurze Pause – »... und versenkt!«

Thomas Kirschner, Bad Homburg

Auf halber Strecke unseres Fluges mit British Airways von Stuttgart nach London fielen an Bord alle Lichter aus, nur die Bodenbeleuchtung für den Ernstfall leuchtete noch. Der Pilot erklärte das mit technischen Problemen und Hydraulikdefekten. Nachdem wir zweieinhalb Stunden über London gekreist waren, landeten wir recht holprig in London-Heathrow. Am Ende der Landebahn standen Feuerwehr und Krankenwagen sowie Polizeiautos bereit. Unser Pilot erklärte dazu über die Lautsprecher: »Das ist Ihr Empfangskomitee für London!«

Stefan Flachner, Moers

Im Landeanflug unserer Maschine in Boston war die Crew noch mit den üblichen Aufräumarbeiten in der Kabine beschäftigt, als wir nach einem Luftloch plötzlich schon hart auf der Landebahn aufsetzten. Erst da meldete sich der Pilot mit dem Spruch: »Crew, please prepare for landing.« Eine Stewardess rief daraufhin laut in Richtung Cockpit: »Brems endlich!«

Dennis Luxen, Karlsruhe

Kurz vor dem Aufsetzen bei einem Flug mit Ryanair von Mailand nach Frankfurt-Hahn musste die Maschine durchstarten und im steilen Winkel wieder nach oben fliegen. Dann teilte der Kapitän mit: »Sorry, Leute, die Landebahn war noch von einer alten Tupolew belegt.« Und fügte trocken hinzu: »Aber keine Sorge, runter kommen wir immer.«

Marcus Bäckmann, Frankfurt

Vor einiger Zeit flog ich mit Air Berlin von Düsseldorf nach Nürnberg. Nachdem der Pilot ohne Erklärung zwei Schleifen über Nürnberg geflogen war, setzte er zur Landung an, flog dann aber in einer Höhe von etwa 400 Metern einfach über die Landebahn hinweg. Kurz darauf kam die Durchsage: »Wie Sie sicher bemerkt haben, sind wir soeben im Tiefflug über die Landebahn geflogen. Der Tower hat uns informiert, dass sich ein Sportflugzeug im Bereich des Flughafens verirrt hat und sie im Moment versuchen, den Sportflieger wieder einzufangen. Sobald der Geisterfahrer die Landebahn verlassen hat, werden wir landen.«

Thorsten Grosse, Fürth

Nach dem harten Aufsetzen einer Maschine in Hamburg meldete sich der Co-Pilot mit den Worten: »Ich hoffe, unser Aufprall hat Ihnen gefallen!«

Joachim Meyer, Bremen

Nach einem ereignislosen Lufthansa-Flug von Frankfurt nach Paris startete die Maschine kurz vor dem Aufsetzen durch. Der Kommentar des Kapitäns dazu: »Leider hat der Pilot des Flugzeugs vor uns auf der Startbahn die Freigabe durch den Tower nicht in angemessener Zeit in einen tatsächlichen Start umgesetzt, weshalb wir durchstarten mussten. Genießen Sie die Aussicht auf die Innenstadt von Paris, wir versuchen es erneut.«

Heiko Hering, Hamburg

Auf einem Flug mit Ryanair haben wir einmal eine ziemlich rumpelige und harte Landung erlebt, die auch schlafende Fluggäste aufgeweckt hat. Der Pilot sagte ganz nüchtern: »In case you didn't notice: We have landed!« (»Falls Sie es nicht bemerkt haben: Wir sind gelandet!«)

Bertram Bühner, Frankfurt

Nach einer sehr harten Landung in Memphis, die sich wie ein Manöver auf einem Flugzeugträger anfühlte, kam die Ansage vom Ersten Offizier: »Ich möchte mich im Namen des Kapitäns für die harte Landung entschuldigen. Ich darf Ihnen leider nicht wörtlich mitteilen, was er gesagt hat. Aber ich kann Ihnen versichern, dass es ihm sehr leidtut.«

Sören Papsdorf, Washington, USA

Nach einem Flug von Frankfurt nach Amsterdam sank das Flugzeug schwankend in Richtung Boden. Fünf, sechs Meter über der Landebahn sackte die Maschine nach unten weg und landete mit einem satten Rums. Daraufhin machte die Flugbegleiterin die Durchsage: »Meine sehr verehrten Damen und Herren, wie Sie vielleicht gemerkt haben, haben wir Amsterdam getroffen. Vielen Dank, dass Sie mit Lufthansa-Star-Alliance geflogen sind. Wir wünschen Ihnen noch ein schönes Leben!«

Thomas Nehring, Wiesbaden

Nach einer Landung auf dem Flughafen von Fuerteventura, die so hart war, dass viele Passagiere über Rückenschmerzen klagten, erwarteten wir irgendeine Stellungnahme des Piloten oder der Stewardess. Aber das Mikrofon blieb zunächst stumm, offensichtlich war der Crew bewusst, dass die Standardansage nicht den Umständen entsprechen würde. Kurze Zeit später kam dann folgende Durchsage über die Lautsprecher: »Hier spricht Ihr Pilot. Entschuldigen Sie bitte die harte Landung, aber …«, es folgte eine kurze Pause, »… auch einem guten Koch fällt mal der Löffel in die Suppe!« Mit schmerzendem Rücken, aber einem Lächeln verließ ich die Maschine.

Burkhard Wolff, Hamburg

Nach einer Landung in München erfolgte vom Bordpersonal die Durchsage: »Wir sind soeben in München aufgeschlagen.« Daraufhin meldete sich der Pilot: »Na, so hart war's auch nicht.«

Frank Weisel, Eichenau

Nach der sehr harten Landung in Rom kam die fröhliche Ansage aus dem Cockpit: »Meine Damen und Herren. Das war ich nicht, das war der Erste Offizier.«

Christiane und Wilhelm Zimmermann, Sankt Augustin

Durchsage des Flugkapitäns kurz vor der Landung in Hamburg, nachdem sehr kurzfristig die zugewiesene Landebahn gewechselt wurde: »Meine Damen und Herren, dies ist jetzt nichts anderes als ein kontrollierter Absturz.«

Christoph von Goßler, Hamburg

Auf einem morgendlichen Lufthansa-Flug von Düsseldorf nach Zürich vor etwa fünf Jahren teilte der Pilot den Passagieren mit, dass er verspätet landen müsse, da der Flughafen gesperrt sei. Man vermute wegen Nebels, der häufig am Flughafen Zürich auftrete. Nach ein paar Minuten meldete sich wieder der Kapitän, man wisse nun den Grund: Ein Flugzeug werde vermisst, und man wüsste noch nicht, wie lange der Flughafen noch gesperrt sei. Weitere Minuten verstrichen, bis sich der Pilot erneut meldete: Nun bestehe leider Gewissheit darüber, dass das Flugzeug wohl abgestürzt sei, aber die gute Nachricht sei, dass der Flughafen gleich wieder geöffnet werde.

Als wohl schon viele der Passagiere befürchteten, gleich über rauchenden Trümmern landen zu müssen, meldete sich die Crew noch einmal und teilte mit, dass »keiner sich Sorgen um Angehörige oder Freunde zu machen braucht, es handelt sich nur um ein kleines Privatflugzeug«. Inzwischen war es totenstill im Flugzeug geworden. Noch während des weiteren Anfluges kam die Durchsage, dass das vermisste Flugzeug nun doch sicher in Zürich angekommen sei und man nun in ein paar Minuten landen werde. Die Erleichterung war deutlich zu spüren.

Tim Hennig, Köln

Nachdem die Lufthansa-Maschine auf unserem Flug nach Stuttgart bereits sehr hart auf der Landebahn aufgesetzt hatte, hob der Flieger nochmals kurz ab, um erneut sehr hart aufzusetzen. Daraufhin machte die Stewardess die Ansage: »Puuuh … hart, aber herzlich heißen wir Sie in Stuttgart willkommen.«

Achim Ott, Denkingen

Nach einer harten Landung mit unserer JetBlue-Airways-Maschine kam die Durchsage: »Es tut uns leid. Es war nicht der Kapitän, wir waren es nicht – der Asphalt war schuld!«

Michael Eckart, Fort Lauderdale, USA

Kurz vor der Landung unseres Fluges an einem Montag von Berlin-Tempelhof nach Mannheim sagte der Pilot über die Lautsprecher: »Weiche Landungen gibt's bei uns nur dienstags, donnerstags und am Wochenende.« Etwas besorgt warteten die Passagiere die Landung ab, die dann aber butterweich war. Daraufhin meldete sich wieder der Pilot: »... und neuerdings auch montags!«

Martin Zimmermann, Schorndorf

Nach einer sehr harten Landung kam die Durchsage: »The runway jumped on us.« (»Die Landebahn hat uns angesprungen.«)

Dirk Hüttemann, Berlin

Wegen schlechten Wetters und starker Böen schlingerte unsere Paninternational-Maschine im Landeanflug auf Düsseldorf stark, wurde immer wieder schräg gestellt und vom Piloten schließlich absichtlich hart aufgesetzt, damit wir schnell Bodenhaftung bekamen. Eine Windböe riss die Maschine jedoch wieder einige Meter hoch, und wir setzten erneut hart auf. Dann meldete sich der Kapitän: »Meine Damen und Herren, wir sind soeben zweimal in Düsseldorf gelandet.«

Rainer Schlage, Köln

Bei der Landung unseres Fluges von Frankfurt nach Boston fiel die Maschine die letzten zehn Meter wie ein Stein auf die Landebahn, dadurch platzte ein Großteil der linken Reifenummantelung, das Flugzeug brach nach links aus und wurde fast im selben Moment zurück nach rechts gerissen. »Prima Landung«, meinte ich zu der Stewardess, während die Maschine in Schräglage zum Gate eierte. Sie antwortete extrem gelassen: »Nun ja, jeder fängt mal an.« Wie sich herausstellte, hatte der Co-Pilot seine erste echte Landung durchgeführt, während der überwachende Pilot sicherstellte, dass die Maschine nicht im Bostoner Hafen landete.

Ilja Albrecht, Sliema, Malta

Auf dem Landeanflug unserer Condor-Maschine in Düsseldorf hat der Steward eine sehr lokalpatriotische Durchsage gemacht: »Die Passagiere zur Linken können nun einen Blick auf das schönste Bauwerk Düsseldorfs werfen: die Autobahn nach Köln!«

Markus Fischer, Köln

Nach einem Flug mit British Airways von Los Angeles nach Heathrow mussten wir mit heftigen Seitenwinden in London landen. Kurz nach dem Aufsetzen schlingerte die Boeing 747 so heftig, dass wir alle links und rechts in die Sitze gepresst wurden. Ich saß am Notausgang gegenüber einer jungen Flugbegleiterin. Als das Schlingern vorbei war und die Maschine wieder normal rollte, sagte sie: »Well, this makes my life a little bit more exciting.« (»Tja, das macht mein Leben etwas aufregender.«)

Thomas Soddemann, Königswinter

Auf einem Flug mit British Airways von Glasgow nach Manchester startete der Kapitän kurz vor dem Aufsetzen durch und machte dann folgende Durchsage: »Leider mussten wir durchstarten, da ich unten auf der Landebahn noch einen Kollegen herumrollen sah. Da ich den Kollegen nicht dort, sondern lieber später im Pub treffen möchte, drehen wir noch eine Runde.«

Steffen Ohnemüller, São Paulo, Brasilien

Nach einem Flug von München nach Hamburg hatten wir eine sehr harte Landung. Der Kapitän meldete sich mit ernster Stimme: »Willkommen in Hamburg. Entschuldigen Sie die etwas unsanfte Landung. Das war der jährliche Belastungstest des Fahrwerks. Hat auch diesmal bestanden.«

Alex Ebner, München

Bei einem Flug von London nach Dublin in einer ATR 72 fiel die Landung wegen schlechten Wetters ziemlich holprig aus und glich eher einem kontrollierten Absturz. Das sah der Kapitän anscheinend genauso, denn er sagte: »Für die harte Landung möchte ich mich entschuldigen. Ich habe mich in meine Marinezeit zurückgesetzt gefühlt. Erst nachdem ich das Flughafengebäude gesehen habe, war ich mir sicher, dass es nicht die ›HMS Illustrious‹ [Britischer Flugzeugträger] ist, auf der wir landen.«

Sven Vahlbruch, Bayreuth

Bei einem Flug mit Blue Wings von Antalya nach Frankfurt war die Sicht sehr schlecht. Nach einer sehr harten Landung machte die Stewardess die Durchsage: »Die Landung hat heute die Boeing allein gemacht. Die beiden Piloten hätten das besser hinbekommen.«

Florian Warnken, Oldenburg

Auf einem Lufthansa-Flug mit einer Boeing 747 von Frankfurt nach Los Angeles setzte die Maschine mit einem gewaltigen Schlag auf der Rollbahn auf, und fast alle Gepäckfächer öffneten sich. Nach einer Minute kam die Durchsage des Piloten: »Meine Damen und Herren, bitte entschuldigen Sie die harte Landung. Jetzt, da wir unten sind, kann ich ehrlich zu Ihnen sein: Es war meine erste.«

Benjamin Vinson, Nidda

Ich habe selten einen so sanften Flug erlebt wie vor einigen Jahren mit der Lufthansa von Düsseldorf nach München. Selbst im Landeanflug gab es nicht das kleinste Wackeln. Bis plötzlich – nur noch ein paar Meter über der Landebahn – die Maschine durchsackte und mit einem äußerst harten Schlag auf die Landebahn knallte. Noch im Abbremsen meldete sich einer der Piloten: »Tja, meine Damen und Herren. Tut uns leid wegen des harten Aufsetzens, das war so nicht vorgesehen, aber wir haben gerade das automatische Landesystem getestet.«

Wolfgang Kessler, Düsseldorf

Beim Landeanflug eines Fluges von Frankfurt nach Hamburg schwankte die Maschine wegen des starken Windes sehr. Als das Flugzeug nur noch circa 30 Meter über der Landebahn war, gab der Pilot plötzlich Schub und startete durch. Wir warteten auf eine Erklärung, aber es kam keine. Nach einer Schleife folgte der nächste Landeanflug. Da endlich kam die Durchsage des Piloten: »Sehr geehrte Damen und Herren, willkommen bei der Lufthansa-Happy-Hour. Erleben Sie zwei Landungen zum Preis von einer!«

Christoph Sommer, Erkrath

Während des Landeanfluges auf die Insel Samos kam die Durchsage des Kapitäns: »Ich werde jetzt versuchen zu landen.« Die Passagiere lachten. Doch der Pilot musste kurz vor dem Aufsetzen durchstarten. Nach einem großen Bogen meldete er: »Ich versuche es noch einmal.« Da lachte niemand mehr. Die Landung wurde erneut abgebrochen, und wir flogen weiter nach Kos. Nach der Landung dort informierte uns der Kapitän: »Wir fliegen jetzt direkt zurück nach Frankfurt, die Maschine wird dort gebraucht. In Kos ist sowieso kein Hotel frei.« Durch den Widerstand der Passagiere konnten wir aber auf Kos bleiben, und es fand sich doch noch ein Hotel. Am nächsten Morgen ging es dann mit dem Schiff nach Samos.

Detmar Roloff, Warthausen

Nach der Landung unserer Air-Berlin-Maschine aus Monastir in Düsseldorf klatschten viele Passagiere Beifall. Da meldete sich der Kapitän: »Sehr geehrte Damen und Herren, vielen Dank für den Beifall, aber ich darf Ihnen mitteilen, dass uns vor wenigen Tagen schon einmal eine Landung in Düsseldorf geglückt ist.«

Florian Rinke, Münster

Beim Landeanflug über Hamburg meldete sich der Pilot unserer Lufthansa-Maschine: »Sehr geehrte Fluggäste, wie Sie bemerkt haben, konnten wir etwas schneller fliegen und unsere Verspätung wieder aufholen. Wenn Sie heute Abend abgeholt werden und die Wartenden Ihnen von einem kometenähnlichen Phänomen berichten: Das waren wir beim Wiedereintritt in die Erdatmosphäre!«

Christian Schmalz, Frankfurt

Nach der problemlosen Landung unserer Air-Berlin-Maschine in Düsseldorf kam aus dem Cockpit die Durchsage: »Na also, geht doch!«

Christoph Schüpp, Bochum

Beim Landeanflug auf den Flughafen Korfu machte der Kapitän folgende beängstigende Durchsage: »Sehr geehrte Passagiere, wundern Sie sich bitte nicht, wenn es gleich unter Ihren Füßen etwas nass wird. Die Landebahn des Flughafens von Korfu ist nicht besonders lang, und dahinter kommt das offene Meer.« Nach einer kurzen Pause fügte er hinzu: »Keine Panik, das wird schon!«

Thorsten Schlautmann, Recklinghausen

Die Landung unseres Lufthansa-Fluges aus Hamburg in Oslo war sehr hart. Prompt folgte die aufgedrehte Durchsage des Piloten: »Heidewitzka, woohoo!!!«

Daniel Michalczyk, Oslo, Norwegen

INFOBOX: Was passiert bei einer Notwasserung?

Notwasserungen sind extrem selten: Gerade einmal sechs Fälle aus der Jet-Ära sind bekannt. Großes Aufsehen erregte im Januar 2009 die erfolgreiche Landung eines vollbesetzten Airbus A320 auf dem Hudson River in New York. Sämtliche Passagiere überlebten, der Pilot wurde als Held gefeiert. Er hatte es geschafft, nach einem doppelten Triebwerksausfall durch Vogelschlag und nur drei Minuten verbleibender Zeit in der Luft die Maschine so sauber aufzusetzen, dass das Schlimmste verhindert werden konnte.

Auf dem Meer dagegen gelingen Notwasserungen selten, ohne dass Todesopfer zu beklagen sind. Der Pilot muss versuchen, parallel zu den Wellenkämmen aufzusetzen, möglichst viel Tempo herauszunehmen und mit dem Heck zuerst das Wasser zu berühren. Denn wenn bei mehr als 200 km/h Geschwindigkeit ein Flügel oder ein Triebwerk zuerst einfädelt, überschlägt sich das Flugzeug und kann auseinanderbrechen, weil der Rumpf dann enormen Kräften ausgesetzt ist. Erschwerend für Piloten ist, dass ein solches Manöver nicht realitätsgetreu im Simulator geübt werden kann.

Jetzt können wir's
Ihnen ja sagen:
Ein Flugzeug ist
eigentlich viel zu schwer
zum Fliegen.
H&B

Kapitel 10

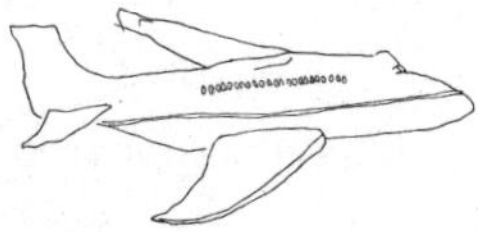

Weg zum Gate: »Kapitän, Co-Pilot und Autopilot verabschieden sich«

»›Schicken Sie eine meiner Taschen nach New York, eine nach Los Angeles und eine nach Miami!‹, ›Das können wir nicht!‹, sagte die Dame am Schalter, darauf ich: ›Aber letzte Woche haben Sie es getan!‹« – so beschrieb der britische Komiker Henny Youngman ein gefürchtetes Drama im Passagieralltag: den Kofferverlust. Kaum haben die Reisenden mit mehr oder weniger Angst Flug und Landung überstanden, sich durch die Passkontrolle gequält, beobachten sie mit bangen Augen das Gepäckband – kommt mein Koffer oder nicht?

Meist fährt das ersehnte Gepäck letztendlich doch auf seinen Eigentümer zu – doch was, wenn nicht? Immer wieder treffen aufgegebene Stücke erst mit der nächsten Maschine ein, erreichen den falschen Flughafen oder gehen einfach verloren. 32,8 Millionen Gepäckstücke weltweit wurden 2008 zeitweise vermisst, stellte eine Studie der EU-Kommission fest. Jeder 3000. Passagier hatte einen Koffer zu beklagen, der unwiderruflich im Bermuda-Dreieck von Gepäckzentren und Luftfahrtdrehkreuzen verschollen blieb.

Einen Rekord bei der höchsten Anzahl in kürzester Zeit vermisster Koffer konnte wohl British Airways an ihrem Londoner Heimatflughafen Heathrow aufstellen, der längst als Europas chaotischster Airport bekannt ist. Die Eröffnung des neuen, sechs Milliarden Euro teuren Terminals 5 im März 2008 geriet zur Farce. Hunderte Flüge fielen aus, Tausende Passagiere strandeten, Fahrstühle streikten, Arbeiter prügelten sich – und rund 28000 Gepäckstücke blieben liegen. Ein Softwarefehler und schlechte Organisation hatten das Hightech-Transportsystem lahmgelegt, gigantische Kofferberge verstopften den Bauch des Terminals.

Die Reaktionen auf die Eröffnungspleite reichten von harsch bis humorig: Als »nationale Schande« bezeichneten britische Politiker die Zustände in der Abfertigungshalle, Versicherungen verweigerten Gepäckschutz bei Reisen über Terminal 5. Auf YouTube kursierte der »Terminal 5 Song« der Gruppe Roguetune: »Sie haben mein Gepäck verloren, sie haben meine Frau verloren«. Und im Internet-Computerspiel »Terminal Panic« wurde British-Airways-Chef Willie Walsh als »Wee Willie«-Figur auf ewig dazu verdammt, Koffer durch einen Scanner zum Gepäckband zu schleppen. Die skurrile Lösung des Gepäck-GAUs: Ein Großteil der liegen gebliebenen Koffer wurde per Lkw nach Mailand gefahren, dort sortiert und dann erst an die Eigentümer weitergeleitet.

Das Desaster hat eine Londoner Künstlerin inspiriert: Luna Laboo ersteigert noch heute auf Auktionen Koffer, die am Flughafen Heathrow verloren gegangen sind. Dann fotografiert sie ihren Inhalt – Socke für Socke, Unterhose für Unterhose – und stellt die Bilder ins Netz. »Ist dies Ihr Gepäck?«, fragt sie auf ihrer Website www.isthisyourluggage.com – und wartet, dass die Eigentümer des bunten Allerleis sich bei ihr melden.

Beruhigend für Kofferverlustängste ist die jüngste Entwicklung: Die Zahl der Gepäckstücke auf Abwegen hat 2008 im Vergleich zum Vorjahr massiv abgenommen – um mehr als 20 Prozent weltweit. Die Erklärung aber ist zum Teil so einfach wie kundenunfreundlich: Gleichzeitig führten immer mehr Fluglinien eine Gebühr für aufzugebendes Gepäck ein – statt ihre Koffer dem Check-in und den risikobehafteten Transportwegen anzuvertrauen, stopfen die Kunden sie nun aus Sparsamkeit in die Gepäckfächer an Bord.

In diesem Kapitel:

Gangway-Geduldsproben, löchrige Landebahnen und Abschnallaufregung

Nach einem Flug von San Francisco nach Philadelphia landeten wir eine halbe Stunde zu früh am Zielort. Daher sagte der Pilot: »Im Namen von United Airlines möchte ich mich für die vorzeitige Landung in Philadelphia entschuldigen. Worüber sollen Sie denn heute Abend meckern, wenn wir schon keine Verspätung haben? Aber vielleicht haben wir ja Ihr Gepäck verloren, es besteht also noch Hoffnung, dass Sie heute Abend Gesprächsstoff haben.«

Christian Wolf, Hamburg

Nach der Landung in Paris sagte der Pilot: »Meine Damen und Herren, da hinten rechts auf dem Rollfeld sehen Sie das russische Flugzeug, das ich als Kind gesehen habe. Danach wollte ich unbedingt Pilot werden! Ich bringe Sie näher ran, damit Sie es sich auch anschauen können.« Dann wendete er den Airbus, fuhr über das halbe Rollfeld, legte den Verkehr auf der Start- und Landebahn lahm und drehte zwei Runden um eine russische Doppelpropellermaschine, während er begeistert die technischen Daten vorbetete. Dem Piloten der anderen Maschine sah man seine Verwunderung an, und im Hintergrund hörte man die Flugsicherung fluchen.

Bastian Königsmann, Erlangen

Nach einem sehr ruhigen Flug und einer sanften Landung unserer Sabena-Maschine in Kampala in Uganda machte der Pilot plötzlich eine Vollbremsung. Dann folgte eine sehr scharfe Kurve nach links. Ich dachte, entweder schießen wir über die Landebahn hinaus in den Viktoriasee oder wir kippen um. Schließlich kam die Durchsage des Kapitäns: »Der Tower und ich konnten uns nicht einigen, welches Gate wir nehmen sollen. Jetzt habe ich einfach das erste genommen.«

André van Daalen, Stuttgart

Nach der Landung unserer British-Airways-Maschine am neuen Terminal 5 in London-Heathrow sind wir rund zehn Minuten auf dem Gelände herumgefahren. Dann meldete sich der Pilot über die Lautsprecher: »Wenn das Bodenpersonal irgendwann eine Gangway für uns auftreiben kann, dann dürfen Sie das Flugzeug auch verlassen.«

Celine Zeng

In München angekommen, musste die Maschine aus Hamburg noch auf dem Vorfeld warten. Da meldete sich der Pilot und sagte in sarkastischem Tonfall: »Meine Damen und Herren, ich muss mich für die Verzögerung entschuldigen, aber es regnet seit 25 Jahren zum ersten Mal in München – und das stellt das Bodenpersonal vor schier unlösbare Probleme.«

Fabian Königer, Hamburg

Nach der Landung unserer Air-Berlin-Maschine in Palma de Mallorca blieb das Flugzeug in der Parkposition stehen – nichts passierte. Dann kam eine Durchsage des Piloten: »Tja, meine lieben Gäste, wie jeden Tag sind wir wieder völlig überraschend in Palma gelandet, so dass uns so schnell gar keine Treppen zur Verfügung stehen. Sie müssen sich mit dem Aussteigen also noch ein Weilchen gedulden.«

Kristina Nissen, Treia

Flug mit Condor von Málaga nach Frankfurt im Juni 2007: Nach störungsfreiem Flug und unspektakulärer Landung in Frankfurt meldete sich der Chef-Steward zu Wort: »Meine Damen und Herren, jetzt, da der Kapitän Frankfurt doch gefunden und die Europa-Karte wieder von den Knien genommen hat, wird er uns an das Gate fahren. Wir bitten Sie daher inständig, bis zum Stillstand des Flugzeugs angeschnallt zu bleiben, denn unsere Piloten sind zwar ausgezeichnete Flieger, aber saumäßige Autofahrer.«

Paul Ebersberger, Wiesbaden

Nach der harten Landung unserer WestJet-Maschine aus Vancouver im kanadischen Edmonton – die härteste Landung, die ich bis jetzt erleben durfte – scherzte die Stewardess: »Dank unseres Kapitäns können Sie nach dem Verlassen des Flugzeugs Ihr Gepäck auf Startbahn 5 suchen!«

Armin Braatz, Edmonton, Kanada

Auf einer Reise von Los Angeles nach Hongkong mit United Airlines sagte die Flugbegleiterin nach der Landung: »Die Passagiere, die aufstehen, bevor das Anschnallzeichen ausgeht, müssen im Flugzeug bleiben und uns helfen, es sauberzumachen.«

York Möller, Hamburg

Dezember 2006, Flug mit Air Berlin von Palma de Mallorca nach Düsseldorf: Nachdem wir pünktlich und problemlos gelandet waren, stand für das Flugzeug keine Gangway zur Verfügung. Nach einiger Zeit – die meisten Passagiere warteten ungeduldig, dass sie endlich aussteigen konnten – kam die freundliche Durchsage einer Stewardess: »Liebe Fluggäste, eine Kollegin vom Flughafen macht sich gerade frei und kommt uns abholen.« Die Freude – insbesondere bei den männlichen Passagieren – war groß.

Christiane Vogel, Frechen

Im Jahr 1990 gab es noch die berühmten Rundflüge über den Grand Canyon. Auch unsere Familie wollte damals mit so einer zweimotorigen Propellermaschine fliegen. Der Flug war recht holprig, da die Sonne den Wüstenboden so richtig schön erwärmte und die Thermik für Turbulenzen sorgte.

Kräftig durchgeschüttelt und nach erfolgreicher Landung, meinte der Kapitän lakonisch: »Danke, dass Sie mit uns geflogen sind, und entschuldigen Sie bitte den holprigen Flug. Bitte tun Sie uns einen Gefallen: Wenn Sie das Flugzeug verlassen, machen Sie nicht diese Papst-Sache!« Fragende Blicke der Passagiere in Richtung Pilot, der dann erklärte: »Verlassen Sie das Flugzeug bitte nicht in Panik, und küssen Sie nicht den Boden, wie der Papst es macht. Das wirkt nicht so gut auf die Passagiere, die schon auf den nächsten Flug warten.«

Christian Groth, Much

Am Abend des Orkans »Kyrill« bin ich mit Air Berlin nach Köln/Bonn geflogen. Bei der Landung setzte die Maschine hart auf die Landebahn auf, nachdem wir bereits im Anflug von den Orkanböen durchgeschüttelt worden waren. Als wir in Parkposition waren, passierte zunächst gar nichts. Bis die Stewardess sich meldete: »Liebe Passagiere, der Tower hat offenbar nicht geglaubt, dass wir es wirklich wagen zu landen. Bitte haben Sie noch ein paar Minuten Geduld bis zum Ausstieg, man organisiert jetzt Gangway und Busse für uns.«

Christian Deußen, Düsseldorf

Auf einem Flug von Leipzig nach Köln/Bonn in einer relativ kleinen Maschine waren ausschließlich sehr ernste und konzentrierte Geschäftsreisende an Bord. Nach der Landung kam folgende Ansage des Co-Piloten: »Da unsere Piloten deutlich besser fliegen als fahren, bitten wir Sie, so lange angeschnallt zu bleiben, bis die Maschine die endgültige Parkposition erreicht hat.« Da musste selbst der Humorloseste von uns »Business-Kaspern« laut lachen.

Gunter Amonn, Bonn

Nach der Landung auf dem Flughafen Lyon Saint-Exupéry rollte unsere Lufthansa-Maschine an die Parkposition und stand allein auf weiter Flur. Im Mittelgang bildete sich die übliche Schlange vor dem Aussteigen. Dann kam die Durchsage des Piloten: »Herzlich willkommen in Lyon. Das Bodenpersonal streikt wieder einmal, wir bitten Sie, Ihre Sitzplätze wieder einzunehmen.« Nach 15 Minuten verkündete er: »Wir haben am Horizont einen Bus ausgemacht und hoffen, dass dies unserer ist.«

Michael Schumacher, Leinfelden

Nach dem Flug mit Aero Lloyd von Palma de Mallorca nach Düsseldorf kam die Ansage der Stewardess: »Meine Damen und

Herren, bleiben Sie bitte noch sitzen. Es hat noch niemand geschafft, vor uns das Gate zu erreichen!«

Arnd Schöttler, Heiligenhaus

Nach der Landung unseres Lufthansa-Fluges von Hamburg nach London machte der Steward die Durchsage: »Meine Damen und Herren, willkommen in London-Heathrow. Wir werden Sie jetzt mit unserem neuartigen Aussteigesystem vertraut machen: Um die Reinigungszeit zu verkürzen, nimmt bitte jeder den von ihm produzierten Müll selbst mit nach draußen. Und der einzige gelbe Sack, den ich Ihnen anbieten kann, ist unser hepatitisverseuchter Co-Pilot.« Danach kam eine Ansage aus dem Cockpit – ohne erkennbaren Zusammenhang: »Stefan, fahr schon mal den Wagen vor.« Und eine zweite Stimme sagte: »Mach ich, Harry.«

Jörg Plathner, Stuttgart

Nach der Landung auf dem Frankfurter Flughafen auf dem Weg zum Gate meldete der Co-Pilot: »Meine Damen und Herren, wir haben jetzt gleich die Schlaglochpiste, die sie in Frankfurt Runway nennen, hinter uns gebracht und werden in Kürze unser Gate erreichen. Bitte bleiben Sie noch so lange angeschnallt.«

Jens Müller, Neu-Isenburg

Nach der Landung des Fluges von Beirut nach Mailand mit der Alitalia kam die Durchsage: »Alitalia und die Crew heißen Sie herzlich willkommen in Turin! Wir hoffen, Sie hatten einen angenehmen Flug, und wünschen Ihnen einen schönen Aufenthalt in Turin.« Dass der Flug wegen schlechten Wetters in Mailand nach Turin umgeleitet worden war, hatte uns die Crew bis dahin verschwiegen.

Paul Eichmann, Berlin

Nach der Landung eines dba-Fluges in Düsseldorf kam die Pilotendurchsage: »Meine Damen und Herren, wir sind soeben in Düsseldorf gelandet. Jetzt müssen wir uns nur noch einen zentral gelegenen und günstigen Parkplatz suchen.«

Jörg Stattaus, Krefeld

Vor drei Jahren bin ich an Bord einer KLM Boeing 747-Kombi, die Fracht und Passagiere transportiert, aus Los Angeles nach Amsterdam geflogen. Als wir endlich gelandet waren, wurde aus dem Cockpit mitgeteilt: »Wir bitten Sie dringend, noch sitzen zu bleiben! Wir haben kurz vor dem Abflug noch ein Stück schwere Fracht an Bord genommen – wenn Sie jetzt aufstehen und zum Ausgang laufen, würde das Flugzeug auf seine Heckflosse kippen. Darum bitten wir Sie zu warten, bis wir die Fracht ausgeladen haben.«

Karsten Qualmann, Amsterdam, Holland

Wir landeten in Düsseldorf mit einer Boeing 747 und mussten ziemlich lange warten, obwohl wir die Flughafengebäude schon in der Nähe sehen konnten. Grund war, dass die Maschine an ein Fahrzeug angedockt wurde, um in die Parkposition gezogen zu werden. Der Kommentar des Piloten dazu: »Liebe Fluggäste, wir werden jetzt die letzten Meter vom Flughafenpersonal gezogen. Es ist nicht so, dass wir das nicht selber könnten, aber wenn ich jetzt noch mal die Turbinen anwerfe, fällt denen im Flughafen die Hütte auf den Kopf.«

Christian Möller, Dortmund

Nach einem easyJet-Flug verabschiedete sich die Stewardess mit den Worten: »If you enjoyed this flight, thank you for flying with easyJet. If you didn't, thanks for flying Ryanair.« (»Falls Sie einen angenehmen Flug hatten, danke, dass Sie mit easyJet geflogen sind. Falls nicht, danke, dass Sie mit Ryanair geflogen sind.«)

Fritz Menzer, Romanshorn, Schweiz

Nach der Landung unserer Maschine in Frankfurt am Main erläuterte der Pilot, dass das Flugzeug so schwer sei wie mehrere Lkws und zudem noch sehr starke hydraulische Bremsen habe. Dann meinte er: »Bleiben Sie bitte angeschnallt sitzen, wir möchten nicht, dass Sie hier vorn im Cockpit erscheinen, ohne vorher anzuklopfen.«

Gerd Oltermann, Hamburg

Nach der Landung einer dba-Maschine in Berlin-Tegel kam die Durchsage: »Der Kapitän, der Co-Pilot und der Autopilot verabschieden sich jetzt von unseren Fluggästen und wünschen noch einen schönen Abend in Berlin oder eine gute Weiterfahrt.«

Hans-Joachim Fabry, Berlin

Nach einer besonders harten Landung unserer Maschine der Deutschen BA in Berlin-Tegel machte die Stewardess diese

Durchsage: »Meine Damen und Herren, bitte bleiben Sie so lange sitzen, bis der Kapitän die Überreste unseres Flugzeugs am Gate zum Stillstand gebracht hat.«

Stephan Meyer-Brehm, Berlin

Nach der Landung an einem Freitagabend auf dem Hamburger Flughafen rollten wir langsam ans Gate, als sich der Pilot der Lufthansa-Maschine meldete: »Achtung, eine Warnmeldung für die A7 Richtung Norden, fahren Sie äußerst rechts und überholen Sie nicht – die Crew hat Feierabend und möchte nach Hause.«

Sven Mahn, Hamburg

INFOBOX: Wie wird man Pilot?

An der Lufthansa-Verkehrsfliegerschule in Bremen dauert die Ausbildung zum Verkehrsflugzeugführer rund zweieinhalb Jahre. Nach einem Jahr dürfen die Schüler erstmals über der Wüste von Arizona ein richtiges Flugzeug fliegen. Vorher wird im Simulator geprobt. Das Mindestalter für den Ausbildungsbeginn liegt bei 18 Jahren. Der mehrtägige Aufnahmetest in Hamburg ist hart: Wer eine Sehschwäche von mehr als drei Dioptrien oder Herzrhythmusstörungen hat, fliegt raus. Außerdem werden in mehrtägigen Prüfungen Mathematik- und Physik-Kenntnisse abgefragt und Kommunikation und Teamarbeit in

Rollenspielen erprobt. Bei der Lufthansa bestehen nur maximal zehn Prozent der Bewerber die Tests. Pro Jahr treten 240 bis 300 Pilotenschüler und -schülerinnen ihre Ausbildung an.

Nach der Ausbildung fliegen die frischgebackenen Co-Piloten zunächst auf europäischen Strecken – etwa mit dem Airbus A320. Das Einstiegsgehalt liegt bei rund 60000 Euro im Jahr. Später können sie dann auf die Langstrecke wechseln. Insgesamt sind rund ein Dutzend Jahre und Tausende Flugstunden nötig, um den begehrten vierten Streifen an der Uniform zu erlangen: Damit hat man dann den Job als Flugkapitän.

Warum macht der Pilot
denn heute keine
lustigen Durchsagen?
H&B

Bonuskapitel:

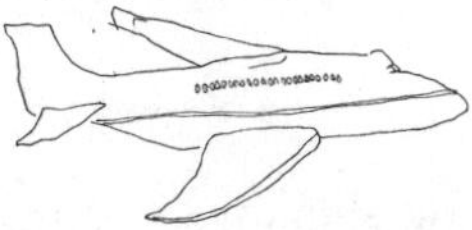

»Jetzt können Sie glücklich sterben!«

Nach der Veröffentlichung der Erstausgabe von *Sorry, wir haben die Landebahn verfehlt* im März 2010 haben uns die Leser in dreifacher Hinsicht überrascht. Zum einen natürlich mit ihrer schieren Anzahl: Wir wussten, dass Flugzeuganekdoten ein unterhaltsames Thema sind und eine solche Sammlung vorher noch nicht in Buchform erschienen war. Aber dass wir mit 500.000 verkauften Exemplaren einen Bestseller ... ähem ... landen würden, hätten wir nicht erwartet.

Die nächste Überraschung waren Zuschriften, in denen Leser sich ganz ohne Ironie für die »beruhigende Wirkung« der Sprüche-Sammlung bedankten. Nach der Lektüre verspürten sie erheblich weniger Angst vor dem Fliegen als vorher, schrieben sie. Weil sämtliche Anekdoten – so irrwitzig und angsteinflößend sie auch sein mögen – doch gut ausgegangen seien und jemand davon berichten konnte. Gut zu wissen, dass ein ausgefallenes Triebwerk oder ein augenscheinlich durchgeknallter Pilot nicht das Todesurteil für alle Mitfliegenden bedeuten muss.

Die dritte Überraschung war die enorme Zahl weiterer Erlebnisberichte, die in unser Mail-Postfach geflattert kamen.

Die besten davon wollen wir Ihnen nicht vorenthalten: Viel Spaß beim Lesen des (hoffentlich beruhigenden) Zusatzkapitels wünschen

Stephan Orth und Antje Blinda

In diesem Kapitel:

Neuester Irrsinn aus den Cockpits

Vor ein paar Jahren auf einem Germanwings-Flug sagte die Stewardess während der Sicherheitseinweisung: »Unter Ihrem Sitz finden Sie die Schwimmwesten. Wenn wir über Land fliegen, finden Sie an gleicher Stelle die Airbags.« Schallendes Gelächter der Passagiere, aber auch einige verdutzte Gesichter. Auf dem gleichen Flug meldete sich der Kapitän: »Wir fliegen in 30.000 Fuß Höhe, das sind in etwa zehn Kilometer freier Fall.«

Hans-Joachim Dörr, Schiffweiler

Ich arbeite am Münchner Flughafen im Terminal 2, also dem der Lufthansa. Eigentlich ist die deutsche Fluglinie ein sehr seriöses Unternehmen. Aber wie ich feststellte, scheint in der Abteilung, die die Flugnummern verteilt, ein Witzbold zu arbeiten. Die folgende Ansage wird nur vom Band abgespielt, weil wohl jeder Mensch, der ein wenig Humor hat, lachen müsste: »This is the final boarding call for your Lufthansa flight LH 2222 to Toulouse.«

Esther Hundertmark, Burghausen

Auf meinem Lufthansa-Flug von Frankfurt nach New York sagte der Pilot kurz vor der Landung: »Cabin crew, prepare for shopping – äh – landing.«

Alicia Fuente, Zürich, Schweiz

Ich war mit Austrian Airlines von Athen nach Wien unterwegs, ein wunderbar ereignisloser Flug. Allerdings spielte gleich nach der Landung die Elektronik verrückt: Sämtliche Leuchten in der Kabine blinkten wild durcheinander. Der lapidare Kommentar der Stewardess dazu: »Meine Damen und Herren, dies ist unsere neue Disco-Beleuchtung!«

Thomas Mühlfellner, Wien, Österreich

Auf einem Flug von Bremen nach Stuttgart: Über dem Stuttgarter Flughafen lag – wie so oft – Nebel, dennoch setzte der Pilot zur Landung an. Plötzlich startete er durch. Dann kam die Meldung: »Mein Höhenmesser zeigte 66 Meter an, Stuttgart liegt aber auf 100 Metern Höhe. Bevor ich den Boden weiter pflügte, bin ich lieber durchgestartet.« Nach einer Platzrunde, während der er den Höhenmesser kalibrierte – er war auf den Luftdruck über Hannover eingestellt –, landete er schließlich sicher in Stuttgart.

Werner Jüptner, Ritterhude

Wir waren auf einem Inlandflug in Kenia mit einer Douglas DC-3 unterwegs. Ich saß direkt neben einem Notausgang – und dieser öffnete sich während des Flugs. Nachdem der Steward den Ausgang verschlossen hatte, flog der Pilot zurück zu dem Mini-Flughafen in der Masai Mara. Dort wurde die Tür richtig verschlossen. Nach dem erneuten Start sagte der Pilot: »Jetzt können wir nur noch hoffen, dass das Flugzeug nicht auseinanderfällt.«

Alexandra Philipps

Eine Anekdote aus den Zeiten, in denen man manchmal das Gepäck außerhalb der Maschine identifizieren musste: Wir sitzen abflugbereit in der Maschine, als der Purser durchsagt: »Mr. Samsonite, würden Sie bitte Ihr Gepäck identifizieren?«

Gelächter. Weitere Durchsage im beleidigten Tonfall: »Er heißt tatsächlich Mr. Samsonite!«

Waltraut A. Heidenreich

Während eines Malediven-Urlaubs konnten wir mit einem Wasserflugzeug, einer Twin Otter, von Male aus auf unsere Urlaubsinsel fliegen. Der Pilot begrüßte die Passagiere freundlich und verkündete: »Wir haben zwei Informationen für Sie, eine gute und eine schlechte. Zuerst die gute: Auf dem Flug zu Ihrer Urlaubsinsel sind alle Getränke hier an Bord kostenlos! Und nun die schlechte: Wir haben gar keine Getränke an Bord!«

Lothar Brandenburg, Berlin

Auf einem Flug von Venezuela nach Frankfurt sagte der Purser: »Normalerweise lernen Sie Ihren Piloten nie persönlich kennen. Wir von Condor wollen das jetzt ändern und Ihnen im Bordmagazin unseren heutigen Piloten vorstellen. Also: Auf Seite 76 finden Sie alles, was Sie über ihn wissen wollen. Viel Vergnügen!« Auf der Seite sah man ein nacktes Model – es war eine Reklame für ein neues Herren-Parfum! Ich habe selten eine große, vollbesetzte Maschine so kollektiv lachen gehört.

Sonja Scholze

Auf dem Flug ab München im Winter 2010 meldete sich während des Anflugs auf Hamburg der Kapitän: »Meine sehr verehrten Damen und Herren, das Wetter in Hamburg ist kalt, windig, ungemütlich – quasi wie meine Exfrau!«

André Vosgrau, Norderstedt

Wir wollten 1995 von Daressalam in Tansania nach Mombasa fliegen. Ich habe Flugangst und wurde noch panischer, als ich sah, dass es sich um eine winzige Propellermaschine handelte. Zudem hingen die Kabel lose im Cockpit herum, teilweise nur mit Klebeband fixiert und ummantelt. Als ich beim Einsteigen zögerte, wollte der Pilot wissen, was denn los sei. Ich sagte, dass ich lieber nicht mit seiner Maschine fliegen wolle. Daraufhin fragte er mich ernst: »Haben Sie den Kilimandscharo gesehen?« Ich nickte. »Und haben Sie auch den Ngorongoro-Krater gesehen?« Wieder bejahte ich. Darauf strahlte er mich an: »Na dann! Sie haben all die wichtigen Dinge gesehen, jetzt können Sie glücklich sterben!« Was mich bis heute überrascht: Ich bin dann am Ende tatsächlich mit der Kiste geflogen, und wir sind wohlbehalten angekommen.

Wibke Baier, Hamburg

Eine Lufthansa-Flugbegleiterin behandelte die Gäste in der Ersten Klasse besonders »mütterlich«, was einem Passagier nicht passte. Er fragte, seit wann die Lufthansa in der Ersten Klasse Bauerntrampel als Stewardessen beschäftige. Die Antwort: »Ganz einfach: seit in der Ersten Klasse auch Bauern fliegen.« Die Fluggesellschaft beließ es bei einer Abmahnung, nachdem sich der »Bauer« offiziell beschwert hatte.

Werner Tschirk, Linz, Österreich

Auf einem Lufthansa-Flug von München nach Brüssel sagte der Pilot, nachdem das Flugzeug sehr ruppig aufgesetzt hatte: »Eine gute Landung muss man auch spüren.«

Andreas Zeitz, Augsburg

Nach Ostern 2008 befand ich mich in einem A320 von Air Berlin auf dem Flug von Nürnberg nach Rom. Launig verkündet eine Stewardess nach ihrer Standardansage: »Und nun werden Sie in wenigen Sekunden erleben, wie aus dem schnellsten Dreirad der Welt ein Flugzeug wird!«

Jens Wagner, Dresden

Auf einem Flug von Chicago nach Saskatoon in Kanada zog die kanadische Crew vom Leder. Der kleinen Maschine mit rund 50 Passagieren wurde ein Platz ganz am Ende des Terminals zugewiesen. Anscheinend war das schon oft passiert, denn nachdem wir gestartet waren und sich die Flugbegleiterin vergewissert hatte, dass keine US-Amerikaner an Bord waren, sagte sie: »So, Leute, wir haben jetzt endlich diesen verdammten Flughafen und die ganzen Arschlöcher hier verlassen, lasst uns bloß schnell weg hier. Zu blöd, dass wir heute Abend noch zurückfliegen müssen – ich wünschte, ich könnte in Saskatoon bleiben.« Der Kapitän ergänzte: »Chicago ist mein größter Alptraum, jedes Mal, wenn ich dorthin fliegen muss, ist das die reinste Bestrafung! An alle Amis, auch wenn ihr mich nicht mehr hören könnt: Ja, Kanadier benutzen tatsächlich Flugzeuge und keine fliegenden Teppiche!«

Viola Winkels, Adelebsen

Auf einem Flug mit Hamburg Airlines 2003 von Mallorca zurück nach Stuttgart: Die Piloten ließen bei der Landung die Cockpit-Tür offen. Kurz nach dem Aufsetzen der Maschine schlug die Tür, die nur von einem Gummistopper gehalten worden war, mit einem lauten Knall zu. Der Kapitän rief über den

Lautsprecher: »Scheiße, verdammte Scheiße noch mal!« Einigen Passagieren wich die Farbe aus dem Gesicht. Mit ein paar Sekunden Verzögerung kam dann die Auflösung: »Jetzt ist mir doch tatsächlich die verdammte Tür zugefallen«, sagte der Pilot.

Marc Fiedler, Ebersbach

Auf dem Flug von Hamburg nach Teneriffa gab der Pilot durch: »Liebe Fluggäste, wir befinden uns nun im Anflug auf Teneriffa. Leider werden die Kanaren gerade von einer Kaltfront heimgesucht. Dieses Schlechtwetterphänomen führt dazu, dass nicht nur die Spitze des Teide mit Schnee bedeckt ist, sondern dass es auch in den Tälern zu Schneefall kommt. Die aktuelle Temperatur beträgt 6 Grad. Eine Tageshöchsttemperatur von 7 Grad wird erwartet. Ich hoffe, Sie haben die richtige Kleidung eingepackt.« Kurz nach der Landung meldete sich eine Flugbegleiterin und wünschte bei sonnigen 23 Grad einen schönen 1.-April-Urlaubstag.

Jessica Brühning, Hamburg

Die Landung in Frankfurt am Main war sehr grob. Ein Wunder, dass das Fahrwerk nicht durch die Tragflächen stieß. Gleichzeitig haute der Kapitän Bremsen und Gegenschub rein, wir Passagiere hingen buchstäblich in den Gurten. Die Stewardess, die gegen die Flugrichtung bequemer saß, meinte nur: »Macht der Kutscher immer so. Er will die erste Ausfahrt erwischen.«

Jürgen Kühnel

Im Sommer 2010 nahm ich mit einer deutschen Neurologengruppe an einem Kongress in Toronto teil, als der isländische

Vulkan ausbrach. Zum Glück konnte eine Chartermaschine für uns aufgetrieben werden. Diese sollte jedoch nicht von Toronto, sondern von Buffalo in den USA aus starten. Der Flughafen hatte ein Gepäckband, drei Check-in-Schalter – und eine hysterische Stewardess. Abwechselnd stellte sie sich selbst auf die Gepäckwaage (um über das angezeigte Gewicht lauthals zu verzweifeln) oder spielte Luftgitarre. Informiert über unser Reiseziel Madrid, schlug sie verzweifelt die Hände über dem Kopf zusammen und kreischte: »Oh my God!«

Auch am Gate erwartete uns wieder diese Stewardess: Hier führte sie Kung-Fu-Choreografien auf, um zu demonstrieren, dass sie die Glastür verteidigen könne. Kurze Zeit später tauchte unser künftiger Pilot auf: Er ging auf die Tür zu, lief mit einem Knall dagegen, schaute verdutzt, zuckte die Achseln, hob seine Mütze auf, drehte sich um und ging wieder. Wir zweifelten an der Eignung des Personals. Es wurde dann aber doch ein erfolgreicher Flug mit Zwischenlandungen in Neufundland und auf den Azoren. Für den Heimweg von Madrid nach Frankfurt nahmen wir einen Mietwagen.

Dr. C. Mayer, Frankfurt am Main

Auf dem Stuttgarter Flughafen gab es technische Probleme mit unserem Flugzeug von Germanwings. Sicherheitshalber mussten wir über das Vorfeld in eine andere, gerade angekommene A319 umsteigen. Kurz vor dem Start sagte der Kapitän durch: »Wir möchten uns bei Ihnen für die Entschuldigung verspäten.«

Hans-Jürgen Döll-Kade, Karlstadt

In der deutschen Sprache kann man in einem Satz fast immer »wenn« statt »falls« einsetzen, aber nicht umgekehrt. Das wissen aber nicht immer alle Fremdsprachler, unter anderem nicht die Aeroflot-Flugbegleiter, die auf den Flügen nach Deutschland die Durchsagen auf Deutsch machen. So gab es während eines Flugs nach Hamburg mit einer schon älteren Tupolew-Maschine folgende Ansage: »Meine Damen und Herren, falls unser Flugzeug die geplante Flughöhe erreicht, servieren wir das Mittagessen.«

Alexei Efremenko, Büdingen

Nach einem Start in Brüssel hatte die zweimotorige Maschine erst wenige hundert Meter an Höhe erreicht. Da ging das Licht in der Kabine aus, und das Flugzeug sackte durch. Mein hinterer Sitznachbar rief »Mon Dieu!« und klammerte sich an meine Rückenlehne. Ich sah aus dem Fenster: Eines der beiden Triebwerke stand still. Wir kreisten eine Weile in geringer Höhe, ich dachte: »Michael, vielleicht ist dein Tag gekommen« und sandte eine Abschieds-SMS an meine damalige Geliebte. Nach unzähligen Platzrunden meldete sich der Kapitän zu Wort: »Meine Damen und Herren, wie Sie sehen können, ist das linke Triebwerk ausgefallen. Aber wie Sie ebenfalls sehen: Wir fliegen immer noch.« Wir könnten zwar theoretisch noch zum Zielflughafen Basel fliegen, aber die Sicherheit ginge vor. So landeten wir wieder in Brüssel, wo wir von der Flughafenfeuerwehr eskortiert wurden. Meine Geliebte konnte ich kurz darauf beruhigen, dass ich ihr wohl noch länger erhalten bleibe.

Michael Stadthaus, Stuttgart

Vor dem Start eines Fluges von Miami nach München: In der Kabine war es durch die Außenluft, die ins Flugzeug strömte, extrem heiß. Der Pilot machte folgende Durchsage: »Sehr geehrte Damen und Herren, wir müssen erst unsere Triebwerke starten, bevor wir die Heizung einschalten können. Bitte haben Sie noch etwas Geduld.« Einige Passagiere runzelten die Stirn schon voller Panik, dass es noch heißer werden sollte, als der Pilot fröhlich hinzufügte: »Ich meinte natürlich die Klimaanlage.«

Anonym

Auf einem Flug von Paderborn/Lippstadt nach Mallorca begrüßte der Pilot die Fluggäste so: »Ding, Dong, Dong. Guten Morgen meine Damen und Herren, es ist zehn vor fünf an diesem wunderschönen Morgen, und es sind jetzt schon alle Mann an Bord. Eigentlich sind wir startbereit, aber aufgrund des Nachtflugverbotes dürfen wir erst ab 5 Uhr starten. Sagen wir es also so: Ahden (ein kleines Dorf am Flughafen) schläft noch, aber nicht mehr lange!«

Ladina Wilger, Paderborn

In einem Jumbojet, der von Frankfurt Richtung Peking abheben sollte, wurde die Startverzögerung mit folgender Durchsage angekündigt: »Wenn Sie aus dem Fenster schauen, sehen Sie unsere Ingenieure für Sie auf den Flügeln arbeiten.« Mit anderthalb Stunden Verspätung rollte die Riesenmaschine schließlich los. Nach wenigen Metern trat der Pilot mit aller Wucht auf die Bremse und sagte durch das nicht abgeschaltete Mikrofon: »Verdammt noch mal, jetzt haben wir das Catering vergessen!«

Waltraut A. Heidenreich

Als ich acht Jahre alt war, bin ich mit meiner Familie und rund 250 anderen Passagieren im Flugzeug nach Australien geflogen. Kurz vor dem Ziel kam die Durchsage: »Heute werden wir neben der Landebahn landen, weil ich es mag, wenn der Staub hinten hochgewirbelt wird.« Da wurde uns allen ein bisschen bange – und der Pilot hat tatsächlich neben der Landebahn aufgesetzt.

Niklas Röpke, Kopenhagen, Dänemark

Nach einem halben Jahr Auslandseinsatz im Kosovo kam der langersehnte Rückflugtag. Das Einchecken und alle Kontrollen verliefen reibungslos. Nach dem Boarding setzte sich das Flugzeug in Bewegung. Der Airbus A310 rollte auf einem Zubringerweg parallel zur Startbahn mit normaler Geschwindigkeit. Plötzlich drehten die Turbinen hoch, eine starke Beschleunigung war spürbar. Die Passagiere wurden nervös: »Wir sind doch noch gar nicht auf der Startbahn, oder?« In dem Moment sagte der Pilot über Lautsprecher ganz Bundeswehr-mäßig kurz und knapp: »Festhalten! Wir starten!« Direkt nach diesem Satz schoss die Maschine in einer 180-Grad-Linkskurve auf die Startbahn, so schnell, dass es sich anfühlte, als ob wir über den Asphalt schlittern würden. Der letzte Abschnitt des Starts verlief dann aber ganz normal, nur mit dem Unterschied, dass wir eine sehr viel kürzere Startbahn-Strecke brauchten als sonst. Vermutlich hatte der Pilot genauso große Sehnsucht, nach Hause zu kommen, wie wir.

Oliver R., Oberönz, Schweiz

Während eines Landeanflugs auf Zürich spätabends regnete es heftig. Wir kamen gerade aus einem Urlaub auf den Malediven zurück. Der Pilot meldete sich mit Schweizer Dialekt aus dem Cockpit: »Ich habe eine gute und eine schlechte Nachricht für Sie. Die schlechte: Das Wetter in Zürich ist zum Davonlaufen! Die gute: Gleich morgen früh öffnen die Reisebüros wieder. Es gibt ja noch viele tolle Orte, wo man Urlaub machen kann, odrrr?!«

Melanie Villing, Konstanz

Während des zweiten Golfkrieges saßen wir in der Business Class von Delhi nach Frankfurt. Die Klasse lag in einer zweiten Ebene, unmittelbar hinter dem Cockpit. Der Steward kam heraus und sagte: »Was ich Ihnen jetzt erzählen werde, wissen die Passagiere in der Economy nicht: Wir haben eine Bombenwarnung und nehmen sie ernst.« Die Maschine befand sich bereits im forcierten Sinkflug. Ich fragte: »Entschuldigung, aber wo werden wir landen?« »In Teheran.«

Der Flugbegleiter führte uns dann in die Erste Klasse, die komplett leer war, und sagte, dass wir die Ersten sein würden, die die Maschine verlassen. Es hinge von uns ab, ob hinter uns Panik entstünde. »Gehen Sie sehr langsam, und denken Sie daran, dass das für die Economy-Passagiere lediglich ein technischer Stopp ist. Aber sobald Sie auf dem Boden sind... RENNEN SIE!«

In Frankfurt, wo meine Eltern uns abholen wollten, wurde das Flugzeug bis fünf Minuten vor der geplanten Ankunft als »pünktlich« ausgewiesen und verschwand dann von der Anzeigetafel. Wir verbrachten etwa fünf Stunden auf dem Flughafen von Teheran und erreichten Frankfurt mit sechs Stunden Verspätung.

Jens Burkhardt

Kurz vor den Anschlägen des 11. September flog ich mit meinem siebenjährigen Sohn von Hamburg via Frankfurt nach Cancún. In Frankfurt starteten wir erst mit einer Verspätung von sieben Stunden. Die Begründung: defekte Hydraulik. Auf Reiseflughöhe fragte ich während eines Cockpitbesuchs beim Kapitän nach. Er sagte: »Ach, wissen Sie: Die Alarmleuchte der Hydraulik hat dauernd geblinkt. Bei Aeroflot würden sie die Warnleuchte wechseln, wir haben die Hydraulik ausgetauscht.«

Roland Henning, Hamburg

Nach dem Start in Honolulu gab der Kapitän durch: »Hi Leute, wenn die Passagiere auf der linken Seite nach links schauen, sehen sie den Waikiki Beach. Die Passagiere auf der rechten Seite sehen die Passagiere auf der linken Seite.«

Michael Koewing, Bad Aibling

Im Oktober 2011 wurde unser Rückflug von Punta Cana in der Dominikanischen Republik nach Frankfurt gestrichen. In der vorgesehenen Maschine hatte es Probleme mit einem randalierenden Passagier gegeben. Der Mann war wohl stark alkoholisiert, zertrümmerte an Bord den Laptop eines Mitreisenden und wurde gegenüber den Stewardessen handgreiflich. Die Crew legte auf den Azoren einen Zwischenstopp ein, um den Randalierer in Handschellen abzuführen. Als wir am nächsten Tag dann in dieser Maschine in Richtung Heimat saßen, machte der Pilot kurz vor dem Start folgende Durchsage: »Wir haben das Monster auf den Azoren abgesetzt.«

Julia Barden, Frankfurt am Main

Auf einem Flug von Bangkok nach Singapur saß ich in der ersten Reihe und sah, wie eine Stewardess die Tüte einer großen Fast-Food-Kette in der Bordküche verstaute. Als sie meinen Blick bemerkte, grinste sie und sagte: »Sie kennen nicht den heutigen Speiseplan, aber ich kenne den Koch.« In der Tüte war übrigens ein Burger, den sie während des Steigflugs verdrückte.

Kai Bergheim

Nach der Landung rollte das Flugzeug von Turkish Airlines aus München langsam zum Terminal. Aus den Lautsprechern kamen türkische Durchsagen und dann plötzlich auf Deutsch: »Meine Damen und Herren, wir haben ein Problem und bereiten uns auf eine Notwasserung vor. Bitte ziehen Sie Ihre Schuhe aus…« und so weiter. Die vielen Passagiere an Bord, die Deutsch verstanden, guckten aus dem Fenster auf die Betonpiste und hörten dann grinsend weiter zu. Die Stewardessen hatten das falsche Ansageprogramm aktiviert und – weil keine von ihnen Deutsch sprach – die Ansage bis zum Schluss abgespielt.

Claus-D. Binder, Ebersberg

Auf einem Flug von München nach Hamburg sagte der Flugbegleiter: »Meine Damen und Herren, wir sind soeben 20 Minuten vor der geplanten Zeit in Hamburg gelandet. Wir bitten Sie, dies für Ihre zukünftigen Flüge mit uns im Kopf zu behalten: Damit haben wir 20 Minuten bei Ihnen gut.« Ein Passagier beim Aussteigen zum Flugbegleiter: »Mit meinem Hinflug sind wir jetzt quitt.«

Christoph Knödler, Hamburg

Während meines ersten Hubschrauberfluges von Koblenz ins Saarland saß ich neben dem Piloten und bewunderte die unter uns liegende Landschaft: Mosel, Hunsrück, Wälder, Städte, Dörfer. Auf einmal war die Szenerie völlig verändert: Panzerspuren waren zu sehen und zerstörte Häuser. Ich fragte über Mikrofon beim Piloten nach. »Das ist das Truppenübungsgelände Baumholder«, erklärte er. »Was?«, dachte ich und erinnerte mich an meine Wehrpflichtzeiten, wo ich genau hier bei der Artillerie gedient und zig ballistische Munitionsgeschosse per Panzerhaubitze durch die Luft befördert hatte. Die Flughöhe unseres Hubschraubers war ideal für diese Geschosse. »Sind wir hier sicher?«, fragte ich. »Keine Bange, am Sonntag schießen die hier meist nicht«, sagte der Pilot.

Hans-Peter Frohberger, Otterberg

Auf einem Flug mit easyJet von Brüssel nach Berlin-Schönefeld kündigt die gutgelaunte Crew den Bordverkauf an: »Wir freuen uns, Ihnen auch heute wieder eine reichhaltige Auswahl an Tabakwaren, Alkoholika, Parfums und Lebensversicherungen anbieten zu können.«

René Steinberg, Bad Vilbel

Auf einem Rückflug von Fuerteventura nach München mit Hapag-Lloyd streikten mal wieder die Fluglotsen in Spanien. Nach stundenlangem Warten durften wir endlich boarden. Sobald der Letzte zugestiegen war, wurden die Türen geschlossen und wir rollten an. Dann stoppte das Flugzeug, und der Kapitän sagte in schönstem Bayrisch: »Wenns ihr eich etz net auf drei alle mitanand auf eire Antenoarsch highockt habts, dann ist der Slot zu, und mir kenna hier übanachtn!« Jeder beeilte sich, und als sich wirklich alle hingesetzt hatten, waren wir schon fast in der Luft.

Über Marokko kam dann die Durchsage: »Damit wir überhaupt noch eine Chance haben, bevor die uns München zusperren, fliegen wir heut' mal ausnahmsweis' Luftlinie, also schnurstracks übers Mittelmeer und Genua und nicht über Spanien.« Etwa zwei Stunden später: »Es langt doch nicht ganz, wir haben zu viel Gegenwind. Ich hab' denen im Tower jetzt gesagt, dass uns deswegen das Benzin bis Frankfurt nicht reicht und wir auf jeden Fall in München landen müssen.« Erleichterter Applaus. Schade, dass es diesen Ferienflieger nicht mehr gibt.

Franz Hegele, Grasbrunn

Mitte der Neunziger in einer Eurowings-Maschine von Dortmund nach Dresden. Der Landeanflug führte durch ein ungewöhnlich heftiges Unwetter, zum Teil mit Hagel. Die Flügelspitze war von der Kabine aus schon nicht mehr zu sehen, und heftige Turbulenzen schüttelten die ATR 72. Die Stewardess lief durch die Reihen, um zu überprüfen, ob alle angeschnallt waren. Sie kämpfte sich bis zur Hälfte der Maschine durch, blieb dann neben meinem Platz stehen und sagte resigniert: »Ach, hinten werden schon alle angeschnallt sein – sonst würden sie bereits über den Sitzen schweben.«

Jens Wagner, Dresden

In der Holzklasse sammelt die Stewardess die leergefegten Tabletts nach dem Essen ein. Sie hält in den Armen schon an die zehn Tabletts, als ihr ein Passagier noch eins aufladen will. Worauf sie sagt: »Wenn Sie mir jetzt noch einen Besen in den Po stecken, kann ich den Boden auch gleich sauber machen.«

Werner Tschirk, Linz, Österreich

Auf einem Flug von Mataram auf der Insel Lombok in Indonesien nach Singapur hatten die Piloten der Silk-Air-Maschine offenbar ausgezeichnete Laune. Zur Begrüßung stellte der Pilot sich und seinen Copiloten vor, gefolgt von dem Kommentar: »Er hätte sich auch selbst vorstellen können, aber er leidet unter schrecklicher Flugangst und sitzt da wie versteinert.« Anschließend stellte der Pilot die Kabinencrew vor – als Letzte die Chefstewardess mit den Worten: »Und die hübsche junge Dame im orangefarbenen Kleid ist Susann, Ihre Chefstewardess. Aber das brauchen Sie sich nicht merken, ich werde sie die ganze Zeit im Cockpit behalten.«

Während des Fluges gab es ein paar kleinere Turbulenzen, die der Kapitän mit der üblichen Aufforderung ankündigte, sich zu setzen und anzuschnallen, ergänzt um den Satz: »Kabinenpersonal, bitte Essenausgabe und Reinigung vorbereiten.« Wenig später meldete er sich mit der Durchsage: »Hier ist das Cockpit – wir verhungern! Entweder wir bekommen jetzt was zu essen, oder wir halten am nächsten Drive-in-Schalter, den wir sehen.«

Nach einer etwas heftigeren Turbulenz meldete sich das Cockpit erneut. »Hier spricht Ihr Copilot. Keine Sorge wegen der Hüpfer – der Pilot versucht gerade, das Flugzeug mit dem Bauch zu steuern, während er isst.« Kurz vor der

Landung kamen dann die Wetterinformationen, in Singapur herrschte monsunartiger Regen. Kommentar des Piloten: »Das ist gut. Dann muss ich wenigstens nicht den Flieger putzen.«

Kai Bergheim

In einer Maschine von Zürich nach Hamburg. Der Kapitän begrüßte die Passagiere auf Deutsch mit französischem Akzent: »Meine Damen und Herren, ich begrüße Sie auf dem Flug nach, äh, Moment, wohin fliegen wir? Ah genau, Hamburg. Es fliegt Sie mein Copilot Herr, äh, wie heißen Sie?« Der Flug verlief allerdings problemlos.

Thomas Fischer, Zürich, Schweiz

Im Januar sind wir von Istanbul nach Paris geflogen. Paris-Orly war total verschneit, und es gab Bodennebel. Als wir durch die Kabinenfenster die Landebahn sehen konnten, ertönte ein ohrenbetäubender Lärm im Flugzeug – der Kapitän startete durch. Mir fiel das Herz in die Hose.

Nach etwa 10 bis 15 Minuten Kreisen leitete der Pilot ein zweites Landemanöver ein, musste aber erneut durchstarten. Nach circa 45 Minuten in der Luft mit ständigem Kreisen meinte der Pilot, nun sei die Landebahn leer gefegt worden, und wir könnten sicher aufsetzen. Als die Piste beim dritten Landemanöver zu sehen war, hörten wir über Bordlautsprecher ein Fluchen des Piloten: Die Franzosen seien wohl besoffen, wenn sie das unter Leerfegen verstünden. Schließlich gelang eine butterweiche Landung.

Wir mussten dann noch 30 Minuten im Flugzeug warten,

bis ein Flugsteig zugänglich war. Der Pilot sagte: »Wenn das Bodenpersonal seine Schneeballschlacht zu Ende bringen würde, könnte sicherlich auch unser Gepäck aus dem Flugzeug auf das Beförderungsband gebracht werden.« Tatsächlich konnten wir zusehen, wie sich draußen mindestens 20 Männer des Bodenpersonals mit Schneebällen bewarfen.

Barbaros Gecer, Istanbul

Zwei ältere Damen mit fränkischem Akzent sorgten auf einem Flug von München nach Lissabon für beste Stimmung. Als wir bereits zur Startbahn rollten, fragte eine der Damen die Gangnachbarin gegenüber, ob sie wohl auch nach Lissabon flöge?

Später in der Luft, als wir bereits Getränke serviert bekommen hatten, flog der Pilot eine Kurve. Die Dame hinter mir nahm ihre Bordliteratur und schlug mir auf den Kopf mit der Bemerkung, ich solle doch nicht so wackeln, ihr Kaffee würde überschwappen. Ich konnte ihr nicht böse sein, schließlich sorgte sie für Unterhaltung!

Georg Meßner, Moosburg

Als wir mit einer Maschine der Swiss von Hannover nach Zürich flogen, hörten wir aus dem Cockpit folgenden Hinweis: »Sehr geehrte Damen und Herren, an Bord dieses Flugzeuges herrscht absolutes Rauchverbot! Das gilt auch für Toiletten. Das Manipulieren des Rauchmelders auf den Toiletten ist ebenfalls verboten!«

Carina Oldhafer, Cuxhaven

Bei einem Flug vor Jahren mit der Deutschen BA von Berlin nach München machte der Pilot seine übliche Durchsage, dass die Reiseflughöhe erreicht sei, und wies dann auf das schöne Wetter und den wunderbaren Blick auf die Stadt hin. Der Rest ging im Knarren und Rauschen der Sprechanlage unter. Vor mir fragte eine Frau die Stewardess, welche Stadt das denn nun sei, die man da unten sehen kann: Sie antwortete lächelnd: »Istanbul«. Nach einer beiderseitigen Schrecksekunde lief sie zum Cockpit und kam dann zurück, um uns zu sagen, dass es doch Chemnitz sei.

Steffen Kurz, Frankfurt am Main

Flug von Frankfurt nach Göteborg: Der Pilot kündigte an, es würde wegen Turbulenzen etwas holprig werden. In Göteborg herrschte Sturm, und die A320 ging schwankend in alle Richtungen, gefühlt Hunderte Meter auf einmal runter. Kinder begannen zu schreien, und ich wurde vermutlich grün im Gesicht. Beim Verabschieden sah ich den Piloten grimmig an, doch der lachte nur und sagte: »Ach seien Sie nicht so, was soll ich denn da sagen? Ich muss jetzt die Karre wieder heimfliegen!«

Karena John, Langen

Im März 2009 war ich mit meiner Band auf einer Tournee innerhalb von vier Tagen 14.000 Kilometer durch Russland geflogen. Auf dem Rückflug von Moskau nach Berlin waren einer meiner Kollegen und ich durch das Schlafdefizit der letzten Tage ziemlich albern. Wir kicherten wie frühpubertäre Mädchen, jubelten lautstark über die wundervolle Wolkenlandschaft unter uns und spielten Szenen aus den *(T)Raumschiff-Surprise*-Sketchen nach. Kurz vor dem Landeanflug auf Berlin kam die nüchterne Durchsage, dass es zu starken Turbulenzen komme und die Landung härter werden könnte, man solle sich jedoch keine Sorgen machen. Wir zwei verpassten in unserem Kicherdelirium diese Ansage komplett (ich weiß davon nur durch die spätere Erzählung der anderen Bandmitglieder). Als der erste Höhenverlust kam, machten wir zu zweit eine La-Ola-Welle und riefen in bester *(T)Raumschiff- Surprise*-Manier: »Noch einmal! Noch einmal!«

Unser Wunsch wurde erhört, ganze sieben Mal. Jedes Mal schien das Absacken des Flugzeuges stärker zu werden. Bald wurden sogar wir etwas skeptisch, denn wir waren die Einzigen im Flugzeug, die noch redeten. Abgesehen von einem Passagier hinter mir, der uns leise verfluchte. Beim nächsten Luftloch sagten wir dann, die Hände in die Luft werfend: »Hui, jetzt reicht's aber.«

Danach kam die Landung, bei der es endlich auch uns die Sprache verschlug. Ich möchte mich an dieser Stelle bei den Passagieren und Crewmitgliedern entschuldigen, denen wir mit Sicherheit den letzten Nerv raubten.

Stefan Sacharjew, Berlin

Vor Jahren auf einem Flug von Dubai über Amsterdam nach London sagte der Kapitän: »Meine Damen und Herren, die aktuellen Wetterberichte kündigen einen dichten Nebel über Amsterdam an. Eventuell müssen wir direkt nach London fliegen. Wir halten Sie auf dem Laufenden.« Eine Weile und diverse Manöver später gab es einen heftigen Rums, die Turbinen heulten im Umkehrschub auf. Der Pilot: »Meine Damen und Herren, wie Sie vielleicht bemerkt haben, sind wir gelandet. Nun müssen wir nur noch herausfinden, wo!«

Klaus Frielingsdorf, Songkhla, Thailand

Interview mit dem Flugpsychologen Reiner W. Kemmler: »Ein bisschen mehr Humor wäre schön«

Wie gefährlich sind Kommunikationspannen in Flugzeugen? Was sollte ein Pilot den Passagieren sagen und was nicht? Im Interview erklärt Psychologe Reiner W. Kemmler, was Flugprofis von dem römischen Feldherr Julius Cäsar lernen können – und berichtet von seinem lustigsten Flugerlebnis.

Frage: Herr Kemmler, warum fällt es Piloten schwer, in schwierigen Situationen die richtigen Worte gegenüber den Passagieren zu finden?

Reiner W. Kemmler: Die Cockpitarbeit zeichnet sich durch eine ganz bestimmte Kultur aus. Die Kommunikation zwischen Pilot und Co-Pilot muss offen, kritisch und zu hundert Prozent ehrlich sein. Wird das nicht eingehalten, wird es gefährlich. Wenn Sie jedoch als guter, braver Cockpit-Mitarbeiter auch mit den Passagieren ganz ehrlich kommunizieren, dann haben Sie ein Problem.

Frage: Ist es zu viel Ehrlichkeit, wenn ich als Pilot sage: »Da stand ein A380 auf der Landebahn, deshalb musste ich durchstarten«?

Kemmler: Das würde ich als Kapitän niemals sagen, weil sich dann jeder denkt: »Mann, haben wir Glück gehabt.« Manche Piloten glauben aber, dass sie durch die ausführliche Schilderung einer solchen Situation einen besonders professionellen und kompetenten Eindruck machen. So nach dem Motto: »Herr Lehrer, im Klo war das Licht noch an, aber ich hab's schon ausgemacht.«

Frage: Reine Prahlerei also, wie toll man die Situation im Griff hat?

Kemmler: Ein junger, dynamischer Co-Pilot, der gerne zeigt, was er kann, spricht vermutlich anders als ein älterer Kapitän, der mit sonorer Stimme sagt: »Wir haben durchgestartet, das haben Sie alle gemerkt. Wir landen zehn Minuten später und bitten Sie um Verständnis.«

Frage: Ein Pilot ist nicht verpflichtet, den Passagieren jedes Notlämpchen oder jede bevorstehende Turbulenz zu melden. Was muss kommuniziert werden?

Kemmler: Zum Beispiel wenn eine Notlandung bevorsteht und die Crew den Passagieren konkrete Handlungsanweisungen geben muss – Schuhe ausziehen, ein Kissen nehmen, die Sauerstoffmaske überziehen. Sonst bräuchte man eigentlich nicht zu kommunizieren. Natürlich ist es aber gut, wenn der Kapitän etwa Turbulenzen vorher ankündigt und alle bittet, sich anzuschnallen. Aber schon da kann man viel falsch machen.

Frage: Zum Beispiel?

Kemmler: Wenn er sagt: »Meine Damen und Herren, Sie haben gemerkt, es wackelt ein wenig, aber Sie brauchen keine Angst zu haben. Wir umfliegen das Gewitter.«

Frage: Klingt doch so weit ganz vernünftig.

Kemmler: Eben nicht. In dem Moment, wo Sie »keine Angst« oder »keine Sorge« sagen, setzen Sie in den Köpfen genau das in Gang, was Sie nicht wollen. Leuten, die latent Angst haben, genügt das Stichwort, und sie klammern sich am Sitz fest. Als Pilot müssen Sie so reden, dass die Passagiere immer ein positives Bild von der Situation haben – doch das wird in der Cockpit-Ausbildung nicht geschult.

Frage: Und wie sollte man den Satz richtig sagen?

Kemmler: Bevor ich diese Nachricht weitergebe, würde ich erst mal die Flugbegleiter bitten, darauf zu achten, dass alle angeschnallt sind. Dann würde ich so etwas sagen wie: »Wir umfliegen die vor uns liegende Gewitterfront und verlieren dadurch fünf Minuten, aber die holen wir locker wieder rein.«

Frage: Wenn es mal wirklich kritisch wird in der Luft – hat dann der Kapitän nicht andere Sorgen als die perfekte Wortwahl?

Kemmler: Wenn die Piloten etwa ein Durchstartmanöver fliegen, haben die alle Hände voll zu tun und können nicht sofort und mit optimaler Einstellung auf die Kundschaft kommunizieren. Auch untereinander redet man da nur noch in »Cäsarsprache«: Veni, vidi, vici, ganz kurze, klare Sätze.

Frage: Müssten dann nicht die servicegeschulten Flugbegleiter für die Beruhigung der Passagiere sorgen?

Kemmler: Nun, im Notfall muss auch die Kabinenbesatzung umschalten auf Krisenkommunikation. Das geht nur noch in Militärsprache. Wenn eine Notlandung bevorsteht, können die keine Rücksicht mehr nehmen auf individuelle Befindlichkeiten. Das wirkt auf manche Fluggäste sehr irritierend, weil sie vorher so liebevoll umsorgt wurden.

Frage: Nehmen wir doch mal an, ein Pilot stellt einen schweren Schaden fest und bereitet sich auf eine Notlandung vor. Wie sollte er es den Passagieren sagen?

Kemmler: »Meine Damen und Herren, wir haben einen Triebwerkausfall und werden in einer Viertelstunde notlanden.« Sie müssen klar kommunizieren, ohne Begründungen, ohne Andeuten von möglichen Folgen. Nicht nur aus Zeitgründen, sondern auch, weil die Leute sich sonst mehr Gedanken machen und dann nicht mehr so konzentriert sind.

Frage: Wie wichtig ist die Stimmlage?

Kemmler: Wenn Sie mit piepsiger Stimme reden, löst das Angst aus, weil jeder weiß, dass die Stimme unter Stress höher wird. Ein erfahrener Pilot wird in vielen Fällen mit einer tieferen Stimme reden als ein unerfahrener. Berühmt sind Funksprüche des Testfliegers und Militärpiloten Chuck Yeager. Der hat, als ihm bereits die Maschine um die Ohren flog, mit sonorer Stimme gemeldet: »I've got a problem here.« Das sind dann die echten Meisterflieger. So etwas kann man von einem jungen, unerfahrenen Piloten nicht erwarten.

Frage: Wie werden Ansagen in der Ausbildung trainiert?

Kemmler: Es gibt spezielle Seminare, wo Piloten mit Profi-Sprechern und Schauspielern ihre Ansagen trainieren. Sie können das auch im Simulator üben. Doch auf die eigenen Emotionen während eines Notfalls kann man sich nur schwer vorbereiten.

Frage: Noch wichtiger als die kundenfreundliche Ansprache der Passagiere ist für die Sicherheit vermutlich, dass Pilot, Co-Pilot und Tower effizient kommunizieren.

Kemmler: Da gibt es phantastische Geschichten über missverständliche Kommunikation. Der Pilot bittet um die Starterlaubnis, der Tower-Mitarbeiter will wissen, an welchem Gate das Flugzeug ist. Er fragt: »Where are you sitting?« – »Wo sitzen Sie?« – und erhält als Antwort: »I'm sitting left in front of the aircraft.« – »Ich sitze vorne links im Flugzeug.« Das ist echt passiert.

Frage: Wie gefährlich sind Kommunikationspannen für die Luftfahrt?

Kemmler: In einer Studie mit 2000 Piloten haben wir herausgefunden, dass die Hauptfehlerkombination, die zu kritischen Situationen führt, so aussieht: Zunächst gibt es von den Piloten nicht beeinflussbare operationale Umstände, wie zum Beispiel das Wetter. Dazu kommt ein Fehler eines Cockpit-Mitarbeiters und dann als Turbo-Faktor eine misslungene Verständigung. Die vervielfacht die Gefährlichkeit der Situation um ein Fünffaches. So entstehen fast 40 Prozent aller kritischen Situationen.

Frage: Müsste Kommunikation noch stärker geschult werden in der Ausbildung?

Kemmler: Da müsste wesentlich mehr getan werden. Die interpersonale Verständigung ist bis heute nicht so gut geregelt wie der Umgang mit der Maschine. Da gibt es keine Checklisten. Zwar gibt es Regeln und Trainings, aber keine Prüfungen, bei denen man durchfallen könnte. Dabei müssten unbedingt auch die Kommunikationsfähigkeiten der Crew-Mitglieder beurteilt werden. Wogegen sich die Piloten wehren, denn ihre Stärke liegt im technischen Bereich.

Frage: Manche Piloten haben trotzdem reichlich Humor. Vor allem bei amerikanischen und australischen Fluglinien hört man erheblich öfter lustige Ansagen der Mitarbeiter als bei europäischen – woran liegt das?

Kemmler: Das ist ein kultureller Unterschied. Dort herrscht eine Lässigkeit, die für uns Mitteleuropäer sehr angenehm und entspannend ist.

Frage: Was war Ihr lustigster Flug?

Kemmler: Ich kann mich an einen Flug mit Southwest Airlines von Phoenix nach Los Angeles erinnern. Da versprach die Crew erst, dass wir auf jeden Fall pünktlich ankommen würden. Dann deutete sich aber doch eine Verspätung an, und der Flugbegleiter bot an, zur Entschädigung für ein bisschen Unterhaltung zu sorgen. Er fing an, einen Blues-Song zu trällern und tanzte dazu, und die Leute waren hin und weg. So etwas könnte man sich hierzulande nicht vorstellen.

Frage: Ist das nicht zu viel Humor für flugängstliche Passagiere?

Kemmler: Solche Slapstick-Einlagen können Sie in unserer Kultur einfach nicht bringen. Denn manche, die Angst haben und sich völlig verklemmt in den Sitz zwängen, denken dann, sie würden nicht ernst genommen. Humor im Flugzeug sollte nie zu hintersinnig oder intellektuell sein, sondern sich auf einer einfachen Ebene abspielen. Sonst fühlen sich diejenigen, die den Witz nicht verstehen, auf den Arm genommen. Trotzdem: Ein bisschen mehr Humor in Flugzeugen wäre schön.

Frage: Gerade bei so Standards wie der Sicherheitseinführung freut man sich doch als Vielflieger, wenn es mal ein bisschen Abwechslung gibt.

Kemmler: Wenn Worte heruntergerattert werden, haben sie keine Wirkung. Normabweichungen sind immer gut. Selbst wenn der Ansagentext standardisiert ist, hätte man noch den kleinen Spielraum, vorher zu sagen: »Und jetzt kommt eine besonders interessante Ansage, ich kann es Ihnen versprechen«, und dann kommt die völlig normale Standarddurchsage. Aber die Leute sagen: »Das hat er aber nett gemacht.«

Frage: Eine Normabweichung der eher misslungenen Art war diese Durchsage: »Hier leuchtet eine rote Lampe, ich habe keine Ahnung, was das bedeutet, deshalb kehren wir um.« Braucht so ein Pilot Nachhilfe in Sachen Krisenkommunikation?

Kemmler: Das ist genau dieser Kulturunterschied zwischen Cockpit und Passagieren: Der Pilot ist komplett ehrlich. Und will mit dem Satz ausdrücken, dass er extrem sicherheitsorientiert ist und den Passagieren zuliebe kein Risiko eingeht: »Für euch tu ich alles, für euch kehr ich um.« Aber das wird keiner der Passagiere so verstehen.

Zur Person: Reiner W. Kemmler

Der Diplom-Psychologe Reiner W. Kemmler, Jahrgang 1940, war leitender Referent für Luftfahrtpsychologie bei der Lufthansa. Seine Forschungsschwerpunkte sind Flugunfallanalysen, Trainings- und Therapieprogramme für Piloten sowie die Rehabilitation und Prävention gesundheitlicher Störungen bei fliegendem Personal. Er betreibt eine flugpsychologische Praxis in Mörfelden bei Frankfurt.

Internet-Tipps

www.spiegel.de/pilotenspruche

Homepage von »Sorry, wir haben die Landebahn verfehlt« bei SPIEGEL ONLINE, auf der die Einsendungen von Lesern zu ihren Erlebnissen mit Flugreisen veröffentlicht werden.

Information für Passagiere

- www.spiegel.de/reise
  Reise-Ressort von SPIEGEL ONLINE
- www.lba.de
  Das Luftfahrt-Bundesamt (LBA) gibt offizielle Informationen über Flugsicherheit, Rechte von Fluggästen, Schweinegrippe etc.
- ec.europa.eu/transport/air-ban/list_en.htm
  Liste unsicherer Fluglinien mit Flugverbot in der EU
- www.seatguru.com (auf Englisch)
  Pläne aller gängigen Flugzeugtypen, auf denen die besten Sitzplätze markiert sind
- flightaware.com/ (auf Englisch)
  Live-Flugdaten Tausender Flugzeuge

- www.aerosecure.de
  Portal zur Luftfahrtsicherheit. Bietet Nachrichten, Tipps und gegen Gebühr Sicherheitsprofile von 250 Fluggesellschaften weltweit.
- www.jacdec.de (auf Englisch)
  Das Hamburger Jet Airliner Crash Data Evaluation Centre listet alle Flugzwischenfälle auf, erstellt Statistiken und verschickt gegen Gebühr Sicherheitschecks von Fluggesellschaften (auf Englisch).
- www.airdisaster.com (auf Englisch)
  Statistiken und Berichte zu Flugzeugunglücken
- www.aviation-safety.net (auf Englisch)
  Umfangreiches Archiv zu Flugzeugunglücken von 1943 bis heute
- dir.salon.com/topics/p_smith/ (auf Englisch)
  »Ask the Pilot«-Kolumne des Flugkapitäns Patrick Smith, der Antworten auf häufig gestellte Fragen zur Fliegerei gibt

Information aus der Branche

- www.vcockpit.de
  Internet-Auftritt der Pilotengewerkschaft »Vereinigung Cockpit« mit Flugzeug-News und Infos zur Pilotenausbildung
- www.airliners.de
  Luftfahrtportal mit Nachrichten zur Branche, Berufsmarkt, Terminen und einem Forum
- www.airlinecrew.net (auf Englisch)
  Diskussionsforum für Crew-Mitarbeiter mit teils höchst amüsanten Anekdoten

Amüsante

- www.gadling.com/category/galley-gossip (auf Englisch)
  Berichte aus dem Alltag einer Flugbegleiterin
- flyfudpucker.com/glossary.htm (auf Englisch)
  Unterhaltsame Nonsens-Erklärungen von Fachausdrücken aus der Welt der Fliegerei
- stuffucanuse.com/airport/airport-announcement.htm (auf Englisch)
  Höchst amüsante Ansagen am Flughafen
- www.isthisyourluggage.com (auf Englisch)
  Website der Künstlerin Luna Laboo, die verlorenes Fluggepäck sammelt
- www.addictinggames.com/heroonthehudson.html
  Die Notwasserung auf dem Hudson-River zum Nachspielen am Computer
- www.weewilliewalsh.co.uk/
  British-Airways-Chef Willie Walsh versucht, das Chaos am Terminal 5 zu bewältigen – ein Computerspiel

Danksagung

Wir danken folgenden Personen, die uns angeregt und uns bei der Erstellung des Manuskripts unterstützt haben: Andrea Jonischkies, Carolin Reintjes, Maximilian Schäfer, Peter Wetter und Angelika Mette.

Und natürlich danken wir ganz besonders den vielen Lesern von SPIEGEL ONLINE, die uns ihre Beiträge zur Verfügung gestellt haben. Mit ihnen haben wir die Copyright-Fragen geklärt, soweit es möglich war.

Nicht erreichte oder erwähnte Verfasser werden gebeten, sich unter pilotensprueche@spiegel.de zu melden. Wir übernehmen keine Verantwortung für die Richtigkeit der mit Namen gekennzeichneten Beiträge.

Antje Blinda und Stephan Orth

Sorry, wir haben uns verfahren

Kurioses aus der Bahn

Inhalt

Vorwort

Wer eine Kontaktanzeige schreibt, überlegt sich jedes Wort sehr genau. Nicht nur, weil jeder Buchstabe Geld kostet, sondern vor allem, weil jedes Wort den Schreiber in ein besonders vorteilhaftes Licht rücken soll. Bemerkenswert ist deshalb der Abschluss dieses kurzen Textes in der Rubrik »Kennenlernen« im *Zeit-Magazin*: »Ich mag Brahms, Kandinsky, Loriot und besitze eine Bahncard.«

Warum erwähnt der promovierte Naturwissenschaftler (53/1,83/Nichtraucher) seine Bahncard, um beim anderen Geschlecht aufzutrumpfen? Ob er damit eine Chance hat gegen den »alten Segler« in der Anzeige direkt darüber, der eine weibliche Begleitung für abenteuerliche Törns sucht? Oder gegen den »vermögenden Adligen«, der »in gehobener Position tätig« ist und sich bestimmt lieber im polierten Sportwagen als im Zugabteil von A nach B bewegt?

Die Frage, ob Bahnfahren sexy macht, werden wohl viele zunächst verneinen. Sie denken an schwitzende Menschen in überfüllten Großraumwagen, an streng riechende Brösel-Picknicks im Abteil, an »Schatz, ich komme später, Oberleitungsschaden«-Handyanrufe. Doch vergleichen Sie mal Passagiere nach sechs Stunden Flug und nach sechs Stunden Bahnfahrt: Letztere sehen gewöhnlich erheblich weniger zerknautscht aus, haben keine trockenen Augen oder Knieschmerzen. Sogar Wissenschaftler fanden bereits heraus, dass Zugfahren gut für die Gesundheit ist (siehe Seite 182). So gesund wie Segeln allerdings wohl nicht, gegen diesen Kandidaten kann unser Beispiel-Single also noch nicht punkten.

Probieren wir deshalb eine andere Lesart der Anzeige: Wer Brahms, Kandinsky und seine Bahncard im gleichen Satz erwähnt, spielt darauf an, dass eine Zugreise eine höchst kultivierte Angelegenheit ist. Auch die Deutsche Bahn wünscht sich diese Assoziation bei den Kunden, sie tauft ihre Züge »Johann Sebastian Bach«, »Michelangelo« oder »Albrecht Dürer«. Wer viel aus dem Fenster schaut, lernt tatsächlich jede Menge über das Land, durch das er gerade reist, über die Geographie und die landschaftlichen Unterschiede, viel mehr als ein Flugpassagier oder ein Autofahrer. Erwischt man jedoch einen Waggon voller sangesfreudiger Fußballfans (meist keine Bach-Kantaten) oder pubertierender Schüler auf Klassenfahrt, ist das Gefühl, ein besonders exklusives Beförderungsmittel zu nutzen, gewöhnlich schnell dahin. Also, in einem solchen Fall: ebenfalls Vorteile für den Sportflitzer des vermögenden Adligen und das Segelboot.Vielleicht will der einsame Mann nur sagen, dass er mobil und auch für eine Fernbeziehung zu haben ist.

Aber vielleicht muss man seinen Text auch noch ganz anders lesen. Im Kern steht dort nämlich: »Ich mag Loriot und besitze eine Bahncard.« Lieber Naturwissenschaftler, 53, damit überzeugen Sie uns. Wir würden Sie gerne kennenlernen und könnten uns sogar eine gemeinsame Zugfahrt vorstellen. Denn Loriot und Bahncard, das passt zusammen wie Schirmmütze und

Schaffnerkopf: Wer viel mit dem Zug fährt, hat häufig das Gefühl, mitten in einem Sketch des Meisterkomikers gelandet zu sein. Zum Beispiel, wenn ein Lokführer durchsagt, dass sich die Fahrt wegen eines Fasans in der Bremszuleitung auf unbestimmte Zeit verzögert (Kapitel 13). Wenn ein Schaffner sich auf Englisch mit »Sorry for traveling with Deutsche Bahn« (Kapitel 7) verabschiedet. Wenn per Durchsage »Sex und Getränke« statt »Snacks und Getränke« angeboten werden und eine schlagfertige Schaffnerin mit dem Vorschlag reagiert, dafür doch in die erste Klasse zu wechseln. (Kapitel 1). Auch die lieben Mitreisenden können für viel Situationskomik sorgen, ihnen haben wir ein eigenes Kapitel und eine Typologie gewidmet (Kapitel 3).

Doch bei allen Problemen, über die sich Bahnfahrer immer wieder beklagen, bei allen Dingen, die im hochkomplexen deutschen Schienenverkehr oft nicht nach Plan laufen, möchten wir an dieser Stelle einmal betonen: Wir fahren gern mit der Bahn. In keinem anderen Verkehrsmittel kann man so bequem ein Buch lesen oder die Landschaft genießen (Kapitel 9). Und die skurrilen Situationen, die gibt es gratis dazu. Also, vergessen Sie den Sportwagen, vergessen Sie das Segelboot: Packen Sie die Bahncard ein, buchen Sie eine Strecke durch halb Deutschland und setzen Sie sich in ein Abteil voller fremder Menschen. Dort überlegen Sie sich, welcher der Mitreisenden am ehesten als Figur für einen Loriot-Sketch taugen würde. Kurz vor dem Aussteigen schenken Sie ihm dieses Buch – bis dahin wünschen wir Ihnen viel Spaß beim Lesen!

Antje Blinda und Stephan Orth

Unser Bordrestaurant empfiehlt heute ...
Fischers Fritzes frische Fische
frisch gefischt von Fischers Fritz
€14.40
H&B

Kapitel 1

Vertrackte Versprecher: **»Probieren Sie die alkoholfreie Erfrischungsfrikadelle!«**

Ein unbestrittener Meister des unglücklichen Versprechers ist CSU-Mann Edmund Stoiber. Einmal gab er zu, dass er in seinem Garten gerne mal »eine Blume hinrichte«. Ein andermal wollte er mit einer Rede die »gludernde Lod« bei seinen Parteikollegen entfachen und fand auch in zwei weiteren Versuchen (»gludernde Flut«, »lodernde Flut«) nicht die gesuchten Wörter. Seine berühmteste Pannenrede handelte jedoch von der in München geplanten Transrapid-Strecke vom Hauptbahnhof zum Flughafen. Ein Auszug im Wortlaut: »Wenn Sie vom Flug … äh vom Hauptbahnhof starten – Sie steigen in den Hauptbahnhof ein, Sie fahren mit dem Transrapid in zehn Minuten an den Flughafen, an den Flughafen Franz Josef Strauß, dann starten Sie praktisch hier am Hauptbahnhof in München – das bedeutet natürlich, dass der Hauptbahnhof im Grunde genommen näher an Bayern, an die bayerischen Städte heranwächst, weil das ja klar ist, weil aus dem Hauptbahnhof viele Linien aus Bayern zusammenlaufen.«

Was er damit genau sagen wollte, ist bis heute ungeklärt. Ebenso wie die Frage, ob Stoiber mit dieser misslungenen Werberede eine Mitschuld daran trug, dass das Transrapid-

Projekt schließlich scheiterte. Oder die Frage, ob es Zufall ist, dass diese Kommunikationspanne im Zusammenhang mit einem Bahnprojekt stand. Klar ist zumindest: Verbale Entgleisungen aller Art sind in Gleisfahrzeugen und Bahnhöfen keine Seltenheit – das beweisen die folgenden Anekdoten.

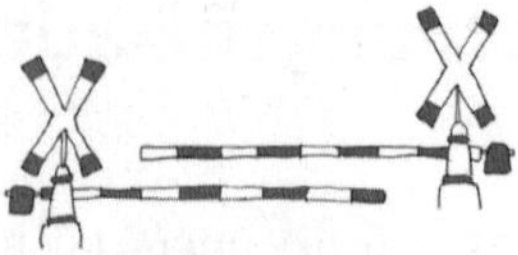

Auf einer Zugfahrt im Regionalexpress aus Hannover wollte der Schaffner kurz vor Einfahrt in den Bremer Hauptbahnhof die Anschlussverbindungen durchsagen. Anstatt mit »Verehrte Fahrgäste« wurden wir zu unserer großen Freude mit »Verehrte Fahrgleise« angesprochen. Erst zwei, drei Sekunden später bemerkte der Schaffner das Malheur und brach die Ansage vor Lachen ab. Einen zweiten Versuch gab es nicht.

Carsten Binnewies

Als Telefone in Zügen der Deutschen Bundesbahn noch neu waren, habe ich einmal folgende Durchsage gehört: »Sehr geehrte Fahrgäste, an Bord dieses Intercitys befindet sich ein Selbstwähltelefon, von dem aus Sie Selbstgespräche ins In- und Ausland führen können.«

Urs von Freydorf, Bonn

Folgende Durchsage war in einem ICE von Hamburg nach Berlin zu hören: »Verehrte Fahrgäste, aus aktuellem Anlass folgender Hinweis: Dieser ICE ist ein Nichtraucherzug. Das gilt auch für die Toiletten. Wir haben da nämlich Kameras ... äh ... Rauchmelder.«

Heiko Adam, Hamburg

Durchsage im Jahr 2010: »In Kürze erreichen wir die Bundeshauptstadt Bonn.«

Stefan Ritter, Köln

Auf der Strecke Oldenburg-Wilhelmshaven machte der Lokführer folgende Durchsage: »Aufgrund eines auf den Gleisen stehenden Lkw verzögert sich die Weiterfahrt um ein paar Minuten.« Ein Knistern war zu hören, dann ganz leise: »Der Idiot ... wo hat der denn bitte seinen Führerschein her? Tja, klar, und jetzt auch noch dämlich grinsen und winken – so einer sollte nicht mehr in den Straßenverkehr gelassen werden ... *Oh, verdammt*!!!« Dann wieder deutlich lauter: »Es tut mir leid, dass Sie diese Unterhaltung mit anhören mussten, wir sind nun bereit zur Weiterfahrt!« Der Lokführer hatte vergessen, das Mikro auszustellen.

Maureen Wreg

Im Intercity von Karlsruhe Richtung Nürnberg, sehr früh am Morgen. Der noch müde wirkende Zugbegleiter informierte die Reisenden per Durchsage über das kulinarische Angebot: »Unser Bordbistro bietet Ihnen heute: eine alkoholfreie Erfrischungsfrikadelle mit ... äh ... ein alkoholfreies Erfrischungsgetränk mit Frikadelle!«

Moritz Schwering, Albersweiler

An einem Sonntagabend, an dem Bauarbeiten auf der Strecke von Kassel nach Frankfurt stattfanden, sagte der Zugbegleiter Folgendes: »Sehr geehrte Fahrgäste! Ab jetzt sind keine planmäßigen Verspätungen mehr eingeplant!«

Marcel Leßmann

Ansage des Zugchefs: »Unser Personal im Bordrestaurant würde sich gerne auf Sie freuen.«

Frank Muschalle, Berlin

BAHN-ABC:
Ausstieg

A

Gelegenheit, den Zug zu verlassen. Meist befindet sich dort eine Tür mit einer fest installierten Geheimautomatik, die es unmöglich macht, sie beim ersten Knopfdruck oder ersten Rütteln am Griff zu öffnen.

Einen schönen Versprecher habe ich im ICE auf der Fahrt von Basel nach Hannover erlebt. Es war schon nach 23 Uhr und dunkel. Ich döste vor mich hin, als ich folgende Ansage des Zugchefs hörte: »Sehr verehrte Fahrgäste, in wenigen Minuten erreichen wir Berlin Hauptbahnhof.« Mein Puls schnellte auf 180, mein Kopf ruckte zum Fenster. Dann kam der Rest der Ansage: »Entschuldigung, Hannover Hauptbahnhof.« Ich war jetzt jedenfalls hellwach.

Tim Groth, Braunschweig

Gerade war neu eingeführt worden, dass ein Zugmitarbeiter vor dem Aussteigen ansagt, auf welcher Seite der Bahnsteig ist. Da kam kurz vor Düsseldorf folgende Durchsage: »Nächster Halt Düsseldorf Hauptbahnhof. Zum Aussteigen benutzen Sie bitte die Türen …« Sehr lange Pause, Gelächter im Zug, erst dann ging es weiter: »… auf der rechten Seite.«

Jan Meese, Wuppertal

Im Intercity von Stuttgart nach Köln knackte der Lautsprecher. Dann folgte eine Durchsage in sehr bedeutsamem Tonfall: »Achtung, Achtung! Im Speisewagen sind zurzeit alle Sitze beplätzt.«

Thomas Heinrich, Wien

Kurz vor Karlsruhe in einem Zug mit halbstündiger Verspätung kam die Durchsage: »Wir bitten die Entspätung zu verschuldigen!«

Wolfgang Rieger, Freiburg

Ich steckte einmal eine Stunde mit dem ICE irgendwo in der Pampa fest. Es ging nichts voran, und es gab auch keine Prognose. Dafür gab es eine Durchsage, die selbst den grimmigsten Reisenden ein Lächeln entlockte – das ist wahre Meisterschaft. »Sehr geehrte Fahrgäste, aufgrund einer Streckensperrung hat unser Zug momentan eine Verspätung von circa einer Stunde. Die Weiterfahrt verzögert sich auf unbestimmte Zeit. Wir bitten Sie, das zu bedauern.« Kurz danach wurde die Bar geöffnet, und es gab alkoholfreie Getränke auf Kosten des Hauses.

Michael Bieligk

Mein Lieblingsversprecher, damals bei der Einfahrt in den Bahnhof Erlangen: »Verehrte Fahrgäste, in Kürze erlangen wir …« Der Rest ging in einem Lachanfall unter.

Tobias Kipp, Gilching

Ich saß an einem schönen Sommertag in einem Regionalzug aus Oranienburg in Richtung Süden. Der Zug näherte sich dem Berliner Hauptbahnhof, da ertönte folgende Ansage: »Sehr geehrte Damen und Herren, in Kürze erreichen wir den Bahnhof Potsdamer Platz … ähhh … ach, Scheiße, wo sind wir denn jetzt?! So wird das hier nichts!« Der Bahnhof Potsdamer Platz kommt wohlgemerkt nach dem Hauptbahnhof. Die Ansage jedenfalls brach abrupt ab, kurz darauf meldete sich der Zugchef erneut: »So, sehr geehrte Damen und Herren, wir erreichen in Kürze natürlich Berlin Hauptbahnhof und nicht Potsdamer Platz. Ich würde Ihnen auch gerne sagen, an welche Züge Sie dort Anschluss haben, aber mein Handy will nicht mehr, und meine Liste, von der ich jetzt ablesen könnte, finde ich nicht. Im Namen der Deutschen Bahn wünsche ich allen Fahrgästen, die am Hauptbahnhof um- oder aussteigen, eine gute Weiterreise und einen schönen Tag!« Ich konnte mich, wie einige andere Fahrgäste auch, kaum noch vor Lachen halten.

Peter Ley, Berlin

Die schönste Durchsage, die ich je erlebt habe: »Wir begrüßen die zugestiegenen Fahrscheine!«

Ralph Piotrowski, Berlin

Einmal herrschte auf dem Bahnhof Rosenheim Chaos: Regionalzüge fuhren nicht, aber ein Intercity. Die Zentrale in Frankfurt genehmigte, dass auch Passagiere mit Nahverkehrstickets auf den IC ausweichen durften, Abfahrt sei in wenigen Minuten auf Gleis 4. Als wir am Bahnsteig ankamen, wurde der Zug sogleich per halbverständlicher Lautsprecherdurchsage angekündigt: »Es fährt ein der Intercity aus München – auf Gleis 3.« Wie, auf Gleis 3? Es hieß doch Gleis 4. Einige Leute rannten schon in die Unterführung, um zum anderen Bahnsteig zu gelangen. Doch dann kam die Erleuchtung per wiederholter Lautsprecherdurchsage: Der Sprecher meinte nicht »auf Gleis 3«, sondern »aufpreisfrei«.

Martin Schweinberger, Traunstein

Auf einer Fahrt im ICE von Hamburg nach Göttingen hörte ich nach Verlassen des Bahnhofs Hannover folgende Durchsage: »Liebe Reisende, soeben ist unser Snackverkäufer zugestiegen. Er bietet Ihnen nun Sex und heiße Getränke. Unsere Gäste in der ersten Klasse werden auch direkt am Platz bedient.« Schweigen im vollbesetzten Abteil. Ich prustete verhalten los. Alle schauten sich um: Haben wir das richtig verstanden? Dann brach ein Lachsturm los. Kurz darauf kam die Schaffnerin ins Abteil. Wir hatten uns noch nicht beruhigt, und ich konnte mir den anerkennenden Hinweis auf das deutlich erweiterte Serviceangebot bei der Bahn nicht verkneifen. »Also habe ich doch richtig gehört«, sagte die Schaffnerin und ergänzte: »Ich möchte Sie dann aber bitten, in die erste Klasse zu wechseln, dort haben wir mehr Personal. Ich schaffe das hier nicht allein. Gern kann ich Ihnen dazu ein Upgrade verkaufen.« Das war richtig schlagfertig.

Thomas Seidel, Hamburg

Sehr nett war eine Durchsage im Intercity aus Amsterdam bei der Ankunft am Abend in Hannover: »Wir verabschieden uns von allen Vorwürfen – ähhh – von allen Fahrgästen, die in Hannover aussteigen.«

Eduard Interwies, Berlin

BAHN-ABC:
Bockwurst

B

Hat etwa den gleichen Stellenwert wie Tomatensaft auf Flugreisen. Im Alltag würde kein Mensch auf die Idee kommen, zur Bockwurst als Beilage ein Stück Schwarzbrot zu ordern, das wegen seiner extremen Trockenheit nur genießbar ist, wenn man damit am Schluss der Mahlzeit die Senfreste aufsaugt. In der Bahn dagegen muss das genau so sein, das war schon immer so.

Sehr häufig waren auf der Strecke von Bonn nach Düsseldorf, die ich jahrzehntelang regelmäßig fuhr, Ansagen über Anschlusszüge zu hören, die in »Liege« – deutsch ausgesprochen – halten. Hat eine Zeit gedauert, bis ich kapiert habe, dass das französische »Liège« (Lüttich) gemeint war.

Urs von Freydorf, Bonn

Im Sommer 2010 saß ich im Regionalexpress von Gifhorn nach Wolfsburg. Der Schaffner kündigte an, dass wir in wenigen Minuten Wolfsburg Hauptbahnhof erreichen. »Dort haben Sie Anschluss an einen Intercity nach … [Pause] Tschetschenien.« Ich staunte zunächst nicht schlecht über diesen Ausbau der Streckenverbindungen – tatsächlich gemeint war aber der polnische Name von Stettin, Szczecin.

Frank Muschalle, Berlin

Durchsage an einem Sonntagabend im Frühjahr 2011 im Intercity von Münster nach Frankfurt, kurz vor der Einfahrt in Köln: »Verehrte Fahrgäste, wir erreichen in Kürze den Hauptbahnhof Köln mit einer Verspätung von fünf Minuten. Sie erreichen jedoch alle Ihre Anschlusszüge. Wir bitten, dies zu entschuldigen.«

Karl-Dietrich Leonhard, Rheine

Eine Bahnfahrt von Köln nach Bremen mit dem Intercity am Donnerstag vor Ostern. Der Zug war sehr voll, und viele Reisende standen in den Gängen. Ansage des Schaffners: »Meine Damen und Herren, der nächste Halt ist Duisburg. Dort haben Sie Anschluss [ihm fällt auf, dass er seine Brille nicht aufhat] – und das Ganze ohne Brille – an den RE nach … [Pause] ich glaube, Bochum.« Lautes Gelächter im Zug, das merklich zur Auflockerung der Stimmung führte! Den Rest der Ansage hat er dann fehlerfrei über die Bühne gebracht.

Friederike Kunkel, Bamberg

Im Nachtzug von München nach Berlin: »Wir verabschieden uns von den Fahrgästen, die in Potsdam von uns gehen.«

Matthias Beutter, München

Vor etwa einem Jahr war ich mit drei Freunden unterwegs von Paris nach Mannheim. Während der Fahrt gab es wie so häufig einige außerplanmäßige Stopps, weshalb wir in Mannheim einige Minuten später als geplant ankamen. Kurz bevor wir unser Ziel erreichten, ertönte folgende Durchsage: »Sehr geehrte Damen und Herren, wir bedanken uns für die Verspätung und entschuldigen uns für Ihre Reise mit der Deutschen Bahn.«

Jasmin Fußer, Mannheim

Allerhöchste Eisenbahn

Manche unserer alltäglich benutzten Redewendungen nehmen Bezug auf die Welt der Bahn. Was wirklich dahintersteckt:

»Ich verstehe nur Bahnhof«

Diese Redewendung für absolutes Unverständnis stammt vermutlich aus dem Ersten Weltkrieg. Gegen Ende waren die deutschen Soldaten an der Westfront derartig zermürbt, dass sie nur wieder in die Heimat wollten – egal, was ihnen angewiesen wurde, sie wollten zum Bahnhof und nach Hause.

»Dasselbe in Grün«

Zwei Berliner stehen vor einem Fahrkartenschalter, sagt der erste: »Ein Billett dritter Klasse nach Frankfurt.« Dann kommt der nächste, etwas vornehmer gekleidete Fahrgast, der ebenfalls nach Frankfurt will, aber zweiter Klasse: »Dasselbe in Jrün.« Diese Szene druckte die humoristische deutsche Wochenschrift »Fliegende Blätter« 1903 ab. Und sie gilt als eine der Erklärungen für den Ausdruck, dass zwei Dinge fast gleich sind. Zu der Zeit hatten die steifen Pappkärtchen-Tickets je nach Wagenklasse unterschiedliche Farben: gelb für die erste, grün für die zweite, braun für die dritte und grau für die vierte Klasse.

»Ich stehe unter Dampf«

Wer gestresst ist oder begierig, loszulegen, der steht unter Druck – wie der Kessel einer Dampflokomotive. Mit Kohle oder Öl angeheizt, entsteht dort Wasserdampf, der Treibstangen, Räder und damit die Lok in Bewegung setzt. Bei zu hohem Druck im Kessel wird »Dampf abgelassen« – im übertragenen Sinne: dem Ärger Luft gemacht.

»Es ist allerhöchste Eisenbahn«

Der Berliner Satiriker und Autor Adolf Glaßbrenner ist der Schöpfer dieses Ausdrucks, der Dringlichkeit verkündet. Er verfasste 1847 ein Theaterstück namens »Ein Heiratsantrag in der Niederwallstraße«, in dem ein zerstreuter Postbote fortwährend Wörter durcheinanderbringt. Etwa in dem Satz: »Es ist die allerhöchste Eisenbahn, die Zeit is schon vor drei Stunden anjekommen.«

Notbremse
ZUG HÄLT TROTZDEM NICHT IN WOLFSBURG!
H&B

Kapitel 2

Bahner mit Humor: **»Meine Dame, ich bin der Karnevalsprinz!«**

»Hallo Mädels!« Diese unkonventionelle Begrüßung entdeckten Bahnfahrer vor wenigen Jahren auf den Displays von Nahverkehrszügen in Baden-Württemberg. »Wo du wolle? Fahre Memphis!« konnten sie ebenfalls als Fahrtziel lesen, ein Zitat aus der SWR3-Kultsendung »Taxi Sharia«. Beides war beileibe kein Bug im Anzeigesystem, sondern fest in die Software programmiert. Die Sprüche konnten allerdings nur durch einen Zahlencode am Bahncomputer freigeschaltet werden und waren für Sonderfahrten und Fototermine gedacht. Wer sie aber im Normalbetrieb aktiviert hatte, ob es Lokführer oder Hacker waren – das konnte bis heute nicht geklärt werden. Die Deutsche Bahn hat vergeblich versucht, den Spaßvogel ausfindig zu machen. Ihr blieb nur übrig, alle Bordcomputer mit neuer Software zu aktualisieren. Schade eigentlich. Denn angesichts des sonst üblichen Ansagekauderwelschs in Bahnen und Bahnhöfen wäre solch humorvolle Abwechslung öfter mal willkommen.

So hatten zum Beispiel auch die Passagiere ihren Spaß, die sich im Februar 2011 ihre Wartezeit auf dem Hauptbahnhof Münster vertreiben mussten. »Bine, ich bin froh, Dich an meiner Seite zu haben«, tauchte unvermittelt auf der digitalen

Anzeigetafel in der Bahnhofshalle auf. »Du bereicherst mein Leben!«, stand dort und: »Ich freue mich auf eine gemeinsame Zukunft mit Dir. Ich liebe Dich!!! Dein Bernd.« Diese romantische Liebeserklärung hat »Bine« nach der Einfahrt ihres Zuges empfangen. Ihr verknallter Freund konnte zuvor eine weichherzige Bahnmitarbeiterin überreden, seinen Schwur auf der Anzeigetafel aufleuchten zu lassen.

So ganz humorbefreit, wie man manchmal annehmen möchte, ist das Bahnpersonal also nicht. Wie auch Zugbegleiter, Zugchefinnen und Lokführer für Erheiterung ihrer Kunden gesorgt haben, erzählen die folgenden Anekdoten.

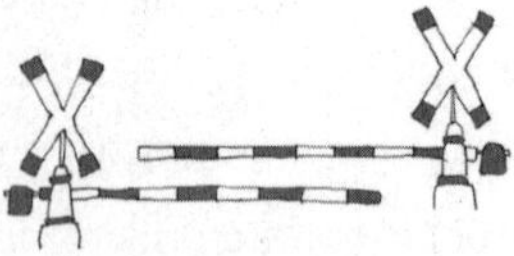

In einem Regionalzug der Nord-Ostsee-Bahn nach Itzehoe kam die Durchsage des Lokführers: »Sehr geehrte Fahrgäste, wenn Ihnen die Zugfahrt gefallen hat, befindet sich der Ausstieg in Fahrtrichtung links. Wenn nicht, in Fahrtrichtung rechts! Vielen Dank!«

Patricia Harders, Hannover

Nach der üblichen Begrüßung ging eine Durchsage im RE von Hannover nach Bremen folgendermaßen weiter: »Darüber hinaus begrüßt Sie noch der Bordservice. Dort können Sie Snacks und Getränke in Anspruch nehmen. Wir hätten da beispielsweise: Haribo macht Kinder froh, Red Bull verleiht

Flügel, Coca Cola enjoy your life, Fanta grüßt alle Flaschen, Snickers und der Hunger ist gegessen!« Er redete noch weiter und zählte wirklich sämtliche Produkte mit Slogan auf. Die Passagiere kringelten sich vor Lachen.

Muhammet Yanik, Bremen

Ein Schaffner verabschiedete sich bei der Einfahrt in München mit der Durchsage: »Wir erreichen soeben das rote Herz des tiefschwarzen Kontinents. Bitte lassen Sie weder Taschen noch Ehemänner zurück, Letztere sind immer so schwer zu vermitteln.«

Sophia Johler, Zürich

Eine Fahrt von Hamburg nach Lübeck. Der Zugbegleiter teilte uns über den Lautsprecher mit, dass wir bald in Lübeck seien und welche Zuganschlüsse wir hätten. Nach einer kleinen Pause fügte er noch hinzu: »Ach, übrigens, Schönheitsoperationen sind auch keine Lösung.«

Karsten Schulz, Berlin

Vor einigen Jahren am 31. Dezember im ICE kurz vor dem Zielort München: »Und jetzt die gute Nachricht. Unser Lokführer macht heute seine letzte Fahrt.« Ganz schön gemein, denn er hatte gar nichts falsch gemacht. Er sollte mit diesen netten Worten nur in den Ruhestand verabschiedet werden.

Dorothea Marx, Sondershausen

»Im Bahnhof x Ausstieg links« oder »in Stadt y Ausstieg rechts«, so kennt man die Standarddurchsagen. Im Regionalexpress bei der Einfahrt in den Essener Hauptbahnhof wich ein gutgelaunter Schaffner einmal davon ab: »In Essen befindet sich der Ausstieg an den Türen!«

Jörg Weingarten, Essen

BAHN-ABC:
Call a Bike

C

Paradebeispiel eines Angebots der Bahn, das auf Deutsch ziemlich seltsam klingen würde: Ruf ein Rad. Zu dieser Kategorie zählen auch »Park und Fahr« (Park & Ride), »Bahnkarte« (Bahncard), »Zwischenstadt« (Intercity), »SeiBeweglichkeit« (BeMobility, ein Elektroauto-Service in Berlin), »StadtNachtLinie« (CityNightLine, siehe → Nachtzug) und »Berühren & Reisen« (Touch & Travel, Ticket-App für Smartphones).

»Meine Damen und Herren, in Kürze erreichen wir Bremen Hauptbahnhof. Das Bordservice-Team, die Deutsche Bahn, meine Kolleginnen und ich wünschen Ihnen eine angenehme und stressfreie Weiterreise. Achten Sie auf die örtlichen Lautsprecheransagen und seien Sie vorsichtig! Überall lauern Taschendiebe! Für diejenigen, die zum ersten Mal in Bremen sind, kann ich Ihnen die Kneipe ›Schüttinger‹ nur empfehlen! Ich wünsche Ihnen einen schönen Tag!«

Muhammet Yanik, Bremen

Im Intercity von Stuttgart nach Mannheim, eine unspektakuläre Zugfahrt bei herrlichem Wetter. Einige Passagiere hatten sich beim Bahnpersonal über die circa 15-minütige Verspätung beschwert. Ungefähr auf halber Strecke war eine zufrieden klingende Durchsage des Zugführers zu hören: »Sehr geehrte Damen und Herren. Wenn Sie in Fahrtrichtung rechts aus dem Fenster blicken, sehen Sie die Alternative zum Reisen mit der Deutschen Bahn.« Verschlafen blickte ich aus dem Fenster und sah … einen riesigen Stau auf der Autobahn, so weit das Auge reichte.

Yaschar Kabiri, Mannheim

Durchsage im ICE von Frankfurt nach Amsterdam: »Aus gegebenem Anlass müssen wir Ihnen mitteilen, dass unsere Toiletten *nicht* paarungsgeeignet sind. Wir bitten Sie, dies zu berücksichtigen.«

Fabian Brüggemann, Düsseldorf

Auf der Fahrt von München nach Berlin sagte der Lokführer: »Könnten die Kollegen der Saft- und Brötchen-Abteilung bitte mal nach ganz vorne kommen? Meine Frau hat vergessen, mir etwas einzupacken, und ich habe Hunger! Danke.« Das ganze Abteil lag am Boden vor Lachen!

Alexander Pat, Berlin

Ich saß abends um 23 Uhr in einem »Partyzug« von Hamm nach Münster, er fuhr mit einem spürbaren Ruckeln an. Bei den Fahrgästen sorgte das für ungläubige Blicke und einiges Gelächter, weil der Zug für einige Zeit im Hoppelmodus unterwegs war. Irgendwann folgte die Durchsage des Lokführers: »Verehrte Bahnreisende, bitte entschuldigen Sie den merkwürdigen Fahrstil, ich versuche, einige Jugendliche abzuschütteln!«

Karsten Berlin, Münster

Am letzten Samstag des Oktoberfestes, morgens um sieben im Zug zwischen Ulm und München. Als ich in Augsburg einstieg, hätten die Waggons nicht voller sein können, die Luft roch stark nach Alkohol. Diese Durchsage des Personals löste größte Erheiterung aus: »Rauchen ist im Zug leider verboten, trinken können Sie, so viel Sie wollen – genießen Sie das Leben in vollen Zügen!«

Brigitte Hoernle, Augsburg

Durchsage in einem Regionalexpress: »Moin, Moin! Ist zufällig ein Polizist oder ein Soldat in diesem Zug anwesend? Ich würde Sie dringend bitten, nach ganz vorne zu kommen. Und vergessen Sie Ihre Dienstwaffe nicht, es ist wichtig!« Alle Passagiere schauen sich verdutzt an. Fünf Minuten später dann: »Ich kann Sie beruhigen, meine Damen und Herren, es ist nichts passiert. Mein Kollege hat dank meiner Durchsage vorhin lediglich eine Wette verloren und muss jetzt meine Schicht übernehmen. Schönen Tag noch!«

Muhammet Yanik, Bremen

An Karneval fuhr ich abends mit dem ICE von Frankfurt nach Köln. Kurz vor dem Ziel ertönte folgende lokalpatriotische Ansage im besten Kölsch: »Meine lieben Fahrgäste, in wenigen Minuten haben wir Einfahrt in Köln Hauptbahnhof. Köln ist die Hauptstadt des Frohsinns und Zentrum des rheinländischen Karnevals. Wir begrüßen alle Gäste im schönen Kölle und wünschen eine lustige Zeit. Fahrgäste mit dem Reiseziel … (längere Sprechpause von fünf Sekunden) … *Düsseldorf* können ihre Reise von Gleis 3 fortsetzen – wenn's wirklich sein muss.« Das hat selbst bei den seriösesten und schweigsamsten Businessreisenden größte Erheiterung ausgelöst.

Magnus Thurn, Hürth

Nach einem Stopp auf offener Strecke sieht man einen Lokführer mit ratloser Miene neben dem Zug auf den Gleisen hin und her gehen. Darauf die nicht sehr beruhigende, aber durchaus erheiternde Durchsage: »Bitte entschuldigen Sie den außerplanmäßigen Halt, der Lokführer hat eine Störung!« Wir haben es alle geglaubt!

Christiane Hirsch, Wiesbaden

Ich bin Berufspendler und fahre seit drei Jahren jeden Tag aus dem schönen Hamburg nach Hannover und zurück. An einem Freitagabend, kurz vor Hamburg gegen null Uhr, kam über den Lautsprecher die Information, dass wir nun in Kürze den Hauptbahnhof erreichen würden. Doch diese Ansage endete nicht mit dem klassischen »Sänk ju for träweling«, sondern mit der erstklassig in reinstem Hamburgisch vorgetragenen ersten Strophe von Heidi Kabels »In Hamburch sacht man tschüs«. Die wenigen Gäste im Abteil quittierten die Gesangseinlage des Zugchefs mit Applaus. Wären doch bloß mehr Mitarbeiter der Bahn so spontan und witzig!

Avelino Rodriguez Gallegos, Hamburg

Es war vor etwa zehn Jahren bei einer Fahrt im ICE von München nach Stuttgart, am Samstag vor dem vierten Advent, abends gegen 22 Uhr. Kurz hinter Ulm – es war noch viel zu früh für die Ansage, dass der Zug bald Stuttgart erreicht – meldete sich plötzlich der Zugchef über die Lautsprecher. Und las seinen wenigen Gästen ein Weihnachtsgedicht vor, das Gedicht von dem Tannenbäumchen, das so gerne Blätter gehabt hätte. Immer wenn Geschichten von unfreundlichem Zugpersonal, von unverständlichen Ausfällen, kaputten Automaten und anderen Unzulänglichkeiten erzählt werden, schildern wir dieses Erlebnis, für das wir dem damaligen Zugchef heute noch dankbar sind.

Siegfried Haag, Sachsenheim

BAHN-ABC:
DB Bahn

D

Kurzform für Deutsche Bahn Bahn. So nennt sich die Personenverkehrsabteilung des Konzerns unter anderem auf Twitter und Facebook. Hat sich zum Glück nicht im allgemeinen Sprachgebrauch durchgesetzt.

Mein Bruder ist Lokführer, hat einen großartigen Sinn für Humor und vertreibt sich auf vielen einsamen Schichten damit die Zeit. Zum Beispiel so: Manchmal muss er außerplanmäßig auf dem Bahnhof kleinerer Ortschaften anhalten. Er öffnet dann das Fenster oder die Tür und fragt wartende Leute auf dem Bahnsteig: »Entschuldigen Sie, aber ich glaube, ich habe mich verfahren – wo geht es denn hier nach München?« Er schwört Stein und Bein, dass die Menschen ihm meistens sehr hilfsbereit die Richtung erklären!

Heike Vogt, London, Großbritannien

»Meine sehr verehrten Damen und Herren, leider muss ich Ihnen mitteilen, dass der Kollege, der heute die Fahrkartenkontrolle machen sollte, kurzfristig abgesprungen ist. Ich weiß, das stört Sie nicht im Geringsten. Eigentlich wollte ich Sie daher nur bitten, nicht alle Bekannten und Freunde anzurufen – sonst ist unser Zug schnell überlastet.«

Muhammet Yanik, Bremen

Auf einer ICE-Fahrt von Bielefeld nach Bonn an einem Sonntagabend wurde ich kurz vor dem Erreichen des Zieles Zeuge folgender großartiger Durchsage »Sehr geehrte Damen und Herren, zur völligen Überraschung des Zugchefs und des gesamten Zugteams erreichen wir unseren Zielbahnhof Bonn heute voraussichtlich sieben Minuten zu früh. Wir entschuldigen uns für die unnötige Hektik!«

Marc Müllner, Bonn

Einfahrt mit dem Regionalexpress um 7 Uhr in den Bahnhof Nürnberg. Statt der obligatorisch gelangweilten Durchsage des Zugbegleiters kam das Lied »Guten Morgen, Sonnenschein« von Nana Mouskouri aus dem Lautsprecher. Danach meldete sich ein überschwänglicher Schaffner: »So, und jetzt aufstehen. Es wartet ein wunderschöner Tag auf Sie, genießen Sie ihn!« Das war eine willkommene Abwechslung.

Bernd Simmet

Im Intercity über Münster nach Hamburg meldete sich der Zugführer unterwegs mit dem Hinweis, dass in diesem Zug das Rauchen nicht erlaubt sei. Dann sagte er: »Das Rauchverbot gilt auch für den Gang vor den Abteilen. Sollte jemand an Bord sein, der die knapp zwei Stunden bis Hamburg nicht mehr ohne Zigarette aushält, so kann er gerne die kurzen Stopps oder die Dachterrasse benutzen. Sollte dennoch jemand meinen, weiterhin im Zug rauchen zu können, so ist es kein Problem, am nächsten Regionalbahnhof zu halten. Mit den Regionalzügen sind Sie wahrscheinlich bis Mitternacht in Hamburg und haben bei den zahlreichen Stopps reichlich Zeit zum Rauchen.«

Wolfgang Hamann, Bocholt

In einer Regionalbahn von Dresden nach Hof hatte ich es mit einem äußerst humorvollen Zugbegleiter zu tun. Der traditionell völlig überfüllte Zug hatte Plauen bereits verlassen und steuerte gerade Hof an, als folgende Durchsage in breitestem Bairisch ertönte: »Sehr geehrte Reisende, Sie verlassen jetzt die Bundesrepublik Deutschland. Herzlich willkommen in Bayern. Bitte halten Sie Pässe und Fahrkarten griffbereit.« Das folgende Gelächter machte die Enge bis zur Endstation etwas erträglicher.

Gregor B., Köln

Im Regionalzug »Metronom« von Hamburg nach Uelzen. Kurz vor Uelzen kommt die Durchsage des Zugchefs mit den Anschlussmöglichkeiten. Als diese beendet ist, hört man eine weitere Stimme: »Der Ausstieg befindet sich in Fahrtrichtung links.« Darauf der Zugchef: »Und das war unser Lokführer, der hat zu Hause nix zu sagen, also will er hier immer das letzte Wort haben.« »Genau.«

Carola Schmidt, Hannover

Im Regionalzug zwischen Hamburg und Lüneburg ertönen plötzlich rauschende, knackende Geräusche wie beim Funkverkehr aus den Bordlautsprechern. Der Lokführer meldet sich: »Hier noch eine kleine Durchsage aus dem Cockpit. Wir befinden uns im Landeanflug auf Winsen. Unsere Reisegeschwindigkeit beträgt 160 km/h, und wir hoffen, dass Sie sich an Bord des Metronom wohl fühlen. Wenn Sie links aus dem Fenster schauen, sehen Sie das Winsener Schloss, rechts sehen Sie das Gelände der Bundesgartenschau. Wir verringern nun unsere Reisegeschwindigkeit und beginnen mit der Anfahrt auf die Haltestelle Winsen. Allen aussteigenden Fahrgästen wünschen wir einen schönen Tag und sagen bye-bye.« Ich blickte sofort rechts und links aus dem Fenster, aber außer Bäumen an der Bahnstrecke war nichts von den angekündigten Sehenswürdigkeiten zu entdecken. Doch dann fiel mir ein: Das kann man natürlich nur sehen, wenn man mit dem Flugzeug unterwegs ist – so wie der Lokführer.

Steffen Persiel, Hamburg

Auf dem Weg von Hamburg nach Bremen im »Metronom« sagte der Zugführer: »Sehr geehrte Damen und Herren, zu Ihrer Rechten werden Sie gleich Zeuge eines seltenen Naturschauspiels: Wir werden einen ICE der Deutschen Bahn AG überholen!«

Henning Rüpke, Bremen

Eine Zugfahrt am Abend; es ist der Heimweg von der Arbeit und zudem Montag. Ein Kontrolleur läuft durch die Gänge und sagt mit lauter Stimme und freundlicher Mimik: »Werte Damen und Herren, ich bitte Sie – ich weiß, es ist spät nach Feierabend –, Ihre Fahrkarte herauszukramen.« Ich zeigte ihm keine Monatskarte wie die meisten anderen, sondern einen Einzelfahrschein. »Oh, das sieht man aber sehr selten, vielen Dank, der Herr!«, war seine Reaktion. Dann sagte er zu den anderen Passagieren: »Auch Ihre Fahrkarten werde ich sehen müssen.« Darauf ein weiblicher Gast: »Ach, Sie sind der Kontrolleur?« Seine Antwort: »Nein, meine Dame, ich bin der Karnevalsprinz und auf der Suche nach meiner Prinzessin!« Wir haben alle herzlich gelacht! Mein Dank an den Zugbegleiter, denn alle waren wieder munter und werden diese Fahrt nicht vergessen.

Christian Geppert, Spalt

Irgendwann im Dezember wollte ich in Northeim nach der Schule in den Zug einsteigen. Wie immer war ich natürlich zu faul, um ans Ende oder an den Anfang des Zuges zu gehen, andere Schüler dachten offensichtlich genauso. Das Einsteigen dauerte nun eine Weile, da sich alle an einer Tür drängelten.

Daraufhin der Schaffner: »Wir sind kein Adventskalender, hier dürft ihr mehrere Türen gleichzeitig öffnen!«

Arne Teschner, Ismaning

Ich saß im Intercity von Rostock nach Leipzig, als ich kurz hinter Schwerin die folgende Durchsage hörte: »An den Zugbegleiter: Bring mal 'nen Kaffee mit!«

Jana Haake

Auf der morgendlichen Fahrt zu meiner Fachhochschule in Köln war zwei Minuten vor Ankunft am Hauptbahnhof über Lautsprecher zu hören: »Achtung, Achtung, eine dringende Durchsage!« Alle Gespräche im Waggon verstummten, aber nichts geschah. Dann erneut: »Achtung, Achtung, eine dringende Durchsage!« Totale Ruhe im Zug. Man blickte sich nervös an, während der Zug weiter gen Hauptbahnhof rollte. Wieder eine Durchsage: »Achtung!« Nervöses Getuschel unter den Fahrgästen, auch ich war inzwischen angespannt. Der Zug hielt, und jetzt war zu hören: »Und wieder ist ein Zug der Deutschen Bahn pünktlich in Köln angekommen!« Der ganze Waggon war am Lachen.

Andreas Decker, Düsseldorf

Auf dem Weg im ICE von Köln nach Frankfurt auf der wunderschönen Rheinstrecke sah unser Schaffner nicht nur Rudi Völler verblüffend ähnlich, er war auch eine wahre rheinische Frohnatur. Kurz hinter Koblenz rauschte er in unser Großraumabteil mit der Frage: »Hier noch jemand zugestiegen? Und wenn ja, warum?« Und da behaupte noch mal jemand, die Deutsche Bahn habe kein Interesse an ihren Fahrgästen!

Marion Müller-Klausch, Hamburg

Im Intercity von Köln nach Hamburg an einem Samstag im September 2010. »Um den Betriebsablauf nicht nachhaltig zu stören, bitten wir Sie, auf der rechten Seite auszusteigen«, sagte der Zugführer, und einige Zeit später: »Wir haben Bremen Hauptbahnhof drei Minuten früher erreicht als beabsichtigt. Auch das gibt es bei der Deutschen Bahn. Bitte denken Sie bei der nächsten Verspätung daran, dass die DB AG drei Minuten guthat.«

Kai-Uwe Henker, Köln

BAHN-ABC:
Echtbahn

E

In der Modellbahnszene benutzter Begriff, um bei Vergleichen real existierende Züge von ihren Nachbauten im Miniaturformat abzugrenzen.

Täglich pendelte ich von Markelsheim im Taubertal nach Crailsheim mit der Westfrankenbahn. Einmal hielt mein Zug kurz vor meinem Heimatbahnhof und blieb ein paar Minuten auf freier Strecke stehen. Als es mir zu lange dauerte, ging ich nach vorne. Da stieg der Lokführer gerade mit einer Tüte voller Nüsse wieder ein und sagte: »Jetzt fahre ich jeden Tag an diesem vollen Nussbaum vorbei. Keiner pflückt die Dinger. Da habe ich jetzt nicht widerstehen können.« Sprach's und fuhr die paar hundert Meter bis nach Markelsheim weiter. Ich habe mich lediglich geärgert, dass ich seine Absicht nicht kannte. Ich hätte mir auch gerne ein paar Nüsse gepflückt!

Konrad Schneider, Markelsheim

Nachdem unser defekter Zug sich mit letzter Kraft in den Bahnhof Fürth geschleppt und alle Gäste in den regnerischen Tag entlassen hatte, kam nach 45 Minuten ein Ersatzzug. Auf den Displays in den Wagen, die ansonsten über Geschwindigkeit und Fahrkartenangebote informieren, wurden wir mit der Meldung begrüßt: »Aus die Maus.« Ich habe das zuerst für einen Scherz gehalten, der die kurze Zeit bis zur nächsten wichtigen Information überbrücken sollte. Nach einiger Zeit wurde mir jedoch klar, dass das Zynismus war, den ein verzweifelter Mitarbeiter nicht für sich behalten konnte.

Frank Weisel, Eichenau

Bei einer Fahrt am Faschingsdienstag 2007 von Würzburg nach Stuttgart hatte der Zugchef wohl Karnevalslaune. Waren die Ansagen anfangs noch deutlich zu verstehen, änderte sich das nach jedem Stopp. Nach Osterburken folgte einer kaum noch verständlichen Durchsage das erste »Helau«. Die Ansagen begann er nun nach jeder Station lauter und fröhlicher mit »Helau« und beendete sie nach einigen unverständlichen Sätzen mit einem erneuten »Helau«. Kurz vor Stuttgart bedankte sich der Zugchef für die Fahrt mit der »Deutschen Dampfbahn« und verabschiedete die Gäste mit einem kräftigen dreifachen

»Helau«. Das war die netteste Zugfahrt auf einer der schlimmsten Rumpelstrecken der Deutschen Bahn.

Burkhard Tuchert, Heidelberg

Eines Morgens begrüßte ein S-Bahn-Fahrer in München alle Mitreisenden mit diesen Worten: »Sehr geehrte Damen und Herren, herzlich willkommen an Bord dieser S5 von Ebersberg nach Herrsching. Nun zu den Sicherheitshinweisen: Im Falle eines Druckverlustes fallen automatisch Sauerstoffmasken aus der Decke über Ihnen. Im Falle einer Notwasserung befinden sich Schwimmwesten unter Ihren Sitzen. Vielen Dank für Ihre Aufmerksamkeit. Ich wünsche Ihnen eine schöne Fahrt mit uns.« Den genauen Wortlaut habe ich nicht mehr im Kopf, aber es war eine abgekürzte Version der typischen Flugzeug-Sicherheitsinstruktionen. Die Fahrgäste fanden das so früh am Morgen total witzig. Es wurde sogar geklatscht – wie in einem Ferienflieger.

Alexander Bogensperger, Ebersberg

April, April!

In der Hippiezeit der sechziger und siebziger Jahre zeigte der Pressedienst der Deutschen Bundesbahn noch Humor. Einmal im Jahr gab er eine Mitteilung heraus mit, nun ja, zweifelhaftem Inhalt. Hier die schönsten dieser Aprilscherze:

Pressemitteilung vom 17. März 1967

(Ein Foto zeigt zwei junge Frauen mit »Playboy«-Hasenohren und in enger Korsage hinter einer Theke. Davor steht ein Mann mit Fliege und Sherry-Glas, der einem Schaffner gerade sein Ticket zeigt.)

»Sensation im bundesrepublikanischen Schienenverkehr: Ab 1. April werden in den TEE-Zügen ›Helvetia‹ und ›Blauer Enzian‹ originalgetreue ›Bunnys‹ die Reisenden im Speisewagen und an der Bahn bedienen. Sollte sich dieser Versuch bewähren, besteht die Absicht, auch für andere Züge ›Bunnys‹ anzuwerben. Die Anregung für diesen neuen Service kam von der British Bunny Corporation, Sitz in London, die auf diese Weise ebenfalls einen Beitrag zum ›Internationalen Jahr des Tourismus‹ leisten will.«

Pressemitteilung vom 19. März 1969

(Ein Foto zeigt einen Lokführer im Führerstand, auf seinem Kopf ein Motorradhelm mit einer Art Fernsehantenne.)

»Anweisungen und Kommandos über den neuen Nachrichtensatelliten Intelsat III sollen bei der Bundesbahn an die

Stelle der seit Jahrzehnten üblichen ortsfesten Signale treten. Zum ersten Male fährt am 1. April 1969 ein über Intelsat II direkt gesteuerter Zug von Hamburg über Frankfurt (Main) nach Stuttgart. Der Lokomotivführer trägt zu diesem Zweck einen Kopfhelm, ähnlich dem der amerikanischen Astronauten. Lediglich eine aufmontierte Antenne war für die Zwecke der Bundesbahn zusätzlich notwendig.«

Pressemitteilung vom 20. März 1970

(Ein Foto zeigt zwei Männer in weißer Ganzkörperumhüllung vor einer Lokomotive und mit einer Art Geigerzähler in der Hand.)

»Mit besonderen Schutzanzügen ausgerüstet, unternehmen die Fachleute der Bundesbahn ihre letzten Messungen an der neuen mit Mondstaub-Energie betriebenen Lokomotive, die am 1. April 1970 von Kassel aus erstmals zu einer Fahrt durch das Bundesgebiet starten wird. Auf zahlreichen Bahnhöfen kann sie an diesem Tag während ihres Aufenthalts besichtigt werden.«

Pressemitteilung, ebenfalls vom 20. März 1970

(Ein Foto zeigt vier Frauen in Miniröcken und einen Mann mit Sonnenbrille, die sich um einen Briefkasten im Gang eines Zugwaggons drängeln.)

»Ein Herz für einsame Herzen hat jetzt die Bundesbahn entdeckt. Nachdem es fast 135 Jahre lang der Initiative mehr oder weniger schüchterner Fahrgäste überlassen war, Reisebekanntschaften anzuknüpfen, werden vom 1. April an in einer Reihe von Fernzügen der Bundesbahn gewünschte Verbindungen mit äußerster Diskretion hergestellt. In jedem Wagen ist ein Rendezvous-Briefkasten angebracht, der nach jedem Bahnhof von einer Stewardeß geleert wird. Die Reisenden auf unserem Foto können ihre Neugierde kaum noch verbergen.«

Pressemitteilung vom 17. März 1972

(Ein Foto zeigt einen Schaffner mit Mütze, der seinen Kopf in ein Abteil steckt und ein gigantisches Ticket begutachtet. Gezeigt wird ihm das von einer nackten Frau, die auf den Polstern liegt, spärlich bedeckt von einer Handtasche.)

»›Oben ohne‹, aber auch ›ganz ohne‹ kann man jetzt mit der Bundesbahn zum FKK-Strand ›Abessinien‹ auf die Nordseeinsel Sylt fahren. Für die besonderen FKK-Abteile, die ab 1. April 1972 in mehreren Zügen eingerichtet werden, gibt es besonders große Fahrkarten, die das bekleidete Zugbegleitpersonal lesen kann, ohne sich dabei den FKK-Fahrgästen im Adams- oder Eva-Kostüm allzu sehr nähern zu müssen.«

Noch'n Bier?
Ja, ich muß noch Bahn fahren.
H&B

Kapitel 3

Kleine Bahnfahrer-Kunde: **Wer nervt denn da?**

Ein Bahnreisender ist selten allein. Und manchmal ziemlich genervt. Denn im Zug versammeln sich auf engstem Raum Mitmenschen mit erstaunlich vielfältigen Macken. Zehn Typen treten besonders häufig auf – zum Glück gibt es für (fast) jeden ein Gegenmittel.

Der Steckdosenbesetzer

Kaum hat er seinen Rollkoffer in der Ablage verstaut, reißt dieser Mitfahrer schon sein Notebook aus dem Handgepäck und sucht mit vor der Brust gehaltenem Stecker nach dem Stromanschluss. Pech für ihn, sollte der schon durch einen Sitznachbarn vergeben sein. Hat eine Verhandlung um abwechselndes Aufladen der Hightechgeräte keinen Erfolg, gibt er ein resigniertes Seufzen von sich, à la »Für die ersten drei Stunden wird der Akku wohl halten«. Mit hektischem Zweifingertippen klackert er unermüdlich auf der Tastatur herum. Bei erhöhtem Aufkommen in den Abendstunden verleiht dieser Bahnfahrertyp so jedem gemütlichen Großraum-Abteil ein stressiges Großraum-Büroflair. Er füllt öde Excel-Tabellen aus und stört sich nicht daran, dass sein mitlesender Sitznachbar ihn leicht an dem Briefkopf der Schriftstücke identifizieren kann. Da ist das Display der zweiten Variante des Steckdosenbesetzers meist spannender: Dieser hat einen Kopfhörer aufgesetzt und eine DVD in seinen Laptop geschoben, die immerhin für bewegte, wenn auch tonlose Bilder sorgt.

Lieblingsaccessoire: USB-Stick

Gesprächsthema: der Mangel an Steckdosen in ICE

Gegenmaßnahme: die Geschäftsleute-Variante um ein Praktikum, die DVD-Variante um einen Ohrhörer bitten

Die Mitteilsame

Glaubt man, endlich ein ruhiges Plätzchen gefunden zu haben, macht dieses allzeit kommunikative Exemplar den Frieden zunichte. Die Mitteilsamen begreifen eine Bahnfahrt entweder als einmaliges Abenteuer, als Gelegenheit, interessante Menschen kennenzulernen, oder sie sind erfüllt von ihrer eigenen Lebens- und meist Leidensgeschichte. Neugierig fragen sie nach dem Flughafenzettel am Rucksack und sind beleidigt, wenn ihr Mitfahrer ihnen das Stichwort verweigert, um nonstop von ihren Urlauben der letzten 20 Jahre zu erzählen. Oder sie fangen unvermittelt an, von ihren Gebrechen, ihrem Ex oder ihrer Miniatureisenbahn zu erzählen, unbekümmert von der eisigen Stille, die ihnen entgegenschlägt. Manchmal treffen sie auch auf Gleichgesinnte. Dann ist zwar die unmittelbare Gefahr für die anderen Abteilgäste gebannt, sie müssen aber einen stundenlangen Dialog oder vielmehr zwei Monologe ertragen.

Lieblingsaccessoire: Fotos ihrer (Ex-)Liebsten/Röntgenbilder
Gesprächsthema: von A wie Arthrose bis Z wie Zypernurlaub
Gegenmaßnahme: gleich klarstellen, dass Sie Ihr Hörgerät vergessen haben

Der Allesesser

Frisch gekochte Eier, Fast Food mit Knobi-Duft, Mettbrötchen oder Chips aus der 500-Gramm-Tüte: Erbarmungslos teilt sich dieser Bahnfahrer über Futtergerüche und -geräusche mit. Hingebungsvoll breitet er den Inhalt von Tupper-Dose und Plastiktüte auf dem Großraumtisch aus, ohne Rücksicht auf empfindlichere Sinne denn die seinen. Wenn er sich durch seine Speisen durchgeknuspert, -geraschelt und -geschmatzt hat, stopft er die Reste in den Tischmülleimer. Schon übervoll, schließt dieser sich kaum mehr, und sein Inhalt müffelt weiter vor sich hin. Wer zu diesem Zeitpunkt hofft, vor weiteren Stinkattacken sicher zu sein, wird regelmäßig gelinkt: Normalerweise hat der Allesesser einen nicht enden wollenden Vorrat an Lebensmitteln dabei und zerrt sogleich eine neue Köstlichkeit aus den Plastiktüten zu seinen Füßen.

Lieblingsaccessoire: Salz und Pfeffer
Gesprächsthema: »Oh, das hält sich auch ohne Kühlschrank so lange frisch?«
Gegenmaßnahme: Immer einen Duft-Tannenbaum dabeihaben und deutlich sichtbar auf den Tisch legen

Der Bahnverächter

Dieser meist in Businesskluft gekleidete Mitfahrer wäre gerade wohl lieber in einem teuren Sportwagen oder im Flugzeug unterwegs – doch nun muss er sich wutschnaubend mit seinem Schicksal als Bahnpassagier arrangieren. Sollte ihm von der Reisestelle seines Unternehmens ein Zugticket statt der Mercedes-S-Klasse verordnet worden sein? Vielleicht musste er aber auch seinen Führerschein nach Flensburg abgeben. Auf jeden Fall nimmt er für die Degradierung Rache an seinen Mitreisenden: Unter dem Tisch machen seine blankpolierten Schuhe nicht einen Millimeter Platz, seine Ellenbogen arbeiten sich rücksichtslos auf der Lehne vor. Und mit seinem Notebook der neuesten Generation und seinem Arsenal an Smartphones verwandelt er den Tisch in sein Büro. Wer protestiert, der wird aggressiv angefahren. Grundsätzlich lehnt er es auch ab, beim Kofferverstauen zu helfen – könnte ja eine VW-Polo-Fahrerin sein, die er normalerweise mit seinem schnittigen Firmengefährt von der linken Autobahnspur weghupt.

Lieblingsgepäckstück: der protzigste Aktenkoffer, der für Geld zu haben ist
Gesprächsthema: feindliche Übernahmen
Gegenmaßnahme: aus Versehen mit dreckigen Wanderstiefeln seine Lackschuhe streifen

Die Dauerquasslerin

»Schlag ihm eine Provision von zehn Prozent vor!«, »Ohne Intimrasur geht ja gar nicht!«, »Schätzelchen, das verletzt mich nun aber, hab ich gesagt; da hat er gesagt …« Die Dauerquasslerin teilt ihren Mitreisenden mehr aus ihrem Leben mit, als irgendjemand wissen will, und ruft quälendes Fremdschämen hervor. Falls sie Geschäftsfrau ist, macht sie auch gerne mal einen Mitarbeiter lautstark zur Schnecke, falls Schülerin, ist ihr Redefluss von einer Menge »Alta!« und »Ischwör!« durchsetzt. Wenn die Nonstop-Rednerin in ein Funkloch fällt, drückt sie verzweifelt auf den Tasten ihres Telefons herum. Hat das nicht den gewünschten Erfolg, schaut sie sich panisch um, ob sonst jemand etwa noch Empfang hat, oder starrt blicklos aus dem Fenster – bis sie wieder hektisch ihr Handy bearbeitet. Beim Aussteigen gerät sie in Schwierigkeiten: Wie trägt man Koffer, Aktenkoffer beziehungsweise Handtasche und hält gleichzeitig das Handy Richtung Ohr?

Lieblingsgepäckstück: eine überquellende Handtasche
Gesprächsthema: keins (weil keine Atempause) oder »Ich kenne da einen prima Therapeuten«
Gegenmaßnahme: ins Handygespräch einschalten

Die Familien-Mafia

Eine untereinander verwandte und verschwägerte Sippe, die das Großraumabteil zu ihrem Wohnzimmer macht. Mit Kopfhörern im Ohr verständigen Jugendliche sich brüllend mit Eltern und Geschwistern, lautstark kommentiert der Steppke seine Kritzeleien, und das Piepsen und Ballern aus den Spielkonsolen nagt an den Nerven der Mitfahrer. Diese – falls kinderlos – preisen innerlich umso mehr ihre momentanen Lebensverhältnisse. Denn zudem purzeln Monopoly-Häuser und Kekskrümel in die fremde Handtasche, Saft und Cola kippen über Schößе. Wenn Spiele und Musik die Kleinen nicht mehr auf den Sitzen halten, zupfen und zerren sie an nicht verwandten Sitznachbarn, kullern und poltern durch die Gänge. Ungestört von dem Tumult, lästern die älteren Familien-Mafia-Angehörigen über Schwestern, Schwäger – und das kinderfeindliche Deutschland.

Lieblingsgepäckstück: eine Riesentasche mit Unterhaltungsmaterialien

Gesprächsthema: die grimmig guckenden Mitfahrer – wohl alles traurige Kinderlose!

Gegenmaßnahme: Ohrstöpsel – oder einfach »Bob der Baumeister« vorlesen

Der Querulant

Gefühlt verläuft kaum eine Bahnfahrt ohne Panne – dankbares Futter für dieses Exemplar. Es schnauft verächtlich, wenn eine Verspätung von zwei Minuten angesagt wird, und bei zehn Minuten Verzögerung schießt ihm das Blut in den Kopf. »Scheiß-Bahn« und »Da hätte ich doch lieber das Auto nehmen sollen!« sind seine häufigsten Lautäußerungen, und zunehmende Verzögerungen verfolgt er auf seiner Smartphone-Bahn-App. Dem Schaffner, der geknickt und sich entschuldigend des Weges kommt, würgt er rein: »Auf den letzten 47 Bahnfahrten habe ich schon 1355 Minuten Lebenszeit vergeudet!« Dann beginnt er eine ermüdende Diskussion über Unfähigkeit und Entschädigungen und blickt nach Zustimmung heischend um sich. Eine Entschädigung wünschten sich aber auch die Mitfahrer, weil sie den Querulanten wegen der Verspätung noch länger ertragen müssen.

Lieblingsaccessoire: Armbanduhr

Gesprächsthema: der Trainingseffekt von Verspätungen für die innere Gelassenheit

Gegenmaßnahme: schon vor der Fahrt eine Atemmeditation auf den MP3-Player laden

Das Gruppentier

Dieses Exemplar tritt meist in Regionalzügen und in streng nach Geschlechtern getrennten Rudeln auf, die entweder ihren Fußballvereinen hinterherreisen oder ihre Damenkegelclub-Erfolge feiern. Männer wie Frauen sind dabei froh, endlich mal ohne ihren Partner unterwegs sein zu können, und »lassen so richtig die Sau raus«. Verbunden ist das mit reichlich Gegröle beziehungsweise Gekreische, dabei lassen sie sich weder von genervten Gesichtern ihrer Mitfahrer (»Haben Sie sich doch nicht so!«) noch von den hilflosen Protesten des Schaffners (»Sie sind aber humorlos!«) irritieren. Es werden Zoten gerissen, die daheim tabu wären, und durchgängig Bier beziehungsweise »Piccolöchen« konsumiert. »Ach, was haben wir uns amüsiert«, freuen sich die Gruppentiere nach ihrer Fahrt, »Gott sei Dank steigen die aus«, atmen die Mitfahrer auf.

Lieblingsgepäckstück: Bierkiste beziehungsweise Sektflaschen und die praktischen Plastikkelche zum Zusammenschrauben

Gesprächsthema: die jüngste Schmach von St. Pauli, Borussia, Werder und die Affäre von Tante Chantal

Gegenmaßnahme: mittrinken – eine Flasche oder ein Sektglas wird doch wohl noch übrig sein

Der Bahn-Comfort-Bucher

Ausgebuffter geht es nicht – diese Variante kennt alle Tricks des Bahnfahrens. Mit vorgehaltener Sitzreservierung bedauert er es vorgeblich, dass er seinen Mitfahrer vom Bahn. Bonus-Comfort-Sitz vertreiben muss. Als Vielfahrer spielt er dieses Privileg quasi schon seit Einführung des Services aus. Keine Tarifwinzigkeit, kein Sonderangebot entgeht ihm. Er weiß auch sekundengenau und ohne aus dem Fenster zu schauen, wann er sich vor seinem Reiseziel aus dem Sitz erheben muss, um als Erster an der Tür zu sein. Den Kaffee der Am-Platz-Bedienung weist er empört von sich, er hat sich daran schon mal den Magen verdorben. Zum Klimaanlagen-, Winter- und Weichenchaos der Bahn könnte er endlose Anekdoten erzählen. Die gutwillige Variante dieses Bahn-Besserwissers klärt seine unbedarfteren Mitfahrer über jegliche Zugverbindung bis zu ihrem Reiseziel auf.

Lieblingsaccessoire: Smartphone mit Bahn-App

Gesprächsthema: seine Interrail-Tour vor 32 Jahren

Gegenmaßnahme: über den eigenen angeblichen Senator-Vielfliegerstatus schwadronieren

Die Versunkene

Vergraben in ihrem 500-Seiten-Schmöker, bildet diese Bahnfahrerin die Kulisse für die aktiveren Artgenossen. Nichts und kaum etwas kann sie aus ihrer Faszination an dem »Biss«-Vampirroman (oder Terry-Pratchett-Schmöker bei den selteneren männlichen Varianten) reißen – keine Bahnverspätung, kein Personenunfall, keine Gruppentiere. Störungen bewirken höchstens ein verträumtes Hochsehen zur groben Orientierung und eine leichte Drehung des Oberkörpers weg von der Lärmquelle. Sollte sie bei einem eventuellen Bahnchaos auf einem abgelegenen Bahnhof stranden, ist die Gefahr groß, dass sie dies kaum bemerkt. Manchmal jedoch erschreckt sie ihre Mitfahrer, wenn sie unvermittelt zusammenzuckt, »Mistmistmist« schreit, ihre Utensilien zusammenrafft und zur Tür stürzt – meist hat sie dann schon ihr Ziel verpasst.

Lieblingsaccessoire: Buch

Gesprächsthema: Jeder Versuch zum Smalltalk ruft nur ein abwesendes »Hmm« hervor

Gegenmaßnahme: nicht nötig

Deutsch – Bahn, Bahn – Deutsch

Wie heißt …

… das elektronische Kontrollgerät der Zugbegleiter, das Tickets scannen und ausdrucken kann?

Mobiles Terminal (MT)

… das akustische Signal des Zugbegleiters, das eine baldige Abfahrt ankündigt?

Achtungspfiff

… die Stelle, die den idealen Trefferpunkt des Nothammers markiert?

Roter Punkt an den Einschlag-Notausstiegfenstern

… der Rot- und der Weißton, der bei der ICE-Außenlackierung verwendet wird?

Verkehrsrot und Lichtgrau

… der ziehharmonikaförmige Kunststoff an den Übergängen zwischen zwei Waggons?

Faltenbalg

… der Check des Lokführers vor der Abfahrt, dass keiner mehr zu- oder aussteigen will?

Serviceblick

… die Information außen am Waggon, die Zwischenhalte und Zugnamen anzeigt?

Zuglaufschild

Kapitel 4

Verwirrt, verirrt, verspätet: **»Wir wissen leider selber nicht, wo wir sind«**

Schon auf wenige Minuten Verspätung reagiert der Passagier von heute gereizt, bei über einer Stunde Verzögerung fordert er ein Viertel des Fahrpreises zurück. Solche Probleme hatte der Reisende Anfang des 19. Jahrhunderts nicht – weder Smartphone noch Globalisierung machten sein Leben hektisch. Ganz im Gegenteil: Ihn begeisterte die ungeheure Geschwindigkeit der in Deutschland gerade eingeführten Eisenbahn von 35 km/h – galt doch bis 1835 die Postkutsche mit ihren höchstens 12 km/h als schnellstes Fortbewegungsmittel. Der Aufbruch ins Bahnzeitalter rief zwar Euphorie hervor, weil er bisher ungeahnte wirtschaftliche Möglichkeiten verhieß. Zunächst wirbelte er aber auch die Begriffe von Zeit und Raum durcheinander: »Welche Veränderungen müssen jetzt eintreten in unsrer Anschauungsweise und in unsern Vorstellungen«, schrieb Heinrich Heine 1843 im französischen Exil. Durch die Eisenbahn werde der Raum getötet, »es bleibt uns nur noch die Zeit übrig«. Dem deutschen Dichter war, »als kämen die Berge und Wälder aller Länder auf Paris angerückt. Ich rieche schon den Duft der deutschen Linde; vor meiner Türe brandet die Nordsee«. Die neue Geschwindigkeit brachte die ersten Bahner in Erklärungsnöte – wie sich an den damaligen Fahrplänen ablesen lässt. Eine »Eisenbahn Karte« von 1848 gab als Entfernung zwischen Berlin und Hannover 82 Stunden an, zwischen Altona und Kiel betrug sie 28 Stunden und von Köln nach Ostende 90 Stunden. Doch mit Fahrzeit hatten diese Angaben nichts zu tun – wie damals üblich, war die Wegstrecke in Gehzeit angegeben. Als eine »Stunde« galt noch jene Entfernung, die ein normal schneller Wanderer in einer Zeitstunde zurücklegen konnte, also vier bis fünf Kilometer. Die Karte gab Hilfestellung für die Umrechnung: »8 Stunden Entfernung sind im Durchschnitt einer Stunde Fahrzeit zu vergleichen.«

Solche Verwirrungen sind heutzutage längst passé. Würde man Heinrich Heine in einen ICE beamen können, er wäre von Berlin aus in einer Stunde und 39 Minuten in Hannover. Von Köln bis ins belgische Ostende an der Nordsee brauchte er kaum mehr als dreieinhalb Stunden. Würde es aber mal länger dauern – vielleicht würde auch Heine ein Fahrgastrechte-Formular der Deutschen Bahn ausfüllen und sich über die verlorene Zeit beschweren.

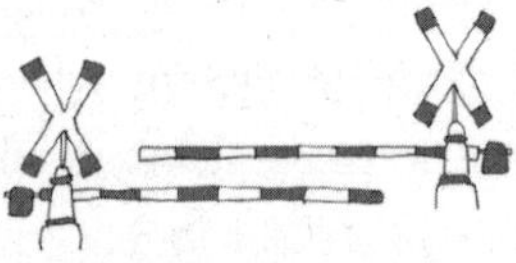

Vor einiger Zeit fuhr ich mit dem ICE von Stuttgart nach Hamburg, als der Zug kurz hinter Mannheim stehen blieb. Der Zugführer sagte, dass wir jetzt auf Sicht im Schritttempo an einer

Gefahrenstelle vorbeifahren würden. Und wenig später: »Liebe Reisende, links von Ihnen sehen Sie jetzt den liegengebliebenen ICE, der schuld an unserer Verspätung ist. Böser ICE!«

Martina Boll, Stuttgart

Auf der Fahrt von Hannover Richtung München vergaß der Lokführer des ICE einfach mal, im Bahnhof Göttingen zu halten. Kurz darauf kam der Schaffner durch das Großraumabteil und fragte laut: »Noch jemand in Göttingen zugestiegen?«

Olaf Eisenberg, Wehretal

In der Nacht auf dem Weg von Bielefeld zum Flughafen Köln/Bonn: Kurz hinter Köln Hauptbahnhof hielt der ICE auf freier Strecke, dann rannte ein Bahnmitarbeiter aufgeregt durch den Zug. Schließlich kam die verblüffende Durchsage: »Der ICE hat sich verfahren.« Ob es an der Dunkelheit lag? Erst fuhr er ein paar Minuten rückwärts, dann wieder vorwärts. Mit eineinhalbstündiger Verspätung kam er am Flughafen-Bahnhof an. Der Zugbegleiter wollte sich vor Lachen ausschütten. Meinen Flieger habe ich aber noch erreicht.

Peter Allgöwer, Bielefeld

Eines Morgens im verspäteten Regionalexpress von Treysa nach Frankfurt sagte die Zugbegleiterin: »Der Zug hat zurzeit eine Verspätung von circa zwölf Minuten, da der Zugführer verspätet eingetroffen ist.« Keine Minute später folgende Lautsprecherdurchsage: »Hier spricht der Zugführer. Ich glaube, ich muss da mal was geraderücken. Um 5 Uhr heute Morgen bin ich mit dem Taxi von Frankfurt nach Treysa gefahren, um diesen Zug von einem plötzlich erkrankten Kollegen zu übernehmen. Schneller ging es nicht. An mir liegt es also nicht.« Daraufhin war laut die Stimme der Zugbegleiterin im Flur zu hören: »So war das doch gar nicht gemeint!«

Albrecht Schlottner, Marburg

BAHN-ABC:
Fahrtrichtung rechts

F

Hier befindet sich häufig der → Ausstieg. Da die Zugtüren nicht deutlich sichtbar mit den Worten »rechts« und »links« gekennzeichnet sind, hält die Bahn deutsche Passagiere für blöd genug, die Information nicht ohne das Wort »Fahrtrichtung« zu verstehen. Ausländern dagegen traut man mehr Intelligenz zu, auf Englisch lautet die Durchsage: »Please exit on the right-hand side.«

Auf einer Zugfahrt von Frankfurt nach Hamburg sagte der Schaffner: »Sehr geehrte Damen und Herren, abweichend von unserem Fahrplan werden wir Hamburg voraussichtlich zwanzig Minuten früher erreichen. Bitte informieren Sie Ihre Angehörigen darüber.« Da kam Angst auf.

Ilja Pavkovic, Berlin

Ansage im – normalerweise verspäteten – RE 1 von Hamm nach Aachen: »Sehr geehrte Damen und Herren, wir erreichen in wenigen Minuten unseren Zielbahnhof Aachen Hauptbahnhof. Ich darf Sie darauf aufmerksam machen, dass wir pünktlich sind. Wenn Sie wollen, können Sie applaudieren.«

Christoph Lenssen, Aachen

Durchsage des Lokführers in der S-Bahn (mit kölschem Akzent): »Dat iss jetz peinlisch. Dat iss mir auch noch nie passiert. Aber isch bin jrad an Lövenich (S-Bahn-Haltepunkt) vorbeijefahren.«

Arnd Tüffers, Mettmann

Beim Einfahren in den Stuttgarter Hauptbahnhof hatte mein Zug über eine Stunde Verspätung. Es war früher Abend, und die meisten Passagiere waren müde Pendler, die nach Hause wollten. Der Zugbegleiter wollte gerade ansetzen, wie üblich die Verbindungen in Stuttgart durchzusagen, als er tief durchatmete, sein Hochdeutsch vergaß und meinte: »Also, Ihre Oaschlussziag, wisset se was, die kennet se älle vergessa!« Das war wunderbar wohltuend und ehrlich!

Jochen Weber, São Paulo, Brasilien

An einem Freitagnachmittag – die Leute starteten alle freudig ins Wochenende – stoppte der ICE kurz nach der Ausfahrt aus dem Frankfurter Bahnhof. Das Bahnpersonal informierte die Fahrgäste: »Eine Frau befindet sich direkt vor unserem Zug und will nicht aus dem Weg gehen. Die Bundespolizei ist informiert.« Nach einer Stunde ging es endlich weiter, und der Schaffner sagte durch: »Wer jetzt die Frau sehen möchte, muss aus dem Fenster auf der linken Seite sehen. Sie ist jetzt auf

Wagenhöhe Nummer 5 … Nummer 6 …« Und so weiter. Die Passagiere lachten. Zur Belohnung gab es für alle noch im Bordbistro ein Getränk auf Kosten der Bahn. Geht doch!

Christoph Knigge

Morgens um 8 Uhr im vollbesetzten ICE von Köln Hauptbahnhof nach Hannover: Nach ein paar Minuten wurde der Zug immer langsamer, und mir war die Umgebung nicht mehr bekannt, obwohl ich die Strecke oft fahre. Kurz darauf hielt der ICE, und der Fahrer ging im Kies neben dem Zug nach hinten. Dann kam die Durchsage, dass man aus Versehen in den Güterumladebereich gefahren sei. Jetzt sei nicht ganz klar, wie man denn hier wieder herauskomme. Ungläubiges Staunen, Kopfschütteln und Gelächter bei den Fahrgästen. Nach circa zehn Minuten fuhr der Zug in die entgegengesetzte Richtung. Es wurde angesagt, dass man jetzt den Weg gefunden habe und darum bitte, die Verzögerung zu entschuldigen.

Magnus Thurn, Hürth

Ein Zug raste ungebremst durch einen kleinen Bahnhof zwischen Bremen und Bremerhaven. Die Wartenden am Bahnsteig beobachteten, wie er in weiter Ferne zum Halten kam. Eine Viertelstunde lang sahen sie nur die Rücklichter. Schließlich setzte sich der Zug wieder in Bewegung und fuhr langsam rückwärts ein. Aus der Tür des hintersten Waggons schaute der Zugbegleiter heraus, er wies den Lokführer an. Er grinste von einem Ohr zum anderen und rief den applaudierenden Leuten zu: »Nicht lachen, nicht lachen! Der ist noch ganz neu!«

Ingo Lübken

Wir saßen im IC auf der Fahrt durchs Münsterland, als der Zug auf freier Strecke stehen blieb. Ich hörte in Gedanken schon die Standardansage, die so etwas mit Verzögerungen im Betriebsablauf begründet. Doch es kam: »Die Weiterfahrt verzögert sich, weil … da sind … es ist eine Schafherde auf den Schienen. Der Bundesgrenzschutz ist informiert.« Alles lachte. Der Zug stand fast eine Stunde lang, und wir lauschten den Kommentaren des Zugchefs, der offensichtlich auch seinen Spaß hatte: »Der Grenzschutz ist da. Ich sehe sie.« – »Sie versuchen, die Schafe einzufangen.« – »Es sind nur noch wenige auf den Schienen.« Schließlich waren alle Tiere in Sicherheit, und auch mein Kollege war nicht allzu schlecht gelaunt, obwohl er seinen Anschlusszug verpasste.

Sigrun Friederike Priemer, Hamburg

BAHN-ABC:
Güterzug

G

Laut ratterndes Langvehikel, das meist genau dann am Bahnsteig vorbeidonnert, wenn man versucht, eine wichtige Durchsage zur Gleisänderung zu verstehen.

Auf einer Zugfahrt im ICE-Sprinter von Berlin nach Stuttgart kam es zu einem ungeplanten Halt in Kassel. Kurz darauf hörten wir die Durchsage: »Der Lokführer wurde ausgetauscht. Da sich der zugestiegene Lokführer im Streckennetz nicht auskennt, muss die Fahrgeschwindigkeit deutlich reduziert werden.« Nach gemächlicher Fahrt und mit einer Stunde Verspätung erreichten wir Frankfurt, und da zeigte sich die Unkenntnis deutlich: Der Fahrer irrte rund eine halbe Stunde durch sämtliche Stadtteile Frankfurts, bis er endlich den Hauptbahnhof gefunden hatte.

Inga Warncke, Hamburg

Nachts auf der Fahrt von Hannover nach München Hauptbahnhof: »Meine Damen und Herren, in Kürze erreichen wir München-Pasing.« Kurz darauf hielt der Zug an. Nach fünf Minuten folgte die Durchsage: »Meine Damen und Herren, wir sind außerplanmäßig zum Stehen gekommen, es geht in wenigen Minuten weiter.« Nach kurzer Zeit: »Meine Damen und Herren, es ist doch schon recht dunkel hier vorne, wir befinden uns *in* München-Pasing. Ich bitte alle Passagiere, die hier aussteigen möchten, dies nun zu tun.« Kommentar meines Sitznachbarn: »Gut, dass der ICE automatisch hält, wenn die Zugführer hier schon die Bahnhöfe verschlafen.«

Benjamin Winkler, Goslar

In der Regionalbahn von Wuppertal nach Bonn: »Aufgrund einer vollkommen unsinnigen wie auch überflüssigen Zugüberholung werden wir erst in zehn Minuten nach Köln Hauptbahnhof weiterfahren können.«

Arnd Tüffers, Mettmann

Beim Verlassen des Leipziger Hauptbahnhofes fuhr mein ICE in einen Tunnel, wurde langsamer und blieb schließlich mitten in der Röhre stehen. Einige Minuten später lief ein sichtlich verwirrter Zugbegleiter durch die Waggons. Die noch gutgelaunten Fahrgäste störten sich wenig daran. Nach etwa fünf Minuten kam eine Durchsage, bei der der Schaffner sich kaum das Lachen verkneifen konnte: »Meine Damen und Herren, es tut mir sehr leid, aber wir haben uns offensichtlich verfahren. In diesem Tunnel haben wir keinen Strom und können deshalb nicht weiter. Eine Rangierlokomotive ist unterwegs, um uns aus dem Tunnel zu schleppen. Das wird aber mindestens eine halbe Stunde dauern.«

Während die verwirrten Fahrgäste über diese Ansage grübelten, folgte eine zweite: »Da wir keinen Strom haben, müssen wir jetzt leider das Licht ausschalten.« Mit Notbeleuchtung, Kaltgetränken gratis aus dem Bistro und trotz allem guter Laune warteten wir auf die Weiterfahrt, die dann eine Dreiviertelstunde später begann.

Markus Meichau, Erfurt

Durchsage in der Berliner S-Bahn: »Sehr geehrte Fahrgäste, da sich auf unserer Fahrstrecke Kinder befinden und es uns leider gesetzlich verboten ist, diese zu überfahren, bitten wir Sie, die Verzögerung zu entschuldigen.«

Frank Eichholz, Mössingen

Ich war mit einer Regionalbahn von Bonn nach Rheinbach unterwegs, hinter Duisdorf hielt der Zug auf freier Strecke an. Die Durchsage: »Ein Selbstmörder, der auf einer Brücke steht, blockiert uns die Weiterfahrt. Wir bitten um Geduld.« Nach circa zehn Minuten: »Wir können nun weiterfahren, das Problem hat sich erledigt.« Ob der schwarze Humor Absicht war oder nicht, weiß ich nicht – im Abteil rief die Durchsage jedenfalls einige Belustigung hervor.

Michael Tautz, Köln

Die S-Bahn nach Wuppertal hatte bereits in Düsseldorf über 25 Minuten Verspätung. Dann musste die Bahn einige Male warten und wichtigere Züge vorbeilassen, was uns der Lokführer pflichtschuldig mitteilte. Seine Laune war hörbar mies. Kurz vorm Ziel ein erneuter Stopp und die Durchsage: »Also, das glaube ich jetzt nicht! Man hat mir gerade mitgeteilt, dass ich ohne Halt im Wuppertaler Hauptbahnhof bis nach Hagen durchfahren soll. Das mache ich nicht! Ich halte da. Liebe Fahrgäste, der nächste Halt ist Wuppertal Hauptbahnhof!«

Katja Denker, Wuppertal

BAHN-ABC:
Hbf

H

Eine der seltsamsten Abkürzungen im deutschen Sprachgebrauch, schließlich ist es nicht üblich, dass der letzte Buchstabe des Wortes Teil der Kurzform ist. Würde man die gleiche Logik anderweitig anwenden, würden Nackedeis sich an Fkkr erfreuen, Demonstranten gegen ein Akwk protestieren, Reiche die FDPi wählen und Fußballfans im ZDFn ein Spiel des HSVn gucken. Die Schweizer machen es mal wieder weniger kompliziert: Sie kürzen das Wort Hauptbahnhof mit »HB« ab.

Ansage in der S-Bahn Stuttgart nach einem außerplanmäßigen Halt in einem Tunnel: »Meine Damen und Herren! Wir fahren die übliche Drei-Minuten-Verspätung ein. Dafür gibt es keine Entschuldigung!«

Otto Mildt, Nordheim

An einem Sonntag im Zug von Hannover nach Frankfurt: »Hier spricht Ihr Lokführer. Ich habe eine Information für den Fahrgast im blauen Hemd, der mir eben in Göttingen so demonstrativ die Uhr gezeigt hat. Erstens habe ich hier vorne ebenfalls funktionierende Zeitmesser, die mir die richtige Zeit anzeigen. Zweitens weiß ich auch, dass wir eine Verspätung haben, und Sie können mir glauben, dass dies nicht mit Absicht geschieht. Zum Abschluss für alle Fahrgäste und besonders für den Herrn im blauen Hemd: Wir werden Kassel-Wilhelmshöhe mit einer Verspätung von nur noch zwei Minuten erreichen.« Das hat für sehr viel Erheiterung gesorgt.

Stephanie Gwiasda, Meppen

Die Fahrt mit dem Nachtzug sollte am Donnerstagmorgen um 0.31 Uhr vom Hamburger Hauptbahnhof losgehen, Ankunft in Köln war um 6.14 Uhr geplant. Von dort aus wollte ich weiter nach Trier zu meiner Freundin. Der Zug kam schon mit über eineinhalb Stunden Verspätung in Hamburg an: Ein todessehnsüchtiger Mensch befand sich auf dem Bahnhofsdach, das gerade wegen Bauarbeiten teilweise mit Planen abgedeckt war – direkt über dem Gleis 14, auf dem mein Zug halten sollte. Der Bahnsteig wurde von der Polizei abgesperrt, die Feuerwehr rückte an. Es wurde sogar ein riesiges weißes Kissen herangekarrt, mit dem der Selbstmörder im Falle eines Sprunges aufgefangen werden sollte.

Schließlich fuhr der Zug gegen 2 Uhr morgens auf Gleis 8 ein, und wir konnten endlich einsteigen. Als ich um 5 Uhr wach wurde, wunderte ich mich beim Blick aus dem Fenster über das Schild »Hannover Hauptbahnhof«. Selbst mit der Verspätung hätten wir eigentlich schon viel weiter südlich sein müssen. Ich berechnete die Zeit, zu der wir ungefähr in Köln ankommen sollten, und schlief wieder ein.

Als ich das nächste Mal die Augen öffnete, wunderte ich mich über die gelben Nummernschilder der Autos. Nächster Halt war: Arnheim, Niederlande. Nanu, seit wann fährt der Zug so einen Umweg? Ich ging also zum Schaffner und fragte ihn, wann wir in Köln ankämen. Er schaute mich ganz verdutzt an und sagte, Köln liege schon zwei Stunden hinter uns. Blankes Entsetzen, hatte ich etwa tatsächlich verpennt? Doch ein zweiter Schaffner klärte auf: Der Zug hätte insgesamt so viel Verspätung gehabt, dass er das Ruhrgebiet und Köln einfach übersprungen habe und bei Hamm nach Amsterdam abgebogen sei. Die nächste Haltestelle sei Utrecht. Dort würde er auch aussteigen, und ich könne mit ihm umsonst im ICE zurück nach Köln fahren. Die Bestätigung über die Verspätung solle ich mir in Köln am Service-Point besorgen.

In Utrecht stieg ich in den ICE nach Köln. Dessen Zugbegleiter versuchte ich zu erklären, warum ich kein Ticket hatte. Sein Gesichtsausdruck verfinsterte sich, er glaubte mir kein Wort. Zum Glück kam dann der Schaffner aus dem Nachtzug und sagte, das ginge schon in Ordnung. Kurz vor Köln hatte dieser ICE einen Schaden und musste in Leverkusen halten. Wir mussten eine Viertelstunde auf den nächsten Zug warten. Gegen 16 Uhr war ich endlich in Köln. Am Service-Point wollte die hübsche Bahnmitarbeiterin nichts von einem außer Kontrolle geratenen Nachtzug wissen, der in die Niederlande ausgebüxt war. Sie glaubte mir die Geschichte nicht und merkte spitzfindig an, dass ich viel zu entspannt wirkte für die Odyssee, die ich hinter mir hätte. Die Wahrheit war: Die Bahn hatte mich schon so weich gekocht, dass ich alles mit stoischem Gleichmut geschehen ließ. Was blieb mir denn übrig? Sie verweigerte mir den Verspätungsstempel. Ich insistierte, dass das doch irgendwo notiert sein müsse, dass der Zug nach Köln nicht in Köln gehalten hatte. Schließlich sagte ihr Kollege, der neben ihr saß: »Guck, da isser doch!« Statt um 10.15 Uhr kam ich irgendwann gegen 20 Uhr in Trier an. Am nächsten Morgen holte ich am Service-Schalter die 22 Euro für die zehnstündige Verspätung ab – ab zwei Stunden kriegt man nämlich die Hälfte des Fahrpreises erstattet.

Stefan Vukusic, Hamburg

Im voll besetzten ICE International von Brüssel nach Köln am Freitagabend: Kurz nach der Weiterfahrt vom Bahnhof Lüttich blieben wir auf freier Strecke stehen. Der Zug hätte sich leider verfahren, sagte der Zugführer durch, eine Weiche sei wohl falsch gestellt worden. In Kürze werde man zurücksetzen, um auf die eigentliche Strecke zurückzukehren. Nach dieser bei den Fahrgästen schon für Erheiterung sorgenden Nachricht fuhr der Zug mit rund vierzig Minuten Verspätung in Aachen ein. Dort versuchten die Bahnangestellten – hörbar bemüht, den richtigen Ton zu treffen – uns zu vermitteln, dass man nun leider aufgrund von Dienstvorschriften auch noch eine halbstündige Pause für das Personal einlegen müsse.

Marian Schreier, Brüssel

Über Ostern im Zug von Frankfurt nach Berlin betrug die aktuelle Verspätung nach zahlreichen Umleitungen wegen Bauarbeiten und ausgefallenen Zügen schon 25 Minuten.

Reisender zum Zugbegleiter: »Wie ist denn das mit der Entschädigung bei Verspätung?«

Zugbegleiter: »Die gibt's erst ab einer Stunde.«

Reisender nickt.

Zugbegleiter (schaut auf die Uhr): »Aber das schaffen wir heute bestimmt noch.«

Auch der Rest des Abteils freute sich sehr über dieses erklärte »Ziel« des Zugbegleiters.

Claudia Sikorski, Leipzig

»In Kürze erreichen wir München Hauptbahnhof. Der Zug endet hier. Bitte alle Fahrgäste aussteigen. Leider haben wir drei Minuten Verspätung auf Grund des nicht optimalen Einstiegverhaltens der Fahrgäste.«

Svenja Koch, Hildesheim

Auf der Strecke von Köln nach Frankfurt, genau zum Fahrplanwechsel im Herbst: Wie immer am Sonntagabend gegen 21 Uhr war der letzte ICE nach Bonn voll mit Bundeswehrsoldaten, die noch vor dem Zapfenstreich in der Siegburger Kaserne sein mussten. Ich hatte es mir im Bordbistro gemütlich gemacht und unterhielt mich mit der Zugchefin, als wir in Bonn aus dem Fenster sahen und feststellten, dass wir gerade mit circa 180 km/h durch den Bahnhof rauschten. Sofort füllte sich das Bistro mit Soldaten, die sich beschwerten. Hektisch telefonierte die Zugchefin mit dem Lokführer, der dann in einer Durchsage zugab, fälschlicherweise nach dem »alten« Fahrplan zu fahren. Heiterkeit bei vielen Mitreisenden, Frust bei den Soldaten. Der Zug hielt dann außerplanmäßig in Montabaur, von wo die Soldaten mit einer Regionalbahn zurück nach Bonn mussten – sie hatten keine Chance, noch pünktlich in der Kaserne zu sein.

Dafür stieg – obwohl am späten Sonntagabend kein ICE mehr in Montabaur hätte halten sollen – ein älteres Ehepaar samt Koffer auf dem Weg zum Frankfurter Flughafen ein, seelenruhig und als wäre nichts Außergewöhnliches passiert.

David Löhring, Düsseldorf

BAHN-ABC:
Isomatte

I

Leichtgepäckstück aus Schaumstoff, das für Wander- und Campingurlaube konzipiert wurde, aber nicht Bahnfahrt-kompatibel ist. Denn beim Ein- und → Ausstieg verkanten die am Rucksack befestigten renitenten Rollen vor der Tür, was zu starker Rückwärtslage des Reisenden führt. Und im Extremfall zu einem unsanften Bodenaufprall, dessen Endposition an einen auf dem Rücken liegenden Käfer erinnert.

Die komplette Bahnstrecke zwischen Hamm und Bielefeld war gesperrt, weil ein Lkw auf die Schienen gestürzt war. Mein ICE fuhr daher von Hamm über Münster und dann Richtung Minden zurück auf die normale Trasse – im Bummelzugtempo mitten durch die Felder. Auf die Verspätung schaute schon längst niemand mehr. Irgendwann kam dann die Durchsage: »Meine Damen und Herren, ich würde Ihnen nur zu gern sagen, wo wir gerade sind oder wann wir am Bahnhof Hannover ankommen. Aber um ehrlich zu sein: Wir wissen es selbst nicht. Darum schauen Sie einfach aus dem Fenster und genießen Sie die schöne Landschaft.«

Matthias Hovestadt, Paderborn

In Schwabach fuhr die Regionalbahn auf einem Gleis ohne Bahnsteig ein – genau zwischen zwei Haltegleisen. Dann kam die Durchsage: »Mist, wir sind auf dem falschen Gleis eingefahren. Wir setzen jetzt zurück.« Nach circa zehn Minuten des Zurücksetzens kam dann in bestem Fränkisch: »So, jetzt probier mer's noch emol.« Dann konnten wir mit rund zwanzig Minuten Verspätung auch endlich umsteigen und weiterfahren.

Martin Karch, Nürnberg

Durchsage eines frustrierten Lokführers in einer Regionalbahn direkt nach der Abfahrt vom Kölner Hauptbahnhof: »Unsere Weiterfahrt wird sich noch etwas verzögern. Der *wichtige* ICE muss nämlich dringend auf den Abstellbahnhof. Wir haben ja schon Verspätung, ich könnt' k…« (Hier stellte er das Mikro ab, aber jeder konnte sich das Wort mit »k« denken.) Etwas später, zwischen Brühl und Sechtem: »Na toll, wir müssen jetzt noch etwas langsam fahren, da vor uns noch ein Zug fährt. Vielen Dank an die DB Netz, wir wurden offenbar heute zum unwichtigsten Zug Deutschlands degradiert.« Noch ein wenig später: »Nächster Halt Roisdorf. Ausstieg diesmal in Fahrtrichtung rechts. Das bedeutet wohl, dass wir von noch einem verspäteten ICE überholt werden. Dabei haben wir eh schon Verspätung durch eine ICE-Überholung. Ich bin begeistert – Sie wahrscheinlich auch.« Die Ansagen haben uns auf der stockenden Fahrt zumindest ein bisschen aufgeheitert.

Frank Sagurna

Durchsage im Regionalzug von Köln nach Bonn: »Wir haben jetzt zwei Minuten Verspätung wegen des Blödmanns, der so lange in der Tür gestanden hat. Nicht, dass hinterher wieder die Bahn schuld ist!«

Kai-Uwe Henker, Köln

Am Stuttgarter Bahnhof stieg ich in meinen Zug, der hier eingesetzt wurde und schon bereitstand. Da ich in Mannheim nur wenige Minuten zum Umsteigen hatte, war ich nervös und schaute ständig auf die Uhr. Die Abfahrtszeit verstrich – nichts passierte. Nach weiteren fünf Minuten fuhr der Zug endlich los. Kurz darauf ertönte die Stimme der Schaffnerin, hörbar außer Atem. »Entschuldigen Sie unsere verspätete Abfahrt, aber das Zugbegleitpersonal kam mit der Bahn …« – Gelächter bei einigen Reisenden – »… die verspätet aus Singen kam.«

Johannes Steinebrei, Waldfischbach

Ansage im ICE von Hamburg nach Köln: »Sehr geehrte Reisende! Wir haben eine derzeitige Fahrplan-Situation von 38 Minuten. Gemeinsam mit Ihnen stellen wir uns dieser Herausforderung.«

Anne Hutmacher, Hamburg

Der Halt des Zuges von Frankfurt nach Heidelberg dauerte im Hauptbahnhof Darmstadt länger als gewöhnlich. Die erklärende Durchsage: »Sehr geehrte Reisende, die Weiterfahrt dieser Regionalbahn wird sich noch um wenige Minuten verzögern …« Man konnte im Abteil hören, wie einige Fahrgäste schon Luft holten, um Hasstiraden loszulassen. Dann ging es weiter: »… da unser Lokführer Durchfall hat und sich noch auf der Toilette befindet.« Schallendes Gelächter im Abteil, über die entstandene Verspätung kam kein böses Wort mehr. Vielmehr wurden Freunde angerufen und vom Leid des Lokführers in Kenntnis gesetzt. Lediglich ein Zweifler war zu hören, der sich fragte, wie sich die Verspätung auf den nächsten Stopps wohl noch entwickeln würde.

Jochen Bestgen, Darmstadt

Der ICE von Hamburg nach Dortmund fuhr in Bremen nicht mehr weiter. Dort kam die Ansage: »Die Weiterfahrt verzögert sich um einige Minuten, da der Lokführer fehlt.« Etwa zehn Minuten später sah man einen Mann in Bahnuniform mit Aktentasche und Kaffee im Pappbecher Richtung Lok rennen. Dann die Durchsage mit atemloser Stimme: »Ich bin dann jetzt da, wir fahren weiter. Nächster Halt ist Osnabrück, dort haben Sie keinen Anschluss mehr an folgende Züge …« Danach zählte er hörbar amüsiert mehrere Verbindungen auf, die nicht mehr zu erreichen seien. Außer ihm fand das aber wohl niemand lustig.

Julia Fischer, Hamburg

»Der Zug wird sich wegen des schlechten Betriebszustandes der Wagen um etwa zehn Minuten verspäten.«

Svenja Koch, Hildesheim

Eine Glosse über die Deutsche Bahn kann gelinde gesagt als problematische Textgattung bezeichnet werden, denn vieles ist einfach Realsatire. Und doch! Als Kennerin des absurden Theaters kann ich der Bahn nur sagen: Hut ab! Ich weiß nicht, ob die Geschichte wahr ist, dass einem Bahnkunden gesagt wurde, der ICE 123 sei verspätet, weil Laub auf den Schienen gelegen habe. Ich weiß nicht, ob wahr ist, dass ein Kind von Freunden während einer »Signalstörung« im EC 456 nach Köln entstand. Neulich aber hatte die Bundesbahn Event-Charakter, wie ihn Regisseur Claus Peymann auch nicht besser hätte inszenieren können – großes Theater!

Ich will mit dem ICE von Göttingen nach Freiburg fahren, erfahre aber schon am Bahnhof, dass er wegen einer »Notbremsung« »auf unbestimmte Zeit verspätet« sei. 15 Minuten später trifft er ein. Schon in Frankfurt hat er eine Stunde Verspätung, die Begründung: »Der Zug hat nur noch ein Triebwerk« und »Signalstörung«. In Mannheim ist der Grund der Verspätung »Aufnahme anderer Reisender aus verspätetem ICE«. Dann endlich, etwa 80 Minuten zu spät und kurz vor Freiburg, kommt die Durchsage, dass es einen »Personenschaden« gegeben habe, daher verschiebe sich die Weiterfahrt »auf unbestimmte Zeit«. Ich habe seit Tagen meinen Liebsten nicht mehr gesehen und bin mit ihm in einem romantischen Lokal verabredet. Nun erwäge ich kurz, das Fenster einzuschlagen und zu Fuß nach Freiburg zu laufen, kann aber von verantwortungsbewussten Reisenden davon abgehalten werden. Die Bar wird freigegeben, ich beschließe, mich auf Kosten der Bahn zu betrinken, erfahre aber, dass nur Cola, Wasser und Kaffee frei sind. Da bleibe ich lieber nüchtern.

Der Zug fährt wieder an mit der Durchsage: »Wir halten in Denzlingen, dort wird so bald wie möglich Schienenersatzverkehr eingesetzt.« Zunächst hält der Zug jedoch in Emmendingen. Dem Lokführer scheint das nicht klar zu sein: »Hier ist Denzlingen, bitte alle aussteigen.« Alle steigen aus, bis auf mich, die sowohl Denzlingen als auch Emmendingen kennt und auch auseinanderhalten kann. Dann kommt eine Durchsage im mittlerweile leeren Zug: »Äh, hier ist Emmendingen, bitte alle wieder einsteigen.«

Draußen auf dem schwach beleuchteten Bahnsteig versuchen die wenigen Zugbegleiter, Menschenmassen mit Kind, Kegel, Koffern und Tüten wieder einzufangen und in den Zug zurückzubugsieren. Dabei kriegen sie aber leider nicht mehr alle Türen auf. Kleinere Tumulte und viele engagiert geführte Diskussionen folgen. Ich sitze allein im Abteil und erwäge, mir mit der Nagelfeile einen Fluchtweg durch die Zugwand zu sägen.

Als alle Passagiere wieder drin sind (gefühlte Dauer: eine Stunde), fährt der Zug die paar Meter bis Denzlingen; es kommt die Durchsage: »Äh, das ist jetzt also Denzlingen, bitte alle aussteigen … also die, die nach Freiburg wollen, alle anderen verbleiben bitte im Zug.« Am Bahnsteig steht übermüdet mein leicht konsternierter Liebster, der sich inzwischen entschlossen hat, mich dort abzuholen. Wir gehen händchenhaltend am Denzlinger Bahnschalter vorbei, an dem ein hübsches Plakat hängt: »Auskünfte ohne Fahrkartenkauf: 2 Euro«. Es gibt zu Hause Spiegelei und Tee, und das ist auch irgendwie romantisch.

Susanne Bach, Freiburg

Die Eisenbahn, ein Teufelsding

Während die Deutsche Bahn heutzutage wegen Unpünktlichkeit und Servicemängeln gescholten wird, mussten die Eisenbahnunternehmer der ersten Stunde mit viel grundsätzlicherer Kritik fertig werden. Die Eröffnung der ersten deutschen Passagierstrecke am 7. Dezember 1835 von Nürnberg nach Fürth trat eine Diskussion los, die aus heutiger Sicht skurril wirkt: Der damals rasend schnell wirkende Transport auf Schienen und seine Auswirkungen auf den Deutschen Bund waren durchaus umstritten – Delirium bei den Passagieren, die Strafe Gottes und Abwanderung nach Amerika wurden befürchtet. Ein buntes Pro und Contra:

Ernst August II., König von Hannover (1771 bis 1851): »Ich will keine Eisenbahn im Lande! Ich will nicht, dass jeder Schuster und Schneider so rasch reisen kann wie ich!«

Eisenbahn-Pionier Friedrich List, 1841: »Nur mit Hilfe eines deutschen Eisenbahnsystems vermag die gesellschaftliche Ökonomie der Deutschen zu nationaler Größe sich emporzuschwingen.« Es »vernichtet die Übel der Kleinstädterei und des provinziellen Eigendünkels und Vorurteils«.

Johann Wolfgang von Goethe, 1828: »Mir ist nicht bange, dass Deutschland nicht eins werde; unsere guten Chausseen und künftigen Eisenbahnen werden schon das ihrige tun.«

Gutachten eines Königlich Bayerischen Obermedizinalkollegiums, Mitte des 19. Jahrhunderts: »Ortsveränderungen mittels irgendeiner Art von Dampfmaschine« sollten verboten werden, da sie »bei den Passagieren die geistige Unruhe, ›delirium furiosum‹ genannt«, hervorriefen. (Das Gutachten wurde in der Vergangenheit oft zitiert, heute bestehen Zweifel an der Echtheit.)

Volkskundler Wilhelm Heinrich Riehl, 1851: Viele Bauern betrachten die Eisenbahn als »das letzte Wahrzeichen der himmelstürmenden Vermessenheit, mit welcher der übermüthige Mensch den ewigen Naturgesetzen Gottes eine Wette anbietet. Sie ist ihm der Thurmbau von Babel ins Neumodische übersetzt.« Und »der einfältige Bauer hat so seine eigenen Gedanken darüber, daß (die Strafe Gottes ähnlich wie in Babel) spät oder bald auch die Eisenbahnen treffen werde«.

Ein Pfarrer aus Schwabach, vor der ersten Fahrt 1835: »Die Eisenbahn ist ein Teufelsding, sie kommt aus der Hölle, und jeder, der mit ihr fährt, kommt geradezu in die Hölle hinein.«

Anonym, Erlangen, 1835: Der Verfasser fürchtet um Arbeitsplätze von Kutschern, Gast- und Landwirten und prophezeit: »Diese Furcht, erweckt durch die projektierten Eisenbahnanlagen, hat bereits [im bayerischen Rebnitztal] die Auswanderungslust nach Nordamerika so gesteigert, daß fast der halbe Teil jener Bevölkerung zum Abzug bereit ist.«

Ludolf Camphausen, rheinischer Unternehmer und Politiker, 1844: »Das Eisenbahnfieber ist stärker als jemals, es grenzt an Wahnsinn.«

HALLO, JUNGER MANN! ICH KOMM DA NICHT GANZ HOCH!
H&B

Kapitel 5

Die lieben Mitfahrer: **»Steigen wir vorne ein, dann sind wir früher da!«**

Jeder kennt die Situation: Man sitzt mehr oder weniger verschlafen im Zug, und plötzlich ist einer dieser wirklich albernen Klingeltöne zu hören: ein Kleinkind, das »Mama, Telefon« krächzt, der letzte Türkpop-Hit von Tarkan oder eine Polizeisirene. Für einen Moment ist deshalb die Freude groß, wenn es dem oder der Mitreisenden nach einigem nervösen Hantieren mit Tasche und Handyschutzhülle endlich gelingt, das Gespräch anzunehmen. Doch nur für einen Moment. Denn dann folgt ein ungefragter Einblick in sehr persönliche zwischenmenschliche Probleme in Form sehr lautstarker Klagen und sehr wütender Beschimpfungen. Jedes Wort ist problemlos zu verstehen, Weghören unmöglich. Böse Blicke und zur Ruhe mahnende Gesten werden vom Handy-Schreihals ignoriert. Jetzt nicht, ist gerade wichtig. Eine solche Live-Hörspielausgabe von »Gute Zeiten, schlechte Zeiten« kann sich gut und gerne genauso lang hinziehen wie eine Episode der Vorabendserie, leider fehlen die Werbepausen zur Erholung.

Einen rekordverdächtigen Handy-Marathon erlebten die Fahrgäste in einem US-Zug von Oakland nach Seattle im Mai 2011. Gleich nach ihrem Einsteigen um 22 Uhr begann eine

Passagierin, in einem als »quiet train« gekennzeichneten Waggon lautstark zu telefonieren. Sie redete eine Stunde, zwei Stunden. Sie redete die ganze Nacht lang, wie Zeugen später berichteten. Der Akku hielt nur durch, weil in Amtrak-Zügen Ladestationen für Mobiltelefone installiert sind.

Weder die Beschwerden anderer Passagiere noch mehrfache Durchsagen des Zugpersonals, Telefonate bitte zu unterlassen, konnten ihre Erzählfreude stoppen. Mit einigen besonders wütenden Mitreisenden lieferte sie sich Wortgefechte, doch das Handy blieb an. Unglaubliche 16 Stunden soll die Dame telefoniert haben, wie die Nachrichtenseite MSNBC berichtet. Dann hielt der Zug vor einer Schranke, damit Polizisten die Quasselstrippe herausholen konnten. Gegenüber US-Medien gab die Frau später an, »kein Verständnis« dafür zu haben, dass sie den Waggon verlassen musste. Sie beklagte sich darüber, »respektlos« behandelt worden zu sein.

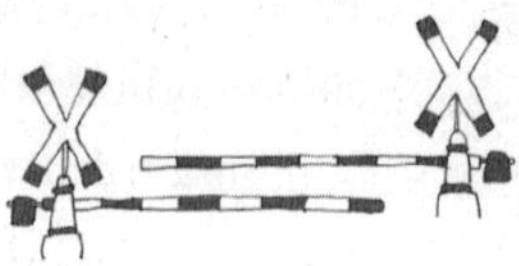

Im ICE von Berlin nach Köln kam ein Bahnbediensteter ins Abteil und verschenkte massenweise Eis am Stiel. Eine Passagierin fragte ihn besorgt: »Ist die Klimaanlage etwa schon wieder defekt?«

Oliver Grübner, Berlin

Im ICE von Nürnberg nach München, der um 8.27 Uhr losfährt. Dieser Zug ist immer sehr voll, deshalb habe ich reserviert, genau wie viele andere im Großraumwagen. Plötzlich kommt ein junger dynamischer Lehrer mit einem Dutzend pubertierender Schüler herein. Er zückt sofort seine Reservierungsliste und beginnt, die bereits sitzenden Reisenden zu verjagen. Widerspricht jemand, wird er barsch angefahren: »Hat Vorteile, wenn man lesen kann ...« Als er mich ebenfalls von meinem Platz vertreiben will – ich bin mir sicher, nicht falsch zu sitzen –, lasse ich mir seine Reservierung zeigen. Selbstsicher reicht er mir die Belege: Wagennummer: okay. Sitzplatznummern: okay. Also keine weitere Diskussion! Doch dann fällt mir die Zugnummer auf: Er hat in einem anderen Zug reserviert – und der fährt gerade auf dem gegenüberliegenden Bahnsteig ab. Es ist mir ein Genuss, ihn und seine Mitreisenden darauf hinzuweisen. Ich denke, auch seine Schüler werden sich noch länger daran erinnern.

Werner Bauerschmidt, Langenzenn

Im Regionalexpress von Marburg nach Frankfurt hörte ich die Durchsage: »Sehr geehrte Fahrgäste, hier spricht Ihr Führer ...« Stille. Darauf sagte ein Fahrgast: »Der ist doch tot?!« Der Rest der Ansage ging dann im Gelächter unter.

Ullrich Grimm, Frankfurt

Wir befanden uns auf der Heimreise von einem Fußballspiel auf der Strecke von Hamburg nach Cuxhaven. Plötzlich ertönten laute Fangesänge aus den Lautsprechern – passend zur Party, die gerade von den Fans der siegreichen Mannschaft in den Waggons mit reichlich Bier zelebriert wurde. Auf einmal ertönte eine Durchsage: »Ich möchte sämtliche Fans auffordern, sich wieder hinzusetzen und ihren Lautstärkepegel zu senken. Leider ist eine ordentliche Durchsage nicht mehr möglich, da ein paar Männer in blau-weißen Anzügen die Sprechanlage gekapert haben. Wenn jetzt nicht bald Ruhe ist, werfe ich sie eigenhändig aus dem Zug.« Kurze Zeit später wurde auf der Strecke ein generelles Alkoholverbot eingeführt.

Steffi Döscher, Bremen

Auf der Fahrt nach Cloppenburg stiegen in einem ICE ab Köln sonntagabends viele Fahrgäste auf ihrem Rückweg aus dem Urlaub ein. Mit viel Gepäck und etlichen Kindern, die hungrig und durstig waren. Leider war der Bistro- und Restaurantbereich »wegen technischer Probleme« geschlossen – sitzen konnte man zwar dort, aber nichts bestellen. Die Kinder und auch einige der Erwachsenen äußerten mit zunehmender Lautstärke ihren Unmut – nicht zuletzt wegen der unangenehm hohen Temperaturen, denn die Klimaanlage funktionierte mal wieder nicht. Da kam ich auf die Idee, per Handy zu versuchen, eine Pizzeria in Bahnhofsnähe Münster zu finden und dort etwas zu bestellen.

Nachdem mir die Auskunft eine Telefonnummer gegeben hatte, musste ich gefühlte zehnmal (tatsächlich waren es wohl eher drei bis vier Versuche) dem freundlichen Pizza-Menschen am Telefon mein Anliegen erklären. Er dachte erst, es handele sich um einen Scherz, und legte mehrfach auf. Schließlich konnte ich ihn überzeugen.

Und siehe da: In Münster stand der Pizza-Lieferant mit einer Palette Dosen – Limo, Cola und Wasser – sowie mit etlichen

Pizzas am Bahnhof. Jeder im Speisewagen warf ein bisschen Geld in einen herumgereichten Pappkarton, und der Bote ging glücklich und mit reichlich Trinkgeld von dannen. Noch glücklicher waren wir alle im Speisewagen. Die Getränke und Speisen wurden verteilt, es kam eine richtige Partystimmung auf. So kann eine Panne der Deutschen Bahn letztlich bei den Fahrgästen für ein unvergessliches Erlebnis sorgen.

Hans-S. Domeyer

Spätabends im letzten Zug vom Flughafen Frankfurt nach Basel: Nach einigen Kilometern bekam ich Durst und Hunger und fragte den Schaffner, ob noch ein Servicewagen vorbeikäme oder der Speisewagen noch geöffnet sei. Er wusste es nicht und schickte mich auf Verdacht in Richtung Speisewagen. Schon einen Wagen vorher hörte ich lautes Klopfen und heiseres Gebrüll. Als ich ankam, bot sich mir ein köstlicher Anblick. Fünf bis sechs Herrschaften mit Anzug und Krawatte hämmerten mit hochrotem Kopf wie wild auf die Tür ein und riefen: »Lasst uns endlich raus!« Nachdem ich dann den Schaffner geholt hatte, stellte sich heraus, dass die Speisewagencrew die Männer eingeschlossen hatte. Denn die trinkfreudigen Gäste hatten wohl nicht geglaubt, dass dies nun wirklich »die letzte Runde« sei, das Servicepersonal Feierabend habe und den Zug im nächsten Bahnhof verlassen würde. Auch nachdem die Gruppe befreit worden war, wurde weiter lautstark geflucht. Dieses Mal traf es aber den Schaffner, denn einige Fahrgäste waren wohl notgedrungen etwas zu weit gefahren.

Gerald Vasel, Murg

Auf einer Fahrt von Neubrandenburg nach Berlin stiegen bei einem Zwischenhalt weitere Fahrgäste zu, unter anderem eine burschikos auftretende ältere Dame. Diese forderte eine junge Frau auf, ihren Rucksack vom Sitz zu nehmen, damit sie sich setzen könne. Die junge Frau antwortete etwas hilflos, dass das leider nicht ginge, da sie nicht wisse, wohin mit ihrem Gepäck. Daraufhin die ältere Dame: »Dann stehen doch bitte Sie auf, dann kann Ihr Rucksack ja sitzen bleiben!«

Sten Lindner, Dresden

BAHN-ABC:
Jungfraubahn

J

Nein, dabei handelt es sich nicht um den umgangssprachlichen Ausdruck für einen Zug vor seiner ersten Fahrt mit Passagieren. Ebenso wenig ist das eine Sondervariante der in manchen asiatischen Ländern eingesetzten Waggons, die Frauen vorbehalten sind. Stattdessen heißt so eine Zahnradbahn, die auf einen der bekanntesten Berge der Schweiz führt – der Zielbahnhof Jungfraujoch ist mit 3454 Metern der höchstgelegene Europas.

Wir befanden uns an einem Freitagabend in einem völlig überfüllten ICE von Würzburg nach Frankfurt Flughafen mit entsprechend viel Urlaubsgepäck und gaben unser Bestes, möglichst noch einen schmalen Korridor frei zu halten. Die meisten

Mitreisenden quetschten sich auch kommentarlos hindurch. Aber in bester Erinnerung blieb uns jener piekfeine Mann, der schnurstracks auf unseren Koffer zulief, abrupt anhielt, seinen Kopf hob und mit vollem Ernst forderte: »Könnten Sie Ihren Koffer zur Seite bewegen, sonst muss ich eine Kurve laufen!« Nach einiger Wartezeit schien jedoch auch er die Unmöglichkeit seiner Forderung einzusehen, und er ging – wenn auch widerwillig – in einem Bogen um unser Gepäck.

André Mayer, Würzburg

Ich saß am hinteren Ende eines Großraumwaggons. Irgendwann ging vorne die Tür auf, und der Schaffner rief: »Fahrscheinkontrolle! Neu zugestiegen?« Plötzlich sprang der Mann neben mir auf und rief laut zurück: »Hier!«

Kai Scheffler, Bottrop

Der kleine Finger am Abzug drückt ab, die Pistole knattert, ihr Gehäuse blinkt dabei blau und rot. »Ball her!«, brüllt das Kind in mein Ohr, ihm ist ein Plastikball heruntergefallen und zu meinem Platz im Großraumwagen gerollt. Ich gebe ihm sein Spielzeug. Statt sich zu bedanken, beginnt der Junge nun, an meiner Rückenlehne zu rütteln. Ich drehe mich um: »Würdest du jetzt bitte meinen Sitz und mich in Ruhe Zug fahren lassen?« Seine Kulleraugen blitzen, und die Mutter der Nervensäge ist empört: »Na, hören Sie mal, er ist doch noch ein Kind! Stellen Sie sich bitte nicht so an!« Die nächsten Minuten knattert die Knarre weiter, dazu kreischt das Kind vor Vergnügen. Doch plötzlich wird er abgelenkt, denn seine Mutter packt ein Stück Schokolade aus. »*Mama*! Du willst doch *abnehmen*!«, krakeelt der Sohnemann, so dass es der ganze Waggon hören kann. »Thomas, jetzt hör aber auf!«, faucht die Mutter. Ich drehe mich um und sage mit einem Lächeln: »Jetzt stellen Sie sich doch nicht so an, er ist doch noch ein Kind!«

Frauke Lüpke-Narberhaus, Hamburg

Eine Bahnfahrt von Kiel nach Bonn verlief bis Köln ohne Störung. Dort stieg aber eine ältere Dame ein, die schon etwas hilfsbedürftig war. Dank der freundlichen Unterstützung anderer Reisender hatte sie schließlich ihren reservierten Platz gefunden und ihre Tasche verstaut. Blieb nur noch ihr Mantel, für den sie dann ohne Mithilfe einen Haken fand, und zwar einen leuchtend roten! Der Zug fuhr inzwischen schon wieder, und sie hängte dort also ihren Mantel auf und zog noch einmal kräftig daran, damit er auch schön glatt hing. Ich habe so eine Notbremse zum ersten Mal in Aktion gesehen und war erstaunt, wie schnell der Zug stand. Das Bahnpersonal hatte schnell die Schuldige gefunden. Die ältere Dame hatte Glück – sie wurde nur beruhigt und nicht zur Kasse gebeten. Schon bald fuhr der Zug weiter.

Uwe Jensen, Kiel

Am 12. September 2009 war der ICE von Dresden nach Frankfurt absolut überfüllt. Ich stellte meinen Koffer in den Gang und fand einen Platz. Irgendwann hinter Jena kam ein Hinweis, dass wir außerplanmäßig halten würden, weil die Bundespolizei zusteige. Ein herrenloser Koffer sei gefunden worden, und wir sollten Ruhe bewahren. Ich war genervt und dachte mir: »Das ist doch eh wieder ein Missverständnis, wer macht denn so was.«

Polizisten, Hunde und gehetzte Bahnmitarbeiter liefen durch den Zug. Doch schließlich fuhren wir weiter. Als der Zug in Frankfurt ankam, war mein Koffer unauffindbar. Ich suchte und suchte, bis ich heulend den Zug in der letzten Minute verließ – ohne Gepäck. Es war also mein Koffer, der entfernt worden war!

Nach einigen Stunden am Telefon hatte ich herausgefunden, wo er war: bei der Bundespolizei in Erfurt. Ich war schrecklich sauer und wollte wissen, warum man gerade meinen Koffer als herrenlos identifiziert habe. Schließlich war er einer von vielen. Man teilte mir mit, dass ein Mann eingestiegen sei, ihn berührt habe und wieder ausgestiegen sei. Jemand hätte dies beobachtet und für auffällig befunden. Angeblich lagen Beweise für ein geplantes Attentat vor. Das Gepäck wäre fast gesprengt worden, hätten die Hunde nicht Entwarnung gegeben. Durchsucht wurde es jedoch gründlich. Eine Woche später bekam ich nach langer Diskussion meinen Koffer mit der Post zugestellt, ohne etwas bezahlen zu müssen. Denn erst wollte man 40 Euro Porto von mir. Heute ist er wieder hier bei mir, und ich lasse ihn nicht mehr aus den Augen. Und rund um den 11. September werde ich mich an meinen Koffer ketten, falls eine Bahnfahrt ansteht!

Fiona Merfert

Eines Sonntags im vollbesetzten ICE. Ein Vater spielt mit Engelsgeduld und gut hörbar mit seinen beiden Kindern »Ich sehe was, was du nicht siehst«. Die Tochter kann nicht genug bekommen, der Vater hat aber irgendwann keine Lust mehr und sagt: »Ich sehe was, was du nicht siehst, und das ist sechs

Jahre alt und kann ganz schön nerven.« Ein paar der umsitzenden Fahrgäste können das Lachen nicht unterdrücken, die Kleine ist furchtbar beleidigt und schmollt. Ein paar Minuten später trumpft sie laut auf: »Ich sehe was, was du nicht siehst, und das hat ganz gelbe Zähne!«

Susanne Balzer, Godvik, Norwegen

Vor einigen Jahren fuhr ich mit dem Zug auf Klassenfahrt. Ein Freund von mir öffnete wegen der schlechten Luft im Abteil ein Fenster. Sofort sprang eine ältere Dame in unserer Nähe auf und schrie erbost: »Ich sitze hier im Zug! Das geht nicht!«

Julian Jansen, Nettetal

Ein Intercity auf dem Weg nach Bremen, kurz nach dem Halt in Osnabrück, an einem Freitagvormittag. Der Zug ist völlig überbelegt, Kegelklubs und Bundeswehrsoldaten zuhauf. Eine Dame um die 50 stürmt – wegen des vielen Gepäcks in einer Art Hürdenlauf – auf den Schaffner zu und verlangt Auskunft darüber, ob er ihren Mann gesehen hätte. Der hätte in Osnabrück zusteigen sollen, sei aber noch nicht aufgetaucht. Ein Handy hätten sie beide nicht. Viele Fahrgäste hatten die Frage mitgehört, die Dame sah sich nun vielen perplexen Gesichtern gegenüber.

Der Schaffner war sehr hilfsbereit und fragte: »Wie sieht Ihr Mann denn aus, was trägt er für Kleidung?« Darauf kam die wüste Antwort: »Junger Mann, woher soll ich wissen, was mein Mann anhat. Ich habe ihn schließlich heute noch nicht gesehen. Ich sehe schon, Sie wollen und können mir auch nicht weiterhelfen.« Die Dame marschierte ab und hinterließ einen geknickten Schaffner.

Björn Bergerhausen, Köln

Eine circa 18-jährige junge Frau stieg in einen ICE zu und begann, das Abteil zwecks eingehender Betrachtung der Sitzreservierungen zu durchqueren. Schließlich blieb sie vor einem Sitz stehen und starrte circa eine Minute auf die gewaltige Textmenge der Reservierungsschilder. Schließlich fragte der Platzinhaber: »Ist das Ihr Platz?« – »Hmmm (kurze Pause), ja, der würde passen!« Ihr Gesprächspartner schaute verwirrt: »Ist das nun Ihr Platz?« – »Ja, der würde passen, ich fahre ja auch nach Kassel«, sagte mit zunehmender Überzeugung die junge Frau. Nach einer kurzen Pause antwortete der Mann: »Haben Sie jetzt diesen Platz reserviert?« Jetzt wirkte die junge Dame wieder etwas verunsichert: »Ich glaube, ja.« Langsam schlich sich ein leicht genervter Unterton in die Stimme des Platzinhabers. »Welche Nummer haben Sie denn auf Ihrer Fahrkarte stehen?« – »Nummer? Häh?« Es folgte eine kurze Einweisung in die Kunst der Platzreservierung: »Auf Ihrer Fahrkarte steht eine Wagennummer und eine Platznummer. *Diesen* Platz haben Sie dann reserviert.« – »Ach so, ich dachte, die Plätze sind für die Leute reserviert, die von Frankfurt nach Kassel fahren. Keine Ahnung, was meine Mama da gemacht hat.« Der ganze Wagen brüllte natürlich inzwischen vor Lachen.

Bastian Weitner, Meppen

Ein Provinzbahnhof an einem autofreien Sonntag 1974. Eine

offensichtlich unerfahrene Dame zu ihrer Begleiterin: »Steigen wir vorne ein. Dann sind wir früher da.«

Christof Roether, Sindelfingen

BAHN-ABC:
Kaffee

K

Koffeinhaltiges Heißgetränk, das in seiner Deutsche-Bahn-Version allenfalls erahnen lässt, warum es üblicherweise als »Genussmittel« gilt. Meist führt bereits der erste Schluck zu einem schmerzlichen Reuegefühl, die 2,80 Euro nicht für eine → zweitklassige → Bockwurst ausgegeben zu haben.

Eines Abends, im RE9 auf dem Weg von Troisdorf nach Köln, ertönten plötzlich ungewohnte Klänge aus den Lautsprechern. Zunächst dröhnte in miserabler Qualität ein Lied der Sängerin Beyoncé durch die Abteile, woraufhin eine nach Teenager in der Pubertät klingende Stimme in ernstem Tonfall verkündete: »Meine sehr geehrten Damen und Herren, liebe Fahrgäste! Aufgrund von Stellwerkstörungen wird dieser Zug heute nicht in Köln halten. Der Zug wird umgeleitet nach Fickihausen. Ich wiederhole: Unsere Endstation heute ist Fickihausen!« Eine alte Dame, die mir gegenübersaß, schaute mich daraufhin verwirrt an und meinte: »Früher hätte es so was nicht gegeben. Wie soll ich denn jetzt nur von Fickihausen nach Köln kommen? Hoffentlich haben die von der Bahn wenigstens Busse für uns da!«

Ich grinste und wollte gerade zu einer Erklärung ansetzen, da tönte es wieder aus den Zuglautsprechern: »Sehr geehrte Fahrgäste, willkommen im Fickiexpress. Unsere Endstation heute ist: Fickihausen! Wir entschuldigen uns für die Unannehmlichkeiten. Sollten Sie Beschwerden einreichen wollen oder einen Musikwunsch haben, wenden Sie sich bitte an das Zugpersonal. Vielen Dank und gute Fahrt!« Wieder wurde Musik gespielt. Die alte Dame sah mich erneut fragend an, da spurtete plötzlich der aufgebrachte Schaffner durch den Gang und verkündete einige Sekunden später über die Lautsprecher: »Ah … emmm … Hallo, liebe Zuggäste, dieser Zug wird nicht nach … ähm … dieser Zug wird natürlich planmäßig nach Köln fahren. Ich wiederhole: Dieser Zug wird planmäßig nach Köln fahren! Bitte vergessen Sie die letzte Durchsage, da hat sich jemand einen bösen Scherz erlaubt.« Die alte Dame war erleichtert: »Hach, diese Schaffner von heute … Aber es ist ja auch alles viel komplizierter mit den ganzen Zügen!«

Till Bierther

Am Montagmorgen gegen 7 Uhr im ICE von Mannheim in Richtung Köln. Nachdem ich meinen reservierten Platz an einem Vierertisch eingenommen habe, setzt sich mir gegenüber eine gestylte Dame der Marke »Ich bin ja so unendlich wichtig«: Notebook-Tasche links, Handy rechts am Ohr. Ihre erste Bemerkung: »Diese unfähige Bahn hat mal wieder meine Platzreservierung verschusselt, wird ja gar nicht angezeigt. Na, egal, der Platz ist ja frei.« Als Zweites bekomme ich mit, wie sie mit einer Kollegin oder einem Kollegen telefoniert, den sie für alle hörbar nach Strich und Faden fertigmacht: »Wo bleiben Sie denn?« »Inakzeptabel, Termine nicht einzuhalten!« »Jetzt seien Sie mal still, so geht's wirklich nicht!« »Das wird ein Nachspiel haben!« Danach war Ruhe, einige Minuten später kam der Fahrkartenkontrolleur. Was sich nun herausstellte, ist wohl klar: Die Dame hatte eine Fahrkarte mit Zugbindung und leider den falschen Zug eine Stunde zu früh genommen.

Rainer Sawitzki, München

Eine Unterhaltung zweier Damen im Intercity zwischen Dortmund und Münster. Die eine: »Sabine wohnt ja zwischen Ascheberg und Münster.« Antwort der anderen: »Aber nicht, wenn man von dieser Seite kommt.«

Christine Bolte, Münster

Auf einer ICE-Fahrt saß ich im Großraumabteil an einem Tischplatz mit drei anderen Fahrgästen. Einer hatte seinen Laptop aufgeklappt und guckte ohne Kopfhörer einen Film, der gerade in die Kinos gekommen war. Der Ton war zwar leise, aber der Film erkennbar, offensichtlich eine Raubkopie. Neben ihm saß ein Mann, der sein Handy auf dem Tisch liegen hatte. Plötzlich klingelte das Handy, die Melodie war eine Polizeisirene. Tatsächlich meldete sich der Mann mit Hauptkommissar Sowieso. Der Laptop-Mann wurde puterrot, klappte seinen Computer zu und schaute den Rest der Fahrt nur noch befangen aus dem Fenster.

Kai Scheffler, Bottrop

Im Sommer wollten wir mit einem ICE nach Berlin, wurden aber in Stendal aufgehalten. Bei unserem Gegenzug hatte es einen Personenschaden gegeben und dessen Lokführer durfte nicht mehr weiterfahren. Nun musste unser Fahrer einspringen, er wurde per Taxi zur Unfallstelle gebracht, um den anderen ICE wegzufahren. Wir hätten längere Zeit auf ihn warten müssen. Doch dann sprach ein großer Mann den Schaffner an: »Ich bin Lokführer und muss mit meiner Familie zu unserem Ferienflieger in Tegel. Lassen Sie mich den ICE bis nach Berlin fahren, wir haben gleich Check-in.«

Es dauerte keine zwei Minuten, und der Schaffner gab das Signal zum Weiterfahren – unter neuer Führung. Der Ersatzfahrer hatte wohl auch noch gute Kontakte zur Leitstelle: Trotz verspäteter Abfahrt waren wir zwei Minuten vor der planmäßigen Ankunft am Hauptbahnhof, wo die Reise dann auch endete. Bis zum eigentlichen Endhaltepunkt Ostbahnhof hatte es nicht mehr gereicht, denn das Flugzeug nach Rhodos wartete auf die Familie. Für die Fahrgäste war der Mann der Held des Tages, nur seine kleine Tochter fragte die Mama immer wieder: »Wo ist Papa?« – Die knappe Antwort der Mutter: »Der fährt den Zug!«

Thilo Nordmeyer, Berlin

Im Intercity von Bremen nach Bonn kam aus den Lautsprechern folgende Mitteilung: »Sollte jemand einen Minirock oder einen Hut vermissen, so kann er sich im Dienstabteil in Wagen 8 melden. Beides wurde auf der Toilette in Wagen 10 gefunden.«

Inga Schulz, Bonn

Im Herbst 2008 fuhr ich zusammen mit ein paar Kollegen frühmorgens mit dem Intercity nach Stuttgart. Der Schaffner war für diese frühe Stunde verdächtig gut gelaunt und machte beim Kontrollieren der Fahrscheine hier und da seine Späßchen. Ein paar Reihen hinter uns im Großraumwagen fragte er eine Dame mit Online-Ticket zur Identifikation nach ihrer ec-Karte, die er auch umgehend überreicht bekam. Als er sie dann ganz trocken noch nach ihrer PIN-Nummer fragte, nannte sie ihm umgehend ihre Geheimzahl in einer Lautstärke, dass es alle Mitreisenden deutlich hören konnten. Es wurde schlagartig still im Waggon. Der Schaffner stand regelrecht geschockt neben der Dame, der in diesem Moment dämmerte, was sie da gerade ausgeplaudert hatte.

Michael Glees, Mainz

BAHN-ABC:
Lukas, der Lokomotivführer

L

Pfeiferauchender Vorzeige-Bahnangestellter aus einem 1960 erschienenen Kinderbuch, dessen Dampflok Emma eine Vielseitigkeit an den Tag legt, die James Bonds Fahrzeuge wie Kinderspielzeug erscheinen lässt: Sie macht sich bestens als Schiff, U-Boot, Flugzeug und wird schließlich als »Perpetumobil« zur Nullenergie-Magnetbahn. Wahrscheinlich sind Lukas und Emma der Grund dafür, dass ganze Generationen von Lokführern sich ihren Job einst anders vorgestellt haben und nun immer so verdrießlich aus dem Zugfenster gucken.

Eine Fahrt im ICE von Hannover nach Freiburg. In den guten alten Zeiten – ich glaube, es war im Jahr 2006 – war das Rauchen in einem der 13 Waggons noch erlaubt. Ich hatte einen Raucherplatz reserviert und saß mit meinem Buch am Fenster. Eine Familie mit zwei circa 14 Jahre alten Kindern kam ins Abteil und machte es sich gemütlich. Mit sichtbarem Entsetzen bemerkten sie das »Raucher«-Zeichen und fragten mich: »Sind Sie etwa Raucher?« Meine Antwort war ein sanftes Nicken. Dass ich meinen Platz für 1,50 Euro reserviert hatte, dachte ich mir nur. »Würde es Ihnen etwas ausmachen, nicht zu rauchen?« Das ist emotionale Erpressung, ging mir durch den Kopf. Sich mit zwei Kindern in ein Raucherabteil setzen und dann auf unschuldig machen. Dann noch behaupten, der Zug sei voll oder so was. Aber natürlich war ich aus Rücksicht auf die Teenager einverstanden.

Allerdings nur so lange, bis diese schrecklich nette Familie vier Mettbrötchen mit Zwiebeln auspackte. Ein widerliches Zeug in geschlossenen Räumen – ich habe noch nie so viele Zigaretten am Stück geraucht. Nun, die treusorgenden Eltern haben meine Rauchwolken wohl etwas gestört. Sie standen auf, sagten zu den Kindern: »Wir sind in einem anderen Abteil, ihr passt auf die Sachen auf!«, und weg waren sie. Ich war entsetzt und stellte mein Rauchen wieder ein. Kurz vor Köln kamen diese Rabeneltern wieder rein, um die Koffer und die Kinder abzuholen.

Michael Diehr, Zürich

Ich fahre regelmäßig zwischen Stuttgart und Karlsruhe mit dem Zug und habe in Karlsruhe schon häufig die Meldung gehört: »Die Abfahrt wird sich leider wegen einer Signalstörung um wenige Minuten verzögern.« Eines Morgens sorgte nicht allein die Signalstörung für Ärger, sondern zusätzlich der Spieltrieb meines Sohnes: Er hatte die Nummer des Zahlenschlosses an meinem Aktenkoffer verstellt. Als der Zugbegleiter zur Fahrkartenkontrolle kam, sagte ich: »Das Vorzeigen der Fahrkarte wird sich wegen einer Schlossstörung leider um wenige Minuten verzögern.« Leider fand der Zugbegleiter den Spruch viel weniger witzig als ich.

Dieter Maier

In dem wie üblich überfüllten RE1, der zwischen Aachen und Hamm verkehrt, war eine bemerkenswerte Durchsage zu hören, die so auch als Aufruf zur Selbstjustiz verstanden werden konnte: »Achten Sie auf Ihr Gepäck und Ihre Wertsachen am Körper! Es sind wieder Taschendiebe an Bord. Wenn Sie dabei einem von denen die Finger brechen: Meinen Segen haben Sie!«

Gunnar Sandkühler, Witten

Im ICE von München nach Köln, auf der Höhe von Würzburg. Der Schaffner fragt einen Fahrgast: »Sind Sie zugestiegen?« Dessen Antwort: »Nein, ich bin hier geboren!«

Haio Forler, Bonn

Freitagabend im ICE von Hamburg nach München, Großraumwagen: An einem Vierertisch sitzen vier junge Damen, blond, aufwendig gestylt und bestens gelaunt. Die lautstarke Unterhaltung kreist schon seit mehr als einer Stunde nur darum, wer in jüngerer Vergangenheit mit wem welche Beziehung hatte, wer der Nächste sein soll, wer fremdgegangen ist und wer mit wem was macht. Die Mitreisenden tauschen schon genervte Blicke aus, Augen werden verdreht und Augenbrauen hochgezogen. Aber irgendwie traut sich keiner, etwas zu sagen, und die Damen unterhalten sich fröhlich weiter. Da steht ein älterer Herr auf, vom Aussehen her Typ hanseatischer Kaufmann: schlohweißes Haar, perfekt sitzender dreireihiger Anzug, Krawattennadel, kurz: die Seriosität in Person. Er beugt sich zu den Damen und erklärt mit fester und deutlicher Stimme: »Meine Damen, ich glaube nicht, dass es in diesem Abteil irgendjemanden interessiert, mit wem *Sie* Geschlechtsverkehr betreiben!« Vier hochrote Köpfe, Schweigen und ein Großraumabteil mit Dutzenden fröhlich grinsenden Gesichtern waren das Ergebnis.

Alexander Schinner, München

Ich hatte einmal das Vergnügen, zur Karnevalszeit im Kölner Raum mit der Bahn unterwegs zu sein. Mit mir im Abteil saß eine kleinere Gruppe kostümierter Leute, die offensichtlich auf dem Weg zu einer Feier waren. Die Stimmung war recht ausgelassen, was eine allein sitzende ältere Dame mehrfach dazu veranlasste, ihren Unmut über den Geräuschpegel kundzutun. Als kurz darauf ein Schaffner das Abteil betrat, sprach ihn einer der Feiernden mit den Worten an: »Herr Schaffner, hier ist eine Frau, die ist so unlustig, die stört uns beim Feiern.« Woraufhin der Schaffner gut gelaunt in kölschem Dialekt erwiderte: »Ja, von mir aus könnense die rausschmeißen, wenn se Sie stört.« Bis zur Endstation war kein weiteres klagendes Wort von der älteren Dame zu hören.

Monika Schröder, Höxter-Bödexen

In einem ICE, irgendwo in Süddeutschland. Der Schaffner lief durch den Gang, ihm folgte ein sehr nervöser Herr, Typ gepflegter Althippie. »Das ist wirklich nicht der IC?«, fragte er immer und immer wieder, was der Schaffner ruhig verneinte. »Aber der Zug muss in Bad Bentheim halten, da wartet meine Tochter auf mich. Der IC macht das doch immer«, war der zweite Textbaustein, den der hibbelige Passagier ständig wiederholte. Dazwischen gab es Informationen zur Familiengeschichte: Die Tochter mache gerade Abitur, man habe sich länger nicht gesehen. Der Schaffner wiederholte mit professioneller Gelassenheit, dass dies aber nun einmal ein ICE sei, der in Bad Bentheim nicht halte, und dass trotzdem noch das Ticket mit ICE-Zuschlag nachzulösen sei.

Nachdem ich kontrolliert worden war, zog das unruhige Paar weiter durch den Zug – ein nicht aus der Ruhe zu bringender Schaffner und ein quasi um ihn herumspringender Fahrgast. Kurz darauf gab es eine Überraschung: Der Zug hielt tatsächlich in Bad Bentheim.

Als ich später ausstieg, fragte ich den Schaffner, was da in Bad Bentheim denn los gewesen sei. »Na ja«, war die Antwort, »den hätte der Zug nicht länger ausgehalten. Der ist ja rumgehüpft wie ein Flummi. Und seine Tochter hat da ja auch gewartet. Wenn die genauso ist wie der Vater, dann wäre ja auch noch der Bahnhof explodiert. Die Fahrleitung hat gesagt, wir hätten Zeit, in Bad Bentheim zu halten.« – »Hat er denn sein Ticket gelöst?«, hakte ich nach. Hatte er – mit ICE-Zuschlag.

Bert Stach, Kiel

Der Regionalzug von Stuttgart nach Schwäbisch Gmünd fuhr gerade los, da kam eine Dame mittleren Alters hektisch durch den Gang gerannt. Vorne im Waggon schnappte sie sich das Mikrofon und sagte über die Lautsprecher für alle gut hörbar: »Hallo, *hallo*?!? Könnte sich bitte mal ein Bahnmitarbeiter zu mir hinbequemen? Ich habe nämlich mein Gepäck auf dem Bahnsteig liegengelassen und möchte nicht, dass es für eine Bombe gehalten wird!« Immerhin hatte sie schon mal die Lacher auf ihrer Seite.

Marcel Schlatterer, Stuttgart

Die Bahn im Kino

In einer Umfrage eines Online-DVD-Verleihs stimmten knapp 3.000 Kunden darüber ab, was für sie die besten Zugfilme aller Zeiten sind. Die ersten zehn Plätze:

1. Mord im Orient-Express (Krimi, 1974), 17,2 Prozent
2. Todeszug nach Yuma (Western, 2007), 14,8 Prozent
3. Der Polarexpress (Animationsfilm, 2004), 10,7 Prozent
4. Alarmstufe: Rot 2 (Action, 1995), 10,3 Prozent
5. Der Fremde im Zug (Thriller, 1951), 8,4 Prozent
6. Money Train (Action, 1995), 5,7 Prozent
7. Darjeeling Limited (Komödie, 2007), 5,0 Prozent
8. Nevada Pass (Western, 1975), 4,5 Prozent
9. Transsiberian (Thriller, 2008), 4,5 Prozent
10. Trans-Amerika-Express (Thriller, 1976), 4,4 Prozent

Hitzefalle Bahn: Ab 32 Grad streiken alle Klimaanlagen!
Also jetzt übertreibt die Gewerkschaft!
H&B

Kapitel 6

Die Bahn in den News: **Schwarzfahrer am Steuer**

Wenn in den Nachrichten von der Bahn berichtet wird, geht es meist um Trassenausbauten, Investitionen in neue Loks oder ausgefallene Klimaanlagen. Wir haben nach Meldungen gesucht, die noch ganz andere Seiten des Abenteuers Bahnreise beleuchten – hier finden Sie die besten Fundstücke aus den News.

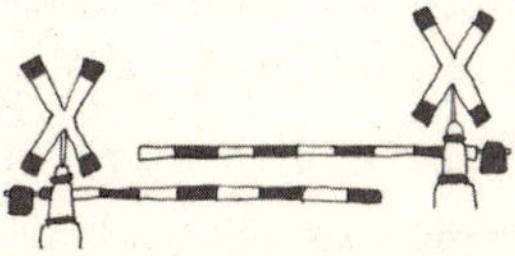

+++ Nickerchen im Führerhaus +++

Das Schöne an einer Zugfahrt ist, dass Reisende auf den gemütlichen Sitzen auch mal ein Nickerchen machen können. Das gilt selbstverständlich nicht für das Personal im Führerstand. Einem Lokführer in Taiwan war dieser Sachverhalt offenbar nicht ganz klar: Er begann bei einem Tempo von knapp 300 km/h, sanft vor sich hin zu dösen. Der Zug befand sich in der Nähe der zentraltaiwanischen Stadt Taichung. Als Kontrollbeamte bemerkten, dass der Fahrer nicht reagierte, alarmierten sie das Kabinenpersonal. Diesem gelang es, mit Hilfe der Automatiksysteme den Zug nach 13 Minuten Fahrt sicher in den Bahnhof von Taichung zu steuern. Hunderte Fahrgäste bekamen so überhaupt nichts von der brenzligen Situation mit. »Der Fahrer hatte Schlaftabletten genommen und war während des Dienstes nicht völlig bei Bewusstsein«, sagte ein Sprecher des Zugbetreibers. Für den Lokführer war es die letzte Fahrt mit dem Schnellzug »High Speed Rail« – anschließend war er seinen Job los.

+++ Ohne Fahrkarte im Schüler-Express +++

Ein erheblich aufgeweckterer Fahrer war dagegen ein Schüler in der russischen Stadt Slatust. Der 15-Jährige klaute Anfang Oktober 2011 während der Mittagspause eine Tram aus dem Depot. Dann lenkte er sie 40 Minuten lang fehlerlos durch die Industriestadt am Ural. Der Diebstahl blieb nicht unbemerkt. Durch das Umstellen von Weichen gelang es Mitarbeitern des Depots schließlich, die entführte Tram zu blockieren. Die Polizei beendete den Lausbubenstreich. Ein absoluter Anfänger war der Junge übrigens nicht: Er hatte bereits eine Schulstunde über das Tramfahren gehabt und das Straßenbahndepot mehrmals besucht. Obwohl niemand zu Schaden kam und die Tram absolut pünktlich unterwegs war, leitete die Polizei ein Verfahren ein. Ärgerlich für den Bahnbetreiber: Da kein Schaffner mit an Bord war, hatte der Schüler seine Fahrgäste kostenlos befördert.

+++ Kabelklau statt Kaviar +++

Alles andere als kostenfrei ist eine Fahrt im beliebten Nostalgie-Luxuszug »Blue Train« in Südafrika. In der teuersten Einzelkabine kann die 27-stündige Fahrt mehr als 2.000 Euro kosten, dafür sind sämtliche Getränke und ein Butler inklusive. Doch der beste Service bringt wenig, wenn Diebe an der Trasse ein paar Stromkabel entfernen: Anfang Dezember 2011 blieb ein Zug deshalb auf offener Strecke zwischen Pretoria und Kapstadt liegen. Die verärgerten Passagiere mussten mit einem Ersatzbus von der Ortschaft Matjiesfontein ins über 200 Kilometer entfernte Kapstadt gebracht werden. Und dann krachte auch noch die Ersatzlokomotive, die den Luxuszug zurück nach Pretoria schleppen sollte, in einen Waggon. Dabei wurde der Zug so stark beschädigt, dass Reisende mit Fahrscheinen für die Strecke von Kapstadt nach Pretoria ebenfalls auf den Bus umsteigen mussten.

+++ Pipi-Prozess gegen S-Bahn-Schaffner +++

In Südafrika fahren Butler mit, bei uns wendet man sich mit Fragen und Problemen an den Schaffner. Manchmal kommt es vor, dass ein Zugbegleiter so hilfsbereit ist, dass er dafür vor Gericht muss. In einer S-Bahn in Nordrhein-Westfalen wurde ein Passagier von so starkem Harndrang geplagt, dass er um Hilfe bat. Der patente Schaffner brachte ihn in einen (leeren) Waggon der ersten Klasse und gestattete, den dortigen Mülleimer ausnahmsweise als Pissoir zu verwenden. Die Deutsche Bahn fand so viel Pragmatismus nicht gerade erstklassig und leitete gegen den Beamten ein Disziplinarverfahren ein, er musste 100 Euro Bußgeld zahlen. Schließlich wurde er sogar versetzt. Künftig sollte er nachts Züge im Depot bewachen, anstatt im direkten Kundenkontakt tätig zu sein. Auch in der folgenden Gerichtsverhandlung zeigten sich die Eisenbahnvertreter uneinsichtig: »Jede Verunreinigung ist zu vermeiden«, das gehöre zum Job des Beamten. Das Verwaltungsgericht Düsseldorf sah dies jedoch anders: Es habe sich um eine Ausnahmesituation gehandelt, sagte der Richter. Der Mitarbeiter habe keine andere Wahl gehabt und Schlimmeres verhindert. Das Bußgeld wurde aufgehoben und die Versetzung etwas später auch zurückgenommen.

+++ Prävention mit Tüte +++

In den Niederlanden soll es zu solchen Problemen gar nicht erst kommen: In 131 Nahverkehrszügen vom Typ Sprinter sollen bald Urinbehälter in Tütenform erhältlich sein, wie das Bahnunternehmen im Oktober 2011 mitteilte. »Sie sollen aber wirklich nur in extremen Notsituationen genutzt werden, beispielsweise wenn ein Zug auf der Strecke liegenbleibt«, sagte eine Sprecherin. Wenn einen der Passagiere in den Zügen wirklich ein dringendes Bedürfnis überkommt, soll er sich künftig einen der Beutel nehmen und in die unbenutzte Fahrerkabine am Ende des Zuges zurückziehen können. In den Beuteln befindet sich ein weißes Pulver, das zu Gel wird, wenn es mit Flüssigkeit in Berührung kommt. Nach Gebrauch können die Tüten versiegelt werden. Die Passagiere sollen im Fall der Fälle die Beutel im Zug lassen oder einfach nach dem

Aussteigen wegwerfen. Dass die »Sprinter«-Züge ohne Toiletten entworfen wurden, hatte in der Öffentlichkeit bereits zu Kritik an der holländischen Bahn geführt. Trotzdem regte sich gegen die Idee der Bahn heftiger Widerstand. Eine Frau sagte im Fernsehen: »Meinen die das ernst? Ich kann mir nicht vorstellen, da reinzumachen.« Außerdem verwies die Frau auf den Geschlechterunterschied: »Für einen Mann mag das ja gehen, für eine Frau ist es einfach unmöglich.« Auch empörte Zugführer meldeten sich zu Wort: Sie wollen nicht, dass ihr Arbeitsplatz zur Toilette wird.

+++ Boa an Bord +++

Ein bisschen Harndrang ist wohl ein vergleichsweise geringfügiges Problem im Vergleich zu einer zwei Meter langen Würgeschlange, die sich durch den Gang windet. So geschehen im Januar 2012 in einem französischen TGV-Hochgeschwindigkeitszug auf dem Weg von Paris nach Marseille. Die Boa constrictor entkam aus ihrer Transportbox und nutzte die neugewonnene Freiheit, um auf Entdeckungstour zu gehen. Nach Zeugenaussagen streifte die Schlange sogar einige Fahrgäste an den Füßen, bevor sie schließlich in einem Lüftungsschacht verschwand. In Marseille herbeigeeilte Feuerwehrmänner brauchten rund eine Stunde, um das nun friedlich vor sich hin dösende Tier zu finden und einzufangen. Sie übergaben die rund 25 Kilo schwere Schlange dem Besitzer, einem Reptilienfan, der den Transport der Schlange ordnungsgemäß angemeldet hatte. Bis zu ihrem Ausbruch reiste sie mit einer weiteren Boa constrictor in der Plastikbox.

+++ Kamikaze-Krähen auf Rügen +++

Selbst erheblich kleinere Tiere können Ärger für Züge bedeuten – objektiv betrachtet ist es umgekehrt: Die Züge bringen Ärger für die Tiere, die bei einem direkten Kräftevergleich gewöhnlich unterlegen sind. Manchmal reichen schon zwei zu allem entschlossene Krähen aus, um den Verkehr massiv zu behindern. Auf der Ostseeinsel Rügen flogen die beiden Tiere im Juni 2011 beim Raufen oder Balzen – darüber gab es im Nachhinein reichlich Spekulationen – in eine Oberleitung. Dadurch wurde ein Stromschlag ausgelöst, der einen Isolator zerstörte und den Fahrdraht zerriss. Das Ende der Stromleitung schlug auf dem Haltepunkt Teschenhaben auf, Menschen wurden dabei nicht verletzt. Die Bahnstrecke zwischen Bergen und Samtens musste stundenlang eingleisig gesperrt werden, es kam zu erheblichen Zugverspätungen. Die armen Krähen erlebten die Konsequenzen ihrer Tat nicht mehr – sie verbrannten durch den Stromschlag.

+++ Vorsicht, kratzende Kiwi-Katze +++

Irgendwie tröstlich ist die Tatsache, dass beim Aufeinandertreffen von Mensch und Tier nicht immer der Kleinere den Kürzeren zieht: Im November 2010 sorgte eine streunende Katze, die sich in einen Zug geschlichen hatte, in Neuseelands Hauptstadt Wellington für Chaos im Bahnverkehr. Als der Lokomotivführer die Katze einfangen wollte, kratzte das Tier diesen so sehr, dass er ärztlich behandelt und durch einen anderen Fahrer ersetzt werden musste. Der Zugverkehr in der

Hauptstadt musste deshalb zeitweise komplett unterbrochen werden. Der Sprecher der Bahngesellschaft KiwiRail sprach von einem »sehr ungewöhnlichen« Vorfall. Der Fahrer habe ihm gesagt, er arbeite seit vier Jahrzehnten bei der Bahn, aber nie zuvor sei er von einer Katze angegriffen worden. Der blinde Passagier sei eingefangen worden, nun werde der Besitzer gesucht. Angst vor einer Strafe brauche der Katzenhalter nicht zu haben, wie der Sprecher betonte: »Wir versichern, dass wir kein Bußgeld von ihm verlangen werden.«

+++ Trittbrettfahrer im Nachtzug +++

Ein menschlicher blinder Passagier brachte im Februar 2012 keine Bahnmitarbeiter, sondern vor allem sich selbst in große Gefahr. Er hatte kein Geld für die Fahrt im Nachtzug von Berlin nach Amsterdam, deshalb versteckte er sich auf dem Trittbrett der Lokomotive. Zufällig entdeckte eine Zugbegleiterin den 26-Jährigen dort bei Tempo 200. Da war der »Euronight« schon eine halbe Stunde unterwegs. Der blinde Passagier kauerte hinten an der Lok und hielt sich an einem Haltegriff fest. Die Mitarbeiterin habe ihren Augen nicht getraut, sagte ein Polizeisprecher. Sie habe umgehend den Lokführer alarmiert. Der Zug legte daraufhin in der Nähe von Rathenow in Brandenburg einen Nothalt ein. Das Personal holte den völlig durchgefrorenen und erschöpften Mann ins Innere des Nachtzuges, ließ ihn in einem Abteil schlafen und übergab ihn in Hannover der Polizei.

Die Fahrt des 26-Jährigen war nicht nur illegal, sondern auch extrem gefährlich. »Er hat sich vermutlich nicht klargemacht, dass er sein Leben aufs Spiel setzte«, sagte der Polizeisprecher. Ein ähnlicher Fall, bei dem ein blinder Passagier bei eisiger Kälte und extrem hohem Tempo außen an einem Zug mitfuhr, sei zumindest bei der Bundespolizei in Hannover nicht bekannt.

Hätten Sie's gewusst?

Auf www.bahn.de gibt es einen Lehrgang, bei dem der User üben kann, einen Fahrkartenautomaten zu bedienen. In insgesamt zehn Lektionen erklärt eine Frauenstimme, die stark nach Auto-Navigationssystem klingt, zum Beispiel Folgendes: »›Hin- und Rückfahrt‹ wählen Sie, wenn Sie eine Fahrkarte für eine Hin- und Rückfahrt kaufen möchten.«

Am 19. Dezember 2010 sorgte die Deutsche Bahn mit einem ziemlich ungewöhnlichen Rat für Aufsehen: Sie empfahl aufgrund der durch ein Schnee- und Flughafenchaos überfüllten Züge, an diesem Tag nach Möglichkeit nicht mit der Bahn zu fahren.

Der wohl größte Werbeskandal in der Geschichte der Deutschen Bahn war ein Plakat, das eine (ziemlich lebendig aussehende) Frauenpuppe mit entblößter Brust zwischen Strohballen zeigte. Die Überschrift dazu: »Bahn-Stückgut lässt keine Wünsche offen«.

Ebenfalls wenig Geschmack bewies die Werbung eines Bestattungsunternehmers, der an einer Berliner U-Bahn-Haltestelle mit dem Spruch »Kommen Sie doch näher« um Kundschaft buhlte. Das Plakat war so platziert, dass man aufs Gleis hätte laufen müssen, um näher dran zu sein.

Ein Online-Sprachportal brachte im Jahr 2011 einen Englischkurs speziell für Mitarbeiter der Bahn mit dem Titel »Train English« heraus.

Ach ja: 91% der deutschen Bahnfahrer freuen sich über Durchsagen in schlechtem Englisch. Also tun Sie Ihnen doch den Gefallen!
DB
H&B

Kapitel 7

Durchsagen auf Englisch: **»Kiip se gängs fry!«**

Die Deutsche Bahn und die englische Sprache: Seit Jahrzehnten ist das eine Kombination, die nicht so recht zusammenpassen will. Und das nicht nur, wenn es um Fehler und Versprecher bei Ansagen im Zug geht. Schon 1972 sorgte die Werbekampagne »Go easy Go Bahn« dafür, dass sich so manchem die Nackenhaare aufstellten. Sie richtete sich an Jugendliche zwischen 10 und 21 und sollte beweisen, dass die Deutsche Bundesbahn ein ganz schön abgedrehtes Unternehmen ist, voll easy und very crazy. Angeboten wurden vergünstigte Tickets für Jugendliche, Disco-Zugfahrten sowie Slogan-Limonadendosen und -T-Shirts. Sogar ein passender Song wurde von einer Gruppe namens »Joy Unlimited« aufgenommen. Ein paar Textzeilen daraus: »Komm doch mit uns, wir kennen den Plan/ Steig bei uns ein, Go easy Go Bahn. Nutz deine Zeit, eh' sie ganz vertan / Steig bei uns ein, Go easy Go Bahn.«

»Englisch bei der Deutschen Bahn war Quatsch vom ersten Tage an«, sagte Wolf Schneider, Sprachexperte und Autor zahlreicher Lehrbücher, einmal der »Bild«-Zeitung. Denn »Go easy« war erst der Anfang: Bald hießen Bahnschalter Counter, Auskunftsstellen Service Point und Kurzzeitparkzonen Kiss & Ride. Wer am Bahnhof in München, Köln oder Freiburg eilig nach dem Klo sucht, kann erst Erleichterung finden, wenn er kapiert, dass es sich bei »McClean« nicht um einen Wäscheservice handelt. Wegen so viel Missachtung des Deutschen verlieh der Verein zur Wahrung der deutschen Sprache gleich zwei Bahnchefs den Titel »Sprachpanscher des Jahres«.

Im Februar 2010 schrieb ein BBC-Reporter in einem Artikel, dass er sich in Deutschland durch die vielen englischen Ausdrücke wie bei der British Rail fühle – »wären da nicht die Würstchenverkäufer und Brezelstände«. Bahnchef Rüdiger Grube versprach schließlich Abhilfe: Er verbannte zumindest einige Anglizismen aus dem Sprachgebrauch seines Unternehmens und ordnete an, dass Durchsagen während der Fahrt nicht mehr vor jedem Provinzbahnhof auch ins Englische zu übersetzen seien. Keine Chance mehr für »Go Bahn« also – eine Werbekampagne mit dem Slogan »Geh einfach, geh Bahn« wird es aber wohl trotzdem nie geben.

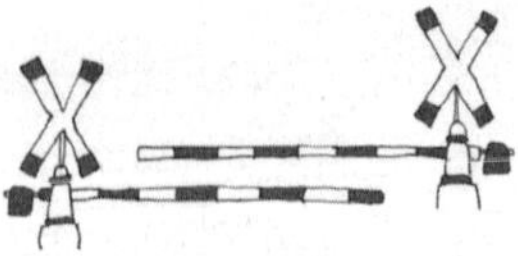

Einmal hatte ich auf einer Fahrt von Berlin nach Köln im ICE vor jedem Stopp das Vergnügen folgender Durchsage: »Ladies and gentlemen, we apologize for any conveniences.« (Auf Deutsch: Meine Damen und Herren, wir bitten, alle Annehmlichkeiten zu entschuldigen.) Vor dem Hintergrund so einiger in den Wochen davor in der Presse berichteten Pannen der Deutschen Bahn war diese Ansage von besonderem Witz. Wir

Reisenden grinsten uns schon vor jedem Bahnhof an, die Fahrt wurde erheblich kurzweiliger.

Heinz-Josef Vendel, Brühl

Kurz vor Köln gab es dann noch ein englisches Leckerli des sehr sympathischen Schaffners: »Leh än schännelmen, we häf nau fifi minut dielät, the S-Bahn to Aachen, Horrem, Düren not be rietscht, Taxi … Gutschein!«

Steffen Schmitz, Köln

In einem Intercity in der Nähe von Nürnberg. Zunächst kam die Ansage in der deutschen Fassung mit deutlich bajuwarischem Zungenschlag: »Wochenendtickets sind in diesem Zug nicht gültig.« Dann die beruhigende englische Übersetzung: »Ze weekend tickets in zis train are not … äh … guilty!« (Die Wochenendtickets sind nicht schuldig!)

Tim Romberg, Brüssel, Belgien

Irgendwo auf der Strecke zwischen Stuttgart und Berlin wurde durchgesagt: »Tu se dschäntelmän hu ordert se Bistro Baguette, your Bistro Baguette is räddi.« Großartig, der halbe Zug war aus dem Häuschen.

Joerg Hildenbrand, Berlin

Aus der Zeit, als es in den Ansagen noch »Thank you for traveling with Deutsche Bahn« hieß (statt »choosing«): Ich stieg in einen schon 60 Minuten verspäteten ICE ein. Der Zugbegleiter wiederholte unbeirrt nach jedem Bahnhof seine Ansagen. »Wegen Verzögerungen im Betriebsablauf …«, »Wir entschuldigen uns für die entstandene Verspätung ...«, »Ihre nächsten Anschlussmöglichkeiten Richtung München ...« Dann sagte er ebenso tapfer noch mal alles in klassischem Bahn-Englisch: »We apologize for the inconvenience ... thank you for traveling with Deutsche Bahn.«

Aber irgendwann, die Verspätung näherte sich inzwischen 120 Minuten und die Stimmung der Reisenden war am absoluten Nullpunkt, hielt der Zugbegleiter selbst nicht mehr durch. Seine Ansage klang immer gehetzter, genervter, müder. Er ließ Informationen aus, stolperte über die Wörter, und bei der letzten Ansage, die ich hörte, hieß es am Ende nur noch: »We apologize for traveling with Deutsche Bahn.« Entschuldigung angenommen: Der Spruch war die Wartezeit wert.

Leonie Olesch, Freiburg

BAHN-ABC:
Meine Fahrgäste

M

Teil der Begrüßungsfloskel des Lokführers, die durch ein eingeschobenes »sehr verehrten« zu verhindern sucht, dass den Passagieren klarwird, wie absurd dieser Besitzanspruch ist. Als unpassend wird empfunden, im Gegenzug das Personal mit »Mein sehr verehrter Schaffner«, »Meine liebe Zugbegleiterin« oder »Mein Lokführer« anzusprechen.

Auf einer Fahrt zwischen Hamburg und Bremen informierte die Zugchefin über Anschlussmöglichkeiten am Bremer Hauptbahnhof. Dabei nannte sie eine falsche Uhrzeit und korrigierte sich sogleich. Bei der anschließenden Durchsage in (wirklich gutem!) Englisch hielt sie sich hundertprozentig an das deutsche Original: Sie baute den gleichen Fehler auf Englisch ein, um sich dann wieder zu korrigieren.

Eike Dämmig, Tarp

Eine skurrile Bahndurchsage hörte ich auf der Fahrt mit einem Intercity von Hamburg nach Köln. Im Anschluss an einen Zwischenstopp wurde den Fahrgästen nicht nur in zweifelhafter Aussprache das Croissant-Frühstück im Bordrestaurant empfohlen, sondern sie erfuhren auch, dass beim letzten Halt der Mann mit der mobilen »Snake-Bar« zugestiegen sei. Na denn: Guten Appetit!

Jörn Bullwinkel, Hamburg

Eine Durchsage im ICE, die ich zu Fußballweltmeisterschaftszeiten 2006 in Göttingen erlebt habe: »Meine Damen und Herren, bitte beachten Sie: Wagen Nummer 1 bis 6 fahren weiter nach Hamburg, Wagen Nummer 7 bis 11 verbleiben in Göttingen.« Dann das Ganze auf Englisch: »Ladies and gentlemen, coaches number 1 to 6 go to Hamburg, coaches number 7 to 11 believe in Göttingen.«

Wolfgang Schenke, Speyer

Auf der Strecke zwischen Hannover und Wolfsburg kam es durch einen Zugausfall zu einer gehörigen Verspätung. Einen

Teil der Strecke legten wir mit Ersatzbussen und den Rest mit einem neu eingesetzten Intercity zurück. In diesem verteilte die Zugbegleiterin schon Fahrgastrechteformulare. Als ein ausländischer Reisender auf Englisch fragte, was das denn sei, kam die hilflose Antwort der Zugbegleiterin: »Ähm, Fahrgastrechte – this word I don't know.«

Nadine Steinhardt, Wolfsburg

Ich habe mal folgende Durchsage gehört: »Mein Name ist Koch. Ich begrüße Sie im ICE auf der Fahrt nach Frankfurt!« Die Durchsage auf Englisch begann er mit den Worten: »My name is Cook.«

Günter Veith, Weilrod

Durchsage in einem Zug der Deutschen Bahn irgendwo zwischen Holland und der Schweiz: »Meine Damen und Herren, bitte halten Sie die Gänge frei.« Okay, ein paar Fahrgäste entfernen ihr Gepäck von den Gängen. Dann versucht es der Zugführer auf Englisch: »Leidiiis änd tschentlmään, ääähm äääh, pliiis äh pliiis ääähm … kiiip the äääh GÄNGS ähhm FRY!« Ja natürlich, gerne halten wir die Banden fritiert.

Maria Wieland, Biel

Lustig war die Ansage eines Schaffners, als der Zug in den Bahnhof »Jena Paradies« einfuhr. Im englischen Teil seiner Durchsage wurde daraus »Dschiina Pärädeiß«. Klingt »Gina Paradise« nicht irgendwie nach einer Porno-Darstellerin?

Rüdiger Becker, Berlin

Auf der Fahrt von Wien nach Dresden: »Ladies and gentlemen, se high-water is se ground for our delay from forty minutes. Please be sorry for that.«

Domi Premauer, München

BAHN-ABC:
Nachtzug

N

Hervorragende Möglichkeit für Schüchterne, mit großer Sicherheit am nächsten Morgen unter oder über einem fremden Menschen aufzuwachen. Risiken und Nebenwirkungen der Reise im Zweierabteil: schnarchende oder übermäßig redselige Mitschläfer, labbrige Frühstücksbrötchen sowie schwere Fingerquetschungen beim Versuch, das obere Bett am Morgen ohne Hilfe des Schaffners zusammenzuklappen.

Englische Formulierungen geraten den Schaffnerinnen und Schaffnern ja manchmal etwas nuschelig oder verkürzt. Den prägnantesten Fall erlebten wir im ICE zwischen Frankfurt und Basel, wo der Ansager vor jedem Bahnhof sagte: »In e fju minitts wischelfitt Karlsruhe.« – »In e fju minitts wischelfitt Freiburg.« Erst nach einigem Rätseln wurde uns klar, dass es sich wohl um eine Kurzform von »we shall arrive at« handeln dürfte. Aber ganz sicher waren wir uns nicht.

Reinhard Wendler

Ich befand mich in einem Regionalzug von Luxemburg nach Trier. Vor der Einfahrt in den nächsten Bahnhof mit Halt machte das Zugpersonal die Durchsage jeweils erst in deutscher, dann in englischer Sprache. Als sich der Zug dem Grenzort Wasserbillig näherte, ertönte aus dem Lautsprecher die Durchsage: »Nächster Halt: Wasserbillig – next stop: Cheap Water.«

Monika Klein, Hamburg

Im ICE von München nach Berlin. Der Schaffner kontrollierte die Fahrscheine bei einer Familie hinter mir, die nur Englisch sprach. Der Vater sagte dem Schaffner, dass seine Frau die Fahrscheine habe, aber gerade im Speisewagen sei. Der Schaffner antwortete im besten sächsischen Englisch: »Okay, I guck leder«. Das klang wie »I cook later«. Ich war überrascht, wie weit die Personaleinsparungen bei der Bahn mittlerweile gehen, wenn der Schaffner jetzt auch noch kochen muss.

Andreas Ziska, Berlin

Im Sommer 2010: Der deutschen Durchsage folgte kurz vor Berlin Hauptbahnhof: »Shortly we will arrive in Böörlin Äitsch-bie-eff!«

Wilhelm F. Weidmann, Kassel

Ich saß in einem Zug vom Frankfurter Flughafen nach Köln, da war die Ansage zu hören:

»Meine Damen und Herren, wir erreichen in Kürze Köln Hauptbahnhof. Der Zug wird hier geteilt.« Dann auf Englisch:

»Ladies and gentlemen, we will now reach Cologne central station. The train will be broken here. Säng ju for träwelling wiss Deutsche Bahn!«

Daniel Bird, Köln

Durchsage im ICE von Hamburg nach Berlin: »Thank you for shooting Deutsche Bahn. Goodbye.«

Susanne Steindamm, Hamburg

Meine Lieblingsdurchsage ist diese hier: »Sorry for traveling with Deutsche Bahn!«

Tobias Utikal, Stuttgart

»Einen wunderschönen guten Tag, Sir!«, »Welcome to se Deutsche Bahn!« – so schallte es mir einmal in der Weihnachtszeit in einem ICE entgegen. Ein junger, schlanker Mann Mitte zwanzig mit kurzen blonden Haaren strahlte mich an, als ob es sein Hochzeitstag wäre. In seinem Enthusiasmus nutzte er jede Gelegenheit, sich am Mikrofon zu melden und den Fahrgästen mit starkem sächsischen Akzent etwas mitzuteilen. Ich hatte gehofft, noch ein wenig arbeiten und später ein Nickerchen halten zu können. Weder der einen noch der anderen Tätigkeit sollte ich schlussendlich nachkommen.

Der junge Mann unterbrach jede Ruhepause nach einigen Minuten, kündigte mehrfach das lecker mundende Schnitzel mit Bier und Nachtisch im Speisewagen sowie Snacks und weitere Getränke an. Bei jeder Ansprache wünschte er höflich einen guten Tag und verabschiedete sich stets überschwänglich, wodurch sich die Ansagen stark in die Länge zogen.

Kaum war er verstummt, kaum versuchte ich, die Augen zuzumachen, kam die nächste Information. Man war kurz gewillt, irgendetwas in Richtung des Lautsprechers zu werfen. Doch der konnte ja auch nichts dafür. Der Fahrgast-Entertainer hielt uns auf Trab, schon bald wurde jede neue Wortmeldung von der Mehrzahl der Mitfahrenden entweder mit einem breiten Grinsen oder einer verzweifelten Grimasse quittiert.

Nach etwa einer Stunde füllte sich der Zug zusehends, die Luft wurde stickiger. Der grauhaarige Angestellte eines Maschinenbauunternehmens mir gegenüber klappte entnervt den Laptop zu und versuchte, sich mit Kopfkissen und Ohrstöpseln den Störungen zu entziehen. Vor dem jungen Sachsen gab es jedoch kein Entrinnen. Der plauderte so fröhlich weiter, dass sich kein Fahrgast traute, ihn beherzt anzusprechen und zu bitten, es ein wenig ruhiger anzugehen.

Stotternd versuchte er sich nun auch auf Englisch, was dank des starken Akzents gründlich danebenging. Mir tat das besonders in den Ohren weh, da ich halber Brite bin – deshalb winkte ich ihn zu mir. Ich sagte ihm, dass er seine Aussprache optimieren könne. Zu meinem Erstaunen fühlte er sich keineswegs auf den Schlips getreten und kramte aus seiner Bahner-Jacke einen Notizblock hervor. Dann strahlte er mich erwartungsvoll an. Ich musste mich kurz sammeln, weil mir klarwurde, dass ich mich soeben in den Mittelpunkt des Geschehens katapultiert hatte und sämtliche Passagiere uns beobachteten.

Möglichst höflich versuchte ich dem Schaffner zu erklären, wie er sich ausdrücken könne. Gespannt beugte er sich hinab zu mir und kritzelte fleißig in seinem Block. Gespannte Stille herrschte im Waggon, es war fast schon gespenstisch. Endlich Ruhe. Halt, zu früh gefreut: Plötzlich sprang der junge Mann auf. Vor lauter Lerneifer hätte er fast seine Ansage vergessen. Bei der folgenden Ansprache nahm er zuallererst höflich Bezug auf meinen Hinweis. Ich sank tiefer in den Sitz vor Scham, zur Begeisterung einiger Mitfahrer, die mir auf die Schulter klopften. Die Aussprache wurde leider keinen Deut besser, sie sorgte für noch mehr Belustigung. Nach jeder Ansage kam er vorbei, um zu fragen, ob er sich denn verbessert habe. So viel Motivation bringe ich nicht mal an Weihnachten zur Großfamilie mit – meine Hochachtung. Man hatte dem Bahnbediensteten einen Platz neben mir eingeräumt, obwohl das Abteil völlig überfüllt war, damit wir unserem Englischunterricht nachkommen konnten. Die Freude war mittlerweile jedes Mal groß, wenn der junge Herr wieder strahlend um die Ecke schoss.

Bei mindestens zehn Durchsage-Versuchen musste ich ihm stets mit einem Kopfschütteln signalisieren, dass keine Besserung zu hören war. So ehrlich war ich nun doch und hoffte, ihn nicht zu kränken. Etwas geknickt schaute er schon drein, doch dann hatte er eine Idee: Ich solle doch die Ansagen mit ihm gemeinsam machen, schlug er zur großen Erheiterung meiner Abteilgenossen vor. Da musste ich jetzt wohl durch, nervös folgte ich dem Schaffner. Ich muss ausgesehen haben wie ein Esel im Regen. Über Passagiere und Taschenstapel steigend, arbeiteten wir uns zum Zugleiterabteil vor. Über das Mikrofon stellte er mich den Zuhörern vor. Ich sackte als Häufchen Elend in mich zusammen und wünschte mich ganz weit weg. Zögernd nahm ich dann doch das Mikrofon und übersetzte, was er gesagt hatte. Als ich mit gefühlt faustdicken Schweißperlen auf der Stirn zurück in mein Abteil kam, wurde ich mit begeisterten Ovationen empfangen.

Von da an wurde ich für jede Ansage abgeholt und klatschend begleitet. Ich bin mir ganz sicher, dass kein Passagier mehr an Arbeit oder Schlaf denken konnte. Auch meine Arbeitsmoral war dahin – dafür hatte ich den Fahrgästen wohl eine höchst unterhaltsame Fahrt und Weihnachtsgeschichte beschert.

Julian Certain, Hamburg

Verstehen Sie Bahnhof?

So fragen Sie im Ausland nach dem Weg zum Bahnhof:

Chinesisch: Huŏchē zhàn zài nălĭ?
Finnisch: Miten pääsen juna-asemalle?
Französisch: Comment est-ce que je fais pour aller à la gare?
Italienisch: Come si arriva alla stazione?
Polnisch: Jak się mogę dostać do stacji kolejowej?
Russisch: Как добраться до вокзала? (Kak dobratsja do woksala?)
Schwedisch: Var finns tågstationen?
Spanisch: ¿Dónde está la estación de trenes?
Tschechisch: Jak se dostanu na nádraží?
Hindi: Railway station kaha hain?

Sehr geehrte Reisende, eine erfreuliche Meldung: Der ICE nach Amsterdam konnte vor wenigen Minuten doch planmäßig abfahren!
ABFAHRT
ANKUNFT
H&B

Kapitel 8

Totaler Bahnsinn: **»Es befindet sich ein Lokführer auf den Gleisen!«**

Wolfsburg? War da was? Die niedersächsische Stadt hatte 2011 schlechte Karten bei der Deutschen Bahn: Innerhalb kurzer Zeit sausten dreimal ICE-Züge an ihrem Bahnhof vorbei, ohne zu halten. Sowohl die zum Aussteigen bereiten Passagiere im Zug als auch die wartenden auf dem Bahnsteig machten große Augen, ihre Reisepläne waren mit dem ausgefallenen Halt im Eimer. Während beim ersten Mal der Lokführer erst in Berlin-Spandau wieder auf die Bremse stieg, konnten die Fahrgäste bei den weiteren Pannen immerhin schon in Stendal aussteigen. Eine Regionalbahn in Gegenrichtung beziehungsweise ein Bus brachte sie von dort nach Wolfsburg zurück, mit einer Verspätung von bis zu eineinhalb Stunden.

Die scheinbare Vergesslichkeit der ICE-Fahrer amüsierte die Republik, die benachbarten Städte reagierten mit Häme, und in der links liegengelassenen Autostadt gab man sich verschnupft: »Wolfsburg ist Niedersachsens größte Industriestadt und mit Recht ICE-Halt«, protestierte Oberbürgermeister Rolf Schnellecke gegen die Vernachlässigung. Der VfL Wolfsburg versuchte es etwas humorvoller mit Lockmitteln und bot Lokführern Freikarten für ein Bundesliga-Heimspiel an.

Schließlich zeigte sich die Bahn angemessen geknickt – ein Vorstandsmitglied eilte persönlich ins Wolfsburger Rathaus und entschuldigte sich bei Stadt und Fahrgästen. Dabei war wohl nur der erste Lokführer, der im Juni Wolfsburg ignorierte, schusselig. Die anderen beiden ausgelassenen Halte sollen laut Bahnsprecher der Bürokratie zum Opfer gefallen sein: Jeder Zugführer habe einen elektronischen Fahrplan und dazu einen auf Papier, auf dem unter anderem Baustellen vermerkt seien. Beim Übertragen des Papierplanes in das elektronische System sei Wolfsburg schlichtweg vergessen worden. Eine »seltene Verkettung unglücklicher Umstände«, hieß es. Leider nicht selten genug – seitdem müssen sich alle ICE-Fahrer bei der Transportleitung rückversichern, falls der elektronische Fahrplan im Cockpit keinen Stopp ansagt.

Allerdings müssen die Wolfsburger es nicht persönlich nehmen, dass der ein oder andere ICE sie einfach ignoriert. Verpasste Halte kommen häufiger vor, als bekannt wird. Als zur gleichen Zeit Celle in Niedersachsen einfach ausgelassen wurde, musste ein Bahnsprecher zugeben: »Eindeutig ein Versehen des Lokführers.« Also doch etwas vergesslich, die Bahnmitarbeiter?

Von verpassten Bahnhöfen, schlafenden Lokführern und anderen skurrilen Vorkommnissen auf Zugreisen erzählen auch die folgenden Anekdoten.

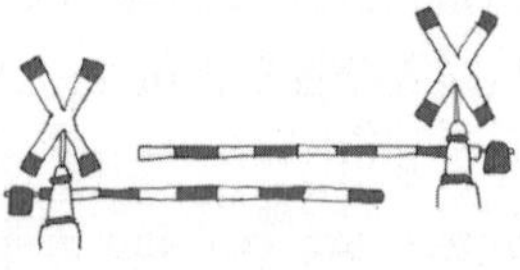

Im Autozug von Hamburg nach Verona morgens beim Frühstück. Im Abteil ertönt die Durchsage: »Kai-Uwe Hinrichs ... Kai-Uwe Hinrichs, Abteil zehn, Beeilung! Dein Ei wird kalt!«

Sonja Grunwald, Lübeck

Vor Abfahrt meines Regionalexpresszuges wurde uns eine filmreife Knutschszene des Lokführers mit seiner Zugbegleiterin präsentiert. Im Führerstand des Zuges näherten sich die beiden und vertieften sich in einen langen, langen Kuss. Sie wussten nicht, dass von vorne die Sonne hineinschien und die Reisenden wie bei einem Scherenschnitt diesen hinreißenden Vorgang beobachten konnten. Gehört das zum Unterhaltungsprogramm der Bahn?

Heiko Thaden, Nordenham

Wir fuhren von Bremen nach Hamburg, als unser Zug auf einmal auf offener Strecke anhielt. Ein Schaffner erklärte: »Sehr geehrte Reisende, wir mussten leider einen außerplanmäßigen Stopp einlegen, da der Zug ein Reh überfahren hat.« Die Fahrgäste machten Witze, dass der Schaffner als Nächstes das Wildgulasch »Hubertus« im Bordrestaurant empfehlen werde. Als der Zug dann weiterfuhr, dachten wir, dass das Rehproblem gelöst sei.

Kurz nach Hamburg-Harburg hielten wir jedoch erneut an. Eine Durchsage verkündete: »Das Reh, das sich bisher vor dem Zug befunden hat, hängt nun unter dem Zug. Da ein Bauteil abzureißen droht, müssen wir leider verlangsamt weiterfahren. Der Zug endet beim nächsten Halt: Hamburg Hauptbahnhof.« Wir waren fast die komplette Strecke mit einem Reh als Galionsfigur gefahren!

Fabian Lang und Friederike Höffmann, Hamburg

Bei einer Fahrt von Hamburg nach Fulda im ICE hörte ich die hübsche Ankündigung, soeben sei »unsere ofenfrische Brezelverkäuferin zugestiegen«. Das löste bei mir (allein unter lauter humorlosen Anzugträgern) schon einen Lachanfall aus. Die Erheiterung steigerte sich allerdings noch, als die besagte Verkäuferin dann erschien: Sie war ein paarmal zu oft im Solarium gewesen und sah für meinen Geschmack ein bisschen zu knusprig aus.

Antje Soleimanian, Hamburg

In einem ICE von Mannheim nach Hamburg kam es kurz hinter Dortmund zu einem Halt auf freier Strecke. Die Lautsprecherdurchsagen berichteten von einem Personenunfall und wurden danach immer häufiger und hektischer. Nein, die Weiterfahrt sei immer noch nicht möglich, die Staatsanwaltschaft ermittele noch, und so weiter. Schließlich krächzte der Lautsprecher, und nach der Begrüßung »Verehrte Fahrgäste« dudelte im Hintergrund plötzlich die äußerst passende Titelmelodie des Films »Spiel mir das Lied vom Tod«. Als ich den Schaffner später vorsichtig fragte, was denn diese musikalische Untermalung des Personenunfalls zu bedeuten habe, sagte er: »Es tut mir leid, aber das war mein Handy.«

Henning Weede, Hamburg

Auf einer Fahrt von Bremen nach Hamburg hielt der Intercity auf freier Strecke, und der Zugchef teilte uns mit (übrigens in schönster Hamburger Mundart): »Wir halten außerplanmäßig aufgrund eines Geisterfahrers. Den wollen wir doch erst einmal vorbeilassen, bevor wir unsere Fahrt fortsetzen.« Daran hatten wir nichts auszusetzen.

Eike D., Tarp

BAHN-ABC:
Oshiya

O

Japanischer U-Bahn-Mitarbeiter, dessen Aufgabe darin besteht, mit einigem Kraftaufwand Passagiere in überfüllte Waggons zu schieben. Früher lautete die verharmlosende offizielle Job-Bezeichnung »Ryokako Seiri Gakari« – »Passagier-Verteilungs-Mitarbeiter«. »Oshiya« ist dagegen deutlich treffender – das heißt auf Deutsch »Drücker«.

Nur knappe 200 Meter nach der Abfahrt aus dem Langenfelder Bahnhof im Rheinland hielt der altersschwache Zug der Linie S6 wieder an. Der Lokführer meldete sich: »Meine Damen und Herren, meine Dienstzeit ist weit überschritten, ich kann einfach nicht mehr! Ich mache jetzt Feierabend. Auf Wiedersehen!« Ich schaute verdutzt aus dem Fenster und sah den Lokführer in Richtung Straße davonlaufen. Da standen wir nun. Nach rund 20 Minuten hielt eine Rangierlok neben unserer Lokomotive, ein Lokführer kletterte herüber und begrüßte uns: »Guten Tag, meine Damen und Herren, ich bin der Ersatzlokführer, wir werden die Fahrt jetzt unverzüglich fortsetzen!«

Fabian, Langenfeld

Nach einem viel zu langen Arbeitstag saßen mein Kollege und ich endlich in der Regionalbahn von Achim nach Bremen. Er schaute nervös auf die Uhr: »Hoffentlich kommen wir pünktlich an. Sonst kann ich meinen Anschlusszug vergessen, und nachts fährt da nichts mehr.« Wir hatten Glück und erreichten pünktlich den Bremer Bahnhof – die Türen unseres Zuges blieben aber verriegelt! Draußen wurden die Gesichter der Wartenden zunehmend ratloser, drinnen zunehmend wütender. Nach über einer Viertelstunde gingen endlich die Türen auf.

Was war passiert? Der Lokführer hatte es eilig gehabt, in den Feierabend zu kommen, und war im Bahnhof aus der Lok gesprungen, ohne zuvor die Türen zu entriegeln. Die Ablösung traf erst nach 15 Minuten ein. Das hilflose Gestikulieren des Bahnpersonals brachte meinem Kollegen seinen Anschlusszug auch nicht mehr zurück.

Marco Jaß, Bremen

Der ICE nach Hannover blieb plötzlich auf offener Strecke stehen. Nach einigen Minuten meldete sich ein Zugbegleiter zu Wort: »Meine Damen und Herren, bitte entschuldigen Sie die Verzögerung. Es befindet sich eine unbefugte Person auf den Gleisen.« Die ersten Reisenden begannen, sich über den vermuteten Selbstmörder aufzuregen. Dann teilte der Zugbegleiter mit: »Die unbefugte Person auf den Gleisen ist unser Lokführer.« Wenige Minuten später ging es weiter.

Nina-Maria Haupt

Nachdem der ICE nach Frankfurt am Main bereits mehrere Minuten auf freier Strecke gestanden hatte, hörte ich diese Durchsage: »Sehr verehrte Fahrgäste, wir befinden uns hier in einem eingleisigen Streckenabschnitt und müssen den entgegenkommenden ICE vorbeilassen.« Glücklicherweise war es dann doch kein eingleisiger Streckenabschnitt, denn der entgegenkommende ICE konnte problemlos passieren.

Dieter Lau, Berlin

Ankündigung im Regionalexpress von Frankfurt nach Würzburg: »Meine Damen und Herren, um 20.31 Uhr erreichen wir Aschaffenburg auf Gleis 6. Sie haben unter anderem Anschluss an die Regionalbahn nach Mainz über Darmstadt. Dieser Zug wartet an Gleis 3 bis 20.30 Uhr auf Sie.«

Markus Rauch

Im Schienenersatzverkehr von Leer nach Hannover: Der Bus war ziemlich leer, und zwei Mädchen mit laut dudelnden Handys standen dicht an der hinteren Tür. Nach zehn Minuten wollte der Bus nach einem Stopp wieder losfahren, doch die Tür hinten schloss nicht. Die leicht genervte Durchsage des Fahrers: »Würden Sie bitte den Türbereich verlassen, die Tür schließt nicht, und wir stehen hier in der Kälte rum.« Die Mädels gingen kurz aus dem Türbereich raus und stellten sich nach Türschließung wieder rein. An der nächsten Haltestelle das gleiche Spiel. Der Busfahrer sagte verkrampft nett: »Die beiden Damen im Türbereich, bitte weg da, das ist verschwendete Zeit.« Die beiden gingen aus dem Bereich und wieder dorthin, die anderen Fahrgäste seufzten laut. Beim nächsten Stopp hatte der Busfahrer dann einen Wutausbruch: »So, ihr zwei Pussys mit Hirn- und Ohrenschaden, verpisst euch jetzt pronto aus dem Scheißtürbereich, oder ihr lauft den verschissenen Weg nach Hause!« Die Mädels liefen rot an und setzten sich. Die anderen Fahrgäste lachten und applaudierten.

Muhammet Yanik, Bremen

Auf einer Bahnreise in einem ICE von Ulm nach Dortmund ertönte folgende Ansage: »Wegen Überfüllung bitten wir alle Mitarbeiter der Deutschen Bahn, am nächsten Bahnhof auszusteigen.« Kurze Zeit später: »Die Zugbegleiter natürlich nicht!« Das Gelächter war groß. Wiederum eine Weile später – der Zug war immer noch überfüllt und viele Reisende standen – wurde dann Folgendes durchgesagt: »Sehr geehrte Fahrgäste, bitte halten Sie sich an den Gepäckablagen oder Sitzen fest, wir erreichen gleich eine Geschwindigkeit von 250 km/h.«

Joachim Abrolat, Köln

In der Nähe von Nürnberg blieb der ICE auf der Fahrt von Erfurt nach München stehen, kurz darauf die Durchsage: »Liebe Fahrgäste. Leider verspätet sich die Weiterfahrt um voraussichtlich 90 Minuten aufgrund eines Personenschadens. Unser Zug ist nicht betroffen – keine Angst, wir haben niemanden überfahren!« Eine Weile später dann: »Liebe Fahrgäste, bitte schauen Sie auf der linken Seite nicht aus dem Fenster. Man weiß ja nicht, was da noch so rumliegt.« Natürlich hat das die Leute noch neugieriger gemacht.

Eva Göttert

BAHN-ABC:
Petermännchen

P

Name eines Schweriner Schlossgeistes, der laut Überlieferung Eindringlinge mit Plagen und nächtlichem Poltern verschreckte. Außerdem Name des Städteexpress von Schwerin nach Berlin der Deutschen Reichsbahn, der 1991 eingestellt wurde – nachdem er so manchen Fahrgast mit Plagen und Poltern verschreckt hatte.

Es war vor etwa zehn Jahren auf der Strecke von München nach Frankfurt. Plötzlich öffnete sich die Abteiltür, und der Schaffner schaute herein: »Fliegt einer von Ihnen nach Hongkong?« Wir lachten. »Tja, es ist blöd«, gab der Schaffner zu, »aber ich habe einem Passagier nicht nur die Fahrkarte aus seinem Ticketheft gelöst, sondern auch sein Flugticket.« Er machte sich schnell weiter auf die Suche. Damals sah man ohne Flugticket am Flughafen noch recht alt aus.

S. Schneider, Manching

Ich stand im Bordbistro des ICE in Köln und wunderte mich, warum der Zug nicht losfuhr. Irgendwann kam die Durchsage: »Meine Damen und Herren, die Weiterfahrt verzögert sich noch um etliche Minuten. Wir haben gerade festgestellt, dass auf unseren Zug geschossen wurde.«

Steffen Schöll, Nürtingen

Auf der Fahrt von Kassel nach Frankfurt am Main bewies ein Zugführer Sinn für Galgenhumor. Seine Durchsage war: »Liebe Passagiere, wir benötigen dringend einen Arzt im Wagen 21.« Wenige Minuten später kam dann: »Liebe Passagiere, da leider kein Arzt in Wagen 21 eingetroffen ist, benötigen wir nun einen Bestatter.«

Lea Seelge, Halle

X In der Regionalbahn von Frankfurt nach Gießen: »Sehr geehrte Damen und Herren, im Namen der Deutschen Bahn möchte ich Sie herzlich begrüßen auf der Fahrt von Frankfurt nach …« »*Papa*, darf ich auch mal sprechen?« Ein kleines Mädchen plapperte voller Begeisterung ins Mikrofon. Der Zugführer daraufhin: »Nein, du bist jetzt still!« Das kleine Mädchen: »Aber *Papa* …« Damit war die Durchsage leider zu Ende.

Rebecca Schwing

X Unmittelbar nach Weihnachten erlebte ich eine bizarre Zugreise von Ravensburg nach Heidelberg. Vor Ulm hielt der Zug auf offener Strecke, weil ein Rind auf den Gleisen stand. Ich hätte gedacht, dass man langsam heranfahren und so das Rind zum Beiseitetreten bewegen könnte. Stattdessen wurde, wie man uns sagte, die Strecke in beiden Fahrtrichtungen komplett gesperrt und die Polizei gerufen. Wir warteten 40 Minuten, die Information war spärlich. Schließlich kam die Durchsage: Die Polizei hätte das Rind erschossen. Dabei sei es allerdings auf die Gleise gefallen, so dass die Strecke weiterhin (beziehungsweise überhaupt erst) unbefahrbar war.

Max B., Hamburg

Als ich von einem kleinen Bahnhof ohne Anzeigetafeln in Mecklenburg über Neubrandenburg nach Leipzig fahren wollte, stieg ich an einem frühen Donnerstagmorgen in einen Zug in die falsche Richtung. Der Zugbegleiter schlug vor, jetzt erst mal weiter mitzufahren, nach mehrmaligem Umsteigen käme ich dann irgendwann am Abend in Leipzig an. Das steigerte meine Verzweiflung eher, als sie zu dämpfen.

Doch dann hatte der Lokführer eine Idee: Aus der Gegenrichtung komme doch gleich ein Intercity nach Berlin. Der könne mich mitnehmen, wenn er anhalten dürfe. Das klang unglaublich. So etwas geht? Eigentlich nicht, nur wenn die Zentrale zustimmt und dann rechtzeitig den betreffenden Lokführer erreicht, ihn informiert und die Erlaubnis zum Anhalten und Entriegeln der Türen gibt. Und wenn im angesagten Zeitraum die Signale noch rechtzeitig umgestellt werden können und dieser Lokführer das alles mitmacht.

Die Zeit bis zur Begegnung der beiden Züge, die sonst nur aneinander vorbeifahren, war knapp. Erst in letzter Minute kam die Zustimmung durch die Zentrale. Ich sollte mich bereithalten zum Umsteigen an einem kleinen Haltepunkt. Dort brachte mich der Zugbegleiter schnell, aber sicher über die

Gleise zu dem anderen Zug an eine ganz bestimmte Tür, die entriegelt wurde. Er trug mein Gepäck, half mir hinein, und bei der Abfahrt winkten Lokführer, Zugbegleiter und die anderen Fahrgäste zum Abschied. Was für eine Szene! Meine Route führte nun nicht erst über Neubrandenburg, sondern gleich direkt nach Berlin. Früher als je geplant erreichte ich den Anschluss nach Leipzig – mit der Deutschen Bahn!

Petra Mewes, Leipzig

Während des Aufenthalts einer Regionalbahn an einem kleinen hessischen Bahnhof war plötzlich eine Zugpfeife zu hören. Kurz danach ratterte ein Güterzug am Fenster vorbei. Dann kam folgende Durchsage: »An den lebensmüden Mann, der gerade vom anderen Gleis zugestiegen ist. Sie haben gehört, der Güterzug hat Ihretwegen gepfiffen und gebremst. Wenn Sie sich umbringen wollen, dann gibt es dazu Pistolen, oder Sie können sich ertränken – aber tun Sie es nicht bei der Eisenbahn!«

Jan Giörtz

Ich stieg an einem Freitag in einen reichlich gefüllten Intercity. Dort fragte ich den Schaffner: »Entschuldigung, gibt es in diesem Zug auch Bahn-comfort-Plätze?« Darauf der Schaffner: »Nein, der Zug fährt nur freitags.« Zu dumm, dass mir das freitägliche Anti-Komfort-Gesetz bis dahin nicht geläufig war.

David Kiltz

In Hannover bestieg ich den hinteren Zugteil eines ICE gen Köln, der in Hamm getrennt werden sollte. Es war Sonntagabend und die Zugteile somit fast ausschließlich mit Pendlern besetzt. In Hamm kamen wir auch pünktlich an, doch dann ging es nicht weiter. Irgendwann fiel auch dem Bahnpersonal auf, dass unser Zugteil noch am Gleis stand, während das vordere längst seine Weiterreise angetreten hatte. Nach einer Weile meldete sich der Zugchef: »Leider muss ich Ihnen mitteilen, dass unser Lokführer im vorderen Zugteil sitzt und dort eingeschlafen ist. Er wird beim nächsten Halt den Zug verlassen und umgehend zu uns zurückkehren.« So standen wir also mit unserem führerlosen ICE eine gefühlte Ewigkeit am Gleis. Irgendwann setzte sich der Zug wieder in Bewegung, und wir nahmen Kurs auf Köln. Ob nun tatsächlich der zurückgekehrte Lokführer im Cockpit saß oder aber ein anderer aus dem Feierabend geholt worden war, erfuhren wir nicht.

Stephan Rauhut, Magdeburg

BAHN-ABC: Quakenbrück

Einer der neun Bahnhofsnamen in Deutschland, die mit »Q« anfangen. Die anderen heißen Quadrath-Ichendorf, Quedlinburg, Quelle, Quelle Kupferheide, Querfurt, Quierschied, Quint und Quittelsdorf.

Als ich einmal auf der Strecke Wiesbaden-Darmstadt mit dem Regionalexpress fuhr, tönte plötzlich leise durch die Lautsprecher: »So ein Scheiß, was die uns hier wieder für Loks zur

Verfügung stellen. Die Dinger sind doch schrottreif, und ich soll mit so was sicher fahren. Ich wundere mich, dass wir immer ankommen.« Der Lokführer hatte anscheinend das Mikro angelassen und sich mit dem Schaffner unterhalten. Die andere Stimme antwortete so etwas wie »Die Waggons sind auch nicht besser«. Alle, die im Zug saßen, haben sich danach angeguckt, und ich bin zum ersten Mal mit einem ziemlich mulmigen Gefühl Zug gefahren.

Ralf Schröder

Ein Intercity auf der Strecke von Wolfsburg nach Hannover musste aufgrund eines verunglückten Pferdes einen außerplanmäßigen Halt auf der Strecke einlegen. Auf die Frage, wie lange das denn nun dauern würde, sagte die Schaffnerin: »Das kann ich nicht sagen. Aber ein Personenunfall dauert mit Spurensicherung maximal drei Stunden – bei einem Pferd wird das wohl schneller gehen.« Ging es dann auch – zumindest etwas.

T. Hartmann, Wolfsburg

Auf der Fahrt von Erfurt nach Karlsruhe im IC 1956 kam der Zug auf offener Strecke zum Stehen. Kurz darauf gab es die erklärende Durchsage: »Meine Damen und Herren, bitte beachten Sie: Dieser außerplanmäßige Halt unseres Zuges ist planmäßig. Ich wiederhole: Der außerplanmäßige Halt ist planmäßig. Sie erreichen in Fulda alle Anschlusszüge.«

Marcus Hebel, Ettlingen

Ende der siebziger Jahre ließ der Nahverkehrszug von Bremen nach Oldenburg den Schaffner am Bremer Hauptbahnhof stehen und fuhr ab. Bis zum Bahnhof Bremen-Neustadt muss das auch der Lokführer gemerkt haben, denn dort wurde ein längerer Halt eingelegt – die Fahrgäste wurden allerdings nicht informiert. Der Schaffner wurde dann von einem grün-weißen VW-Käfer der Bahnpolizei mit Blaulicht und Martinshorn zum Bahnhof Neustadt gebracht. Er durfte dann mit hochrotem Kopf einen Spießrutenlauf durch die grinsenden Feierabendfahrgäste antreten.

Norbert Wehrkamp, Hanau

Durchsage im außerplanmäßig haltenden ICE von Berlin nach Köln: »Wegen einer Weichenstörung können wir die volle Geschwindigkeit nicht erreichen.«

Igor Merkulow

Im Eurocity von München nach Brixen in Italien: Auf dem Fahrkartenausdruck stand, dass ich den Sitz 16 in Wagen 258 reserviert hatte. Der Wagen 258 existierte tatsächlich, allerdings fing darin die Nummerierung der Sitze aus undurchschaubaren Gründen erst bei 24 an. Zwei weitere Fahrgäste hatten das gleiche Problem, auch ihre Sitznummern gab es nicht. Als wir dem Zugchef davon berichteten, war er ratlos: »Sie sehen hier einen dumm dreinblickenden Schaffner vor sich«, sagte er wörtlich. Dann hatte er jedoch einen Vorschlag zur Problemlösung, mit dem alle einverstanden waren: »Setzen Sie sich doch in die erste Klasse – was anderes fällt mir jetzt auch nicht ein.«

Michael Roth, Hamburg

An der S-Bahn-Haltestelle in Frankfurt-Niederrad: Als sie aussteigen wollten, bemerkten einige Passagiere, dass sich vor ihnen kein Bahnsteig befand, sondern Gleise. Der Lokführer entschuldigte sich mit den Worten: »Sorry, ich dachte, ich fahre einen Kurzzug.«

Philipp Wolf, Frankfurt am Main

Wir fuhren nachts mit einem Intercity Richtung Dortmund, als wir in Mülheim an der Ruhr anhielten. So dachten wir zumindest anfangs, da wir ganz langsam in den Bahnhof hineinrollten. Da diese Haltestelle sonst nie angefahren wird, war ich irritiert. Nach ein paar Minuten meldete eine Schaffnerin mit völlig gelangweilter und monotoner Stimme, dass man uns »versehentlich« abgekoppelt habe. Dann: »Ah, jetzt! Dem Lokführer ist es wohl endlich aufgefallen. Er hält an und fährt wohl gleich zurück, um uns einzusammeln.« Nach rund zehn Minuten gab es einen Ruck im Zug, wir wurden wieder angekoppelt und nahmen die Fahrt verspätet wieder auf.

Kristian Bacic, Neuss

Folgende Ansage des Fahrers habe ich in der Münchner U-Bahn erlebt, also auf orginal Bairisch: »Es goit sofort woiter, i muas moal eben telefoniern.« Die Fahrgäste schauten durchs Fenster und beobachteten, wie der Mann die Rolltreppe hochrannte, um im Obergeschoss das Handy benutzen zu können. Nach einem kurzen Halt ging es dann weiter.

Dino Maidel, Erfurt

Vor einigen Jahren war meine Ehefrau zu einer Mutter-Kind-Kur auf der Insel Fehmarn. Sie hatte unser Auto mit und brachte mich nach einem Wochenendbesuch wieder zum Bahnhof. Ich stieg in einen überhitzten, überfüllten Sonntagabendzug gen Lübeck. Schon nach kurzer Fahrzeit wurde mein Name ausgerufen, und ich wurde gebeten, mich beim Zugbegleiter zu melden. Der eröffnete mir, dass meine Frau mit zwei heulenden Kindern am Bahnhof von Burg stehe und nicht zu ihrer Kurpension zurückfahren könne. Ich hatte den einzigen Autoschlüssel in der Tasche! Meine einzige Möglichkeit war, bis Lübeck und von dort aus zurück nach Burg auf Fehmarn zu fahren – am nächsten Morgen um fünf Uhr!

Der Zugbegleiter ersann angesichts der Dramatik der Lage noch eine andere Lösung: Er verständigte sich mit seinem Kollegen im entgegenkommenden Zug. Der veranlasste, dass die beiden Züge nebeneinander auf freier Strecke anhielten. Der Autoschlüssel wurde durch das Fenster übergeben und so zurück nach Fehmarn gebracht. Meine Frau konnte nach nur einer knappen Stunde mit unseren Kindern in ihre Unterkunft fahren. Ich sagte dem Zugbegleiter, wie beeindruckt ich von seiner unkonventionellen Lösung sei und dass ich der Bahndirektion einen Brief schreiben würde, um mich zu bedanken. Daraufhin er: »Tun Sie das bitte nicht, sonst bin ich meinen Job los.« Seitdem habe ich einen anderen Blick auf das Vermögen und Unvermögen der Bahnbediensteten.

Uwe Wöckener, Hameln

Zahlen, bitte!

Länge aller Gleise der Deutschen Bahn 2011: **61.745 Kilometer.** Umfang der Erde am Äquator: **40.075 Kilometer**

Verspätung, bei der sich der Fahrer eines japanischen Shinkansen-Schnellzuges schriftlich erklären muss: **15 Sekunden**
Verspätung, die ein Zug der Deutschen Bahn mindestens haben muss, um in der konzerneigenen Verspätungsstatistik berücksichtigt zu werden: **360 Sekunden**

Gewicht des Metalls, das der Deutschen Bahn im Jahr 2010 durch Diebstähle abhandenkam: **2.211.011 Kilo**

Gewicht eines Gleisstückes mit eingebauter Uhr, das im Bahn-Shop für 79 Euro zu kaufen ist: **8 Kilo**

Verkaufte Brezeln in der Deutschen Bahn im Jahr 2011: mehr als **220.000**

Zahl der Koffer, die pro Jahr in der Bahn vergessen werden: etwa **230.000**

Anteil der Schwarzfahrer in Bussen und Bahnen (Schätzung des Verbandes Deutscher Verkehrsunternehmen): **3,5 Prozent**

Bei täglich **5,4 Millionen** Bahn-Fahrgästen in Deutschland (2011) wären das: **189.000**

Zahl der Bahncard-100-Besitzer im Jahr 2011: **39.000**

Zahl der Fahrten, die diese pro Jahr im Schnitt absolvieren: etwa **200**

Kosten für eine Sitzplatzreservierung pro Strecke: **4 Euro**
Kosten für ein Bier (0,3 Liter) im Bordrestaurant, wo häufig noch ein Sitzplatz frei ist: **3,30 Euro**

Hast Du die Fahrkarten?
Klar! Hab ich als allererstes eingepackt!
H&B

Kapitel 9

Weltreisen per Zug: **Erleuchtung im Indien-Express**

Eine Reise rund um den Globus kann heute eine Sache von wenigen Tagen statt von Wochen sein – das Flugzeug und vor allem die Billigflieger haben die Welt schrumpfen lassen. Hat der moderne Globetrotter erst Check-in und Sicherheitskontrollen am Flughafen überwunden, nimmt er in der Maschine Platz, schließt den Sitzgurt – und los geht es. Die Entfernung, die er im Flug zurücklegt, misst sich an der Zahl der Filme, die er geschaut hat, der Zahl der Mahlzeiten, die er auf seinem Klapptischchen balanciert hat, der Zahl der Tomatensäfte, die er getrunken hat. Und dann ist er da, am Ziel der Reise, kaum dass er in der Heimat abgehoben hat. Er tritt durch die Tür des Flughafens und kann schon in eine fremde Kultur eintauchen.

Doch nicht für jeden Weltenbummler ist dieses Instant-Erlebnis die richtige Reiseform – manche sind mit Vorsatz vor allem per Eisenbahn unterwegs. »Ich liebe die langsame Annäherung an mein Ziel und dass man die Veränderungen der Vegetation, der Menschen und des Klimas erfährt«, sagt Manfred Weis über seine Reisephilosophie. »Das ist Erdkunde, hautnah erlebt.« Der 50-jährige Bahnfan aus Karlsruhe hält seit 25 Jahren den Guinness-Rekord der längsten Interrail-Reise. 36.000 Kilometer innerhalb Europas legte er damals in vier

Wochen zurück, inzwischen hat er die halbe Welt auf Gleisen erkundet. So langsam, dass »die Seele mitkommt«, sagt er.

Auch Christoph Kessel aus Mainz nutzt am liebsten öffentliche Verkehrsmittel und hat mit Bus, Bahn und Schiffen innerhalb eines Jahres den Globus umrundet. »Fliegen hat mit dem eigentlichen Reisen nicht mehr viel zu tun«, sagt der 39-Jährige. Im Flugzeug werde man wie im Hollywood-Film von A nach B gebeamt, ohne etwas von den Ländern, die man überfliegt, mitzubekommen. »Beim Bahnfahren dagegen erlebt man bei der Ankunft keinen kulturellen Schock.«

Was Slow-Travellern wie Weis und Kessel wichtig ist: Wenn sie in China, Indien oder Pakistan, in Russland, Sudan oder Peru unterwegs sind, dann wollen sie dort die Menschen und ihre Kulturen kennenlernen. Sie wollen nicht nur in Bordmagazinen von Airlines oder in »Lonely Planet«-Reiseführern blättern, sondern ins Gespräch kommen, sich austauschen.

»Wir fahren nicht in andere Länder, um Gebäude und Monumente zu sehen, sondern Leute«, sagt auch der 30-jährige Björn Felber, der mit seiner Freundin Maria Seffar nach dem Studium zu einer Weltreise aufbrach. Im Zug – und vor allem in den günstigsten Klassen – könne man die Menschen in ihrem Alltag beobachten: »Man sieht, wie sie leben, mit ihren Familien umgehen«, sagt die 29-jährige Maria Seffar. Man teile sogar eine gewisse Intimität: »Manche essen ihr selbstgekochtes Essen, manche ziehen sich nachts einen Pyjama an, putzen sich die Zähne.«

Die beiden Biologen haben in den 16 Monaten ihrer Reise die Langsamkeit des Bahnfahrens für sich entdeckt und nutzten den Zug, wo es ging – von Russland und China bis Indien und Thailand. Maria Seffar mag die Annäherung an ihre Mitreisenden ohne Hektik: »Am Anfang kennt man sich nicht. Dann sitzt man lange nebeneinander und kommt langsam ins Gespräch«, erzählt sie. »Die Begegnung kann sich allmählich entwickeln, es gibt kein knappes Zeitlimit.«

Extrem viel Zeit hatten Seffar und Felber auf ihrer Fahrt von Moskau nach Irkutsk. »Mit der Transsibirischen Eisenbahn fährt man tagelang, die Sonne geht jeden Morgen auf der gleichen Seite auf«, erzählen die beiden. Stunde um Stunde ratterten sie gen Osten und lernten dabei ihre »Russka Mama« kennen, wie sie sie heute nennen.

Die 67-jährige Frau in ihrem Sechserabteil redete am ersten Tag auf Russisch auf sie ein. Keiner konnte die Sprache des anderen. Sie verständigten sich per auf Zettel gemalte Zeichnungen, zeigten sich Fotos. »Wir haben alles hundertmal wiederholt.« Und am zweiten Tag hat die Kommunikation mit Händen und Füßen plötzlich funktioniert, sie hatten ihre gemeinsame Sprache gefunden. Am Ende wussten die Deutschen, wo sie herkam, wohin sie wollte und wieso. Völkerverständigung auf Schienen – noch heute ist die kleine Abteilgemeinschaft in Kontakt.

Eine Party auf Schienen erlebte Christoph Kessel auf einer Fahrt, die ihn vom Pazifik bis zum Atlantik führte. In Kanada saß er auf seiner tagelangen Bahnfahrt von Vancouver bis Halifax im Via-Rail-Zug »Canadian« und vertrieb sich die Zeit im Barwagen. »Mit den Kanadiern kam ich schnell in Kontakt«, erzählt er, in dem Autofahrerland falle man schon auf, wenn man nur mit der Bahn unterwegs sein will. »Irgendjemand holte dann seine Gitarre raus, und schnell bekam das eine Lagerfeueratmosphäre«, erzählt er. »Der ganze Wagen sang ›Knockin' on Heaven's Door‹ mit, alle kannten den vollständigen Text.« Und da allein die Fahrt nach Toronto 83 Stunden dauerte, schlief Kessel erst, wenn er müde von der Party wurde.

Vor allem in Ländern, in denen die Bahn das Hauptverkehrsmittel für die ärmere Bevölkerung darstellt, ist die Neugierde der Einheimischen auf die Europäer und ihr Leben zu Hause groß. »Als Ausländer ist man oft eine Kuriosität, eine willkommene Ablenkung vom langweiligen Bahnfahren«, sagt Kessel, für den Indien mit seinem riesigen Streckennetz das Bahnfahrerland überhaupt ist. Phrasen wie »What's your name? What's your country? Are you married?« sind dort unausweichlich und auf Dauer ziemlich nervig. Häufig sind sie aber auch der Einstieg in ein intensives Gespräch. Unvergessen für Kessel ist eine Unterhaltung mitten in Indien, nachts um 2 Uhr auf einem Bahnsteig. »Den Ort weiß ich längst nicht mehr«, erzählt er, »aber dass der Mann begeistert über die deutsche Krankenversicherung sprach und das US-System verteufelte, das weiß ich noch.«

Manfred Weis, dem Interrail-Rekordhalter, brachte eine Bahnreise in den achtziger Jahren tiefe Einblicke in die afrikanische Politik. Auf der Fahrt von Kairo nach Khartum lernte er nach der Überfahrt über den Nasser-Stausee den sudanesischen Arzt Hassan kennen. Heftige Regengüsse hatten Gleise weggeschwemmt, die Weiterfahrt verzögerte sich, dann verbrachten sie 48 Stunden gemeinsam im Zug, Hassan erzählte von seiner Verwicklung in die südsudanesische Freiheitsbewegung, zeigte Weis dann seine Heimatstadt Khartum und sein

Zuhause. »Wäre ich mit dem Auto unterwegs gewesen«, sagt Weis, »hätte ich ihn nie getroffen.« Die beiden sahen sich in Deutschland wieder. Und Jahrzehnte später verfolgte Weis die Unabhängigkeitsfeier des Südsudans mit einem ganz anderen Verständnis.

Umgeben von einer fremden Kultur, herausgerissen aus dem Alltag, sind Reisende oft empfänglicher für Neues – was manchmal auch ihr Leben verändert. Der Informatiker Weis kam auf einer mehrmonatigen Bahnfahrt von Deutschland nach Hongkong mit einer holländischen Reiseveranstalterin ins Gespräch. Begeistert von ihren Ideen ließ er nach seiner Heimreise die IT zunächst ruhen und machte ein Reisebüro auf. Bei dem Biologen Björn Felder war es eine Begegnung in einem indischen Zug: Auf der Fahrt von Delhi nach Agra, in einem vollbesetzten Abteil, ergriff ein Mitte-50-jähriger, bis dahin schweigsamer Mitfahrer plötzlich seine Hände, drehte sie nach oben und sagte: »Ich bringe dir jetzt was über Indien bei.«

Umringt von rund 20 Leuten, forderte der schlanke Mann in Jeans Felber auf, sich den Kopf zu reiben und dann die Augen zu schließen. »Angst und Zweifel werden beseitigt. Verbinde dich mit der Quelle«, sagte er und meinte damit den höchsten Geist des Hinduismus. Der deutsche Tourist spürte einen Druck auf dem Kopf und Wärme »wie von einem Lichtstrahl«. Der Inder – der eine große Ruhe ausstrahlte, wie Felber erzählt – verabschiedete sich in der Taj-Mahal-Stadt Agra. Und Felber? War von dem spirituellen Erlebnis tief berührt. Seitdem meditiert der Naturwissenschaftler täglich.

So grandios und faszinierend die Landschaften sind, die vor

den Zugfenstern vorbeiziehen, so mühsam ist oft auch das Reisen in den Zügen Afrikas, Indiens und vieler Schwellenländer. Die Bürokratie ist überbordend, die Streckennetze sind marode, Züge und Technik stammen zum Teil noch aus Kolonialzeiten. Selbst an den bequemeren Waggon-Varianten wie Softseater und Foursleeper hat der Zahn der Zeit genagt.

Für Zugfahrer aus Überzeugung macht genau das den Reiz des Transportmittels aus – hilfreich sind außerdem ein paar Eigenschaften: »Man muss auch mal ein paar Stunden nur Landschaft angucken können, ohne sich zu langweilen«, sagt Maria Seffar, »und man darf nicht internetsüchtig sein. In Indien muss man die oft dreckigen und überfüllten Waggons ertragen können, und man darf keine Berührungsängste haben – oft quetschen sich so viele Leute wie nur möglich auf eine Bank, Armlehnen gibt es nicht.«

»Zeit und Geduld muss man mitbringen, wenn man mit öffentlichen Verkehrsmitteln um die Welt reist«, sagt Kessel. »Zeit ist viel wichtiger als Geld.« Und wenn man Zeit habe, dann habe man auch die Gelassenheit, Ungewissheiten wie verspätete oder ausfallende Züge auszuhalten – was einen zu Hause schon in die Krise treiben würde. Manfred Weis' Quintessenz aus Tausenden gefahrenen Schienenkilometern: »Nicht alles minutiös vorplanen.« Damit nehme man sich die Spontaneität, auf Begegnungen zu reagieren, auch mal Einladungen anzunehmen. »Man wird auf Bahnreisen immer etwas erleben, das ist sicher.« Das Wichtigste sei: den Moment zu genießen.

Einig sind sich die Vielfahrer, dass Bahnreisen langweilig werden, wenn die Züge zu modern sind. Was einen Fortschritt für die Einheimischen bedeutet und mehr Komfort für Touristen, ist oft öder für Reisende, die das Abenteuer und den Kontakt suchen. »In den Großraumabteilen mit ihren Flugzeugsitzen sind Begegnungen seltener geworden«, meint Weis. »Die Hightech-Züge an Chinas Ostküste waren im Vergleich unspektakulär«, sagt Maria Seffar.

Und Kessel konnte sich für ein Bahnerlebnis in Bolivien wenig begeistern: »Der Zug fuhr zum Salzsee Salar de Uyuni durch schöne Landschaften, doch in den klimatisierten Waggons wurde auf Video-Bildschirmen ›Men in Black‹ gezeigt.« Auch waren vor allem Touristen statt Einheimische in dem Luxuszug, dasselbe erlebte er in Peru auf der Strecke nach Machu Picchu. In Indonesien brachten immerhin die fliegenden Märkte Leben in moderne Züge, immer noch stürmten Händler an den Haltestellen die Waggons. Mit Snacks, rosa Kämmen und Toilettenpapier im Angebot.

In Mitteleuropa hat die Eisenbahn für den Ex-Interrailer Weis ihr Flair längst verloren. Nicht nur der Schwund der kleinen Abteile sei schuld und die Schnelligkeit der Verbindungen, auch seien die Zugpassagiere in ICE, IC und TGV kaum mehr ansprechbar: »Jeder hat irgendwas im Ohr, einen Laptop vor sich und ist mit sich beschäftigt.« Definitiv ein Verlust, meint der Vielfahrer. Das direkte Gespräch sei doch immer noch die beste Informationsquelle für Reisetipps, und nicht das Internet auf dem Smartphone.

Viel kommunikativer geht es nach Ansicht der Weltenbummler im Osten Europas zu. In Rumänien, Bulgarien und der Slowakei kann man das Abenteuer Bahnfahrt noch erleben. Das Bahnsystem sei noch nicht modernisiert, und man komme leichter ins Gespräch – ein Genuss für Bahnnostalgiker.

Bahnen mit Namen

Die Essbahnen:

Train du Chocolat (Montreux – Broc, Schweiz)
Train Fondue (Montreux – Bulle, Schweiz)
The Fish (Sydney – Lithgow, Australien)
The Chips (Sydney – Mount Victoria, Australien)
Kashtan (russisch für »Kastanie«; Kiew – Berlin)
Peach Queen (»Pfirsichkönigin«; New York – Atlanta, USA)

Die Schnellen:

Aurora Borealis Express (Helsinki – Rovaniemi, Finnland)
Heidi Express (Tirano – Chur, Schweiz)
Lunatic Express (»Verrückten-Express«; Mombasa – Kisumu, Kenia)
Polar Bear Express (Cochrane – Moosonee, Kanada)
Santa Claus Express (Helsinki – Rovaniemi, Finnland)
Tequila Express (Guadalajara – Amatitán, Mexiko)

Die Romantiker:

Blauer Enzian (Hamburg-Altona – Klagenfurt, Deutschland/Österreich)
Cavalier (Toronto – Montreal, Kanada)
Muthu Kumari (»Prinzessin der Perlen«; Colombo – Puttalam, Sri Lanka)
Rose of Donbas (Donetsk – Moskau, Russland)
Starlight (Los Angeles – San Francisco, USA)
Wiener Walzer (Budapest – Prag, Ungarn/Tschechien)

Die Prominenten:

Casanova (Venedig – Ljubljana, Italien/Slowenien)
Hans Albers (Wien – Hamburg, Österreich/Deutschland)
Hamlet (Hamburg – Kopenhagen, Deutschland/Dänemark)
Picasso (Bilbao – Málaga, Spanien)
Robin Hood (Nottingham – London St. Pancras, England)

Die Fliegenden:

Flamingo (Cincinnati – Jacksonville, USA)
Kranich (Flensburg – Köln, Deutschland)
Pelican (Washington D.C. – New Orleans, USA)
Red Dragon (London Paddington – Carmarthen, England)
Seeadler (Kiel – Köln, Deutschland)

Wie können Sie bei der Hitze Frikadellen essen?
Die werden sonst schlecht.
H&B

Kapitel 10

Widriges Wetter: »Aufgrund schlüpfriger Gleise konnten wir nicht halten«

»Alle reden vom Wetter. Wir nicht.« So warb die Deutsche Bahn in den sechziger Jahren. »Die größten Feinde der Bahn? Frühling, Sommer, Herbst und Winter«, so ätzte die Twitter-Gemeinde rund 50 Jahre später. Vielleicht hatte der Slogan der Bahn einst einen gewissen Wahrheitsgehalt, doch 2010 ging bei Schnee, Eis und hohen Temperaturen einiges schief. Das legendäre Hitze- beziehungsweise Winterchaos auf deutschen Schienen bescherte den Passagieren ein klimatisches Wechselbad und jede Menge Verspätungen, dem Unternehmen einen Einbruch bei Gewinn und Image.

Erst drehten die Klimaanlagen durch: Bei sommerlichen 39 Grad machte die empfindliche Technik in einigen der modernen ICE schlapp und heizte den Zuginsassen mit bis zu 60 Grad Celsius Abteiltemperatur ordentlich ein – viele klagten über Atemnot, andere erlitten einen Panikanfall oder Kreislaufkollaps. Dabei mussten die Passagiere Durchsagen wie »Wir haben außerplanmäßig zum Abkühlen der Klimaanlage gehalten« oder »Ist ein Arzt an Bord?« anhören, ihre Züge hatten wegen »Überhitzung der Lok« Verspätung. Die Schaffner – selbst längst durchgeschwitzt und der Beschwerden müde – ließen sich kaum mehr sehen, ihre Kunden fühlten sich einmal mehr alleingelassen. Und dann versagten wenige Monate später bei winterlichen Tiefs wie »Petra« Weichenheizungen, Oberleitungen und andere technische Anlagen, über die die Bahn irgendwann wohl selber keine Übersicht mehr hatte. Sogar Türen ließen sich wegen Eis nicht mehr schließen. Auch hier kam es zu Kreislaufbeschwerden bei Passagieren, diesmal wegen der Wartezeit auf übervollen kalten Bahnsteigen ohne Züge. Oder wegen stundenlanger Aufenthalte in liegen gebliebenen Regionalbahnen. Einen rekordverdächtigen Tiefstand an Pünktlichkeit erreichte die Bahn dann im Weihnachtsverkehr: Wegen Eis und Schnee kamen am 26. Dezember 2010 lediglich 20,5 Prozent der ICE und IC pünktlich – was wohl so manche Feier platzen ließ. Seitdem geht es wieder aufwärts mit der Bahn: Alarmiert von dem Chaos mitten in der bundesrepublikanischen Ordentlichkeit und der Wut der Kunden machte der Bahnchef 70 Millionen Euro zusätzlich locker und den Gleis-, Zug- und Weichenpflegern ordentlich Dampf. Schon ein Jahr später konnte die Bahn mit enormen Pünktlichkeitszuwächsen glänzen. Kein Wunder bei dem Vergleichsmaterial. Doch die Bahn und das Wetter, diese beiden werden niemals Freunde werden, wie die folgenden Erlebnisse zeigen.

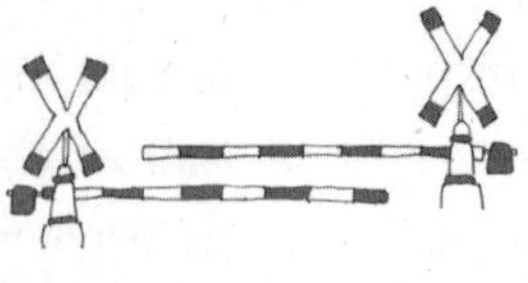

In einem ICE von Stuttgart nach Berlin, mitten im Winter, draußen starker Schneefall. Bei der Ansage hat der Zugführer hörbar Pressatmung, er wirkt aufgeregt: »Meine Damen und Herren, ich habe leider schlechte Nachrichten für Sie. Dieser Zug wird ungeplant in Frankfurt am Main Hauptbahnhof verenden!« Danach hatte man das Gefühl, die letzten Zuckungen des auf den Schnee offensichtlich nicht vorbereiteten ICE förmlich mitzuerleben.

Gernot Pflüger, Offenbach

In einem verspäteten Regionalexpress schallte irgendwo zwischen Berlin und Magdeburg folgende Durchsage des Lokführers durch den Zug: »Zugbegleiter! Bitte mal meinen Hammer nach vorne bringen. Ick muss hier die vereisten Scheiben freikloppen.« Und später, als sich im nächsten Bahnhof die Weiterfahrt wegen einer Türstörung verzögerte: »Soll ick den Hammer bringen?«

Sebastian Dolp, Berlin

Im Winter hörten wir einmal im Regionalexpress von Bremen nach Oldenburg folgende Durchsage: »Dieser Zug kann wegen Personalmangels nicht losfahren!« Es war klar, dass das Personal lediglich nicht rechtzeitig da sein konnte. Trotzdem klang das komisch.

Birgit Thomas, Bremen

Im ICE von Berlin in Richtung Köln, nach dreistündiger Verspätung aufgrund von Schnee und einer Umleitung wegen eines Personenunfalls: »Reisende, für die sich der Sinn der

Reise erledigt hat, fahren bis Münster. Dort erhalten Sie Anschluss an einen Zug zurück nach Berlin.«

Jörg Potthast, Berlin

BAHN-ABC:
Reiseplan, Ihr

R

Rotgrauweiße Billigpapier-Broschüre, die in heimeligeren Zeiten noch »Ihr Zug-Begleiter« hieß, bevor die Bahn auf die Idee kam, ihre Schaffner in »Zugbegleiter« umzubenennen, und daraufhin wegen der Verwechslungsgefahr das Faltblatt umtaufen musste. Leistet unschätzbare Dienste bei der Errechnung der momentanen Verspätung, mathematikbegeisterte Vielfahrer schwören auf folgende Formel: Abfahrtszeit des letzten angegebenen Anschlusszuges + eine Minute = voraussichtliche eigene Ankunftszeit.

Aufgrund einer Oberleitungsstörung fielen in Düsseldorf im Winter einmal alle Züge aus. Nach einigen Stunden voller Unsicherheit und Ratlosigkeit fuhr tatsächlich ein Zug ein – angetrieben durch eine Dampflok. Diese antiquierte Form des Bahnreisens erwies sich als zuverlässig, und wir konnten die Reise fortsetzen.

Sabine Lauderbach

Folgende norddeutsch-brummige Durchsage im Regionalexpress zwischen Hamburg und Flensburg war bis vor einigen Jahren in der kalten Jahreszeit immer für einen Lacher gut: »Sehr geehrte Damen und Herren, hier spricht Ihr Getränkeservice. Unser Angebot heute: Cola, Sprite, Fanta, Bier, Spirituosen, Mineralwasser, außerdem belegte Brötchen und verschiedene Snacks wie Twix, Snickers. Gern bereite ich Ihnen auch eine Tote Tante!« Als »Tote Tante« bezeichnet man in Norddeutschland einen heißen Kakao mit Rum und Sahnehaube.

Jan O., Hamburg

Die komischste Bahndurchsage, die ich je gehört habe, war folgende: »Sehr geehrte Fahrgäste, wie Sie bemerkt haben, konnten wir aufgrund von schlüpfrigen Gleisen nicht in Geilenkirchen halten. Wir versuchen jetzt mal, im nächsten Bahnhof zu stoppen. Fahrgäste, die eben rauswollten, nehmen bitte den Zug in die Rückrichtung!«

Max B.

Im Winter wurde uns in einem Zug per Durchsage mitgeteilt, dass wir leider auf offener Strecke aussteigen müssten: »Aufgrund toilettenbedingter Probleme muss der Triebwagen gewechselt werden. Leider können wir nicht zum Bahnhof zurückfahren, weil die Weichenenteisung sich festgefahren hat und vor uns irgendein ICE in einer Schneewehe steht. Vorsicht, dass Sie nicht in den Schnee fallen, wir stehen etwas ungünstig. Danke für Ihr Verständnis.« Wir standen im Nirgendwo und mussten im Schneegestöber über ein Feld zurücklaufen. Es waren nur etwa 500 Meter, aber bei Minusgraden und eisigem Wind war das nicht gerade angenehm. Am Bahnhof selbst gab es keinen Aufenthaltsraum, sondern nur eine Art Bushäuschen. Es zog wie verrückt, kein Bahnmitarbeiter war zu sehen. Erst nach circa zwei Stunden kam dann ein Zug und nahm uns mit zu unserem Reiseziel Leipzig.

Stefanie Große, Leipzig

Am ersten Schneetag des Jahres fuhr ich mit der Regionalbahn von Wolfsburg nach Braunschweig. Kurz bevor wir unser Ziel erreichten, kam folgende Ansage: »Meine sehr verehrten Fahrgäste, in Kürze erreichen wir … Nein, halt – ich fange anders an. Aus aktuellem Anlass, wegen dem Schneetreiben draußen: Wer mit seinen Schneeschuhen zu Hause in sein Bett steigen möchte, der kann dies gerne tun. Wenn er aber hier im Zug seine Schuhe auf die Polster legt, dann ist das nicht so schön. So, und jetzt noch mal von vorne: Meine sehr verehrten Fahrgäste, in Kürze erreichen wir Braunschweig Hauptbahnhof!«

Daniel Szypura, Wolfsburg

Der Fugger-Express auf der vielbefahrenen Strecke Augsburg–München ist häufig überfüllt. Einmal ging es im Winter in Mering St. Afra nicht weiter, weil sich die Türen aufgrund der Menschenmassen an den Eingängen nicht schließen ließen. Niemand wollte bei minus zehn Grad noch länger am Bahnsteig warten. Zugbegleiter waren nicht auffindbar, vielleicht hatten sie auch gar keine Möglichkeit, nach draußen zu gelangen. Der völlig überforderte Lokführer schrie nur noch, dass man zurücktreten solle. Als die auf dem Bahnsteig Zurückgebliebenen ihn jedoch weiter bedrängten, reichte er schließlich ein Mikrofon aus dem Lokfenster. Einer der Reisenden bat per Durchsage, dass die anderen zusammenrücken sollten. Kurz danach konnten alle die Reise fortsetzen. Es war sehr beengt, aber immerhin warm.

Sabine Henke, Königsbrunn

Ich habe mal die Hotline der Deutschen Bahn angerufen, um Informationen zu einer Bahnverbindung zu erhalten. Natürlich hatte ich gehofft, schnell einen Sachbearbeiter ans Telefon zu bekommen. Stattdessen sagte eine Stimme vom Band: »Aufgrund des Schneechaos sind zurzeit alle Leitungen belegt. Bitte versuchen Sie es noch einmal zu einem späteren Zeitpunkt.« Ein bisschen gewundert hat mich das schon: Es war der 14. April 2011, und die aktuelle Temperatur betrug 20 Grad Celsius!

Dirk Wewerink, Dülmen

Auf der Fahrt von Leipzig nach Frankfurt in einem Intercity im sehr kalten vorweihnachtlichen Dezember 2009: Die Toiletten waren defekt bis auf eine am vorderen Ende des Zuges, die Wagen der ersten Klasse befanden sich am hinteren Ende. Als ich in Frankfurt Süd aussteigen wollte, gab es gerade Ärger vor der funktionierenden Toilette. Eine ältere Dame in der Warteschlange sprach den vorbeilaufenden Zugbegleiter an und bestand darauf, dass sie als Erste-Klasse-Passagierin ein Recht darauf hätte, ohne Warterei die Toilette zu benutzen. Der Schaffner verwies darauf, dass aufgrund der Witterung mit minus 15 Grad Außentemperatur die Toiletten zugefroren seien. Er fragte die Dame, wo sie denn aussteigen wolle. »In Frankfurt Süd.« Darauf sagte der Schaffner nur ganz trocken: »Dann sehen Sie mal zu, dass Sie schnell nach hinten in die erste Klasse kommen und Ihr Gepäck einsammeln, wir halten nämlich gerade in Frankfurt Süd.« Da die Dame ob ihrer erregten Art wenig Sympathien bei den übrigen Fahrgästen hatte, gab das natürlich ein lautes Gelächter. Ich habe keine Ahnung, ob sie es noch geschafft hat.

Thomas Goldammer, Leipzig

BAHN-ABC:
Störung/Verzögerung im Betriebsablauf

S

Häufig genannter Verspätungsgrund, der sich durch das Fehlen jeglichen Informationsgehaltes auszeichnet. Nach der gleichen Logik funktionieren folgende Sätze: »Grund für meinen Durst ist ein Mangel an Flüssigkeit.« »Der Staubsauger ist kaputt, weil es zu einem Schaden am Gerät gekommen ist.« »Das Wetter ist schlecht, weil das Wetter nicht gut ist.«

Im Januar 2011 gegen Abend im Dunkeln bei Schneechaos im Fernverkehr. Im Zug von Hannover nach Braunschweig saßen wir in einem dieser grünen alten Waggons, es war ziemlich kalt. Bei der Abfahrt ging in unserem Abteil auch noch das

Licht aus. Zehn Minuten später kam der Schaffner und sagte erstaunt und belustigt: »Das ist der neue Service für müde Kunden: extra Schlafbeleuchtung. Keine Angst, ich kontrolliere jetzt nicht Ihre Tickets mit der Taschenlampe.« So sorgte er für gute Laune bei den Fahrgästen. Hinter dem Bahnhof Vechelde ging plötzlich das Licht wieder an.

Dagmar Stein, Braunschweig

In einem Zug ging die Klimaanlage nicht. Es war heiß, die Waggons waren überfüllt. Als die Zugbegleiterin kam, fragte ich: »Können Sie bitte ein Fenster aufmachen?« Ihre Antwort: »Wir haben keinen Schlüssel für die Fenster, aber Sie können ja die Tür aufmachen!«

Stefanie Große, Leipzig

Es war zu einer der Chaoszeiten im Winter am Hamburger Hauptbahnhof. Statt des planmäßigen ICE kam zur täglichen Stoßzeit ein Ersatz-Intercity, der nur die Hälfte der Wagen aufwies. Selbstverständlich waren dadurch alle Reservierungen für die Katz. Die Menschen standen dicht gedrängt wie die Sardinen in den Gängen. Erste oder zweite Klasse war egal, wer saß, war glücklich und übte sich in Demut. Bevor sich das Gefährt in Bewegung setzte, gab es eine Durchsage des Lokführers: »Sehr geehrte Damen und Herren, ich habe mich breitschlagen lassen, diesen sogenannten Zug heute zu fahren. Suchen Sie sich irgendwo einen Platz und haben Sie Nachsicht mit meinen Kollegen vom Zugpersonal. Vielen Dank!«

Fred Werner, Weyhe-Lahausen

Survival-Kit für die Schienensauna

Defekte Klimaanlagen sorgen immer wieder für Ärger bei den Passagieren. Hier finden Sie zehn ultimative Hilfsmittel für eine beschwerdefreie Höllenhitzefahrt mit der Bahn.

Saunatuch (10 Euro): Zum Unterlegen. Taugt bei Klo- oder Speisewagen-Ausflügen auch als Schwitzplatzreservierung.

UV-Wasserentkeimer (circa 150 Euro): Sie haben nicht daran gedacht, Wasservorräte mitzunehmen, die auch für einen Sahara-Tagesausflug reichen würden? Dann hilft so ein kleines Gerät aus dem Outdoor-Fachgeschäft – nach 60 Sekunden Entkeimung können Sie sogar das Wasser aus dem Zugklo-Waschbecken trinken.

Handventilator (circa 7 Euro): Ganz großartig für Bahnfahrten sind Modelle mit LED-Textfunktion, bei denen wie durch Magie kurze Botschaften über den rotierenden Blättern erscheinen. Sie können damit wunderbar kurze Nachrichten an den Schaffner (»Will hier raus!«), Flüche (»Grube raus!«) oder Bedürfnisse (»Muss aufs Klo!«) kommunizieren – oder einfach nur um »Hilfe!« rufen.

Schwitzende Smartphone-Besitzer können sich selbst im Zug noch die **Blower-App (0,99 Euro)** herunterladen. Damit verwandelt sich der Handy-Lautsprecher in ein Gebläse, das immerhin stark genug ist, um eine Kerze auszupusten. Vor dem Hitzschlag wird das zwar niemanden retten, dafür macht es lustige Geräusche.

Ein nettes Wort für den Schaffner (0 Euro): »Ganz toll,

wie Sie hier trotz dieser Affenhitze so souverän Ihren Job machen!« ist schon nicht schlecht. Auch ein »Der Herr Grube könnte ruhig mal ein paar luftigere Uniformen rausrücken, was?« schafft ein angenehmes Gesprächsklima. Solche Herzlichkeit ist der Bahnangestellte an einem Hitzehorrortag nicht gewohnt – fragen Sie danach ganz freundlich, ob wohl in der ersten Klasse (mit funktionierender Klimaanlage) noch was frei ist.

Dose Raumspray (4 Euro): Sorgt dafür, dass es nicht mehr nach den Ausdünstungen der Fahrgäste, sondern nach Erdbeerjoghurt oder provençalischem Lavendelfeld riecht. Ab einer gewissen Dosis äußerst wirksam zum Verjagen aller anderen Passagiere aus dem überfüllten Abteil – die Freude darüber dürfte jedoch mangels Belüftungsmöglichkeiten nur von kurzer Dauer sein.

American-Football-Schulterpolster, Helm, Boxhandschuhe (circa 150 Euro): Sobald es wegen Hitze freie Getränke im Bordbistro gibt, kann ein Fahrgast besonders wirkungsvoll seinen Wunsch untermauern, einer der Ersten an der Theke zu sein. Auch beim Einsteigen in überfüllte Züge von Nutzen.

Acht-Kilogramm-Vorschlaghammer (30 Euro): Damit kriegt man sogar ein ICE-Fenster auf. Kann auch anstatt der Boxhandschuhe (siehe oben) auf dem Weg zum Bistro gute Dienste leisten.

Gesamtinvestition: etwa 350 Euro – eigentlich ein Schnäppchen, da Sie so Ihr Überleben sichern. Genauso viel zahlen zwei Personen für eine Zugreise von Hamburg nach Köln und zurück ohne Bahncard.

EC 378 ENTFÄLLT AUS
TSCHECHISCHEN GRÜNDEN
H&B

Kapitel 11

Unterwegs im Ausland: »Das Rauchen von Medikamenten aus Venlo ist nicht gestattet!«

Wer in Norwegen in den Expresszug vom Osloer Flughafen in die Innenstadt steigt, findet vor sich ein laminiertes Din-A4-Blatt mit Sicherheitshinweisen. Durch Österreich können Passagiere im »Railjet« düsen, dessen Klassen »First« und »Economy« heißen. Ihre Sitzplätze reservieren sie online mit Hilfe einer detaillierten graphischen Darstellung der Kabinen. Beim neuen italienischen Hochgeschwindigkeitszug »Italo« dürfen Käufer der teureren Tickets am Bahnhof in speziellen First-Class-Lounges Platz nehmen. Es ist nicht zu übersehen: Wer im Ausland mit Zügen unterwegs ist, erlebt eine eindeutige Flugzeugisierung der Bahn. Denn eigentlich waren Bahner heimlich immer neidisch auf das Tempo im Luftverkehr. Nun versuchen sie, von der flotten Konkurrenz abzugucken, wie zeitgemäßes Reisen geht. Ob Bahn-Passagieren demnächst auch winzige Fenster und Minisitzabstände, Gepäckaufgabe und Sicherheitskontrollen drohen? Dann schon lieber Züge, die selbst in die Luft gehen: Ein Forscherteam der Tohoku-Universität in Japan hat einen Prototypen entwickelt, der in einer U-förmigen Betontrasse zehn Zentimeter über dem Boden schwebt und Geschwindigkeiten von bis zu 500 km/h erreichen soll. Dieser Aero-Train sieht mit seiner Flügelkonstruktion einem Düsenjet sehr ähnlich und soll bis 2020 serienreif sein – ein weiterer Grund, mal wieder im Ausland in einen Zug zu steigen. Denn dort erlebt man manchmal die herrlichsten Dinge, wie die folgenden Anekdoten belegen.

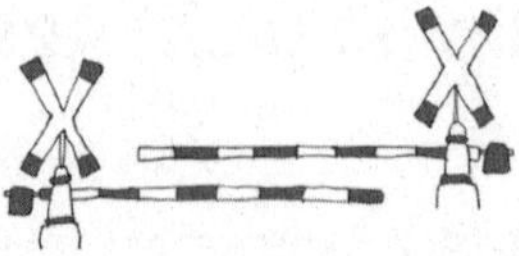

Vor mehreren Jahren im Eurocity von Köln nach Amsterdam: Der niederländische Zugführer musste alle Ansagen auch auf Englisch und Deutsch machen. Die deutsche Sprache kostete ihn dabei sehr viel Mühe. Nachdem er auf Niederländisch und Englisch mitgeteilt hatte, dass der Speisewagen wegen eines Stromausfalls außer Betrieb sei, wandte er sich folgendermaßen an die deutschsprachigen Fahrgäste: »Sehr geehrte Damen und Herren, ich muss Ihnen leider eine ernste Mitteilung machen. Im Speisewagen gab es einen schweren Unfall, aber keine Sorge, wir werden durchkommen … [lange Pause, irritierte bis entsetzte Gesichter bei allen anwesenden Deutschen] … mit der mobilen Minibar, wo du dich Getränke und Snacks kaufen kannst!«

Carsten Bauer, Kleve

Ich war in Zürich in den ICE nach Hamburg eingestiegen, der dann auch mit etwa fünf Minuten Verspätung im Schneckentempo losfuhr. Nach einem kurzen außerplanmäßigen Halt an der nächsten S-Bahn-Station kam die Durchsage: »Befindet sich zufällig ein Lokführer an Bord?«, was einige Fahrgäste mit einem nervösen Lachen quittierten. Wir kamen dann mit etwa 15 Minuten Verspätung in Basel an. Dort schien dann ein Lokführer zugestiegen zu sein, da es von dort ohne weitere Verzögerung weiterging!

Stephan Huxol, Dübendorf, Schweiz

In einer Regionalbahn von Mönchengladbach nach Münster hörte ich folgende Durchsage: »Sehr geehrte Fahrgäste, das Rauchen von rezeptfrei mitgebrachten Medikamenten aus Venlo ist in diesem Zug *nicht* gestattet!«

Robert Schneiders, Aachen

Auf einer längeren USA-Reise war ich sehr viel mit Amtrak unterwegs, der nationalen Eisenbahngesellschaft. Als Schweizer bin ich es gewohnt, mit dem Zug zu reisen, doch in Amerika ist man in einer völlig anderen Bahnwelt. Einer Welt allerdings, in der es mit viel mehr Humor zur Sache geht als in Europa und in der die Toleranz der Fahrgäste, gerade was Verspätungen betrifft, ungemein groß ist. Hier ein paar Beispiele für amüsante Durchsagen auf verschiedenen Bahnreisen:

»Wir möchten Sie daran erinnern, dass in Amtrak-Zügen ein absolutes Rauchverbot gilt. Wenn Sie trotzdem rauchen, werden Sie in Handschellen abgeführt und in unser Geheimgefängnis nach Osteuropa gebracht.« – »Nächster Halt ist Eugene, Oregon. Das wird ein längerer Aufenthalt von etwa zehn Minuten. Sie können also, wenn Sie möchten, den Zug verlassen, um sich die Beine zu vertreten oder eine Zigarette zu rauchen. Bleiben Sie aber in der Nähe und achten Sie auf die Durchsagen. Wenn Sie die Abfahrt verpassen, sind Sie auf sich alleine gestellt – und wir verkaufen Ihr Gepäck.«

In einem Zug, der über mehrere Meilen wegen einer Baustelle nur 15 km/h fahren konnte: »Wenn Sie nach draußen schauen, sehen Sie riesige Ebenen. Stellen Sie sich vor, wie vor 200 Jahren die Pioniere in dieses weite Land kamen. Wir von Amtrak sind sehr geschichtsverbunden – um Ihnen das näherzubringen, fahren wir deshalb nun mit derselben Geschwindigkeit wie die Leute damals in ihren Planwagen!«

Nach einem außerplanmäßigen Halt auf offener Strecke: »Leute, wir haben gedacht, wir halten kurz an, damit ihr die schöne Aussicht länger genießen und unverwackelte Fotos machen könnt!«

Da auf vielen Strecken nur ein Zug pro Tag verkehrt und in kleineren Bahnhöfen manchmal nur fünf bis zehn Passagiere ein- und aussteigen, haben manche Schaffner einen guten Überblick über die Reiseziele der Fahrgäste. Durchsage des Schaffners vor der Abfahrt in einem kleinen Bahnhof: »Doktor Lester, das ist Ihr Stopp. Wir sind in Klamath Falls, hier müssen Sie aussteigen. Doktor Lester, bitte aussteigen.«

Peter Mangold, Davos, Schweiz

BAHN-ABC: Tschüs und auf Wiedersehen

T

»Auf Wiedersehen« allein wäre zu altbacken, »Tschüs« zu knapp und endgültig – deshalb kamen die Sprachregelungsexperten bei Bahn und Fluggesellschaften auf die geniale Idee der Doppel-Verabschiedung, die in leicht singendem Ton mit wirkungsvollen Spannungspausen vor und nach dem »und« vorzutragen ist. Aus Gründen, die Wissenschaftlern bislang ein Rätsel sind, entfaltet sie jedoch nur durch einen Lautsprecher ihre locker-flockige Anmutung und niemals im persönlichen Gespräch. Von einer Übertragung ins Arbeits- oder Privatleben ist deshalb abzuraten: »Tschüs und auf Wiedersehen, Schatz!« »Tschüs und auf Wiedersehen, Helga!«

Im TGV von Straßburg nach Paris, irgendwann am frühen Morgen eines kalten verschneiten Februartags 2009. Der Zug hielt auf freier Strecke, kurz danach folgte eine schier endlose Erläuterung auf Französisch, warum man sich nun ein wenig gedulden müsse. Die folgende englische Übersetzung der Durchsage fiel erheblich knapper aus: »Ladies and gentlemen, the train has stopped!« (Meine Damen und Herren, der Zug hat angehalten!)

Andreas Wett, Freiburg

Nach einigen Wochen anstrengender Arbeit in Tokio gönnte

ich mir im Jahr 1986 vor dem Heimflug zum ersten Mal eine Reise durch Japan. Vom Norden bis in den Süden. Krönender Abschluss: die südwestliche Insel Kyushu, die wunderschön und sehr gebirgig ist. Sie wird von Eisenbahnlinien durchzogen, die aber wegen der schwierigen Trassenführung am Fels fast überall eingleisig sind.

Ich war unterwegs zur südlichsten japanischen Stadt, Kagoshima. Am höchsten Punkt der Bahnstrecke eine kleine Stadt und ein kurzer Halt. Ich stand vor den Fenstern auf der hintersten Plattform des letzten Waggons und konnte alles genau beobachten. Auf den Schildern am Bahnsteig stand: Abfahrt 16.10 Uhr. Doch schon um 16.07 Uhr fuhr der Zug ab. Ich wunderte mich, sah einen Mann die Treppe zum Bahnsteig heraufkommen. Er schaute auf seine Armbanduhr und konnte es offensichtlich nicht fassen, dass der Zug gerade vor seiner Nase abgefahren war.

Nach fünf Minuten bremste der Zug und kam zum Stehen. Danach ging es in hohem Tempo rückwärts in den Bahnhof. Kaum waren wir wieder am Bahnsteig, fuhr der Gegenzug ein. Neben mir stand der Schaffner, der seine Eisenbahner-Taschenuhr hervorzog und den Kopf schüttelte.

Ich reimte mir das so zusammen (da ich nicht Japanisch spreche, konnte ich nicht nachfragen): Der Lokführer ist einfach vorzeitig abgefahren, als kein Fahrgast mehr auf dem Bahnsteig stand. Dann wurde ihm jedoch signalisiert, dass ihm auf seinem Gleis ein anderer Zug entgegenkam, und er fuhr zurück. Zum Glück – neben dem Gleisabschnitt befindet sich eine mindestens 500 Meter tiefe Schlucht.

Peter Schuh, Mainz

Auf dem Weg von Berlin nach Rotterdam wird in Hengelo, der ersten Stadt in den Niederlanden, die Lok gewechselt. Dies bedeutet normalerweise einen Zwischenhalt von etwa zehn Minuten. Diesmal dauerte es aber sehr lange. Irgendwann tauchte sogar die holländische Polizei am Bahnhof auf. Die Fahrgäste wurden langsam unruhig, bis sie der sehr gut gelaunte holländische Schaffner in drei Sprachen (Holländisch, Deutsch und Englisch) fröhlich darüber aufklärte, dass der Zugführer seinen Führerschein vergessen habe und die Lok nicht fahren dürfe. Wir müssten nun auf einen Ersatz-Lokführer warten. Bis dahin sollten wir uns doch alle noch ein wenig gedulden und die Zeit beispielsweise für einen Besuch im Bordrestaurant nutzen.

Franka Birke, Berlin

Als ich 18 Jahre alt war, reiste ich allein per Bahn quer durch Kanada von Vancouver bis New Brunswick. Damals war ich extrem schüchtern, es ist eigentlich ein Wunder, dass ich den Mut für dieses Abenteuer aufbrachte. In einem der Züge war die Toilette mehrere Waggons von meinem Sitzplatz entfernt. Einmal bemerkte ich auf dem Rückweg vom Klo, dass mir die anderen Passagiere nachschauten. Ich dachte mir: »Toll, das muss daran liegen, dass ich super aussehe!« Allmählich kam es mir aber komisch vor, dass wirklich *jeder* guckte. Plötzlich bemerkte ich aus dem Augenwinkel etwas Weißes hinter mir. Ich drehte mich um – und entdeckte eine etwa 1,50 Meter lange Klopapierfahne, die hinten in meiner Hose klemmte. Ich wurde rot, wickelte das Zeug eiligst auf und rannte zurück zu meinem Platz. In meinem Leben habe ich viele peinliche Situationen erlebt, aber das war definitiv die schlimmste!

Violette Clark, Surrey, Kanada

BAHN-ABC: Unterwegshalt

U

Bahnsprech für einen Halt auf offener Strecke. Wenn nun jemand argumentiert, dass man doch eigentlich auch dann unterwegs ist, wenn man an einem Bahnsteig hält, dann könnte man fragen, ob es überhaupt möglich ist, gleichzeitig stillzustehen und unterwegs zu sein. Jetzt wird es aber arg philosophisch, eigentlich wollen wir nur sagen: Irgendwas stimmt mit der Formulierung nicht.

Während eines mehrmonatigen Aufenthalts in Kalifornien bin ich häufiger auf der Strecke Sacramento–Oakland unterwegs gewesen. Die Zugführer dort sind sehr freundlich und sehr locker im Umgang mit den Fahrgästen. Da wird man in Durchsagen schon einmal mit »Hey folks« an Bord begrüßt, und sonntags gibt es auch mal einen kurzen Vortrag über die Geschichte der Bahnstrecke oder über die täglichen Wettrennen mit der Fähre in der San Francisco Bay. Am amüsantesten war jedoch einmal die Ankündigung des nächsten Halts Berkeley. Der Zugbegleiter imitierte ein Huhn: »Berk-berk-berk-berk-berk-berk-berk-berk-e-ley. Next stop coming up, Berkeley!«

Daniel Esser, Pullheim

Ich wollte vom Londoner Bahnhof St. Pancras zum Flughafen Luton fahren, um meinen Flug nach Hamburg zu erreichen. Die Dame am Ticketschalter sagte mir, ich solle den Zug nach Nottingham nehmen. Ich verabschiedete mich hektisch von meinem Freund, weil der Zug schon auf dem Gleis stand, und sprang hinein. Der Zug, in den ich einstieg, war allerdings der falsche. Er fuhr zwar auch nach Nottingham, aber ohne Halt in Luton. Das hatte ich schon gemerkt, als der Zug noch stand, und die Zugbegleiterin gebeten, mich wieder hinauszulassen. Die Türen waren aber schon geschlossen und konnten auch von außen nicht mehr geöffnet werden. Und dann fuhr der Zug an.

Es hieß, der nächste Halt sei erst Market Harborough (weit hinter Luton). Ich müsse von dort wieder nach St. Pancras zurückfahren, um dann von da aus nach Luton zu gelangen. Der Zugführer bestätigte das. Ich sah schon das Flugzeug ohne mich abfliegen. Ich war den Tränen nahe, obwohl ich sehr nett getröstet wurde mit den Worten: »Don't worry, you are not the first and you won't be the last who is having this problem.« Doch der Zugführer wusste Rat: Er rief bei der Leitstelle an und fragte, ob der Zug außerplanmäßig in Luton halten dürfe. Er bekam die Erlaubnis tatsächlich! Schließlich hielt der Triebwagen in Luton am Bahnsteig, und ich musste schnell aus dem Abteil springen. Den Flug habe ich natürlich locker bekommen. Ohne die unkonventionelle Hilfe des netten Zugführers hätte ich ihn mit Sicherheit verpasst.

Katharina Lindhorst, Hamburg

Ich war vor circa acht Jahren in Griechenland an einem kleinen Dorfbahnhof. Es waren fünf Bahnangestellte dort, aber kein Ticketautomat. Es verkaufte jedoch nur einer der Angestellten Tickets. Die anderen unterhielten sich direkt zwischen Warteschlange und Gleis miteinander und rauchten eine Zigarette nach der anderen, was außer uns Deutschen aber niemanden zu stören schien. Da wir nicht rechtzeitig unsere Tickets kaufen konnten, haben wir dann auch den Zug verpasst. Wehmütig sahen wir ihn abfahren und dachten, wir müssten jetzt eine Stunde auf den nächsten warten. Doch nach circa 10 bis 15 Minuten kam derselbe Zug rückwärts zurück zum Bahnhof. Wir – inzwischen mit Fahrkarte ausgestattet – waren natürlich froh und stiegen ein. Wir erkundigten uns, was denn passiert sei und weshalb der Zug umkehren musste. Die Antwort war, dass am Bahnhof die Weiche nicht korrekt umgestellt worden war. Der Zug war dadurch auf einem falschen Gleis gelandet und musste noch einmal komplett bis zum Bahnhof zurück. Und siehe da: Die vier Bahnangestellten hatten doch eine Aufgabe! Nachdem sie die Weiche gestellt hatten – was zwei Leute für einige Sekunden beschäftigte –, widmeten sie sich dann wieder ihrer Unterhaltung.

Stephan Schulz, Stuttgart

Schneller, höher, länger – die Guinness-Rekorde der Bahn

Das **längste Schienennetz der Welt** haben die USA: Mit 226.427 Kilometern ist es mehr als fünfmal so lang wie das deutsche. Das Gleisnetz Deutschlands ist das sechstlängste mit 41.896 Kilometern.

Der **größte Bahnhof** gemessen an der Anzahl der Bahnsteige ist das New Yorker Grand Central Terminal. In dem prachtvollen 1913 eingeweihten Gebäude in Manhattan liegen 44 Bahnsteige und 67 Gleise. 2016 soll eine neue Ebene unter den beiden vorhandenen mit weiteren vier Bahnsteigen und acht Gleisen gebaut werden.

Die **größte Modelleisenbahn der Welt** steht in der Hamburger Speicherstadt. Die Anlage im Miniatur Wunderland ist zurzeit 1300 Quadratmeter groß, bis 2020 sollen es mehr als 2300 Quadratmeter und insgesamt 20 Kilometer Gleise werden.

Die **schnellste Bahnverbindung** ist die Strecke zwischen den chinesischen Städten Guangzhou und Wuhan. Dort sind die Züge im Schnitt 350 km/h schnell. In Frankreich erreichen die Hochgeschwindigkeitszüge eine Durchschnittsgeschwindigkeit von 277 km/h, in Japan von 243 km/h.

In einer Höhe von bis zu 275 Metern überqueren die Zuggäste im Südwesten Chinas den Beipan-Fluss in der Nähe von Liupanshui – und damit die **höchste Eisenbahnbrücke.**

Die **älteste Eisenbahn der Welt**, die noch in Betrieb ist, ist die Volk's Electric Railway in Großbritannien. 1883 zuckelte sie zum ersten Mal am Strand von Brighton entlang.

Den Rekord des **längsten Passagierzugs** hat die Belgische Eisenbahngesellschaft NMBS 1991 aufgestellt. 70 Waggons mit einer Gesamtlänge von 1732,9 Metern wurden bei einem einmaligen Versuch von einer Elektrolok gezogen.

Wenn 500 Leute in der Bahn sitzen und jemanden überfahren, dann ist das trotzdem nur 1 Toter! Wenn die 500 aber in ihrem Auto sitzen und jemanden überfahren, dann sind das 500 Tote!
Es sei denn, alle fahren über denselben drüber!
H&B

Kapitel 12

Zehn Gründe: **Warum man trotz allem Bahnfahren sollte**

Wenn das Meckern über die Bahn und ihre Schwächen mal wieder groß ist, haben es Anhänger des Schienentransports schwer. Um ihnen für Streitgespräche die nötige Munition zu liefern, brechen wir hier ungeachtet aller bekannten Schattenseiten mal eine Lanze. Nein, nicht für die Deutsche Bahn, Veolia oder irgendein Unternehmen. Sondern schlicht für das Ding auf Rädern, das über Gleise durch die Landschaft rast – wenn es nicht grad mal wieder bummelt.

1) **Der Relax-Faktor:** Wenn man einen Hochgeschwindigkeitszug erwischt, ist es in dessen Sesseln so gemütlich wie auf dem heimischen Sofa. Aber auch sonst kann der Passagier ungestört von hektischen, mit Rettungswesten hantierenden Stewardessen, der penetranten Stimme aus dem Navi-System oder endlosen Staus ein Nickerchen halten. Er kann mit seinen Kindern spielen, am Laptop arbeiten oder ein Buch lesen – und sich zwischendurch die Beine vertreten. Selbst die Toilette kann er jederzeit ansteuern, er muss dafür weder die Reiseflughöhe erreichen noch einen Rastplatz.

2) **Zugfahren hält schlank:** Wer den öffentlichen Nahverkehr benutzt, tut was für seine Linie. Für eine Studie in den USA beobachteten Mediziner ein Jahr lang Berufspendler, die vom Auto auf Bus und Bahn umgestiegen waren. Der Gang zur Haltestelle und ein gelegentlicher Sprint in Zeitnot reichten aus, damit die Bahnneulinge durchschnittlich drei Kilogramm abnahmen.

3) **Bahnfahren schadet Ihrer Gesundheit – nicht**: Wenn eine Zugreise Vielfahrer im Allgemeinen auch nicht gesünder macht, sie ist zumindest mit Abstand sicherer als das Autofahren (0 Unfalltote versus 3648 Tote im Jahr 2010). Zudem entkommt man auf Schienen auch solchen Gefahren, die regelmäßig im Flugzeug oder im Auto drohen. Strahlenbelastung oder Thrombose – Fehlanzeige. Geisterfahrer, Raser, Blechschaden – selten. Und eines führt der Bahn sogar viele Fernreisekunden zu: die Flugangst.

4) **Hightech erlaubt**: In Zeiten ungebremsten Kommunikationsbedürfnisses ist der Bahnfahrer auf seiner Reise nicht vom Rest der Welt abgeschnitten. Da gibt es kein »Schalten Sie Ihre elektronischen Geräte jetzt ab« vor der Abfahrt, kein Handyverbot auch nach dem Start. Per Smartphone kann bestenfalls im Internet gesurft werden, und immer mehr ICE werden mit WLAN-Technik ausgerüstet. Im Gegensatz zum Autofahrer hat der Bahnkunde für seine Spielzeuge sogar beide Hände frei, weil er kein Lenkrad halten muss.

5) **Refugium für Nostalgiker:** In Deutschland können zwar

nur noch manche Interregios, Nahverkehrszüge oder Relikte wie der Rasende Roland Wehmut über alte Zeiten auslösen. Doch was in Ländern wie Burma, Indien und Tansania tagtäglich über die Schienen rattert, stammt zum Teil aus Kolonialzeiten. Gepflegter, aber mit ähnlichem Ambiente genießt es sich in Luxuszügen wie Rovos, Orient-Express oder Blue Train – die eher Reiseziel denn Beförderungsmittel sind. Dort wird noch edles Porzellan aufgetischt, die Wände sind aus Holz, und ein Bett ist ein Bett und keine Pritsche. Wer wollte da schon gern in einem bejahrten Flieger aus alten Zeiten sitzen.

6) **Pünktlich wie ein Bahner:** Jawohl, die Bahn ist ganz schön pünktlich – auch wenn es sich oft nicht so anfühlt. Zumindest in Deutschland, Japan und der Schweiz. Die Deutsche Bahn zum Beispiel schaffte es nach eigenen Angaben im April 2012, die versprochene Ankunftszeit von Nah- wie Fernzügen zu 96,4 Prozent einzuhalten – eine Toleranz von 5:59 Minuten vorausgesetzt. Wer könnte wohl seine Fahrzeit im Auto von Hamburg nach München auf sechs Minuten genau voraussagen?

7) **Mittendrin statt Drüberweg:** Zwischen Nord- und Süddeutschland wandelt sich die Tiefebene zum Voralpenland – nichts davon bekommt ein Flugreisender über den Wolken mit. Der Bahnfahrer dagegen sitzt vor einem ungleich größeren Fenster in der ersten Reihe. Auf einem Flug nach Thailand etwa ziehen Rumänien, Iran, Pakistan und Indien unter der Maschine hinweg. Im Zug könnte man sich auf einer solchen Strecke vor den Eindrücken hinter der Fensterscheibe nicht retten. So

ıelfältig wie ihre Kulturen sind auch die Mitfahrer im Waggon und so groß die Chance, sie kennenzulernen: Nirgendwo kommt man leichter ins Gespräch als in einem Bahnabteil.

8) **Das Öko-Argument:** Wer den Zug nutzt, verursacht einen geringeren Kohlendioxid-Ausstoß als Autofahrer oder Flugzeugpassagiere. Nach den Zahlen des Umweltbundesamts für das Jahr 2010 emittierte die Bahn im Durchschnitt 60 Gramm CO_2 pro Personenkilometer. Beim Auto waren es 140 Gramm und beim Flugzeug auf Inlandsstrecken 205 Gramm. Auf Flughöhe abgegeben, wirkt das Treibhausgas sogar noch klimaschädlicher als am Boden.

9) **Auf Sponti-Kurs:** Wer gegen unerschütterliche Flugfans argumentieren muss, sollte ihnen diese Quizfragen stellen: Sie wollen doch noch ein Stündchen länger als geplant bei Ihrer Wochenendbeziehung bleiben. Nehmen Sie a) ein späteres Flugzeug oder b) einen späteren Zug? Plötzlich fällt Ihnen ein, dass Sie jetzt doch gerne einen Zwischenstopp einlegen wollen – wo ist das möglich? Im a) Flugzeug oder b) Zug? Sie wollen noch heute spontan nach München. Fahren Sie a) zum Flughafen oder b) zum Bahnhof? Der Quizpartner wird merken: In puncto spontanes Reisen gewinnt b) – die Bahn! Auch wird dort nicht plötzlich ein Vielfaches des Normalpreises gefordert, Spätentschlossenen berechnen Fluggesellschaften meist Horrorsummen.

10) **Reisen wie vor 9/11:** Vor der Zugfahrt steht kein Boarding mit mehrfacher Ausweiskontrolle, kein Schuhe ausziehen

oder Nacktscan, kein Gürtellösen oder Shampoo-in-ein-Liter-Tütchen-Verpacken – die Angst vor Terroranschlägen hat zwar die Flughäfen verändert, aber kaum die Bahnhöfe. Und ein Ende der aufwendigen Prozeduren ist nicht in Sicht, denn noch ist Technologie, die gefährliche Stoffe im Gepäck von Reisenden erkennen kann, nicht einsatzbereit. Vielmehr wird der Flugpassagier immer gläserner, immer mehr Angaben werden in internationale Datenbanken eingespielt.

Aber auch Zugfans wissen: Oft kommt alles anders als geplant. Dann aber ist erstaunlicherweise jede Streckenpanne, jede Minute Zugverspätung und jeder verpasste Anschlusszug gefühlt schlimmer als etwa der Stau auf der Autobahn. Denn den hat man gewissermaßen selbst verschuldet (zu früh, zu spät, falsche Strecke gefahren). Oder auch schlimmer als ein Vulkanasche-Chaos im Flugverkehr. Denn dort ist die Angst vor einem Triebwerkausfall in 9.000 Meter Höhe groß genug, um nicht auf dem Start zu bestehen.

Harald Schmidt und die Bahn

Der Late-Night-Talker Harald Schmidt gilt als überzeugter Bahnfan. Das hält ihn jedoch nicht davon ab, in seinen Shows über die Widrigkeiten seines Lieblingstransportmittels zu lästern:

Schwarzfahren wird teurer. Wer nicht erwischt wird, spart jetzt noch mehr.

Über seine Bahncard 100 (kostet für die erste Klasse 6690 Euro im Jahr): Die zahle ich selbst. Schließlich will ich ja kein Bundespräsident werden.

Der Castortransport hat Gorleben erreicht. Im Inneren des Castor-Zugs herrschen 400 Grad Hitze. So viel wie im normalen ICE im Sommer.

Die Deutsche Bahn will 800 Millionen investieren, damit die Bahnhöfe schöner werden. Für mich war die größte Aktion zur Verschönerung der Bahnhöfe die Abschaffung der Wehrpflicht.

Die Hygiene lässt noch etwas zu wünschen übrig. In vielen Zugtoiletten riecht es dermaßen unangenehm, die CIA nutzt sie zum Teil schon als Verhörräume.

Eine Umfrage bei Bahnkunden sagt: Die Leute sind begeistert von dem freundlichen Personal. Ich bin auch begeistert: Ich applaudiere jedes Mal, wenn mein ICE an Wolfsburg vorbeifährt.

Alle 40.000 Kilometer muss jetzt ein ICE kontrolliert werden. Man hat zwei Millimeter lange Risse in den Achsen entdeckt bei der Ultraschalluntersuchung. Ich hoffe, George Bush kriegt das nicht mehr mit: noch eine Achse des Bösen.

Viele fragen: »Wenn ich jetzt diesen ICE benutze, der nur halb so lang ist, brauche ich dann die BahnCard 50?«

Die Mindestanforderung, damit ich in überfüllten ICEs aufstehe, ist: schwanger und Migrationshintergrund. Alles, was deutsch, korpulent und anorakig aussieht – da bleibe ich so was von sitzen. Ich fahre teilweise drei Stationen weiter, als ich muss – nur um zu ärgern.

pffffhhh
pff
pfffftt
H&B

Kapitel 13

Tückische Technik: **»Wir haben einen Fasan in der Bremszuleitung!«**

Ein Spantengerüst aus Aluminium, umhüllt von silbernem Segeltuch, und ein Propeller aus Eschenholz am Heck: Der »Flugbahn-Wagen« von Franz Kruckenberg sah aus wie ein Zeppelin, aus dem man Luft abgelassen hat und der auf Schienen gelandet war. Der Prototyp war, als er 1931 vorgestellt wurde, nicht weniger als eine Revolution. Bisher hatten im Wesentlichen Lokomotiven mit riesigen Stahlrädern das Bild von der Eisenbahn geprägt, jetzt wollte ein Schiffs- und Flugzeugbauingenieur einen 26 Meter langen Leichtbau-Schnelltriebwagen mit knapp 20 Tonnen Gewicht auf Reisen schicken. Das Publikum war enthusiastisch, die Direktoren der damals noch jungen Deutschen Reichsbahn reagierten trotz erfolgreicher Probefahrten skeptisch. Daher musste ein enormer Aufwand an Sicherungsmaßnahmen betrieben werden, bevor der 48-jährige Kruckenberg am Steuer seines »Schienenzeppelins« einen Rekordversuch starten durfte. Am frühen Morgen des 21. Juni 1931 ruhte sämtlicher Zugverkehr auf der Strecke von Hamburg nach Berlin. Alle Schranken waren doppelt gesichert, und Polizisten wehrten Schaulustige ab, die dem Gleisbett zu nahe kamen. »Das silbergraue, in seiner stromlinienförmigen Gestaltung pfeilschnelle Fahrzeug macht den Eindruck technischer Vollendung«, schrieben die »Hamburger Nachrichten«. Und pfeilschnell war der Luftikus mit dem 600-PS-Flugzeugmotor tatsächlich: Die 257 Kilometer lange Strecke legte er in 98 Minuten zurück und erreichte zwischen Karstädt und Dergenthin eine Höchstgeschwindigkeit von 230,2 km/h. Weltrekord! Erst 23 Jahre später wurde er gebrochen. Und schneller als das technische Wunder der dreißiger Jahre konnte die beiden Großstädte erst der ICE im Jahr 2004 verbinden, allerdings lediglich um acht Minuten. Franz Kruckenberg und seinem »Torpedo auf Schienen« war allerdings kein Erfolg beschert. Denn der schnittige Triebwagen hatte ein paar entscheidende Macken: Er war ohrenbetäubend laut, konnte nicht rückwärtsfahren, benötigte zum Rangieren eine Batterie – und er konnte keine Waggons ziehen. Mehr als 24 Passagiere zugleich hätten den wilden Ritt nicht erleben können. Schon 1932 wurde der Zeppelin durchgesägt, dann mehrmals umgebaut, bevor er 1939 kurzerhand verschrottet wurde. Das Regiment auf den Schienen übernahmen dann weniger visionäre Entwürfe – doch der schlanke Schienenzeppelin blieb der Urahn von ICE, Shinkansen und TGV.

Ihre Macken haben aber auch diese modernen Hightechzüge – bestenfalls kann das zu lustigen Erlebnissen führen, wie die folgenden Anekdoten berichten.

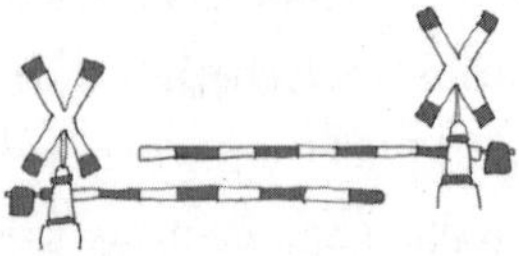

Vor ein paar Jahren im Hamburger Regionalzug S4 Richtung Ahrensburg: »Achtung, eine Durchsage! Aufgrund einer defekten Lautsprecheranlage wird es heute keine Durchsagen geben.«

Matthias Kluth

Im Jahr 1998 fuhr ich im Interregio von Hannover nach Magdeburg. Es war kalt im Abteil, also drehte ich die Heizung hoch. In dem Moment ging das Licht aus, und der Zug blieb für bestimmt zehn Minuten stehen. Ich fragte mich, ob das mit meiner Heizung zusammenhing. Also habe ich den Schalter wieder ausgedreht – da ging doch tatsächlich das Licht wieder an, und der Zug fuhr weiter. Weitere Experimente habe ich mir verkniffen.

Thomas Wille

Auf einer Fahrt von Bergisch Gladbach nach Dormagen hatte die S-Bahn einen Defekt und fuhr nicht weiter. Nach kurzer Zeit meldete sich der Zugführer über die Lautsprecher im breitesten Kölsch: »Sehr verehrte Damen und Herren, die Lok, die dät et nimmie!«

Erik Wolter, Kerpen

Als mein ICE von München nach Stuttgart mit einiger Verzögerung losfuhr, war folgende Durchsage zu hören: »Liebe Fahrgäste, aufgrund einer Störung am Triebfahrzeug haben wir bereits zehn Minuten Verspätung. Da wir unsere geplante Höchstgeschwindigkeit nicht erreichen können, wird sich die Verspätung im Laufe der Fahrt noch ausweiten. Wir bitten um

Entschuldigung.« In der irrigen Annahme, dass er das Mikrofon ausgeschaltet habe, unterhielt der Fahrer anschließend in breitestem Bairisch die Fahrgäste weiter: »Dreckskarren, verreckter! Scheißkisten, blede! Oiwei fehlt was anders. Do kannst ja besser mim Traktor fahrn!« Ein Knacksen im Lautsprecher. Schweigen. Dann eine erneute Durchsage: »Liebe Fahrgäste, Sie haben eben etwas zu hören bekommen, was nicht für Ihre Ohren bestimmt war. Das tut mir leid. Aber zum Inhalt stehe ich!« Die Reaktion war spontaner Beifall der Fahrgäste.

Michael Erhard, München

Wir fuhren mit der S1 von Essen aus in Richtung Dortmund. Die Fahrt verlief ganz normal, vielleicht ein bisschen ruckelig. Dann hielten wir plötzlich auf offener Strecke an, und der Lokführer meldete sich per Funk zu Wort: »Sehr geehrte Damen und Herren, nicht dass Sie denken, dass ich nicht fahren kann. Wir haben hier momentan ein technisches Problem, so dass ich entweder nur Vollgas geben oder bremsen kann.« Der ganze Zug lachte, und kurz darauf ging die Fahrt ruckelig weiter.

Jan Peter H., Bottrop

BAHN-ABC:
Verständnis

V

Schicksalsergebene Gemütshaltung, die Bahnmitarbeiter selbst bei massivsten Pannen oder Verspätungen von den Fahrgästen erwarten. Doch eigentlich müsste man den Satz »Wir danken für Ihr Verständnis« dringend mal umformulieren, vielleicht so: »Unser besonderer Dank gilt den Passagieren, die sogar jetzt noch Verständnis haben.«

Kurz vor Münster hielt der Intercity an. Man konnte den Bahnhof schon sehen, geschätzt wären es zehn Minuten zu Fuß auf den Gleisen gewesen. Mein Blick auf die Uhr verriet mir, dass es knapp wurde mit meinem Anschlusszug – ich hatte nur 20 Minuten zum Umsteigen. Nach circa 15 Minuten kam eine Durchsage, die gut in die TV-Sendung »Verstehen Sie Spaß?« passen würde. Mit einer Stimme, die stark an Helge Schneider erinnerte, sagte der Zugführer: »Wir haben einen Fasan in der Bremszuleitung! Eine Weiterfahrt ist bis auf Weiteres nicht möglich!« Diese Stimme, diese Art der Betonung und dann noch der Text: Ich war mir sicher, Helge Schneider persönlich sitzt vorne am Mikrofon. Den Anschluss in Münster hab ich nicht mehr gekriegt – aber fast war es das wert!

Kathrin Hoffmann, Köln

Relativ langsam fuhr der Regionalexpress von Dortmund nach Herne in den Bahnhof Dortmund-Mengede ein: Der Lokführer machte eine Durchsage und kam nur bis zu »Meine Damen und Herren …« Dann war über die Lautsprecher ein erschrecktes, lautes »*Oh, Scheiße!*« zu hören. Es gab einen Knall, und der Zug stand kurz vor Mengede. Was war passiert? Die Oberleitung war heruntergefallen – kein Anschlag, einfach so passiert. Deshalb mussten wir eine Zeitlang warten, bis der Zug von einer Diesellok die circa 200 Meter in den rettenden Bahnhof geschleppt wurde. Bald kamen Schienenersatzbusse, wobei es jedoch auch ein kleines Problem gab: Der Fahrer kannte zwar den Weg zum nächsten Halt Castrop-Rauxel, aber von dort aus nicht den Weg zum Bahnhof Herne. Also setzte ich mich vorne zum Fahrer und erklärte ihm den Weg. Die Fahrgäste nahmen das Ganze relativ locker. Mit fast zwei Stunden Verspätung kamen wir in Herne an.

Mark Nowiasz, Dortmund

Auf einer Fahrt von Frankfurt nach Dresden mussten einige Mitfahrer schon bei der obligatorischen Begrüßung schmunzeln, da die Ansage im schönsten Sächsisch gemacht wurde. Allerdings wurden alle, die meinten, dass dies schon tiefster Dialekt wäre, schnell eines Besseren belehrt. Man merkte, dass der Bahnmitarbeiter sich durchaus um das Hochdeutsche bemüht hatte. Denn er vergaß nach der Ansage, das Mikrofon auszuschalten, und ging mit einem Kollegen gut gelaunt eine Checkliste durch. »Tschägg, Lämmbschen äins läuschted grün, Lämmbschen zwai läuschted ouch. Tschägg, ölles wunnderboar.« Diese zwei Minuten trugen ungemein zur Heiterkeit auf dieser Zugfahrt bei, und ich war froh, dass »alle Lämmbschen grün läuschtedden«.

Andreas Kappl, Fulda

Im Regionalexpress von Leipzig nach Cottbus war ein älterer Herr als Zugbegleiter eingesetzt. Hektisch rannte er durch das Abteil, die Schiebetür fiel hinter ihm zu, kurz darauf schrie eine laute männliche Stimme über die Lautsprecher »Eins, zwei, drei« und »Test, Test, Test«. Die Leute im Abteil schauten einander verdutzt an. Die Stimme war noch einmal zu hören: »Eins, zwei, drei – Test, Test.« Dann Ruhe. Kurze Zeit später kam der Zugbegleiter wieder ins Abteil: »Und? Haben Sie mich gehört?«

Sabine Lindemann

Hauptbahnhof München: Statt meines ICE, der mich nach Mannheim bringen sollte, stand das Gleis voller alter D-Zug-Waggons – offenbar alles, was die Abstellgleise so hergaben. Ich fragte einen Bahnmitarbeiter: »Glauben Sie, dass man mit diesem Sammelsurium den Intercity in Mannheim rechtzeitig erreichen kann?« Die Antwort: »Das kommt ganz darauf an, welche Lokomotive wir vorne dranspannen!« Kurz darauf setzte sich der Zug knirschend und klappernd in Bewegung. Durchsage über den Lautsprecher: »Aus Gewichtsgründen haben wir keinen Speisewagen dabei, Erfrischungen werden Ihnen in Stuttgart durch die Fenster gereicht.« Der Zug rumpelte über die Gleise und fuhr mit gefühlten 200 Sachen in Richtung Stuttgart. Dort kamen wir pünktlich an, es wurden tatsächlich Snacks und Bier durch die Schiebefenster verkauft.

Der Zug fuhr weiter auf die Neubaustrecke in Richtung Mannheim, die fast nur aus Tunneln besteht. Der Lokführer beschleunigte auf gefühlte 300 Sachen – ich hatte das Gefühl, der Zug könnte beim Rein- und Rausfahren aus den Tunneln explodieren. So erreichten wir Mannheim zehn Minuten zu früh! Am Bahnsteig gab es Applaus für den Lokführer, der reckte den Daumen hoch aus dem Fenster und sagte: »Wir müssen heute noch Dortmund erreichen!« Ob der Zug jemals als Ganzes dort angekommen ist, weiß keiner. Meine Weiterfahrt in einem recht modernen Intercity war jedenfalls eher langweilig.

Klaus Carstens

BAHN-ABC:
Wagenstandsanzeiger

W

Schautafel am Bahnhof, die üblicherweise etwa drei Minuten vor Einfahrt des Zuges ihre Bedeutung verliert, weil der Zug wieder einmal in umgekehrter Wagenreihung verkehrt.

Ich hatte schon beim Einsteigen in die Regionalbahn von Trier nach Saarbrücken gemerkt, dass das Schild »Defekt« an der einzigen Toilette hing. Wir sind dann losgefahren, und kurz vor dem planmäßigen Halt in Merzig kam eine Durchsage: »Sehr geehrte Fahrgäste, aufgrund der defekten Toilette an Bord machen wir in Merzig zehn Minuten Pinkelpause. Wer mal muss, soll sich bitte beim Triebfahrzeugführer kurz abmelden.« Das Lachen im Zug war großartig!

Johannes Kuchlbauer, Völklingen

Im ICE von Hamburg nach Frankfurt war ein sehr sympathischer und eloquenter Zugbegleiter über die Lautsprecheranlage zu hören. Seine warme Stimmfärbung hätte er glatt beim Fernsehen gelernt haben können. Entsprechend filmreif war eine Durchsage zwischen Göttingen und Kassel: »Sehr geehrte Damen und Herren, wir müssen Ihnen leider mitteilen, dass in Wagen 4 die Stromversorgung verlorengegangen ist und bisher auch nicht wiedergefunden wurde. Aus Sicherheitsgründen müssen wir Sie bitten, den Waggon zu verlassen – Sie dürfen sich laut der Bestimmungen nicht in einem Wagen ohne Stromversorgung aufhalten. Aber machen Sie sich keine Sorgen – in den Wagen 1 bis 3 stehen noch ausreichend Sitzplätze zur Verfügung. Vielen Dank.« Die Erheiterung in den nicht betroffenen Wagen war anschließend groß.

Martin Klein, Wiesbaden

Vor einigen Jahren hörte ich folgende Durchsage in einem Intercity von Essen in Richtung Leipzig: »Sehr verehrte Damen und Herren, wir begrüßen die zugestiegenen Gäste auf unserer Fahrt. Bitte beachten Sie auch unser gastronomisches Angebot im Speisewagen zwischen der Ersten und Zweiten Wagenklasse. Genießen Sie ein Stück Kuchen mit einem Heißgetränk oder unser Angebot der Woche.« Dann kam: »Aufgrund einer technischen Störung steht Ihnen heute der Speisewagen leider nicht zur Verfügung.« An dieser Stelle musste der Schaffner selber kichern.

Thomas Meier, Koblenz

Kurz nach der Ausfahrt aus dem Bahnhof Stuttgart blieb mein Intercity stehen. »Verehrte Fahrgäste, wir haben ein technisches Problem mit der Lok. Ich informiere Sie, sobald wir Genaueres wissen«, sagte der Zugführer. Etwa 15 Minuten vergingen, dann fuhr der Zug wieder an und erreichte bald eine Spitzengeschwindigkeit weit über der üblichen auf dieser Strecke. Ich dachte: »Um Gottes willen, die Bremsen werden doch wohl nicht versagen?« Dann kam eine neue Durchsage: »Verehrte Fahrgäste, hier haben irgendwelche Lämpchen geleuchtet. Wir wissen auch nicht, was die zu bedeuten hatten, jetzt sind sie jedenfalls wieder aus. Um die entstandene Verspätung aufzuholen, müssen wir jetzt etwas schneller fahren.«

Christine G., Düsseldorf

Ich hatte einen Platz im Großraumwagen im ICE von Dortmund nach Hamburg reserviert. Als ich an meinen Sitz kam, stand dort in blauen Leuchtbuchstaben im Display: »Berlin – Leipzig«. Ich war nicht die Einzige mit einem solchen Problem, an anderen Plätzen standen phantasievolle Städtekombinationen wie »Wien – Bratislava« oder »Zürich – Mailand«. Als die Fahrgäste feststellten, dass an jedem Sitz etwas nicht stimmte, waren die meisten eher amüsiert als verärgert. Über Mikrofon entschuldigte sich der Lokführer, dass bei der Reservierungsanzeige etwas schiefgelaufen sei, und versprach, das nun zu korrigieren. Die Leuchtschrift ging aus. Es dauerte ein paar Minuten, bis auf den Displays wieder etwas zu sehen war: genau die gleichen Ortsangaben wie vorher. Jetzt kam die Durchsage, dass die Technik leider defekt sei – man müsse jedoch einfach die beiden Städte vertauschen, dann stimme es wieder. Vor allem die Fahrgäste mit den angeblichen Zielen Wien und Zürich staunten nicht schlecht.

Julia Fischer, Hamburg

Im Regionalexpress von Elmshorn nach Hamburg hatten wir uns, da alle Abteile schon besetzt waren, ins Fahrradabteil direkt hinter dem Triebwagen gesetzt. So konnten wir alle Funksprüche mithören. Nach einiger belangloser Kommunikation kam die Aufforderung: »Lok xyz bitte melden.« Kurz darauf wurde sie mehrfach wiederholt. Wir waren schon genervt von dieser knarzenden Stimme, als die letzte Durchsage uns entschädigte: »Lok xyz, bitte melden Sie sich sofort in der Zentrale. Ihr Funkgerät ist defekt!« Brüllendes Gelächter nicht nur auf den Klappsitzen im Fahrradabteil, sondern auch im Triebwagen. Anschließend schien die Zentrale aber selber gemerkt zu haben, dass sich der Lokführer mit seinem defekten Funkgerät wohl nicht melden konnte. Den Rest der Fahrt herrschte wieder Ruhe.

Laura Schulze, Pinneberg

Im Nachtzug CNL 1287 von München nach Hamburg, morgens um 8.30 Uhr. »Meine Damen und Herren, in 10 bis 15 Minuten erreichen wir unseren nächsten Halt Hamburg Hauptbahnhof«, sagte der Lokführer mit deutlich hörbarem sächsischem Zungenschlag. »Über Ihre Anschlusszüge kann ich Ihnen aufgrund der erfolgten Zeitumstellung leider keine Angaben machen – auf meiner Anzeige hier steht nur das, was ab 9.55 Uhr fährt.«

Die Umstellung von Sommer- auf Winterzeit war allerdings schon mehr als 24 Stunden her. Drei Minuten später war eine andere Stimme zu hören: »Der nächste Ausstiegshalt ist Hamburg-Harburg.« Die Haltestelle war offenbar ebenfalls durch die Zeitumstellung vorübergehend verschwunden gewesen.

Michael Roth, Hamburg

BAHN-ABC:
X

X

Symbol unten links auf dem Touchscreen eines Fahrkartenautomaten, neben dem das Wort »Abbrechen« steht. Wegen der hochkomplexen Softwarearchitektur und der vielen Auswahlmöglichkeiten enden schätzungsweise 90 Prozent der geplanten Ticketkäufe mit einem Druck auf diese Taste.

Auf einer schon verspäteten ICE-Fahrt von Bielefeld nach Bonn hielten wir längere Zeit an einem Bahnhof auf der Strecke.

Wird man für gewöhnlich eher mit »Störungen im Betriebsablauf« als Ursache abgespeist, hatte der Zugchef dieses Mal ein großes Mitteilungsbedürfnis. »Sehr verehrte Fahrgäste, hier eine nicht so schöne Nachricht: Beim Lokführer ist der Funk ausgefallen, und wir dürfen nicht weiterfahren. Er weiß nicht genau, wie er ihn reparieren kann. Testweise wird er deshalb gleich den Computer runterfahren, etwas warten und dann wieder hochfahren. Das ist genauso wie bei Ihrem Computer zu Hause, wenn der nicht mehr das macht, was Sie wollen. Es wird also gleich das Licht ausgehen, und die Türen können zeitweise nicht benutzt werden. Das wird mindestens zehn Minuten dauern, eher mehr.« Das Licht ging aus und wieder an, gefolgt von der Durchsage: »Verehrte Fahrgäste, es gibt im Moment leider nichts Neues. Der Lokführer versucht immer noch, die Störung zu beheben.«

Nach einer Weile fiel ihm der gerade einfahrende Intercity auf dem gegenüberliegenden Gleis nach Köln auf. Mit hektischer Stimme sagte er: »Verehrte Gäste, da steht ein IC nach Köln am anderen Bahnsteig – halten Sie ihn auf!« Einige Fahrgäste taten wie geheißen, sprangen aus ihren Sitzen und eilten zu dem Intercity. Viele andere blieben jedoch mit dem Gefühl im ICE, das Finale dieses Comedy-Programms noch nicht erlebt zu haben. Als unser Zug die Fahrt nach der Durchsage »Funk und Computer funktionieren wieder« fortsetzen konnte, sahen sie sich durch folgende Worte bestätigt: »Meine Damen und Herren, Abenteuer Eisenbahn! Es ist spannend und es bleibt spannend. Dazu in Kürze mehr.« Spätestens jetzt hatten die verbliebenen Fahrgäste Bücher und Zeitschriften beiseitegelegt und warteten äußerst amüsiert und gespannt darauf, wie es nach diesem Cliffhanger wohl weitergehen würde. Wenige Minuten vor der Ankunft in Köln kam die Auflösung: »Verehrte Fahrgäste, in Köln endet heute außerplanmäßig diese Zugfahrt. Der Grund: besagter Computer beim Lokführer. Im Namen der Deutschen Bahn und des Computers bitte ich vielmals um Entschuldigung.« Nach Ankunft wurden wir noch freundlichst verabschiedet. Im Gegensatz zu früheren ähnlichen Erfahrungen stiegen die meisten Fahrgäste mit einem Lächeln aus dem Zug.

Henrik Segelhorst, Bonn

Das rollende Radio

Zwischen Entertainment und Politpropaganda: In den Zügen der DDR gab es mit dem Zugfunk ein eigenes Radioprogramm. Die ersten Zuhörer, die in den Genuss der rollenden Sendung kamen, waren FDJ-Mitglieder, die 1949 zu den Weltfestspielen der Jugend nach Ungarn reisten. Ein Packwagen ihres Sonderzugs wurde zu einem Hörfunkstudio umfunktioniert. Die Moderatoren mussten die Tonarme auf die Schallplatten drücken, damit sie bei dem Rattern über die Gleise nicht aus der Spur sprangen.

Bald war eine ganze Abteilung der Deutschen Reichsbahn dafür zuständig, die Passagiere mit politischer Propaganda und Nachrichten zu versorgen. Es gab sogar eigene Sendebahnabteile und mobile Tonbandgeräte. In den sechziger Jahren wurde der Zugfunk eingeschränkt. Nur noch die Urlauber im »Touristenexpress« (Tourex) wurden beschallt, auf ihrer Fahrt ans Schwarze Meer hörten sie Reiseinformationen, Sprachkurse und Rätselsendungen. Und auch in Bahnhöfen war der sozialistische Zugfunk aktiv: In sogenannten Kulturräumen konnten die Programme von wartenden Bahnfahrern gehört werden.

Heute passiert echt überhaupt nichts.
In 25 Minuten.
DB
SOS
Info
H&B

Kapitel 14

Am Bahnhof: **»Es fährt ein: der Regionalzug nach ›Fahrtziel nicht hinterlegt‹!«**

Als ein 27-jähriger Bayer an einem Samstagmorgen mit einem massiven Kater aufwachte, bot sich ihm ein ungewohnter Anblick. Von seinem Holzbett aus sah er eine Bahnoberleitung, ein rosafarbenes Bahnhofsgebäude, ein Werbeplakat der Diakonie, grauen Betonboden – und mehrere Polizisten. Am Vorabend hatte er mit Freunden im Nachbarort Warngau eine Party gefeiert. Wie er dann auf den Bahnsteig von Holzkirchen gelangt war, wäre wohl selbst mit nüchternem Kopf schwer zu rekonstruieren gewesen. Doch seine fiesen Zechkumpane hatten per Kamera alles für die Nachwelt dokumentiert: Nachdem der Mann friedlich eingeschlummert war, kamen sie auf die Schnapsidee, ihn samt Bett, Kissen und Decke per Autoanhänger Richtung Bahn zu befördern. Keiner war mehr fahrtüchtig, deshalb zogen sie das Gefährt selbst.

Am Bahnhof Warngau schließlich verfrachteten sie den Schlafenden in den nächsten Regionalzug der Bayerischen Oberlandbahn gen München. Da Personentransporte für Fahrgäste im eigenen Bett nicht vorgesehen sind, trugen Bahnmitarbeiter an der nächsten Haltestelle das komplette Ensemble nach draußen und verständigten die Polizei. Auf Bahnsteig 4 in Holzkirchen wachte das müde Partyopfer schließlich auf. »Er war zunächst befremdet, weil seine Umgebung sich geändert hatte«, berichtete Michael Janski, stellvertretender Dienststellenleiter der Polizei von Holzkirchen. Strafrechtliche Konsequenzen hatte der Vorfall aber nicht: So etwas werde unter »Burschenstreich« verbucht, sagte der Polizist.

Man muss nicht sturzbetrunken sein, um an Bahnhöfen seltsame und lustige Dinge zu erleben – was Passagiere sonst noch berichten, lesen Sie hier.

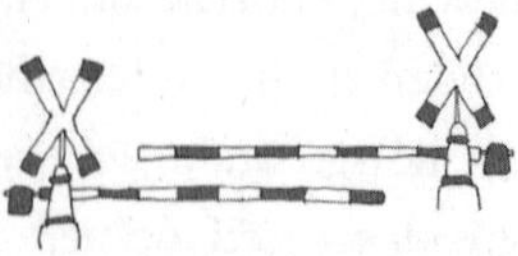

Am Berliner Hauptbahnhof stürzte ich hastig die Treppe hoch, um meinen ICE nach Wolfsburg zu kriegen. Wegen zahlreicher Verspätungen an diesem Tag fragte ich einen Herrn in Bahnuniform sicherheitshalber vor dem Einsteigen: »Halten Sie auch in Wolfsburg?« Antwort: »Nein.« »Und wann kommt der ICE, der in Wolfsburg hält?« Das Piepen kündigte schon das Schließen der Türen an. »Na, dit is dieser, ick fahre aber nich mit, ick jehöre zum Bahnhof.«

Frank Muschalle, Berlin

Während des ersten heftigen Schneefalls im Dezember am Bahnhof Köln-Deutz, 9:20 Uhr: »Meine sehr geehrten Damen und Herren, unsere Hinweistafeln und das Ansagesystem sind heute teilweise gestört.« Kurze Pause. Es raschelte und knisterte in den Lautsprechern. Kurz darauf schallte es durch die Boxen über alle Gleise: »Sag mal, Monika, wie war's denn auf dem Weihnachtsmarkt letztes Wochenende? Ist der Kurt eigentlich noch mit Uschi zusammen?« – »Nein, glaube nicht, war aber auch nicht da. War krank.« Während sich Hunderte Reisende ob der aus dem Büro der Stationsansagerinnen preisgegebenen Intimitäten noch verdutzt die Ohren rieben, donnerte es aus den Boxen. »Gesundheit!«, hörte man im Anschluss an den akustischen Schnäuzorkan. Der an diesem Morgen durch die Lautsprecher übertragene Dialog dauerte noch einige unterhaltsame Minuten an.

Sebastian Ackermann, Köln

In Hannover fragte eine alte Dame am Bahnsteig den Bahn-Bediensteten: »Entschuldigung, gibt es hier eine Telefonzelle?« Darauf der Bahn-Mensch: »Ja, dahinten, sehen Sie dieses hässliche magentafarbene Ding in der Farbe Ihrer Jacke?«

Yassin Musharbash, Berlin

An einer Münchener U-Bahn-Haltestelle. Zwei Heranwachsende mit besonders weiten Hosen und besonders dicken weißen Daunenjacken schlenderten besonders lässig, langsam und breitbeinig direkt am Zug entlang. Die U-Bahn konnte deshalb aus Sicherheitsgründen nicht losfahren. Der Fahrer brüllte entsprechend genervt, sehr laut und in derbstem Bairisch durchs Mikrofon: »Wenn dann der weiß-jackerte Lackl und sei sauberer Spezl aus unserm Sicherheitsstreifen rausgangerten, dann kannt ma losfohrn, zefix.«

Christian Ries, Dürrfeld

Im Regionalexpress kam direkt nach dem Halt an einem Bahnhof vor Karlsruhe folgende Durchsage: »Verehrte Fahrgäste, bitte steigen Sie nicht an den vorderen Ausgängen aus, die Türen öffnen sich nicht!« Pause. Nochmals die Durchsage: »Bitte versuchen Sie nicht, an den vorderen Türen auszusteigen. Benutzen Sie die Ausgänge weiter hinten im Zug.« Pause. Dann: »Der Bahnsteig … wurde verfehlt!« Der ganze Zug hat gelacht – bis auf die, die vorne aussteigen wollten.

Tobi W., Karlsruhe

BAHN-ABC: Yamanashi-Teststrecke

Y

18 Kilometer lange Trasse für Testzüge der Magnetschnellbahn JR-Maglev in Japan, dem Lieblingsland von Fans schneller Bahnen. Mit 581 km/h wurde hier im Dezember 2003 der bis heute gültige Geschwindigkeitsrekord für Schienenfahrzeuge aufgestellt. Eine Zeitlang durften bei Testfahrten sogar Besucher mit – dabei galt allerdings ein Tempolimit von vergleichsweise schneckenhaften 501 km/h.

Vor rund fünf Jahren sagte der Schaffner bei der Einfahrt in den Bremer Hauptbahnhof in starkem Berliner Dialekt die Anschlussverbindungen an. Abschließend verabschiedete er sich mit den Worten »Ihre Deutsche Reichsbahn«.

Carsten Binnewies

Aufgrund einer Verspätung war eine U-Bahn in München bereits am Startbahnhof brechend voll. Besonders die ersten und letzten Wagen, da die Auf- und Abgänge oft an den Enden des Bahnsteigs sind und man in den älteren Zügen nicht durchgehen kann. Als die Türen dann so blockiert waren, dass sie nicht mehr schließen konnten, sagte der Fahrer in nettem bairischem Dialekt durch: »Sehr verehrte Fahrgäste, dies ist ein unterirdischer Zug mit folgenden Längenmaßen …« Die Meterangaben folgten, dann: »Das Fahrzeug besteht aus insgesamt acht weiß-blauen Wagen, wovon jeder Wagen im Durchschnitt drei Türen besitzt, was in etwa 24 Zutrittsmöglichkeiten entspricht. Wenn Sie sich also bitte entsprechend prozentual auf diese Türen aufteilen würden, könnten sich die vorderen und hinteren zwei Türen schließen und wir endlich weiterfahren.« Das hat dann tatsächlich funktioniert!

Christian Ries, Dürrfeld

Durchsage am Bahnhof: »Wegen dringender Mäharbeiten am Gleis entfällt heute die Regionalbahn.«

Svenja Koch, Hildesheim

Am Hauptbahnhof Düsseldorf: »Wegen einer Streckensperrung zwischen Köln und Düsseldorf verspätet sich die Einfahrt aller Züge. Wir haben einen unentschlossenen Selbstmörder auf der Strecke.«

Christine Bolte, Münster

In der Regionalbahn von Köln nach Euskirchen hört man am Halt Erftstadt beinahe täglich die Durchsage, dass die Leute doch bitte aus den Türbereichen zurücktreten mögen, damit der Zug weiterfahren kann. An diesem Tag hatte der Lokführer dies bereits mehrfach durchgesagt, aber keinen Erfolg erzielt. Er versuchte es dann zunächst mit einer Erklärung: »Meine Damen und Herren, Türen sind offen zu nennen, solange sie nicht geschlossen sind.« Gelächter bei einigen Mitreisenden. Die Leute, die sich an der Tür weiterhin mit ihren Bekannten auf dem Bahnsteig unterhielten, blieben unbeeindruckt. Daraufhin die nächste Durchsage: »Achtung, werte Reisende, ich überbrücke jetzt das Sicherheitssystem. Sonst kommen wir hier vor lauter Gequatsche gar nicht mehr los.«

Monika Dressler, Rheinbach

Am Bahnhof: »Der ICE nach Hamburg wird mit circa zehn Minuten Verspätung einfahren, da der Zugführer verschlafen hat.«

Pia D., Amsterdam

Ich habe mich über den Dortmunder Bahnhof amüsiert, wo einmal nicht die verspäteten Züge ausgerufen wurden, sondern die pünktlichen: »Achtung, Achtung. Der Zug nach Frankfurt um 13 Uhr 37 fährt planmäßig um 13 Uhr 37.«

Franziska Badenschier, Dortmund

In einer lauen Sommerwochenendnacht saß mitten in der großen Haupthalle im Bremer Hauptbahnhof ein etwas jüngerer Gitarrist und leierte vor sich hin. Da ich selbst soeben aus einer Discothek kam und mir noch nicht nach meinem Bett zumute war, gesellte ich mich zu ihm und stimmte mit ein.

Dann kamen noch einige andere Reisende und setzten sich. Man konnte gar nicht so schnell gucken, wie sich Leute mit Bierkästen, Reisekoffern und Hamburger-Tüten ansammelten, bis ein 150-Personen-Chor fröhlich und lautstark sang: »Sie haben uns ein Denkmal gebaut!« Recht schnell versuchte der bahneigene Sicherheitsdienst, diese »ungenehmigte Versammlung« aufzulösen. Aber vor allem die älteren Reisenden sahen das gar nicht ein und wollten sich den Spaß beim Warten nicht nehmen lassen. Erst als dann die Polizei eintraf, wurde das spontane Treffen friedlich aufgelöst.

Björn Biermann, Ganderkesee

Vor einigen Jahren erfreute uns frühmorgens am Bahnhof in Köln-Porz eine sonore Computerstimme mit folgender Ansage: »Auf Gleis 1 fährt ein der Regionalexpress nach Fahrtziel nicht hinterlegt über Fahrtziel nicht hinterlegt Hauptbahnhof. Bitte Vorsicht bei der Einfahrt.« Wir haben damals gelacht darüber, waren jedoch erleichtert, dass der Zug nach Mönchengladbach dann doch kam.

Kristoffer S., Stockholm, Schweden

Neulich am Hauptbahnhof Düsseldorf hatte der Regionalexpress 1 wie so oft Probleme. Allerdings diesmal nicht nur der Zug, sondern auch die Ansagen. Eine Stimme vom Band war zu hören: »Bitte beachten Sie, der Zug fällt leider aus«, dann kam die Ansage eines Bahnmitarbeiters: »Es wird ein Ersatzzug mit den gleichen Fahrzeiten bereitgestellt.« Pause. Dann kamen mehrfach wiederholt die folgenden zwei automatischen Durchsagen:

»RE 1 wird heute leider entfallen.«

»RE 1 hat fünf Minuten Verspätung.«

Es folgte eine Pause von circa fünf Minuten, dann drei weitere automatische Durchsagen:

»RE 1 wird heute leider entfallen.«

»RE 1 hat fünf Minuten Verspätung.«

»RE 1 fährt ein.«

Die Reisenden waren sehr verwirrt. Man beschloss gemeinsam, einfach abzuwarten, was denn nun passieren werde.

Patrick Viola, Leverkusen

BAHN-ABC:
Zweite Klasse

Z

In Sachen Marketing hochgradig unglücklicher Name des Ortes, an dem sich 90 Prozent der Deutsche-Bahn-Kunden während der Fahrt aufhalten. In den USA heißt das entsprechende Angebot »Coach Class«, in spanischen Schnellzügen »Touristenklasse«, in vielen anderen Ländern »Economy«. Stellen Sie sich einen Metzger vor, der fragt, ob Sie lieber erstklassiges oder zweitklassiges Fleisch kaufen wollen. Oder einen Kellner im Restaurant: »Wünschen Sie noch ein Glas von unserem zweitklassigen Burgunder?«

Ich war nachts mit Bummelzügen von Mannheim Richtung Frankfurter Flughafen unterwegs, geplante Ankunft 4 Uhr morgens. Ein Zug fiel aus, ein anderer fuhr nicht bis Frankfurt durch, und irgendwann stand ich als junge Frau, 21, völlig fassungslos auf dem Bahnsteig eines winzigen verlassenen Dorfes. Einige betrunkene Männer hatten mich schon entdeckt und realisiert, dass ich alleine war. Der Zugführer meines letzten Zuges erkannte meine Situation. Er legte den Kopf schief, entschuldigte sich für das Verpassen des Anschlusszuges und drückte mir sein privates Pfefferspray in die Hand. Das Letzte, was ich vor seiner Abfahrt hörte, war: »Tut mir leid und viel Glück!« Ich musste mir dann ein Taxi zum Frankfurter Flughafen nehmen und sehr viel dafür zahlen.

Daniela Bezdan, Barcelona, Spanien

Ich saß im Regionalexpress nach Münster, als nach dem Pfiff des Schaffners die Zugtüren einfach nicht schließen wollten. Nach zwei Minuten tönte eine Lautsprecherdurchsage durch sämtliche Abteile: »Wenn ihr zwei Turteltauben in der Tür jetzt nicht aufhört mit eurer Abschiedsknutscherei, dann dauert es für alle anderen Reisenden länger, bis sie endlich zu Hause sind und selber knutschen können. Deshalb Schluss jetzt!« Danach kam ein puterrotes Mädchen ins Abteil und setzte sich wortlos hin.

Kathrin Breer, Münster

Am Leipziger Hauptbahnhof war in den frühen Morgenstunden Folgendes zu hören: »Leipzscher Hauptbahnhof, hier Leipzscher Hauptbahnhof, Endstation, alle aussteigen. Säckl un Päckl nü vergessn!«

Tobias Wage, Dresden

Vor über 20 Jahren am Bochumer Hauptbahnhof, gegen 21 Uhr: Ein Zug fuhr ein und stoppte am Bahnsteig, dann öffnete sich das Fenster eines Abteils, und ein Arm streckte eine Trompete heraus. Unvermittelt ertönte an diesem winterlichen Abend ein Zapfenstreich. Der komplette Bahnhof schien für die gesamte Zeit dieses Stücks Blaskunst stillzustehen. Weder Durchsagen noch Gerede, noch Bremsenquietschen konnte man vernehmen. Es war das schönste Erlebnis, das ich jemals an einem Bahnsteig hatte!

Volker Ehrle, Essen

Nächster Halt Himmelreich

5394 Bahnhöfe gibt es in Deutschland, die meisten haben eher langweilige Namen. Es gibt jedoch ein paar Ausnahmen:

Lustige Worte:	**Lustige Orte:**	**Doppelnamen-Alarm: (laut vorlesen!)**
Aha	Einöd (Saar)	Büches-Düdelsheim
Erpel (Rhein)	Haßloch (Pfalz)	Eldagsen-Völksen
Feucht	Himmelpforten	Felsberg-Altenbrunslar
Güterglück	Himmelreich	Gera-Zwötzen
Halbe	Höllenthal	Isselhorst-Avenwedde
Igel	Oberkotzau	Klein Winternheim-Ober-Olm
Kordel	Pflaumloch	Loitsch-Hohenleuben
Kuchen	Strullendorf	Luckau-Uckro
Lieblos	Unfriedsdorf	Mengersgereuth-Hämmern
Müllrose	Würgendorf	Morschen-Altmorschen
Oberbillig		Neheim-Hüsten
Oschatz		Nieder Flörsheim-Dalsheim
Regen		Nottuln-Appelhülsen
Riegel		Oberoderwitz Oberdorf
Rohr (Thür)		Ottendorf-Okrilla Nord
Sand (Niederbay)		Rösrath-Stümpen
Sinn		Schoden-Ockfen
Triangel		Trais-Horloff
Witzwort		Westewitz-Hochweitzschen
Übersee		Zell-Romrod

Internet- und Buch-Tipps

Internet-Tipps:

www.Sorry-buecher.de
Homepage der Autoren

www.spiegel.de/bahnsprueche
Bahnsprüche-Themenseite auf SPIEGEL ONLINE

www.facebook.com/bahnsprueche
»Sorry, wir haben uns verfahren« bei Facebook

www.spiegel.de/reise/
Reise-Ressort von SPIEGEL ONLINE

Zum Weiterlesen:

www.bahn.de/p/view/service/umwelt/1_umweltbilanz.shtml
Umweltmobilcheck Deutsche Bahn

www.youtube.com/watch?gl=DE&hl=de&v=XEIk7OIGWFE
SWR-Sendung zum Schienenzeppelin (YouTube-Video)

http://bit.ly/qNk21M
Sehenswertes Video, das den wohl kürzesten Zug der Welt zeigt

http://bit.ly/yodHqx
Aufnahme eines nicht ganz einfachen Gesprächs mit der automatischen Ticketbuchungs-Hotline der Deutschen Bahn

http://bit.ly/PROU
Die Stimme von Emma Clarke kennt jeder Londoner, denn sie hat das berühmte »Mind the gap« für die U-Bahn aufgenommen. Hier macht sie sich über Bahn-Ansagen lustig.

kolumnen.de/lesen-bahnsinn.html
Nette Sammlung von Kolumnen über das Abenteuer Bahnfahrt

Homepage Christoph Kessel
www.meenzer-on-tour.de/weltreise.html

http://www.viadia.de
Homepage Manfred Weis

http://augen-auf-reise.de
Homepage Maria Seffar und Björn Felber

Buch-Tipps:

Dominik Bauer, Elias Hauck: »Bin ich Jesus?«. Kunstmann, 2011

»Geschichte der Eisenbahn in Deutschland«, Bände 1 bis 3, 2009. Katalog zur Dauerausstellung im DB Museum Nürnberg.

Christoph Kessel: »Nächster Halt: Darjeeling-Hauptbahnhof. Eine Weltreise mit öffentlichen Verkehrsmitteln«. Monsenstein und Vannerdat, 2006

Manfred Weis: »Szenen einer Reise«. Selbstverlag. Die Beschreibung seiner Interrail-Rekordreise ist beim Autor erhältlich: www.viadia.de/buchbest.htm

»Go easy Go Bahn – 200 Jahre Eisenbahn und Werbung«. Katalog zur Ausstellung im DB Museum Nürnberg.

Danksagung

Wir danken der Chefredaktion von SPIEGEL ONLINE, dass sie uns das Schreiben der drei *Sorry*-Bücher ermöglicht hat. Ebenso dem gesamten Ullstein-Verlag für die erfolgreiche Umsetzung unserer Ideen und für die gute Zusammenarbeit.

Unser Dank gilt auch Angelika Mette, Daniel Oertel, Bettina Hensel sowie den SPIEGEL-Dokumentaren Hauke Janssen und Sonja Maaß, die uns mit viel Einsatz unterstützt haben. Und Elias Hauck und Dominik Bauer, die wieder mit ihren Cartoons das Buch bereichert haben. Herrn Rainer Mertens vom DB Museum in Nürnberg sei gedankt für die Hilfe bei Fragen zur Bahnhistorie.

Und natürlich herzlichen Dank an all die Leser von SPIEGEL-ONLINE, die uns ihre Anekdoten aus der Welt der Bahn zur Verfügung gestellt haben. Mit ihnen haben wir die Copyright-Fragen nach bestem Wissen und Gewissen geklärt.

Nicht erreichte Verfasser werden gebeten, sich unter bahn@spiegel.de zu melden. Wir haben die Fakten der mit Namen gekennzeichneten zugesandten Beiträge bestmöglich überprüft.

Antje Blinda und Stephan Orth